W0252243

KNAUR

JUSTINE PUST

With you I heal

ROMAN

KNAUR

Besuche uns im Internet:
www.knaur.de

Hat dir dieses Buch gefallen? Lesetipps und vieles mehr rund um unsere romantischen Lieblingsbücher findest du auf Instagram: @knaurromance

Aus Verantwortung für die Umwelt hat sich die Verlagsgruppe Droemer Knaur zu einer nachhaltigen Buchproduktion verpflichtet. Der bewusste Umgang mit unseren Ressourcen, der Schutz unseres Klimas und der Natur gehören zu unseren obersten Unternehmenszielen. Gemeinsam mit unseren Partnern und Lieferanten setzen wir uns für eine klimaneutrale Buchproduktion ein, die den Erwerb von Klimazertifikaten zur Kompensation des CO_2-Ausstoßes einschließt. Weitere Informationen unter: www.klimaneutralerverlag.de

MIX
Papier | Fördert gute Waldnutzung
FSC® C083411
FSC www.fsc.org

Originalausgabe Januar 2023
Knaur Taschenbuch
© 2023 Knaur Verlag
Ein Imprint der Verlagsgruppe
Droemer Knaur GmbH & Co. KG, München
Alle Rechte vorbehalten. Das Werk darf – auch teilweise – nur mit Genehmigung des Verlags wiedergegeben werden.
Redaktion: Catherine Beck
Covergestaltung: Artelka_Lucky / shutterstock.com, KuLouKu / shutterstock.com
Coverabbildung: Kristin Pang
Illustrationen im Innenteil von Shutterstock.com: Artelka_Lucky (Blume) und nereia (Kleckse)
Satz: Adobe InDesign im Verlag
Druck und Bindung: CPI books GmbH, Leck
ISBN 978-3-426-52937-9

2 4 5 3 1

Liebe Leser*innen,

bei manchen Menschen lösen bestimmte Themen ungewollte Reaktionen aus. Deshalb findet ihr am Ende des Buches eine Triggerwarnung. Achtung: Diese enthält Spoiler für das gesamte Buch.
Wir wünschen euch gute Unterhaltung mit *With you I heal.*

Justine und der Knaur Verlag

Dieses Buch ist für dich.
Manchmal brauchen wir zum Heilen nur eine zweite Chance.

PLAYLIST

MOD SUN – Flames
Fall Out Boy – Thnks fr th Mmrs
Billie Eilish – Lost Cause
Rise Against – Ready To Fall
SIXX AM – Better Man
Machine Gun Kelly – maybe feat. Bring Me The Horizon
Worms – Viagra Boys
YUNGBLUD – The Funeral
Tom Odell – Heal

1

ARIN

Es heißt, wer hoch fliegt, fällt länger.
Und ich kann mich nicht mehr daran erinnern, wie es ist, nicht zu fallen.

Ich werde oft gefragt, wie es anfing. Was der Grund dafür war, dass ich mein Leben gegen die nächste Pille eingetauscht habe. Es gibt so viele tragische Geschichten über Liebe und Verlust. Über dunkle Schatten, die einen immer wieder einholen, und Herzen, die im Ozean des Lebens ertrunken sind. Ich habe keine solche Geschichte – ich war einfach zur falschen Zeit am falschen Ort mit der falschen Familie und den falschen Freunden. Und zu willensschwach. Von Grund auf verdorben, wie meine Mutter zu sagen pflegt. Mein Weg war lange vorherbestimmt, ehe ich auch nur die Chance hatte, es zu begreifen. Und dann kamen die Pillen.

Es fing harmlos an. Schleichend. Ich hatte mich im Griff. Ich hatte die Medikamente im Griff. Zumindest so lange, bis sie mich im Griff hatten. Bis jeder Atemzug sinnlos war, wenn ich nicht high sein konnte.

Der Absturz hat mich gerammt wie ein Truck, im wörtlichen Sinne. Er war erbarmungslos und brutal, genau wie der folgende kalte Entzug. Ich will nicht lügen, damals dachte ich, mein Leben wäre vorbei. Nichts ergab mehr Sinn, nichts war so gut wie auf Drogen. Der erste Rückfall war naiv, der zweite fast tödlich.

Aber ich will das nicht mehr.

Kein Drama. Keine Höhen. Keine Tiefen.

Ich will einfach nur versuchen, ein besserer Mensch zu werden. Was nicht gerade schwer werden dürfte, wenn man bedenkt, was für ein unfassbares Arschloch ich auf Drogen war. Aber ich suche auch nicht nach Vergebung, denn die werde ich in dieser Stadt ohnehin nie bekommen. Alles, was ich will, ist Ruhe.

Schon während ich an diesem ersten schönen Frühlingstag auf das Haus der Kirchengemeinde zugehe, in dem das Treffen stattfinden soll, möchte ich am liebsten wieder umdrehen.

Alles in mir sträubt sich, während ich eintrete.

Im Inneren des Gebäudes ist bereits der Stuhlkreis aufgestellt. Der Geruch von Kaffee und Plätzchen liegt in der Luft. Caroline winkt mir lächelnd zu und schenkt sich ein, ehe sie das kleine Büfett aus Knabberkram und Donuts zufrieden betrachtet. Die Wochen, in denen sie für das Essen zuständig ist, sind mir am liebsten. Der alte Bennett setzt uns immer nur gekaufte Kekse vor, die schmecken, als hätte er sie seit Wochen in der Vorratskammer vergessen.

Jemand fragt, ob ich auch etwas möchte, aber ich lehne ab. Vor den Gruppentreffen bekomme ich selten etwas runter und bin noch weniger dazu in der Lage, mit den anderen zu tratschen. Vielleicht ändert sich das irgendwann, doch gerade ist es für mich schon ein Sieg, dass ich überhaupt aufgestanden und hergekommen bin.

Eigentlich wäre ich lieber wieder zu Hause in meinem Trailer und würde ignorieren, was ich bin und was ich war und wie verflucht tief ich in meinem Loch aus Selbstmitleid stecke.

Dabei folgt mir die flüsternde Stimme in meinem Kopf überallhin. Raunt immer wieder die Worte, die dafür sorgen, dass ich den Wunsch habe, eine Pille einzuwerfen. *Junkie. Loser. Monster.*

Mit einer Hand wische ich mir das dunkle Haar aus der Stirn und sehe mich um. Das gute Wetter ist sicher schuld daran, dass wir weniger sind als sonst, und das bedeutet auch, dass wir mehr Zeit für jeden Einzelnen haben. Ich spüre das unangenehme Prickeln auf meiner Haut und fühle mich fehl am Platz, was absurd ist, weil ich wahrscheinlich nirgendwohin so sehr gehöre wie hierher.

Die meisten Mitglieder kennen sich bereits, und da in dieser Stadt ohnehin niemand wirklich lange unbekannt bleibt, ist es unnötig, dass wir uns einander vorstellen. Stattdessen erhalte ich ein stilles Nicken von allen, an denen ich vorbeigehe.

Gesprächsfetzen der anderen dringen zu mir herüber. Der alte Bennett hat sich gerade einen der Neuen zur Brust genommen, der sich lautstark schnäuzt.

Jimmy.

Wir kennen uns besser, als gut für uns beide ist, denn Jimmy wohnt wie ich im Trailerpark. Und wie ich hat er die meiste Zeit seines Lebens mit Partys verbracht. Und mit dem Dealen. Ich habe keine Ahnung, was ich davon halten soll, dass er nun in der Selbsthilfegruppe für Süchtige aufschlägt. Aber vielleicht war es die gleiche Bedingung wie bei mir: Lass dir helfen oder geh in den Knast.

»Kannst du dir gleich mal merken, bei uns muss sich keiner erklären. Ist schon okay«, nuschelt der alte Bennett, und ich muss fast grinsen. Genau diesen Satz hat er mir schon oft gesagt. Erklärungen sind unnötig, wenn alle das gleiche Monster in sich tragen.

Ich hänge meine Jacke über einen der Stühle, ehe ich mich setze. Das Klischee einer Hollywood-Selbsthilfegruppe stimmt nur bedingt. In kleinen Gemeinden ist der Stuhlkreis zwar ein fester Bestandteil, doch die Zusammensetzung der Leute entspricht nicht unbedingt dem, was man aus Filmen und Serien kennt.

Unsere Süchte sind alle unterschiedlich und doch gleich, denn sie haben uns dazu gebracht, Dinge zu tun, die furchtbar sind. Der größte Teil der Leute hier ist älter als ich, und die wenigsten wirken so, als hätten sie keinerlei Perspektive in ihrem Leben. Doch wie bei allen guten Klischees gibt es einen Hauch Wahrheit. Mir gegenüber nimmt eine Frau Platz, die wie ein warnendes Beispiel wirkt. Das Lächeln mit gelben Zähnen, die ausgemergelte Gestalt. Mein Körper schüttelt sich leicht, noch ehe ich es verhindern kann. Es ist ihr vierter Rückfall gewesen. Crystal Meth ist das Schlimmste, was ich mir vorstellen kann. Meine Mutter hat es auch eine Zeit lang genommen, und das war so ziemlich der Sargnagel für die Familie, die wir einmal waren.

»Hallo, Gorgina«, grüße ich die Frau halbherzig. Sie wohnt drei Trailer weiter. Noch eine, mit der ich wahrscheinlich mehr gemeinsam habe als die meisten anderen in diesem Raum. Und das ist wirklich kein gutes Gefühl. Gorgina, Jimmy und ich – wir, die Quoten-

Loser. Vermutlich ist es ziemlich mies, dass ich so über sie, über uns denke. Aber es sind eben die Gedanken, die dir beigebracht werden, wenn der Großteil der Gesellschaft dich wie Dreck behandelt.

Ich schlucke einen Kloß aus Selbstekel hinunter und warte, dass sich auch die anderen setzen. Joline, die Leiterin dieses Spektakels, kommt zu mir und drückt mir einen Tee in die Hand. Der Pappbecher ist warm genug, damit meine tauben Finger wieder zum Leben erwachen. Der Frühling mag sich heute zum ersten Mal zeigen, doch die Sonne hat noch keine wärmende Kraft. Jolines Lächeln ist echt, aber es dringt nicht zu mir durch. »Schön, dass du da bist«, sagt sie und setzt sich mit einem Block in der Hand auf ihren Platz.

»Aus deinem Mund klingt das, als hätte ich eine Wahl«, gebe ich zurück, obwohl ich eigentlich nicht streiten will.

»Die hast du jeden Tag, Arin«, antwortet sie leichthin. »Steht unser Termin nächsten Mittwoch noch?«

Ich nicke. Joline leitet die Selbsthilfegruppe zwar ehrenamtlich, aber sie ist auch Sozialarbeiterin. Meine Sozialarbeiterin. Und damit eine der wenigen Personen in meinem Leben, die dafür gesorgt haben, dass ich nicht vollends vor die Hunde gehe oder wie der Rest meiner Familie im Gefängnis lande.

Bennett setzt sich ebenso wie Jimmy, der mir immer wieder Blicke zuwirft. Wahrscheinlich, weil wir früher so was wie Freunde waren und ich jetzt zusehe, dass ich ihm aus dem Weg gehe, so gut ich eben kann.

Geduldig wartet Joline, bis sich das Gemurmel legt und die Plätze sich füllen. »Schön, dass ihr alle heute hier seid, und wie ich sehe, hat unsere kleine Gruppe Zuwachs bekommen«, beginnt sie freundlich. »Alles, was in diesem Raum gesagt wird, bleibt auch in diesem Raum. Niemand braucht Angst vor Verurteilung oder Ablehnung zu haben, denn auf diesen Stühlen …«, sie zeigt auf den leeren Sitz neben sich, »… sind wir alle gleich.«

Niemand reagiert auf ihre Rede, doch das ist Joline wahrscheinlich schon gewohnt. »Jimmy, möchtest du der Gruppe ein bisschen was über dich erzählen?«

Jimmy sieht erst zu ihr, dann zu mir und schüttelt den Kopf. Da es sein erstes Mal ist, genießt er so etwas wie Welpenschutz. Ich habe die ersten Male in dieser Gruppe auch geschwiegen. Manchmal ist schon allein das Zuhören genug Herausforderung für einen Tag.

Jolines Blick wandert durch die Runde. »Wer möchte anfangen?«

Niemand von uns rührt sich, was ihr ein tiefes Seufzen entlockt. »Bitte denkt immer daran, dass euer Augenmerk mehr auf das Gelungene gerichtet sein sollte«, fährt sie mit ihrer Ansprache fort. »Die Zeiten der Abstinenz, egal, ob viele Jahre, ein paar Monate, ein paar Tage bis hin zu den letzten vierundzwanzig Stunden, sind ein Grund, stolz auf sich zu sein.«

Sie verstummt, als würde sie nur darauf warten, dass jemand frustriert genug ist, um ihr zu widersprechen. Sosehr mir diese Treffen auch immer an die Nieren gehen, sosehr bewundere ich doch die Bereitschaft der Leute, für andere da zu sein. Besonders Joline. Sie organisiert alles und verteilt Aufgaben an weitere Freiwillige. Dinge wie Tee kochen, den Stuhlkreis auf- und abbauen, neue Mitglieder begrüßen, den Büchertisch beaufsichtigen und Anschlusstreffen nach den Meetings veranstalten. Sie geht vollends in ihrer Position auf, und ich verstehe absolut nicht, wie sie sich für Menschen wie mich begeistern kann. Oder wieso sie ihre Freizeit auch noch mit uns verbringen möchte.

»Arin?«

Ich weiß bereits, dass ich mich ihrer Bitte nicht entziehen kann, und beginne, noch ehe sich in mir eine Blockade aufbaut. »Ich bin Arin, und ich bin abhängig von Schmerzmitteln«, rede ich drauflos und klinge dabei genauso genervt, wie ich bin. Nicht weil ich hier bin, sondern weil ich mich so schlecht dabei fühle, hier sein zu müssen.

»Hallo, Arin«, schallt mir der Chor entgegen.

Ich umfasse den Pappbecher in meiner Hand etwas fester und kratze mich unruhig hinterm Ohr. Mein plötzliches Schweigen bleibt nicht unbemerkt, und Joline sieht mich mit einem freundlichen Lächeln an, das vor Verständnis fast tropft. »Lass dir Zeit«, sagt sie und lehnt sich betont entspannt zurück. »Du weißt, du bist hier unter Menschen, die dich verstehen.«

Fast hätte ich zynisch aufgelacht. Verstehen? Vielleicht verstehen sie meine Sucht, aber mich versteht in dieser Stadt niemand. Ganz Belmont Bay hasst mich, und ich kann es ihnen nicht einmal verdenken. Keiner von ihnen verspürt so viel Hass mir gegenüber wie ich selbst. Aber ich will clean bleiben, und dafür brauche ich diese Treffen. Egal, wie sehr ich den anderen Menschen in diesem Raum zuwider bin.

»Morgen sind es sechs Monate, seit ich die letzte Pille genommen habe«, fange ich wieder an und versuche, die Blicke auf mir nicht als Bedrohung aufzufassen. »Ich schätze also, es läuft ganz gut.«

»Aber?«, fragt Joline nach, ohne ihr Lächeln abzulegen.

»Aber ich kann meine Miete nicht von meinem guten Willen bezahlen«, erkläre ich und rutsche etwas auf meinem Stuhl nach vorn. »Ist ja schön, dass ich clean bin und mich scheiße fühle, weil ich clean bin. Aber was nützt es mir, wenn ich keinen Job finde?«

»Um an das Geld für deine Pillen zu kommen, ist dir auch immer etwas eingefallen«, höre ich von Caroline.

Die Gruppe sieht sie tadelnd an, was dafür sorgt, dass sie sich entschuldigend räuspert. Dabei ist sie einer der wenigen Menschen hier, dem ich so etwas wie Respekt entgegenbringe. Sie verstellt sich zumindest nicht, behandelt mich drinnen genauso wie draußen. Ist ehrlich. Das kann man nicht von allen hier behaupten.

»Ich denke, was Caroline eigentlich sagen wollte, ist, dass du nicht aufgeben darfst«, setzt Joline ein. »Du wirst schon einen Job finden.«

»In dieser Stadt?«, schieße ich zynisch zurück. »Ganz sicher nicht.«

Natürlich ist diese Gruppe anonym, aber in Belmont Bay gibt es keine Geheimnisse. Jeder weiß, was ich getan habe. Alle wissen, dass ich abhängig von Medikamenten bin. Und alle wissen, dass ich nicht mehr wert bin als der Dreck unter ihren Schuhsohlen.

»Es wird immer schwere Phasen geben«, sagt Gorgina mir gegenüber, in einem übergroßen schwarzen Pulli voller kleiner Löcher. Ich will sie nicht verurteilen, weil gerade ich weiß, dass hinter all dem, was die Sucht mit ihr macht, ein guter Mensch steckt. Dennoch kann ich ihr kaum in die Augen sehen, weil ich in ihnen den Abgrund erkenne, in den auch ich fallen könnte. Und der ist viel tiefer, als ich wahrhaben will.

»Und Rückschläge«, setzt der alte Bennett nach.

»Und was kann ich tun, damit es nicht passiert?«, will ich grollend wissen und wische mir über die Nase.

»Das ist ebenso einfach wie schwer, Arin«, sagt Joline lächelnd. »Nimm auch weiterhin keine Drogen und beweis den Menschen, dass du dich geändert hast.«

»Großartig, damit kann ich richtig viel anfangen. Meine Probleme sind quasi schon gelöst …«

»Wir wissen alle, dass es nicht einfach ist«, versucht Joline es erneut. »Und wir hören dir gern zu.«

Mein Gesicht zieht sich zusammen, als hätte ich in ein Stück Zitrone gebissen. »Message angekommen: Bleib clean und such dir ’nen Job.«

»Ja, und ich bin mir ziemlich sicher, dass du bald etwas finden wirst.«

Bennett fängt meinen Blick auf, aber er bleibt schweigsam. Natürlich. Selbst wenn jemand hier im Raum wüsste, wo ich Arbeit finden kann – es ist alles nur Show. Sie sind nett zu mir, weil ich in diesem Stuhlkreis sitze. Nicht, weil sie sich tatsächlich um mich sorgen. Na ja, Joline vielleicht. Aber das ist ja auch ihr Job.

»Deine Zuversicht hätte ich auch gern«, knurre ich finster, obwohl ich weiß, dass meine Wut mir nicht weiterhelfen wird.

»Warte ab, bis du sechs Jahre statt Monate geschafft hast«, meint Caroline, die offenbar versucht, etwas halbwegs Brauchbares zu sagen. »Mit jedem Monat mehr wird es leichter – aber im ersten Jahr ist noch alles hart, weil du dich deiner eigenen Verantwortung stellen musst. Ohne Möglichkeiten der Flucht.«

»Super«, stöhne ich und lasse den Kopf in die Hände sinken. »Das klingt ja nach jeder Menge Spaß.«

SOPHIA

Wer seine Zunge hütet, bewahrt sein Leben.

Dieser Satz will mir einfach nicht mehr aus dem Kopf gehen.

Immer und immer wieder spiele ich die letzten Stunden durch, versuche zu verstehen, was eigentlich passiert ist – und warum ich jetzt auf der Straße sitze, ohne zu wissen, wohin ich gehen soll.

Und alles nur, weil ich nicht meinen Mund gehalten habe. Ich dachte, die Wahrheit zu sagen, würde mich befreien. Mir irgendwie dabei helfen, mit dieser Situation umzugehen, aber das Gegenteil ist passiert. Und jetzt … bin ich allein. Mit mir und der Finsternis meiner Gedanken.

Der eisige Frühlingswind fegt über die Straßen, während ich ziellos herumlaufe. Obwohl heute der erste Tag war, an dem es in Idaho etwas wärmer wurde, ist davon nun nichts mehr zu spüren. Mit der Sonne scheint auch der Frühling wieder untergegangen zu sein. Stehen zu bleiben würde nur bedeuten, noch stärker zu frieren, aber ich weiß, dass ich nicht ewig durch die nächtliche Stadt irren kann. Ich brauche einen Platz zum Schlafen, jemanden, der mich aufnimmt.

Etwas Trost wäre auch nicht schlecht, aber darauf kann ich wohl gerade eher nicht hoffen. Tränen steigen mir in die Augen, denn wo soll ich hin?

Meine eigene Mutter hat mich aus der Wohnung geworfen. Ich habe keine Freunde, nicht einmal mehr einen Freund. Niemanden, der sich dafür interessiert, wie es mir geht. Ich bin allein. Und die Nacht und der Wind haben kein Erbarmen, treiben mir nur noch mehr Tränen in die Augen, als würden sie mich zusätzlich bestrafen wollen.

Wieso nur musste ich etwas sagen? Warum habe ich nicht einfach ein Geheimnis daraus gemacht?

Ich lasse mich auf einer einsamen Parkbank nieder. Der Bahnhof ist in der Ferne zu sehen, aber ich wüsste nicht, wohin mich ein Zug bringen sollte. Obwohl … Mir kommt ein Gedanke, der eine vage Hoffnung in mir aufkeimen lässt und mir zugleich erneut Angst macht. Ich habe seit Jahren nicht mehr mit meinem Großvater gesprochen. Hauptsächlich, weil Mom es verboten hat.

Trotzdem ziehe ich mit zitternden Händen mein Smartphone aus der Hosentasche. Ich kenne die Nummer noch immer auswendig. Obwohl es weit nach elf Uhr abends ist, klingelt es nur zweimal, ehe mein Grandpa abhebt.

»Bennett«, grunzt er in den Hörer, und vor Schreck wäre mir mein Handy fast auf den Boden gefallen.

»Ich …«

Er schnaubt wütend: »Himmel, wer ruft mich mitten in der Nacht an?«

Kurz sammle ich meinen Mut. »Ich bin's, Grandpa. Sophia.«

Am anderen Ende der Leitung herrscht einen Moment Schweigen, und ich kann hören, wie ein Stuhl knarrend über den Boden gezogen wird. »Was ist passiert?«

Ich schluchze ein paarmal, versuche, Worte zu formen, doch da kommen nur undeutliche Laute aus meinem Mund.

Die Stimme meines Großvaters wird milder. »Sophia, wo bist du?«

»Ich, ich bin …« Der Satz will sich einfach nicht bilden. Immer wieder entwischen mir die Worte wie glitschige Fische, die ich versuche zu fangen.

»Okay, wenn du mir sagst, wo du bist, komm ich dich holen.«

»Ich bin in Elk City.«

Sein leises Fluchen lässt mich zusammenzucken. Elk City ist gute fünf Stunden Autofahrt von ihm entfernt, es ist mitten in der Nacht, und trotzdem ist das hier die beste Option, die ich habe. Auch wenn mein schlechtes Gewissen sich jetzt schon meldet, weil ich meinen Großvater nach Jahren der Funkstille derartig überfalle.

»Kannst du einen Bus in Richtung …«

»… Belmont Bay nehmen?«, unterbreche ich dieses Mal ihn. Mein Blick huscht zum Bahnhof. Die Verbindungen in die winzige Kleinstadt sind eher mau, aber ich kann zumindest schauen, ob etwas in die richtige Richtung fährt. »Ich denke schon.«

»Gut, kauf dir ein Ticket und ruf mich wieder an, ich setz mich ins Auto.«

Wieder höre ich ein Knarren, das Rascheln von etwas, das ich nicht identifizieren kann. Aber ich schaffe es nicht, mich zu bewegen, bin wie erstarrt. »Grandpa?«

»Ja?«

»Danke.«

Kurzes Schweigen, ich kann förmlich vor mir sehen, wie er sich über die Nase wischt. »Ich bin bald bei dir«, verspricht er und legt auf.

Ich schlucke meine Angst hinunter und versuche, die aufkeimende Hoffnung festzuhalten. Mein Leben lang wurde ich dazu gezwungen, immer wegzulaufen. Immer der Konfrontation aus dem Weg zu gehen – sodass es zu einem Teil von mir wurde. Das Weglaufen. Die Flucht vor der Realität.

Und nun ist der einzige Ort, an den ich gehen kann, ausgerechnet Belmont Bay. Ich will nicht mein Leben lang wegrennen und mich verstecken, und doch fällt mir jeder Schritt in Richtung Bahnhof schwerer. Mein Rucksack muss inzwischen drei Kilo mehr wiegen, während meine Boots bei jedem Schritt über den Schnee knirschen, der in den letzten Minuten gefallen ist.

Ich erstehe von meinem letzten Geld ein Ticket, steige in den nächsten Bus ein und lehne meinen Kopf an die Fensterscheibe.

Kann es mir das Herz brechen, an den Ort zurückzukehren, der früher mein Zuhause war?

2

SOPHIA

Damals

Ich ziehe mir mein Shirt über den Kopf.

Die letzte halbe Stunde kam mir vor wie eine Ewigkeit, und gleichzeitig ist sie viel zu schnell vergangen, denn ich wünsche mir nichts mehr, als wieder in das große Bett zu kriechen und mich an den warmen Körper hinter mir zu schmiegen. Aber so einfach ist das nicht.

Nicht mit Arin.

»Du musst noch nicht gehen«, haucht er zwischen zwei Küssen in meinen Nacken, und das verräterische Kribbeln meines Körpers setzt wieder ein. Meine Haut ist noch immer erhitzt, und sein Duft steigt mir in die Nase. Aber ich zwinge mich, dem Verlangen nicht nachzugeben. Über die Schulter betrachte ich ihn. Seine dunklen Haare stehen nach allen Seiten ab, weil meine Hände sie zerwühlt haben. In seinen braunen Augen schimmert die Glut der letzten Minuten nach – und mir ist bewusst, dass ich dabei bin, mich noch einmal zu verbrennen.

»Wir sind in das Haus von Mrs Tantum eingebrochen«, flüstere ich zurück, obwohl ich weiß, dass niemand uns hören kann. Die Tantums sind im Urlaub, wie jedes Jahr um diese Zeit. Es gibt niemanden, der uns erwischen kann – und doch wird die Angst davor, gesehen zu werden, mit jeder Sekunde stärker, wären da nur nicht Arins Küsse auf meinem Hals.

Es wäre so einfach, die Welt noch eine Weile auszusperren, noch etwas länger nur auf das zu hören, was wir wollen, und nicht auf das, was richtig ist. Nur wir beide, nur unsere Körper, nur noch ein paar Minuten …

Aber die Realität hat sich bereits zu sehr in mein Bewusstsein geschoben. Das Ticken des kleinen Weckers auf dem Nachttisch erinnert mich schmerzlich daran, dass wir gehen sollten.

»Niemand kann uns hier stören«, versucht es Arin hartnäckig. »Und theoretisch sind wir nicht eingebrochen, wir haben einen Schlüssel benutzt.«

»Dir ist schon klar, dass das keinen großen Unterschied macht?«, gebe ich zurück und stehe auf.

»Du Spießerin«, schnaubt Arin und reckt sich, völlig nackt, in dem großen Ehebett der Tantums. Ihm scheint der Gedanke daran, erwischt zu werden, nichts auszumachen. Einen Moment erlaube ich mir, seinen Körper genauer zu betrachten. Das V seiner Brustmuskeln, den feinen Flaum, der auf seiner Brust beginnt und sich bis zu seinem Schambereich zieht. Kleine Tätowierungen sind scheinbar willkürlich auf seinem Körper verteilt. Ein flammendes Herz auf der linken Seite der Brust, ein Pin-up-Girl, so schlecht gestochen, dass ich das erste Mal dachte, sie sei ein tanzender Fisch, und nicht zu vergessen der kiffende Frosch neben seinem …

»Hast du dich sattgesehen?«

Ertappt zucke ich zusammen und hoffe, dass ich nicht rot werde. Ganz der Bad Boy lässt Arin sich alle Zeit der Welt, nach seiner Jeans zu greifen, während ich bereits vollständig angezogen bin. Er genießt die Wirkung, die er auf mich hat, das seltsame Spiel, das wir seit dem Sommer miteinander spielen, und wahrscheinlich auch die Gefahr, die darin mitschwingt. Dass wir es heimlich, im Verborgenen tun, sorgt dafür, dass es spannend bleibt, und vielleicht ist das einer der Gründe, warum ich solche Angst davor habe, dass wir auffliegen könnten. Denn was wird von diesen gestohlenen Momenten bleiben, wenn wir sie mit der Welt teilen müssen?

In meinem Kopf rattert es. Manchmal verfluche ich ihn dafür, dass er es nach all den Dingen, die wir schon miteinander gemacht haben, immer noch schafft, dass ich rot werde – und weil ich wirklich versuche, das Ganze irgendwie zu überspielen, sage ich das Erstbeste, was mir in den Sinn kommt. »Wir haben morgen den Mathetest, hast du dich vorbereitet?«

Das Abschlussjahr macht mir zu schaffen. Die ständigen Tests, der Druck, die Ängste vor all dem, was vielleicht kommt oder nicht kommt, wenn ich meine Noten jetzt versaue – und mittendrin auch noch Arin. Und dieses Etwas, das wir haben und von dem ich nicht weiß, was es eigentlich ist.

»Hatten wir nicht gesagt, das Thema Schule ist ein Tabu?«, brummt er und greift nach seinem schmuddeligen Hoodie, den er überzieht.

Kurz presse ich die Lippen aufeinander. »Schon, aber du warst schon lange nicht mehr da …«

Arin funkelt mich an. Es ist, als wäre der Vorhang der Zärtlichkeiten zwischen uns zu Boden gefallen, als sei dieser Teil des Stücks nun vorbei, und das echte Drama erwacht zum Leben. »Weil ich Wichtigeres zu tun habe«, meint er und richtet seine Haare.

»Und das wäre?«

Er hält inne, während er mich im Spiegel des Schminktisches von Caroline Tantum ansieht. »Fragst du mich jetzt aus?«

»Vielleicht ein bisschen«, gebe ich schulterzuckend zu. Wir tun das hier schon so lange, immer wieder – und doch weiß ich so wenig über ihn. Was wahrscheinlich daran liegt, dass er auf jede kleine Frage genauso reagiert.

Abweisend.

Kalt.

Als würde er die Wärme zwischen uns immer nur kurz ertragen und die Glut dann schnell austreten, ehe jemand anderes sie entdecken kann.

»Es geht dich einen Scheiß an, was ich mache, wenn ich nicht in der Schule bin.«

Diese Antwort hätte ich kommen sehen müssen, aber sie tut trotzdem weh. Nur will ich gerade jetzt auf keinen Fall zeigen, dass er es geschafft hat, mich zu verletzen, also recke ich das Kinn nach oben. »Wow, kannst du dich noch etwas mehr wie ein Arsch aufführen, nachdem wir gerade Sex hatten?«

Er rümpft die Nase. Langsam dreht er sich wieder zu mir um. »Die Schule ist was für Mädchen wie *dich.*«

Da er auf meine hochgezogene Augenbraue nicht reagiert, setze ich nach: »Was soll das denn jetzt heißen?«

»Du weißt verdammt genau, was ich meine«, knurrt er in sich hinein und zieht sich die Kapuze seines Hoodies über den Kopf. Schirmt sich wieder einmal ab, von mir und der Welt, und den Dingen, die er nicht hören will.

Nur hat er sich da bei mir geschnitten.

»Nein, aber erklär es mir doch mal – falls du das kannst, denn soweit ich weiß, ist auch das nicht deine Stärke«, schieße ich zurück, weil ich mich nicht so behandeln lasse. Auch nicht von ihm. *Besonders* nicht von ihm.

»Tu das bloß nicht, Sophia.«

»Und was bitte? Dich daran zu erinnern, dass du ohne eine halbwegs gute Bildung erst recht nicht aus dem Loch kommst, in dem …«

»Beende diesen Satz lieber nicht.«

»Und warum nicht?«

»Weil es dich nichts angeht«, sagt er so finster, dass mir kalt wird.

»Vielleicht nicht, aber vielleicht solltest du mal den Menschen zuhören, denen du nicht scheißegal bist.«

Er macht einen Schritt auf mich zu. Bedrohlich, verletzt und irgendwie … Ich kann es nicht genau sagen, aber die Worte bleiben mir im Hals stecken, weil sein Blick so unsagbar kalt geworden ist.

»Du hast kein Recht, über mich zu urteilen«, knurrt er.

»Stimmt, aber du führst dich gerade auf wie ein Arschloch«, zische ich und bin es nun selbst, die einen Schritt auf ihn zugeht.

Da ist es.

Das spöttische, bitterböse Grinsen, welches so gar nicht zu der Version von Arin passt, die eben noch mit mir im Bett gelegen hat, und das dennoch zur gleichen Person gehört. »Ja, und es hat mir besser gefallen, als du etwas im Mund hattest.«

»Das hast du gerade nicht ernsthaft gesagt, wie respektlos bist du bitte?«, schnaube ich.

»Geh doch zu Caren und heul dich über mich aus, oh, Moment, das geht ja gar nicht, denn das mit uns darf ja niemand wissen«, kontert er. »Es wäre ja peinlich, wenn deine ach so tollen Freunde wüssten, was du tust, wenn du nicht mit ihnen rumhängst.«

»Wow.« Ich schüttle den Kopf. Vor ein paar Minuten war mein Bauch noch voller Schmetterlinge – und jetzt fühle ich mich schmutzig und benutzt. Dass dieses Etwas zwischen uns nicht viel Romantisches in sich trägt, ist das eine, aber wenn er mir so wenig Respekt entgegenbringt, kann ich es nicht mehr fortsetzen. Ich greife nach meiner Jacke und öffne die Tür des fremden Schlafzimmers.

»Wo willst du jetzt hin?«, ruft Arin wütend.

»In deiner Welt ist es vielleicht egal, wie man mit Menschen redet«, sage ich leise. »Aber in meiner nicht. Ich bin nicht dein Punchingball. Handlungen haben Konsequenzen, Arin. Und ich werde meine jetzt ziehen.«

Er macht ein paar Schritte zur Tür, bleibt dann jedoch stehen, als wüsste er selbst nicht so genau, was er tun will. »Ach ja?«

»Ja.«

Wir starren einander eine Weile an. Dann drehe ich mich um und steige die große, geschwungene Treppe des Hauses hinunter.

»Sophia, warte«, schreit er mir hinterher, aber ich bleibe nicht stehen. Das habe ich schon zu oft getan. »Ich hab es nicht so gemeint.«

»Doch, hast du.«

»Und du hattest versprochen, nicht mehr über die Schule zu reden.«

Für einen Moment verharre ich. Über die Schulter sehe ich ihn an. »Tut mir leid, dass ich es in unserem Abschlussjahr wage, auch an deine Zukunft zu denken«, gebe ich so ruhig zurück, dass es mich selbst überrascht.

Arins Augen verengen sich noch mehr. »Sophia, komm schon …«, meint er. »Komm zurück ins Bett, lass uns einfach vergessen, was ich gesagt habe.«

Ich spüre das Knistern wieder, das Aufflammen des Verlangens und den Wunsch, mich einfach wieder an ihn zu schmiegen und für weitere himmlische Stunden einfach zu vergessen, was außerhalb unserer Blase in der Realität wartet. Arin kennt mich zu gut, um diesen Gedanken nicht auch zu spüren. Er zieht mich an sich und drückt mir ein gefaltetes Stück Papier in die Hand. Der zweite Brief diese Woche. Mein Herzschlag verdoppelt sich, und in meinem Magen beginnen kleine Wirbelstürme miteinander zu tanzen.

»Du weißt, ich will kein Mistkerl sein …«, raunt er mir ins Ohr und küsst meinen Hals, was die Wirbelstürme nur noch mehr durch meinen Körper toben lässt.

»Manchmal bist du es aber«, stelle ich klar und schiebe ihn ein Stückchen von mir weg, auch wenn ich weiß, dass ich es bereuen werde. »Es ist unser letztes Schuljahr, Arin.«

»Ist mir aufgefallen.«

»Wenn ich jetzt sage, dass es mir viel bedeuten würde, wenn du zumindest versuchst, nicht durchzufallen, wirst du wieder wütend, oder?«, frage ich vorsichtig, auch wenn ich lieber einfach schreien würde. Alles wäre so viel einfacher, wenn ich mich mehr von seiner Bad-Boy-Fassade blenden lassen könnte. Aber ich weiß, dass er nicht so ist. Zumindest nicht immer, und der Brief in meiner Hand ist nur einer von unzähligen Beweisen dafür, die ich sammle, um mich selbst daran zu erinnern.

»Lass uns das Thema einfach beenden.«

Ich sehe ihn an, aber auch wenn ich nur zu gern einfach tun würde, als sei alles okay, ist es das nicht. Vielleicht fing die ganze Sache zwischen uns als etwas an, das mehr auf unsere Körper bezogen war, aber jetzt ist es mehr, und das macht mir Angst. Sollte mir Angst machen, weil ich sehen kann, wie Arin auf eine Zukunft zusteuert, die eigentlich keine ist. »Nein«, sage ich also.

»Sophia, ich hab dir gesagt, du sollst dich nicht in meine Angelegenheiten einmischen.«

»Und das würde ich respektieren, wenn du mir egal wärst – aber es ist die letzte Klausur. Die letzte, die dafür sorgen kann, dass du in Mathe nicht durchfällst.«

»Scheiß drauf«, stößt er aus und fährt sich durch die Haare. »Es geht hier nicht um deine Zukunft, sondern um meine.«

Der Satz lässt etwas in mir zerbrechen, oder vielleicht zeigt er mir auch nur noch einmal schonungslos, was ich längst wusste. Es gibt hier nur zwei Ichs und kein Wir. Nicht außerhalb des Betts. Nicht einmal durch den Brief, den ich in meiner geballten Faust zerquetsche.

»So hab ich es nicht gemeint«, setzt Arin schnell hinterher, aber ich drehe mich nickend um und gehe weg, weg von ihm und diesem Etwas zwischen uns. Ich habe all diese Worte, Ausflüchte und Begründungen einmal zu oft gehört – und nun ist das, was auch immer zwischen uns war, vorbei, und das alles nur wegen einer einfachen Frage über Mathe. Zumindest rede ich mir das ein.

SOPHIA

Jetzt

Ich habe kein Zeitgefühl mehr, stattdessen hat sich die Kälte in meinem Körper bis in meinen Verstand ausgebreitet.

Zitternd umschlinge ich mich selbst, während ich ein Stoßgebet in den dunklen Himmel schicke, dass mein Großvater endlich kommt. Doch auch das nächste Auto fährt an der kleinen Haltestelle mitten im Nirgendwo vorbei.

Das Buch in meiner Hand wackelt inzwischen so stark, dass ich die Worte gar nicht mehr richtig erkennen kann. Stattdessen sehe ich auf den Seiten voller Buchstaben immer wieder Statistiken. 6,1 Millionen Menschen auf dieser Welt unwissentlich mit einem Virus im Blut, und bis vor ein paar Wochen gehörte ich zu ihnen. Mit diesen Gedanken ist auch der letzte Rest meiner Lust zu lesen hinfällig. Also klappe ich *Der Marsianer* zu und verstaue den Roman in meinem Rucksack.

Die verlassene Bushaltestelle mitten im Nirgendwo von Idaho scheint mit jedem Atemzug in dieser Kälte kleiner und kleiner zu werden. Der Bus hat einen Schlenker von der Route 95 in Richtung der Wälder vollführt und mich hierhergebracht. Doch nun, da ich in der Baracke sitze und nur das Licht der einzigen Straßenlaterne über mir schimmert, fühle ich mich noch verlorener als zuvor. Irgendwo in meinem Kopf kann ich die Stimme meiner Mutter hören: Meine Tochter hätte das nicht getan. Wer bist du, Sophia?

In diesem Moment, mitten in der Nacht, allein mit der Kälte, fühlt es sich tatsächlich so an, als sei ich ein Niemand – sogar noch schlimmer: Vielleicht bin ich es nicht wert, gerettet zu werden.

Bevor ich vollends zusammenbreche, reißt mich ein Hupen aus meiner Starre. Ich springe von meinem Platz auf.

Der Jeep meines Großvaters hält direkt vor mir, und ich zögere keine Sekunde, als ich die Tür aufreiße, meinen Rucksack auf den Rücksitz werfe und einsteige.

Wir blicken einander wortlos an.

Niemand von uns scheint die richtigen Worte zu finden. Ich, weil ich nicht weiß, wie ich erklären soll, was eigentlich geschehen ist, und er, weil er eben mein Grandpa ist. Mit Worten umzugehen war noch nie seine Stärke, das scheint sich auch in den letzten Jahren nicht geändert zu haben.

Seine Finger gleiten unruhig über das Lenkrad, als würde er darauf warten, ob er wirklich losfahren soll. Darum bringe ich ein »Danke« hervor.

Er nickt und gibt Gas. Wortlos dreht er die Heizung höher, und ich halte meine kalten Finger in den warmen Luftstrom.

»Willst du mir erzählen, was passiert ist?«, fragt er nach einer Weile.

Ich sacke in meinem Sitz zusammen. »Muss ich?«

Seine schmalen Lippen zucken, als würde er etwas sagen wollen, das er eigentlich lieber nicht sagen möchte. »Soll ich deiner Mutter Bescheid geben?«

»Nein!«

»Das kam verdächtig schnell«, stellt er fest und betrachtet mich kurz von der Seite. Ihm muss ich seltsam fremd erscheinen, während er noch immer genauso aussieht, wie ich ihn in Erinnerung habe. Die Glatze ist halb unter einer knappen Wollmütze verborgen und der ungepflegte Bart ein dunkler, silbergrauer Schatten. Die Sonne hat die Furchen in seinem Gesicht vielleicht noch etwas vertieft in all der Zeit, die wir uns nicht gesehen haben, doch aus seinen Augen blickt mir noch immer das entgegen, was ich so vermisst habe. Das Gefühl von Familie.

»Sie hat mich rausgeworfen«, murmle ich leise.

»So viel konnte sich dieser alte Mann auch schon zusammenreimen, nur verstehe ich nicht, warum. Du hast immer zu ihr gehalten.«

»Ja, aber sie nicht zu mir«, gebe ich finster zurück. Sie hat mich in dem Moment im Stich gelassen, als ich sie am meisten gebraucht habe. »Könnten wir dieses Gespräch auf einen Tag verlegen, an dem ich mehr als zwei Stunden geschlafen habe?«

Wieder zuckt sein Mund, doch dann nickt er.

Unser Schweigen dehnt sich aus, während wir auf den dunklen Straßen in Richtung Belmont Bay fahren. Der undurchdringliche Wald, der Fluss und die Berge, die über alles zu ragen scheinen. Mein Herz stolpert kurz, als ich das Willkommensschild entdecke.

Ich hatte mir geschworen, diese Stadt nie wieder zu betreten. Nicht seit jener Nacht, in der meine Mutter mich vor die Wahl stellte, mit ihr zu gehen oder bei meinem Grandpa zu bleiben. Ich ging, weil mein gebrochenes Herz nicht zuließ, dass ich hierblieb. Und doch fahren wir nun an diesem Schild vorbei. »Grandpa?«

»Ja?«

»Hat sich die Stadt verändert?« Bei der Frage beginnt mein Herz wieder schneller zu schlagen, denn auch wenn ich weiß, dass ich keinen anderen Ort habe, an den ich gehen könnte, so will ein kleiner Teil von mir doch am liebsten wieder umdrehen.

»Es ist Belmont Bay, Phee. Nichts wird sich dort jemals ändern, zumindest nicht wirklich«, grummelt mein Großvater und fährt sich über die Nase.

Nun sind es meine Mundwinkel, die kurz nach oben zucken. »Du hast mich Phee genannt«, bemerke ich leise. »Das hat seit Jahren niemand mehr getan.«

»Wenn ich es lassen soll, musst du es mir sagen.«

»Nein, nein, es ist nur …«, setze ich an, weiß aber nicht, wie ich es sagen soll. »Ich hab dich vermisst.«

Er lächelt. Ich hatte vergessen, wie warm sein Lächeln sein kann. »Und ich dich.«

Als wir endlich in der Auffahrt seines Hauses stehen und mir bewusst wird, dass ich hier ein warmes Bett habe, in dem ich mich verkriechen kann, kämpfe ich mit den Tränen.

Grandpa nimmt kommentarlos meinen Rucksack und führt mich sachte ins Innere seines Hauses. Ehe ich dazu komme, mich umzusehen, springt mir Bo entgegen.

»Bo!«, rufe ich aus und muss lachen, als mir der große schwarze Hund einmal quer durch das Gesicht leckt. Mein Grandpa schmunzelt vor sich hin, lässt uns aber ein paar Augenblicke Zeit, damit wir uns begrüßen können.

Es ist, als würde ein winziger Teil der Schwere von mir abfallen, während ich das weiche Fell streichle. Dann allerdings entscheidet Bo, dass ich jetzt weniger interessant bin, und läuft lieber in die angrenzende Küche, um seinen Futternapf geräuschvoll über den Boden zu schieben.

Mein Großvater sieht mich an und nickt zur Treppe. »Dein altes Zimmer ist noch immer oben, aber ich hatte keine Zeit, das Bett zu beziehen.«

Ich winke ab. »Das kann ich machen.«

»Die Wäsche ist …«

»In der Abstellkammer, links, ganz oben?«, frage ich mit einem leichten Lächeln.

»Das weißt du noch?«

Ich nicke. »Sicher.«

Dann erst gestatte ich mir, mich umzusehen. Der große Wohnraum ist sauber und ordentlich. Auf dem Kamin stehen noch immer die Familienfotos und zeigen eine Version von mir, die schon lange nicht mehr existiert. Das Mädchen auf den Bildern hat mein Gesicht, aber sie ist eine andere. Der blonde Pony hängt auch ihr in die Augen, aber die Haare sind länger und fallen über ihre Schultern. Sie hält stolz die Urkunde des Mathewettbewerbs in den Händen, als sei diese Auszeichnung der Beweis dafür, dass die Logik der Zahlen ihr den Weg im Leben weisen könnte – wie sehr ich mich damals doch getäuscht habe.

Bei dem Schwarz-Weiß-Bild meiner Großeltern bleibt mein Blick hängen. Sie waren so glücklich zusammen. Bis einfach alles schiefging. Bis unsere Familie kaputtging.

Als würde er spüren, dass meine Gedanken düster werden, räuspert sich Grandpa. »Gut, ich dreh eine Runde mit Bo. Dann mach ich uns Kaffee, und du kannst duschen und was essen, bevor du dich hinlegst, wenn du willst«, schlägt er vor.

»Das wäre großartig«, sage ich, während ich die Treppen hinaufgehe, und meine es so, auch wenn jeder Schritt zu meinem alten Zimmer sich anfühlt, als würde ich in die Vergangenheit reisen.

Dieses Gefühl wird noch schlimmer, als ich die Tür öffne. Mein Grandpa hat nichts verändert. Es sieht noch immer genauso aus wie an dem Tag, als meine Mutter und ich diese Stadt verlassen haben. Auf dem kleinen Schreibtisch vor dem Fenster stapeln sich Papiere, Schulbücher und meine geliebten Textmarker in Dutzenden Farben.

In dem großen Regal an der gegenüberliegenden Wand hat sich der Staub auf die Bücher und Kartons voller Erinnerungen gelegt wie eine Decke. Wo sind nur die letzten sechs Jahre geblieben?

Auf meinem Bett sitzt der alte Plüschhase, den Grandma mir geschenkt hat. Ihr Tod kurz nach Carens spurlosem Verschwinden war der Grund, warum meine Mutter die Stadt verlassen wollte. Ich werfe meinen Rucksack in die Ecke neben der Tür, wie ich es so oft nach der Schule getan habe, und wage ein paar Schritte ins Zimmer. Meine Müdigkeit ist wie weggeblasen, als ich nach dem Stofftier greife und es fest an meine Brust drücke.

Neben meinem Bett rutsche ich auf den alten Dielenboden und vergrabe mein Gesicht in Mr Bunny, als könnte er mir all die Zeit wiedergeben, die ich in den letzten Jahren verloren habe.

3

ARIN

Ein perfekter Tag in der perfekten Kleinstadt – zumindest für alle anderen.

»Komm schon, Stella, ich kann einfach alles machen«, sage ich fast flehend und betrachte die Floristin.

Von dem Duft der gefühlt hundert Blumen um mich herum kribbelt meine Nase. Aber auch die Pracht der verschiedenen Blüten kann mich nicht über Stellas angestrengte Miene hinwegtäuschen. Sie schüttelt den Kopf und wendet sich wieder ihrer Blumendekoration zu. »Tut mir leid, ich kann es mir nicht leisten, dass du dich wieder aus der Kasse bedienst«, antwortet sie streng, was mich wiederum fluchen lässt.

»Ich habe es dir zurückgezahlt.« Meine Stimme klingt gequält, um nicht zu sagen jämmerlich. Aber genau das bin ich. Stehe hier und bettle, während ich versuche, irgendwie Abstand von dem Menschen zu nehmen, der ich war.

»Ja, zur Hälfte.«

»Bitte, ich …«

»Arin«, unterbricht sie mich und seufzt dann tief. »Tut mir leid, aber nein. Ich finde es toll, dass du schon einige Monate clean bist, und ich hoffe, du findest etwas anderes. Aber ich kann dich nicht einstellen. Nicht noch mal.«

Innerlich schreie und fluche ich, aber reiße mich zusammen, so gut ich kann. Ich bin nicht wütend auf Stella, sondern auf mich selbst. Und auf alles, was ich verbockt habe. »Schon gut«, presse ich hervor.

Ihre Augen werden sanfter, doch das macht den Zorn gegen mich selbst nur noch viel schlimmer. »Arin …«

»Nein, lass es. Ich will dein Mitleid nicht«, gebe ich zurück und drehe ihr den Rücken zu. Ihre Abweisung kann ich ertragen, aber der mitfühlende Blick bringt mich fast um.

So viel zum Thema zweite Chancen.

Obwohl ich Stella zugutehalten muss, dass sie es zumindest einmal mit mir versucht hat. Das ist einmal mehr als die meisten in dieser gottverdammten Stadt.

Gerade jetzt würde ich am liebsten alles in Schutt und Asche legen. Die schönen historischen Backsteingebäude mit den blank polierten Fenstern, die mich zu verspotten scheinen, wie sie so ordentlich in einer Reihe stehen. Selbst die verdammten Türen der kleinen Läden sind farblich aufeinander abgestimmt.

In Belmont Bay passt alles perfekt zusammen.

Nur ich, ich falle aus dem Rahmen und werde noch wütender, je mehr ich mich selbst deswegen bemitleide. Ich zwinge mich, das leuchtende Rot im Licht der Sonne zu ignorieren, während ich Stellas Laden hinter mir lasse.

Der Friseursalon von Elif wird umrahmt von der winzigen Konditorei, in der ich ebenfalls rausgeflogen bin, und dem Buchladen, den ich nicht einmal mehr betreten darf, seit ich für Sophia ein Buch geklaut habe.

Sophia.

Die Physik der Materie. So hieß das Buch, das sie so gern lesen wollte und das ihre Mutter ihr nicht besorgen wollte. Der Gedanke an Sophia kommt so aus dem Nichts, dass ich noch wütender werde. Während ich über den schmalen Bürgersteig marschiere, wird die Wut so stark, dass ich sie irgendwo rauslassen muss. Also trete ich einmal gegen den roten Backstein des Hauses neben mir. Nur um kurz darauf erneut zu fluchen.

»Hey«, fährt Elif mich an. »Würdest du meinen Laden bitte nicht treten?« Sie steht auf der Treppe ihres kleinen Friseursalons und betrachtet mich kritisch.

Jetzt ist mir meine Aktion unangenehm. »Sorry.«

Sie leckt sich einmal über die Lippen, als würde sie überlegen, was sie als Nächstes sagt. »Alles gut bei dir?«

»Sehe ich etwa so aus?«

Heute trägt sie einen fliederfarbenen Hidschab, dessen Ton sich in ihrer Halskette widerspiegelt und einen schönen Kontrast zu ihrer hellbraunen Haut bildet. Ihre dunklen Augen betrachten mich einen Moment. »Komm rein, ich schneid dir die Haare«, sagt sie schließlich, und es klingt nicht nach einer Bitte.

Kopfschüttelnd streiche ich mir die Haare nach hinten. »Ich hab kein Geld.«

»Dann ist es ja gut, dass ich keins verlange. Du kannst mir helfen, die Lampen an der Außenfassade zu reparieren«, meint sie, und die Strenge in ihrer Stimme duldet keinen Widerspruch.

Also folge ich ihr in den kleinen Salon. Noch ist es ruhig, nur der Geruch des Jasminshampoos liegt bereits in der Luft. Sie knipst das Licht an und deutet auf einen der freien Stühle vor der Spiegelwand.

»Du warst schon lange nicht mehr hier«, stellt Elif fest.

»Die Miete ist gerade wichtiger als meine Haare«, gebe ich zu, während ich mich hinsetze. Sie wirft den kleinen schwarzen Umhang über mich, zieht ihren Stuhl etwas näher und zückt die scharfe Schere aus ihrem Gürtel.

»Es läuft also nicht gut mit der Jobsuche?«, will sie wissen, während sie mit der anderen Hand mein Haar kämmt.

Ich kann ihr nicht einmal durch den Spiegel in die Augen schauen. »Das wäre noch ziemlich positiv ausgedrückt.«

Die Wahrheit ist wohl, dass ich es geschafft habe, einfach alle Brücken abzubrennen, und nun sitz ich allein in einem Feuer, das ich selbst gelegt habe, und niemand hilft mir dabei, es zu löschen. Es wäre alles so viel einfacher, wenn ich einfach den Ruß einatmen und das Ganze hinter mich bringen würde – aber so funktioniere ich nicht. Ich mache immer weiter und weiter, zumindest rede ich mir das selbst ein. Elif scheint meinen inneren Monolog besser zu verstehen, als mir lieb ist.

Sie legt den Kopf schief, während sie mich betrachtet. »So schlimm?«, fragt sie sanft und hält inne.

»Noch viel schlimmer, und ich bin mit der Miete im Rückstand.«

»Das ist …«, murmelt sie leise.

»Scheiße.«

»Kein Fluchen in meinem Laden.«

»Sorry.«

Sie nickt, als sei es damit okay, und verzieht die Lippen, als würde sie darüber nachdenken, was sie nun tun kann. »Mit Geld kann ich dir leider auch nicht dienen, zumindest nicht regelmäßig. Aber ich könnte dennoch etwas Hilfe gebrauchen, die Klimaanlage funktioniert nicht mehr richtig, und ich schaffe es einfach nicht, dass der Wasserhahn aufhört zu tropfen. Um ehrlich zu sein: Ich komme aktuell kaum hinterher.« Elif nimmt meine Haare zwischen ihre Finger und beginnt zu schneiden, noch ehe ich sagen kann: »Ich kann es mir ansehen.«

Sie schenkt mir ein kleines Lächeln, während sie dafür sorgt, dass zumindest meine Frisur wieder sitzt. Als sie den Rasierer in meinem Nacken ansetzt, bin ich froh, dass sie mir etwas Raum lässt, um zu schweigen. Denn ich bin überfordert damit, dass jemand nett zu mir ist, obwohl die Person daraus keinen Vorteil ziehen kann. Oder zumindest keinen großen. In dieser Stadt würde jeder ihr dabei helfen, die kleinen Reparaturen zu machen. Nur hat sie nicht irgendwen gefragt, sondern ausgerechnet mich.

Elif nimmt mir den Umhang wieder ab und lächelt breit. »Siehst du, und schon ist der Tag nicht mehr ganz so furchtbar, und deine Frisur sitzt auch wieder.«

Ich streiche mir durch die Haare. Mein Spiegelbild sieht wieder vertrauter aus, auch wenn ich mir nicht sicher bin, ob das etwas Gutes oder etwas Schlechtes ist. Die Seiten sind wieder kurz, und ich kann mir oben alles mit dem Gel, das Elif mir reicht, nach hinten stylen. Während ich noch dabei bin, alles so zu legen, wie ich es will, nickt sie abermals. »Damit hast du deinen *Scumbag Boogie* und ich jemanden, der meine Lampen wechselt«, meint sie und zwinkert.

Zähneknirschend stehe ich auf. »Warum bist du eigentlich immer so nett?«

»Bisher hast du mir keinen Grund gegeben, es nicht zu sein«, gibt sie zurück und scheucht mich zur Seite, damit sie meine Haare zusammenfegen kann.

»Danke.«

Sie blickt kurz zu mir auf und nickt. »Die Leiter und der Werkzeugkasten stehen hinten.«

»Ich mach mich gleich an die Arbeit.«

»Gut, meine erste Kundin kommt auch gleich.«

»Bis dahin sollte ich fertig sein«, sage ich schnell, weil ich verstehen kann, dass meine Anwesenheit vielleicht schlecht für ihr Geschäft sein könnte. Die Touristen kennen mich nicht, aber der Rest der Stadt wird schon darüber tuscheln, dass sie mir die Haare schneidet, kurz nachdem ich Stella angepampt habe.

Elif zieht die dunklen Augenbrauen zusammen. »So meinte ich das nicht.«

Vielleicht sagt sie sogar die Wahrheit, aber gerade weil sie nett zu mir ist, will ich nicht, dass jemand in der Stadt sie schlechter behandelt. »Ist schon okay, ich beeile mich.«

4

SOPHIA

Das Licht der Mittagssonne fällt durch die kargen Äste der Bäume, während das Laub unter meinen Füßen bei jedem Schritt raschelt. Vereinzelte hellgrüne Knospen sind an den Bäumen und Sträuchern zu erkennen, doch der Frühling ist noch nicht in Idaho eingezogen, als würde er sich sträuben, aus seinem Schlaf zu erwachen.

Verdenken kann ich es ihm nicht.

Mir wäre es auch lieber, mich noch eine Weile zu verstecken, wie die Tiere, die Winterschlaf halten. Nur interessiert das weder das Virus, das sich in mein Immunsystem geschlichen hat, noch all meine anderen Probleme – wie zum Beispiel, dass ich Bo verloren habe.

Unsicher bleibe ich stehen und werfe die Hände in die Luft, wo ist der Hund meines Großvaters nur hingelaufen?

»Warum wolltest du auch unbedingt zurück nach Belmont Bay? Und warum hast du angeboten, mit Bo Gassi zu gehen, obwohl du genau weißt, dass er nicht auf dich hört?«, frage ich mich mürrisch selbst und suche zwischen den Bäumen weiterhin nach dem schwarzen Hund. »Bo!«

Blinzelnd versuche ich, etwas zu erkennen, das mir einen Anhaltspunkt gibt. Aber um mich herum sind nur Bäume, Laub und Reste von Schnee, die sich in meine viel zu dünnen Turnschuhe schieben. »Bo!«

Nur leider antwortet mir niemand.

Ich bin mir nicht sicher, ob Bo langsam selbst etwas von seinem Gehör eingebüßt oder ob er einfach beschlossen hat, mir schon meinen zweiten Tag zurück in dieser Stadt zur Hölle zu machen.

So oder so, ich muss ihn finden. Die Wälder in Idaho sind so dicht, dass man meinen könnte, die Bäume würden sich heimlich zusammenrotten, sobald man sie aus den Augen lässt.

»Bo!«, rufe ich mit dem Anflug von Verzweiflung – und höre ein Bellen. Sofort sprinte ich in die Richtung, aus der ich es gehört habe. Nicht weit von dem kleinen Weg, den wir gegangen sind, entfernt, zwischen den Bäumen vor mir ist ein Maschendrahtzaun, der den angrenzenden Trailerpark von diesem Gebiet des Waldes trennt. Zumindest war das wohl der Plan, allerdings zeigt mir ein mit Müll und Bierdosen gesäumter Trampelpfad den Weg zu einem Loch, das groß genug ist, damit ich zweimal hindurchschlüpfen könnte.

»Verdammt, Bo!«, fluche ich vor mich hin, zwinge mich aber dennoch, weiterzugehen. Meine Nervosität liegt nicht nur an Bo, sondern auch an der Gegend, denn die vernagelten Fenster an einigen der Trailer und die unheimliche Stille leisten ebenfalls einen Beitrag dazu. Fröstelnd schlinge ich die Arme um mich selbst, während ich die Umgebung scanne. »Bo!«, rufe ich noch einmal deutlich leiser, denn in den meisten Trailern sind die Vorhänge zugezogen, als würden die Bewohnenden noch schlafen, obwohl die Mittagssonne ihr Bestes gibt, um sie zu wecken.

Es ist niemand zu sehen, und doch traue ich mich kaum, weiter nach dem Hund meines Großvaters zu rufen.

Wieder ein Bellen.

Ich wirble herum, doch statt des Hundes entdecke ich, dass ich keineswegs so allein bin, wie ich es gern hätte. An einem der provisorischen Zäune, die den Wohnbereich um die einzelnen Trailer abgrenzen, stehen zwei Männer. Mit einer Hand wische ich mir über die Stirn.

»Können wir dir helfen?«

Das Alarmsignal in meinem Kopf fängt augenblicklich an zu schrillen. Meine Muskeln spannen sich an, während ich die zwei Männer vor mir betrachte. »Äh«, kommt es formschön aus meinem Mund, ehe ich mich daran erinnere, dass ich mich von zwei Typen nicht einschüchtern lassen darf. »Ich suche meinen Hund.«

»Damit können wir nicht dienen«, sagt der Erste. »Aber ich könnte dir meinen Hotdog anbieten.«

Ihr schallendes Lachen ist wie eine Ohrfeige. Vor Ekel verziehe ich den Mund. »Auf sexuelle Belästigung kann ich verzichten«, zische ich. Ich rufe noch einmal nach Bo, aber nichts. Kein Bellen. Und auch leider keine Filmsequenz, in der er im genau richtigen Moment auf mich zustürmt und die Störenfriede grimmig anknurrt.

»Du siehst aber aus, als würdest du Hilfe brauchen«, sagt einer meiner unliebsamen Beobachter, seine Stimme erinnert mich an den Stimmbruch meines Cousins. Er kommt näher, macht sogar Anstalten, nach meiner Schulter zu greifen.

»Nein«, stelle ich noch einmal klar und weiche fast unwillkürlich einen Schritt zurück.

»Schade. Wie wäre es, wenn du mir dein Handy gibst? Und dein Geld? Sieht nicht aus, als wüsstest du, wie du damit Spaß haben kannst.«

Seine Stimme löst jedes Warnsignal in meinem Körper aus, obwohl er klingt wie ein Frosch im Mixer.

»Komm schon, Kleines«, sagt Froschstimme grinsend. »Sei ein braves Mädchen und gib mir das Handy.«

»Nein.«

Schluckend betrachte ich die zwei Männer. Der Erste von ihnen leckt sich über die Lippen, hinter denen nur wenige Zähne sitzen – als hätte jemand sie ihm ausgeschlagen. Er ist locker zwei Köpfe größer als ich, doch mehr Sorge macht mir der zweite Kerl. Froschstimme ist schmächtiger, jedoch mit einem gierigen Blick, der mir Angst macht. Er scheint fest entschlossen, mir meine wenigen Habseligkeiten abzunehmen. Mein Herzschlag hämmert in meinem Kopf. Das Blut pumpt so heftig durch meine Adern, dass mir schwindelig wird. Panik droht meinen Körper zu übernehmen, doch ich schiebe sie in den hintersten Winkel meines Verstands.

Jetzt in eine Angststarre zu verfallen, könnte mich mein Leben kosten. Das Handy in der Hand, tippe ich 911 ein, aber ich weiß selbst, dass es mir nichts nützen wird. Die Polizei wird nicht rechtzeitig hier sein – selbst wenn ich es schaffe, den Notruf abzusetzen, bis der Sheriff in diesem Teil der Stadt ist, wurde ich längst überwältigt.

»Wenn ihr noch einen Schritt näher kommt, schreie ich«, drohe ich, was jedoch nur auf gehässiges Lachen stößt.

Verdammt, Bo! In was für eine Situation hast du mich hier nur gebracht, und wo steckst du?

»Wir könnten es für uns alle leichter machen, wenn du mir einfach das gibst, was ich will«, sagt Froschstimme.

Ich blicke über die Schulter, aber wir sind allein. Der Trailerpark ist abgeschieden, die meisten, die hier leben, sind um diese Uhrzeit in der Stadt und arbeiten – oder sie schlafen ihren Rausch aus und entscheiden sich dafür, dass sie alles andere nichts angeht. Niemand ist hier, außer mir und diesen Arschlöchern, die beim Anblick einer Frau offenbar denken, sie hätten ein leichtes Opfer gefunden.

»Haut. Endlich. Ab.«

Das tun sie nicht. Ich verfluche mich leise dafür, kein Pfefferspray dabeizuhaben. Bevor ich weiß, was geschieht, springt die große Kartoffel auf mich zu. Er greift nach meinem Telefon, doch ich weiche aus. Mein Handy donnert auf den Boden. So viel zum Thema Lebensretter.

Ich ducke mich und hole aus, woraufhin ich genauso laut aufstöhne wie die Kartoffel selbst. Meine Faust hat ihn auf der Nase getroffen. Tränen treten in seine Augen. Meine Fingerknöchel brennen. Ehe ich mich davon erholen kann, werde ich herumgedreht.

»Miststück«, knurrt der Erste und drückt mich an einen der angrenzenden Trailer. Er ist erstaunlich stark, doch ich schreie so laut in sein Ohr, dass er zusammenzuckt. Den kurzen Schreck nutze ich, um ihm mein Knie in die Weichteile zu rammen. Leider übersehe ich dabei, dass die Kartoffel wieder zu etwas anderem als Jammern fähig ist. Er packt mich von hinten, zerrt an meiner Jacke. Ich schreie, fluche und trete um mich wie ein wild gewordenes Pferd. Eine Hand presst sich auf meinen Mund, und ein Arm schnürt mir die Luft ab. Mein Körper bäumt sich auf. Gerade als ich denke, dass ich schon an meinem zweiten Tag zurück in dieser Stadt das Zeitliche segne, fällt ein Schatten auf mein Gesicht.

»Lasst. Sie. Los.«

Begleitet von einem tiefen Knurren, das ich nur von Bo kenne.

Die tiefe Stimme lässt mein Herz gefrieren, und damit bin ich nicht allein.

Einer der Männer erstarrt, während sich der andere zurückzieht. Er atmet so schwer, als wäre er gerade einen Marathon gelaufen. Ich nutze die kurze Zeit, die ich habe, und winde mich aus dem gelockerten Griff.

»Verschwindet!«

Die Männer stolpern aufeinander zu, und erst jetzt wage ich es, meinen Helfer anzublicken. Sein Gesicht ist im Schatten einer Kapuze verborgen, aber sein breites Kinn könnte eindeutig eine Rasur vertragen. Bo sitzt neben ihm, knurrt noch immer und lässt die beiden Männer nicht aus den Augen.

»Ihr habt sie gehört«, donnert seine bassige Stimme und wird von dem Zähnefletschen des Hundes unterstrichen. Er hält Bo nicht fest, bedeutet ihm nur mit der flachen Hand, sitzen zu bleiben. Alles an dieser Szene wirkt bedrohlich. Der Unbekannte steht da wie ein Fels, und obwohl ich seine Hände nicht sehen kann, würde ich darauf wetten, dass er sie zu Fäusten ballt.

»Entspann dich, es ist nicht das, wonach es aussieht«, Froschstimme will mich am Arm packen, doch ich reiße mich los.

Der andere greift seinem Freund an die Schulter. Was er murmelt, kann ich kaum verstehen, das Adrenalin rauscht durch mein Blut, und ich bemerke erst jetzt wieder die Schmerzen in meiner Hand. Meine Fingerknöchel sind rot. »Verschwindet! Oder ich rufe die Bullen, nachdem ich eure Visagen gegen den Bordstein geschleudert habe«, knurrt der Fremde. Nein, nicht fremd. Auch wenn ich sein Gesicht noch immer nicht genau erkennen kann. Die Vibration seiner Stimme geht mir durch Mark und Bein. Meine Wirbelsäule kribbelt.

Die zwei Typen fangen an zu rennen, als hätte der Kerl einen Warnschuss abgegeben. Ich kann es ihnen nicht verdenken. Selbst ich bekomme wieder Angst.

Allerdings nicht, weil ich Angst vor ihm habe, sondern weil mir erst jetzt bewusst wird, wer hier vor mir steht.

»Geht es dir gut?«

»Ich denke schon«, bringe ich heraus. »Und dir geht es wohl auch gut«, schnaube ich an Bo gewandt, der mich mit fragenden braunen Augen ansieht. Der Hund kommt auf mich zu, und ich hocke mich hin, damit ich mein Gesicht in seinem dunklen Fell vergraben kann. Ihm geht es gut, mir geht es okay – mehr ist gerade nicht wichtig. »Tu das bitte nie wieder«, murmle ich in die pelzigen Ohren.

»Haben sie dir etwas getan?«, will Arin mit dem Anflug von Sorge wissen.

Zumindest rede ich mir ein, dass dieser Unterton Sorge ausdrücken soll. Ich schüttele den Kopf und blicke an mir hinunter. Mein Hals spannt, und mein Kopf fühlt sich seltsam dumpf an. Aber mir fehlt tatsächlich nichts, außer vielleicht der Glaube an die Menschheit. Warum müssen solche Sachen immer uns Frauen passieren? Und warum reicht es, wenn nur ein Mann dazu kommt?

Arin sieht mich erwartungsvoll an. Sein Anblick allein löst tausend Emotionen auf einmal aus, die ich weder benennen noch erklären kann – aber ich weiß, dass sie gerade zu viel für mich sind. »Danke, dass du Bo gefunden hast.«

»Er hat eher mich gefunden«, erklärt Arin und schiebt die Hände in die Hosentaschen seiner Jeans. »Du bist wieder in der Stadt?«

Da ich nicht weiß, was ich darauf sagen soll, hebe ich mein Handy vom Boden auf. Schon jetzt sehe ich, dass es nicht mehr zu retten ist. Das Display besteht nur noch aus flackernden Scherben.

Arin sieht mich an und schiebt sich die Kapuze vom Kopf. Das dunkle Haar fällt ihm in die Stirn. Ich weiche seinem Blick aus und wische mir eine Strähne aus dem Gesicht. Dabei blicke ich auf seine Füße. Seine nackten Füße.

»Hast du keine Schuhe?«

»Ich hab deine Schreie gehört und bin hergelaufen.«

»Ohne Schuhe?«

»Wäre es dir lieber gewesen, dass ich sie erst anziehe? Ich hab nicht darüber nachgedacht.«

Mit einer hochgezogenen Augenbraue blicke ich ihm ins Gesicht. Er lächelt auf eine verstörend nette Art. Das hier ist Arin. Der Arin. Mein Arin, hätte die frühere Sophia gesagt, während die jetzige sich daran erinnert, dass Menschen kein Besitz sind und dass Liebe das nicht ändert, die Liebe aber mich verändert hat. Ich nicht weiß, ob das gut oder schlecht ist, während zwei Sophias in meinem Inneren miteinander diskutieren.

Offenbar habe ich ihn ziemlich lange angestarrt, ohne etwas zu sagen. Er macht noch einen Schritt auf mich zu und betrachtet mein zerstörtes Handy.

»Shit.«

»Ja, Shit. Aber immerhin habe ich Bo wiedergefunden. Mein Grandpa wäre nicht erfreut, wenn ich ausgerechnet seinen Hund verliere«, gebe ich in dem Versuch zurück, einen Scherz zu machen.

Arin scheint allerdings nicht wirklich zum Scherzen aufgelegt zu sein. Ich kann sein verkniffenes Gesicht nicht deuten, während er mich von oben bis unten taxiert. Es ist so lange her. Und doch fühlt es sich an, als wäre alles wie immer. Was nicht gerade etwas Gutes bedeutet.

Falls es Arin so geht wie mir, zeigt er es zumindest nicht. Stattdessen räuspert er sich. »Du wohnst bei ihm?«

»Ja, und du …« Ich sehe mich noch mal in dem Trailerpark um. »Hier?«

Er kneift die Augen zusammen, und da erscheinen kleine Falten, die früher nicht da waren und von all dem erzählen, was geschehen ist, nachdem sich unsere Wege getrennt haben. Er nickt. »Ziemlich erbärmlich, ich weiß.«

»Das habe ich nicht gesagt.«

»Musstest du auch nicht, dein Blick hat gereicht.«

Ich stöhne und bin versucht zu behaupten, dass Arin sich kein Stück geändert hat. Aber so ganz stimmt das nicht. Er wirkt anders als damals. Älter und irgendwie … Ich kann es nicht genau benennen.

»Vielleicht könnten wir uns darauf einigen, dass wir noch bis morgen warten, ehe wir mit dem Streiten anfangen«, schlage ich vor.

»Von mir aus.« Er sieht von mir zu Bo. »Soll ich euch nach Hause fahren?«

»Du hast ein Auto?«

»Nein. Aber Mrs Parker. Ich wollte ohnehin in die Stadt und ihre Einkäufe besorgen.«

Während ich mit einer Hand immer noch Bo streichle, mustere ich Arin. »Du hilfst ihr?« Zu dem Bild, das ich von Arin habe, passt es nicht, dass er älteren Menschen bei ihren Einkäufen hilft.

Und als wollte er selbst das noch einmal unterstreichen, sagt er: »Es ist eher ein Handel, dafür beschwert sie sich nicht, wenn ich ihr Kabelfernsehen anzapfe. Also?«

Ich wäge kurz ab, ob ich nicht besser einfach mit Bo zurücklaufe, doch wenn ich ehrlich bin, fühle ich mich gerade unwohl bei dem Gedanken, allein durch den Wald zu laufen.

»Spricht wohl nichts dagegen …«

Das stimmt nur halb, denn es spricht verdammt viel dagegen. Zum Beispiel, dass er mir das Herz gebrochen hat. Dass unsere Beziehung zueinander unglaublich toxisch war. Dass ich mich am besten von ihm fernhalten sollte. Es gibt Millionen Gründe, wegen denen ich einfach Nein sagen sollte – aber ich tue es nicht.

Ich folge Arin um die Ecke zu seinem Trailer. Die morsche Treppe stöhnt unter seinem Gewicht, doch er scheint es nicht zu bemerken. Mit genügend Sicherheitsabstand bleibe ich hinter ihm und versuche, dabei nicht zu wirken, als würde ich darüber nachdenken, was hier eigentlich passiert. Der Anblick seiner nackten Füße irritiert mich noch immer.

Was für ein Mann rennt barfuß nach draußen, wenn er eine Frau schreien hört? Nicht, dass ich mich beschweren will. Auch wenn ich es niemals laut aussprechen würde: Ohne ihn wäre die Situation wesentlich schlimmer ausgegangen.

Arin bleibt in einer schmucklosen Tür stehen. »Ich hoffe, du hast keine allzu hohen Erwartungen«, sagt er kühl, während er ins Innere seines Trailers geht.

Etwas ratlos sehe ich Bo an, der weit weniger Probleme damit zu haben scheint, einfach reinzugehen. »Sagst du das zu allen Frauen, die deinen Trailer betreten?«, will ich als Versuch eines Scherzes wissen.

»Du bist die Erste.«

»Das ist nicht gerade beruhigend.«

Oder doch? Will ich wirklich darüber nachdenken, was Arin in diesem Wohnwagen normalerweise tut?

Er antwortet nicht, und auch die Stimme in meinem Kopf schweigt.

Bevor ich es wage, die Schwelle zu überschreiten, lasse ich den Blick schweifen. Arin ist offenbar kein sehr sentimentaler Typ. Sein Wohnbereich ist winzig, wirkt aber aufgrund des Mangels an persönlichen Dingen geräumig. Zögernd trete ich ein, lasse Bo neben mir sitzen und schließe die Tür hinter uns.

Arin mustert mich kurz und nickt dann. Obwohl ich kein Wort gesagt habe, scheint er genau zu wissen, was ich denke. »Ich zieh mich nur kurz um.«

»Okay.«

Er wartet nicht darauf, dass ich mich umdrehe, sondern zieht sich den Pulli über den Kopf. Ich beiße mir auf die Unterlippe und drehe mich langsam um, auch wenn ich nicht ungeschehen machen kann, dass sich sein Anblick in mein Bewusstsein gebrannt hat. Ich kenne seinen Oberkörper. Die breiten Schultern, die sehnigen Arme. Die ausgeprägten Schlüsselbeine und die Tattoos, zu denen sich ein neues gesellt hat. Eine schwarze kleine Schlange.

Mein Blick huscht über meine Schulter, sodass ich erleichtert feststellen kann, dass er wieder ein Shirt trägt. Der Adrenalinschub lässt langsam nach, und ich überlege, ob ich zum Sheriff fahren sollte.

Und dass ausgerechnet Arin derjenige war, wegen dem alles gut ausging.

ARIN

Diese Augen. Unwillkürlich ballen sich meine Hände zu Fäusten. Als ich den Schrei gehört habe, bin ich einfach losgestürmt. Zur Belohnung habe ich noch immer Steinchen unter den Fußsohlen.

Es sollte mich nicht überraschen, dass Männer auf eine Frau losgehen. Aber auch wenn ich die allgegenwärtige Gewalt gewohnt bin, trifft sie mich noch immer. Sehr wohl überrascht hat mich allerdings Sophia. Ihr rechter Haken hätte selbst mich umgehauen. Und dann dieser Blick.

Kalt wie der erste Frost im Herbst.

Schön wie das gefrorene Meer.

Unnahbar wie die eisigen Gipfel eines Bergs.

Verdammt. Wieso zur Hölle ist Sophia Bennett wieder in dieser gottverdammten Stadt? Und warum fühlt es sich so an, als wäre es erst gestern gewesen, seit wir uns zum letzten Mal gesehen haben?

Meine Gedanken klingen, als würde ich gleich eine Gitarre rausholen und einen schmalzigen Song aus den Achtzigerjahren schmettern. Es wäre für uns beide das Beste, wenn ich mich zusammenreiße und mir nicht anmerken lasse, dass sie noch immer die gleichen Reaktionen in mir hervorruft wie damals.

Mein Herz hämmert, als wäre ich eine Meile gelaufen. Nervös fahre ich mir durch die Haare und schiebe mit dem Fuß ein paar ungewaschene Socken unter den Tisch, auf dem sich meine Rechnungen türmen. Obwohl ich mir eigentlich nichts aus Prestige mache, ist mir mein Trailer nicht zum ersten Mal unangenehm.

Was wird sie denken, wenn sie die kaputten Möbel und die wenigen Bücher sieht? Das Geschirr aus einem Charity-Shop und den Tisch, der immer wackelt, weil ich ein anderes Bein angeschraubt habe?

Was denkt sie darüber, dass ich genau dort gelandet bin, wo ich hingehöre? In der Gosse. Einer billigen Absteige.

Eigentlich darf es mir nicht peinlich sein, denn das hier ist schon das Upgrade zu dem, wo ich vorher war. Nur kann Sophia das nicht wissen.

Sie kennt den alten Arin.

Und der war nicht besser als die zwei Arschlöcher, die sie vor wenigen Minuten bedrängt haben. Vielleicht sogar noch schlimmer.

Vielleicht bin ich immer noch nicht besser als das, sondern nur … anders.

»Ich bin so weit«, sage ich und schnappe mir die Schlüssel und den Einkaufszettel, ehe ich wieder vor Sophia trete. Sie ist ein gutes Stückchen kleiner als ich, aber dennoch hatte ich immer das Gefühl, sie würde weit über mir stehen und auf mich herabsehen.

Ihre grauen Augen sehen in meine. Ohne Zögern, ohne Scham –

aber mit tausend Fragen, die sie nicht ausspricht und mir trotzdem stellt. »Sophia?«

Sie zuckt zusammen, als hätte ich sie aus den Gedanken herausgerissen. »Ja, entschuldige«, meint sie verlegen und dreht sich um, um wieder aus meinem Trailer zu tapsen. Bo folgt ihr mit gesenktem Kopf. Es kommt mir fast vor, als wüsste der Hund, dass er sie in Schwierigkeiten gebracht hat, als er davongelaufen ist.

Ich deute auf den klapprigen Toyota, der vor dem Trailer mit dem ausgeblichenen rosa Sonnenschirm steht. Sophia nickt und steigt ein, während Bo auf den Rücksitz springt.

»Wir sollten es melden«, sage ich und überrasche mich damit selbst.

»Was meinst du?«

»Den Überfall.«

»Vielleicht«, sagt sie und sieht mich an. »Und für dich wäre das okay?«

Ich weiß, was diese Frage bedeuten soll. Sophia denkt, dass ich diese Leute kenne. Was auch stimmt, aber nur, weil ich jemanden kenne, heißt das nicht, dass ich loyal bin. Schon gar nicht, wenn Gewalt im Spiel ist. Ich hab es mir nicht ausgesucht, hier zu leben, und ich muss mir auch nicht aussuchen, die grundlegenden gesellschaftlichen Regeln einfach zu ignorieren, nur weil es mir mein Leben hier erleichtern würde. Wenn die beiden meinen, mich dafür verantwortlich zu machen, dass sie für ihren Scheiß zur Rechenschaft gezogen werden, soll mir das recht sein.

»Du solltest es melden, und ich kann als Zeuge aussagen, falls nötig«, erkläre ich, auch wenn es mir einen Stich versetzt. Es wäre besser, wenn mein Name nicht irgendwo auftaucht. Besser für meine Bewährung, aber eben nicht richtig. Und ich weiß, dass der richtige Weg selten der leichtere ist. Außerdem kann ich schlecht zulassen, dass diese Arschlöcher noch einmal so eine Aktion bringen. Welche Wahl haben wir also?

Von meinem inneren Konflikt scheint Sophia nicht wirklich etwas mitzubekommen. Wortlos betrachtet sie weiter ihr zersprungenes Handy. Wahrscheinlich ist einer der anderen draufgetreten, so, wie das Display zerplatzt ist. In mir regt sich der Drang, ihr meine Hilfe anzubieten. Nicht, weil sie es braucht, sondern weil ich es brauche. Ich will mich nicht wie ein völliger Versager fühlen, und wenn ich ehrlich mit mir selbst bin, will ich auch nicht, dass Sophia mich so sieht. »Ich kann das Display austauschen, wenn du willst.«

»Du kannst so was?«, fragt sie und sieht mich an.

Ich räuspere mich unbehaglich, während ich ihrem Blick ausweiche. »Mein Handy ist auch schon öfter unter die Stiefel von Arschlöchern geraten.«

Aber Sophia wäre nicht Sophia, wenn sie es mir einfach machen würde. Sie schüttelt den Kopf. »Das kann ich nicht annehmen.«

»Warum nicht?«

»Weil …«

Ich eben ich bin. Und sie ist sie. »Schon okay«, wehre ich also ab.

»Nein, ich meine: Ja, das wäre wirklich nett von dir, Arin.« Sie reicht mir das Handy mit der Andeutung eines Lächelns.

»Okay«, gebe ich überrascht zurück und greife danach. Unsere Fingerspitzen berühren sich nur für den Bruchteil einer Sekunde, doch in diesem Moment scheint die Welt um uns plötzlich stillzustehen.

Das eiserne Grau ihrer Augen hält mich gefangen, zieht mich zurück in den Strudel der Gefühle, die ich seit Jahren vermisst habe und in denen ich nun zu ertrinken drohe – doch dann ist der Moment vorbei.

Sie zieht ihre Hand zurück und weicht meinem Blick aus.

Ich hingegen schlucke all die Worte hinunter, die ich immer zu ihr sagen wollte, und meine stattdessen: »Ich bring es dir vorbei, wenn ich fertig bin.«

»Danke!« Sie schnallt sich ab und steigt aus.

»Kein Ding.«

»Ich meine …«, setzt sie an und bleibt halb in der Autotür stehen.

Ehe es wieder zu einem peinlichen Schweigen kommt, fahre ich dazwischen. »Kein Dank nötig, außerdem ist dein rechter Haken echt beeindruckend.«

Sachte Röte erscheint auf ihren Wangen, aber das Grinsen auf ihren Lippen zeigt den Hauch von Stolz. »Bis bald, Arin.«

5

ARIN

Damals

Die Musik ist so laut, dass ich meine eigene Stimme nicht hören kann – was gut ist, denn ich bin mir nicht sicher, ob ich singe oder schreie. Vielleicht beides, vielleicht ist mein Mund auch nur offen, weil die Luft in diesem Raum so stickig ist. Ich bin mir nicht sicher, und es ist mir auch scheißegal.

Stattdessen nehme ich noch einen großen Schluck Bier. Richard und Carlo rempeln mich an, und ich steige darauf ein. Wir hüpfen, pogen, schleudern uns von einer Seite des Zimmers zur anderen, bis der morsche Boden unter uns Hilfe suchend ächzt – nur hören wir ihn nicht. Wir hören nur unseren Herzschlag, nur die Musik. Alles andere in dieser Welt hat gerade keinen Platz.

Also ignorieren wir alle Gefahren, die ein leer stehendes Haus mit sich bringt, und machen weiter. Trinken, feiern, werfen sämtliche Pillen ein, die wir haben, bis ich jede meiner Bewegungen sehe wie durch Fiberglas.

Alles ist schnell und langsam gleichzeitig.

Und laut, unglaublich laut.

Bis es das plötzlich nicht mehr ist.

Ich bin nicht in der Lage, meine Bewegungen abrupt anzuhalten, also stolpere ich ungelenk nach vorne – in Richtung Tür, die sich wie durch Zauberhand geöffnet hat. Oder zumindest fast.

Eine schmale Hand hat unsere Anlage einfach ausgeschaltet. Ich will gerade dazu ansetzen, dieser Person meine Meinung zu sagen, als mir klar wird, wer da steht. Caren sieht mich an.

Conners Freundin mustert mich von oben bis unten. Ihr Blick scannt uns, das Bier, die leeren Flaschen auf dem Boden und die zugegeben schlechten Graffitis an den Wänden. »Was zur Hölle tut ihr hier?«, herrscht sie uns an.

Es braucht einen Moment, bis ich verdaue, dass Sophias beste Freundin vor mir steht. »Feiern«, gebe ich zurück und reiche ihr mein inzwischen halb leeres Bier. »Auch 'nen Schluck?«

Angewidert verzieht sie das Gesicht, aber das juckt mich nicht. Alle Mädchen wie sie sehen Jungs wie mich so an. Na ja, alle bis auf Sophia. Aber das hat sich wohl erst mal erledigt.

»Ich verzichte«, gibt sie zurück. Ihr Blick wird strenger, während sie uns mustert. »Ihr solltet nicht hier sein.«

»Und du doch auch nicht, oder?«

»Genau, Süße«, kommt es von Richard, der auf unsere Anlage zugeht und die Musik wieder anschaltet. Was auch immer Caren sagt, wird durch den Lärm für mich lautlos. Sie wirft die Arme in die Luft und marschiert wieder nach draußen.

Keine Ahnung, warum, aber ich folge ihr.

Die alte Hütte steht seit Jahren leer. Es interessiert niemanden, wenn wir hier feiern oder schlafen oder sonst was tun. Scheiße, für uns drei interessiert sich eh niemand, wenn man mal ganz ehrlich ist. Weder unsere Eltern noch sonst jemand aus der Stadt. Und ganz sicher nicht die perfekte Caren, der Star unseres Highschool-Theaters.

»Was wolltest du hier?«, will ich von Caren wissen, die allerdings die Stufen der Treppen schon hinuntergelaufen ist. In meinem Zustand bin ich wesentlich langsamer. Torkelnd folge ich ihr, rutsche jedoch auf der letzten Stufe ab und kann mich gerade so halten, um den Rest meiner Coolness zu bewahren.

Sie dreht sich halb zu mir um. »Ich wollte, dass ihr die Musik leiser macht«, faucht sie mich an. Die dunkelblonden Haare haben leichte Wellen, und obwohl sie wesentlich hübscher ist als ihr Bruder, ist die Ähnlichkeit zu Chris dennoch verblüffend. Nur ist es nicht ihr Bruder, wegen dem ich mir Sorgen machen sollte.

Scheiße, Conner würde durchdrehen, wenn er wüsste, dass ich seiner Freundin ein Bier angeboten habe. Nur ist Conner nicht hier, was schon an sich eher ungewöhnlich ist. Wo Caren ist, ist ihr Conner meist nicht weit.

»Und warum stört dich unsere Musik?«, frage ich und schiebe die Hände in die Hosentaschen.

Sie kneift die Augen zusammen, als sei allein diese Frage eine einzige Beleidigung. »Weil sie so laut ist, dass sie durch den halben Wald dröhnt.«

»Und?«

»Und? Ihr seid nicht die einzigen Wesen auf der Welt. Wir sind mitten in der Brutzeit«, schnaubt sie und wirft die Arme in die Luft.

»In der was?«, frage ich verdattert, denn mir geht wirklich nicht auf, was zum Teufel unsere Musik mit irgendwelchen Vögeln zu tun haben soll.

Sie atmet einmal tief durch, als würde sie nicht wissen, ob ich es wert bin, dass sie mit mir redet. »Brutzeit, Arin. Du weißt schon, wenn sich die Vögel darum kümmern, dass viele kleine Vögel auf die Welt kommen?«

Während des Redens ist sie etwas näher gekommen, taxiert mich weiter. Ich kenne diesen abfälligen Blick viel zu gut, als dass er mich noch wirklich wütend machen würde. Wir leben einfach in zwei verschiedenen Versionen dieser Stadt. Etwas sicherer komme ich ebenfalls näher und blicke zu ihr hinunter. »Und dabei stört sie etwas gute Musik?«

Caren ist hübsch. Sehr hübsch sogar, vielleicht ist mir das vorher nie aufgefallen, weil ich durch Conner nie die Chance hatte, ihr überhaupt mal so nahe zu kommen wie jetzt.

Sie verschränkt die Arme vor der Brust. »Ja, denn wenn die kleinen Vögel geschlüpft sind, verwirrt sie dieser Lärm, und mit Pech fallen sie dann aus dem Nest – und das nur, weil drei Arschlöcher meinen, dass ihnen die Welt gehört.«

»Es sterben Babyvögel?«, frage ich ernsthaft überrascht, und um ehrlich zu sein, auch etwas betroffen.

Schon möglich, dass ich viel Wert auf meinen schlechten Ruf lege – aber mir war nicht klar, dass etwas Punkrock gleich Babyvögel um die Ecke bringen kann. Ich blicke die Treppen hinauf zu dem Zimmer, aus dem noch immer die dröhnende Musik kommt. Einen Moment überlege ich, ob ich direkt hinaufgehe oder ob ich warte, bis unser Besuch gegangen ist.

Caren schüttelt den Kopf. »Warum red ich überhaupt mit dir.«

»Wir machen die Musik leiser«, sage ich schnell, wodurch sie mitten in ihrer Drehung zur Haustür innehält und mich kritisch über ihre Schulter ansieht. Die Sonne des Frühlings hat ihr kleine Sommersprossen auf die Nase gemalt. »Tatsächlich?«, fragt sie misstrauisch.

So gelassen wie möglich lehne ich mich gegen das Treppengeländer. »Ich bin vielleicht ein Arschloch, aber ich will nicht, dass Babyvögel sterben.«

Für einen Moment sehen wir einander nur an. Sie mustert mein Gesicht, als würde sie nach einem Hinweis suchen, ob ich lüge oder tatsächlich in der Lage bin, mal die Wahrheit zu sagen. Was auch immer ihr mein von den Pillen und den Drogen verschleierter Blick am Ende gesagt hat, sie nickt. »Gut«, meint sie. »Danke.«

Sie wendet sich zum Gehen, aber ich will nicht, dass sie geht. Es ist das erste Mal seit verdammt langer Zeit, dass Conners Freundin mich nicht wie Abfall behandelt hat. »Caren, warte.«

In der halb offenen Tür bleibt sie stehen. »Was?«

Ich räuspere mich. »Heute war der Mathetest, oder?«

Ihre Augenbrauen rutschen dichter zusammen. »Der war letzte Woche.«

»Oh.« Offenbar bin ich schon etwas länger nicht mehr in der Schule gewesen. Die letzten Tage sind irgendwie verschwommen und ineinandergerutscht, sodass ich unmöglich sagen kann, wann einer begonnen oder ein anderer geendet hat, aber am Ende ist das auch egal. Sophia hat sich nicht mehr gemeldet, nicht mal auf meinen Brief geantwortet – und so lange war zwischen uns schon lange keine Stille mehr. Offenbar habe ich es das letzte Mal mehr verbockt, als ich dachte.

Caren entgeht nicht, dass ich länger schweige. »Eure Party geht wohl etwas länger, als du angenommen hast?«

»Möglich.«

»Also, was wolltest du?«, will sie seufzend wissen.

»Was meinst du?«

»Wegen des Mathetests?«

Verdammt. Meine Gedanken entgleiten mir ständig, und ich bekomme immer nur die Hälfte von ihnen zu fassen. »Oh, ach so. Ich …« Keine Ahnung, was wollte ich?

Ich fühle mich, als würde ich mich über einen trägen Fluss aus Wackelpudding bewegen, obwohl ich nur hier stehe und nachzudenken versuche. »Ich muss ihn nachschreiben«, gebe ich angestrengt zurück und kneife mir in die Nasenwurzel, denn plötzlich ist das Licht der Sonne draußen schrecklich hell.

»Und was hat das mit mir zu tun?«

»Du bist gut in Mathe.«

Angriffslustig sieht sie mich an. »Und was hat das mit deinem Mathetest zu tun?«

Die plötzlichen Kopfschmerzen lassen meine Stimme etwas wehleidiger klingen, als mir lieb ist. »Ich könnte etwas Nachhilfe gebrauchen.«

Offenbar habe ich sie damit überrascht. »Und die willst du von *mir?*«

Mit einer Hand kratze ich mich am Hals, während die andere nach dem Treppengeländer greift, damit der plötzliche Schmerz mir nicht im wahrsten Sinne des Wortes den Boden unter den Füßen wegreißt. »Na ja, du willst Babyvögel retten, und ich brauche Nachhilfe – klingt doch nach einem guten Deal.«

Höhnisch lacht Caren auf. »Klingt für mich eher wie Erpressung.«

Etwas versöhnlicher lege ich den Kopf schief und zwinge mich, die Augen trotz der Helligkeit nicht mehr zusammenzukneifen. »Komm schon, Caren, ich hab einiges an Stoff verpasst, und du bist doch so ein Mathe-Ass.«

»Eigentlich ist Sophia das Mathe-Ass, was du eigentlich wissen müsstest«, gibt sie trocken zurück. »Ich bin eher das Theater-Ass.«

Allein der Name sorgt dafür, dass mein Mund ganz trocken wird und ich mich dafür verfluche, dass ich mein Bier nicht mit runtergenommen habe. »Ich kann Sophia nicht fragen.«

»Und warum nicht?«

»Sie weiß nichts von den Babyvögeln.«

»Scheiße, Arin«, stöhnt Caren und schüttelt den Kopf, als könnte sie nicht glauben, dass wir diese Unterhaltung führen. »Du brauchst echt Hilfe, Mann.«

Das sagen mir ständig Menschen. Aber gerade waren es doch noch die Vögel, die Hilfe vor der lauten Musik brauchten. Mir geht es gut, solange ich nicht in dieses verdammte Tageslicht blicken muss. Nur in Sachen Mathe, da könnte ich tatsächlich etwas Hilfe gebrauchen.

Zumindest wenn ich meinen Abschluss dieses Jahr noch schaffen will. Und vielleicht auch, wenn ich hoffe, dass Sophia mich dann nicht mehr für den kompletten Versager hält, der ich bin.

»Und darum frage ich dich«, erwidere ich schnell. »Also hilfst du mir, oder nicht?«

Sie stöhnt gequält auf. »Okay. Sei morgen nach der Schule in der Bibliothek.«

»Morgen schon?«

Mahnend schüttelt sie den Kopf. »Treib's nicht zu weit, Arin.«

Ich hebe die Hände, um ihr zu signalisieren, dass ich es ernst meine. »Okay, okay. Morgen nach der Schule in der Bibliothek. Verstanden.«

Caren nickt, ihr Blick geht jedoch noch einmal nach oben, wo meine Freunde gerade die Party ohne mich feiern. »Und sorg dafür, dass die beiden Ärsche endlich die Musik ausmachen.«

»Geht klar, bis morgen.«

Sie rollt nur mit den Augen, statt sich zu verabschieden, und wirft die morsche Tür hinter sich zu. Ich hingegen gehe zurück zu meinen Freunden und mache die Musik aus. Als sie mich irritiert ansehen, sage ich nur: »Babyvögel.«

SOPHIA

Jetzt

In den letzten Jahren ist so einiges passiert, aber jemand wie Arin ist mir nie wieder untergekommen. Er wirkt wie ein großer, dunkler Klotz, doch sobald er den Mund aufmacht, wird er sanfter. Wie ein Mops im Körper eines Pitbulls mit Lederjacke aus den Fünfzigern.

»War das gerade Arin?«

Ertappt zucke ich zusammen und sehe meinen Großvater an. Die Falten auf seiner Stirn sind nachdenklich zusammengezogen, während er mich betrachtet.

»Ja, Bo ist mir entwischt, und ...« Ich stocke, weil ich nicht weiß, ob ich ihm sagen sollte, was passiert oder besser fast passiert wäre.

»Ist er wieder zum Trailerpark gelaufen?«, nimmt mein Grandpa mir die Entscheidung ab.

»Ja.«

»Verdammt, das tut mir leid.«

»Muss es nicht«, sage ich schnell, halb erleichtert, weil ich nichts weiter erklären muss, halb mit einem schlechten Gewissen, weil mir Bo abhandengekommen ist. »Es ist alles okay, nur mein Handy ist kaputtgegangen, und Arin hat uns nach Hause gefahren.«

Mein Großvater blickt dem Wagen nach, der über die provisorische Straße wieder zurück in die Stadt fährt. Was auch immer er gerade denkt, kann ich nicht einmal erahnen. Nickend meint er: »Nett von ihm.«

Ich antworte nichts darauf, denn was soll ich schon sagen?

Ja, Arin kann unglaublich nett sein, wenn er nicht gerade das größte Arschloch auf dem Planeten Erde ist und einem das Herz bricht. Erschöpft von dem eher unglücklichen Ausgang dieses Spaziergangs ziehe ich mir meine Jacke aus, während mein Großvater sich bereits in der Küche zu schaffen macht, um einen Tee aufzusetzen.

»Du weißt, ich bin nicht gerade der Beste, wenn es darum geht, über Gefühle zu reden«, setzt er leise nach. »Aber ich weiß, was damals passiert ist, und wenn du darüber reden willst, dann bin ich da. Auch wenn ich mit Sicherheit nicht unparteiisch sein kann.«

Irritiert blinzle ich meinen Großvater an. »Du weißt es?«

Ich weiß nicht, was ich erwartet habe. Vielleicht, dass die Geheimnisse meiner Teenagerzeit für immer welche bleiben und dass, wenn jemand es herausfindet, es nicht bis zu meinem Großvater vordringt.

Dieser scheint das Ganze jedoch lockerer zu nehmen als ich selbst. »Das hier ist Belmont Bay, du weißt doch, wie die Stadt ist.« Er zuckt mit den Schultern, als sei damit alles gesagt – und irgendwie ist das auch so, nur dass es dennoch dafür sorgt, dass mein Unbehagen anwächst.

»Tratsch und Klatsch, schon verstanden«, murmle ich, weil mir zum ersten Mal bewusst wird, dass alles, was ich mit meiner Flucht aus dieser Stadt eigentlich verbergen wollte, längst ans Licht gekommen ist. Ich habe die Konsequenzen nur aufgeschoben, wie ich es gern tue, statt mich ihnen gleich zu stellen.

Zumindest war das früher so.

»Geht's dir okay?«, will er wissen und kommt etwas näher.

»Ja, alles gut«, lüge ich, weil ich ihm nicht sagen will, was im Trailerpark fast passiert wäre. Er macht sich jetzt schon viel zu viele Sorgen um mich, und ich will ihn nicht noch weiter belasten, auch wenn ich weiß, dass eines der größten Probleme bei diesen Übergriffen ist, dass man danach nicht drüber redet. Es dem Sheriff zu melden war richtig, doch gerade brauche ich etwas Ruhe, um das Tosen meiner Gedanken wieder zu ordnen.

»Kann ich dich für ein paar Stunden allein lassen?«, reißt Grandpas Stimme mich wieder in das Hier und Jetzt zurück.

»Natürlich, ich bin nicht mehr vier«, sage ich scherzend.

»Ist mir aufgefallen, du isst jetzt viel mehr.«

»Höre ich da sachte Kritik?«

Er lacht auf. »Nein, gar nicht. Endlich jemand, der die Portion isst, die ich sonst heimlich dem Hund gebe.«

Nun muss ich auch grinsen. »Du hast ihn ja richtig verwöhnt.«

»Verrat es niemandem, sonst ist mein schlechter Ruf schnell wieder dahin, und ich finde es gut, dass mir niemand im Supermarkt Small Talk aufdrückt«, meint er grinsend.

Es soll ein Scherz sein, doch darin schwingt sehr viel mehr mit. Seinen schlechten Ruf hat er auch meiner Mutter zu verdanken, und Arin. Und damit irgendwie auch mir.

Wir sind nach der Beerdigung von Grandma einfach abgehauen. Meine Mom hat ihm die Schuld an ihrem Tod gegeben, und ich bin mitgegangen, weil mein Herz zu gebrochen war, um zu bleiben.

»Wohin gehst du denn?«

»Ich hab ein Treffen, und danach wollte ich sehen, dass ich den Kühlschrank wieder voll bekomme«, antwortet er freimütig. »Kommst du so lange allein zurecht?«

Er bleibt vor mir stehen und drückt mir zögernd einen Kuss auf die Wange.

»Mach dir keine Sorgen, ich werde Bo heimlich etwas von den Leckerlis geben, die du versteckt hast.«

Lächelnd geht er an mir vorbei und nimmt sich seine Jacke. »Okay, dann sehen wir uns zum Abendessen.«

»Bis später.«

Er geht, und ich setze mich auf das Sofa, während meine Gedanken immer wieder hin und her springen. Zwischen dem, was vor Jahren war, und dem, was mich wieder hierhergebracht hat.

Und so bleiben meine Gedanken kleben, an dem Tag, an dem ich aufhörte zu existieren. An dem Tag, der meine Seele zerbrechen ließ wie einen Spiegel, an dessen Scherben ich mich seitdem immer wieder schneide. Nur ein Tag. Und doch bestimmt er mein ganzes Leben.

Nur ein Moment, der alles aus seinen Fugen gerissen hat.

»Du vertraust mir doch, oder?«

Das habe ich. Ich habe ihm vertraut, mehr, als ich mir selbst vertraut habe. Dabei gab es keinen logischen Grund, nur ein Herz voller überschäumender Gefühle. Fehler. Nur ein paar unbedachte Augenblicke, und die Fetzen meines Lebens gingen in Flammen auf.

Eine Träne läuft mir über die Wange. Ich wische sie nicht fort, denn wenn ich einmal damit anfange, kommen mehr. Fast so, als wären Tränen Rudeltiere.

Zweimal habe ich mich aus Naivität dazu hinreißen lassen, zwei Männern zu vertrauen. Einmal wurde mir das Herz gebrochen, und das andere Mal hat mein Leben komplett umgeworfen. Es wird nie wieder so sein wie vorher, und ich weiß, dass ich es akzeptieren muss, selbst wenn nicht mal meine eigene Mom das kann. Und ich kann nichts dagegen tun, dass ich immer wieder all die Zahlen in meinem Kopf habe. 1,5 Millionen Menschen, die sich jedes Jahr neu infizieren. 680 000 Menschen, die infolge der Infektion starben. 37,7 Millionen Menschen, von denen nur 28,2 Millionen Zugang zu Medikamenten haben.

Die Angst, die Einsamkeit, der Klammergriff der Dunkelheit wird noch schlimmer. Ich konzentriere mich auf meine Atmung, versuche, die Stimme meiner Mutter aus meinen Gedanken zu streichen. Doch es funktioniert nicht.

»Sex vor der Ehe? Wie konntest du nur …«

Ein. Aus.

»Ich kann deinen Anblick gerade nicht ertragen.«

Ein. Aus.

»Du bist selbst schuld, Sophia.«

Die dunklen Augen lassen mich los. Ich fange an, mich zu entspannen, und merke erst jetzt, dass ich meine Zähne so fest zusammengepresst habe, dass mein Kiefer schmerzt.

Ein. Aus.

Ich bin allein in dem Haus meines Großvaters, und Bo sieht mich verwirrt an. Mühevoll schwinge ich mich wieder hoch. Es bringt nichts, hier zu sitzen und darüber nachzudenken, was alles passiert ist und wie schrecklich alles schiefging.

Stattdessen schnappe ich mir wieder meine Jacke, lasse Bo aber dieses Mal allein.

Der Geruch des Schnees haftet noch immer an dem Stoff, doch das stört mich nicht. Gerade will ich mich einfach nur bewegen, während ich gehe, ist es einfacher, sich auf das Logische zu fokussieren und nicht auf die ganzen Emotionen, die dafür sorgen, dass einfach alles viel schwieriger wird.

Ich bin gerade aus der Haustür, als ich auch schon zusammenzucke. »Oh, hey«, ruft jemand, und ich wirble herum. »Ist Bennett nicht da?«

Zwei Frauen sehen mich freundlich an.

»Er ist gerade gegangen«, erkläre ich. »Ich bin Sophia, seine Enkelin.«

Eine Rothaarige tritt vor und deutet neben sich. »Hey, ich bin Megan Rain, und das ist meine Schwester Mia.«

»Du bist die legendäre Sophia? Bennett hat schon viel von dir erzählt«, sagt Mia. Ihre braunen Augen mustern mich neugierig, aber frei von jeder Verurteilung. Das lange schwarze Haar hat sie zu einem schweren Zopf geflochten, der ihr über die Schulter fällt. Ihre feinen Gesichtszüge lassen mich vermuten, dass sie Wurzeln irgendwo in Ostasien oder Fernasien hat. Optisch haben die Schwestern auf den ersten Blick wenig gemein, nur ihre Augen – die haben den gleichen dunklen Braunton.

»Tatsächlich?«, frage ich etwas irritiert. »Mein Großvater hat viel über mich gesprochen?«

Mia zuckt mit den Schultern. »Na ja, du weißt schon, für seine Verhältnisse viel.«

»Soll ich ihm was ausrichten?«

»Nein, ist schon okay, wir wollten eigentlich nur mal nach ihm sehen«, gesteht Megan mit einem milden Lächeln. »Wie lange bleibst du in der Stadt?«

»Das weiß ich ehrlich gesagt noch nicht.«

»Falls du heute Abend noch nichts vorhast, in der *Red Lady* ist Karaoke-Abend«, schlägt sie vor.

»Oh, ich weiß nicht«, wehre ich ab.

»Was meine Schwester zu sagen versucht – und dabei etwas zu sehr nach vorne prescht«, mischt sich Mia ein. »Wenn du Lust hast, mal mit jemandem zu reden, der nicht einsilbig ist, ich wohne dort drüben.« Ihre schmalen Finger zeigen auf die Hütte, und etwas in mir zieht sich zusammen. »Conner …«, entfährt es mir.

»Genau, er wohnt auch da.«

Mein Mund klappt auf. »Er hat die Hütte tatsächlich gekauft?«

Die alte Hütte war früher so etwas wie der Treffpunkt für die gesamten Teenager von Belmont Bay. Ein verlassenes Haus, in dem wir alle uns den Blicken unserer Familie entziehen konnten, um den Mist zu bauen, den Teenager eben so bauen. Bis zu dem Tag, an dem alles eskalierte und Caren spurlos in den Wäldern um uns herum verschwand.

»Und ausgebaut«, setzt Mia nickend dazu, die offenbar meinen Blick bemerkt hat.

»Ja, ja, ein echtes Superhirn«, meint Megan und macht eine wegwerfende Handbewegung. »Also, kommst du?«

»Ich weiß nicht, Karaoke ist nicht so mein Ding«, versuche ich zu umschreiben, was ich eigentlich sagen will, aber irgendwie kann ich mich gegen den geballten Charme der Schwestern nicht wehren. »Singen muss ich nicht, oder?«

»Nein.«

»Und Megan ist die Barfrau, also sind unsere Drinks gratis, wenn wir sie austricksen«, fügt Mia hinzu.

»Hey, von irgendwas muss ich leben! Du kannst mich nicht immer ausnehmen.«

Die Schwestern liefern sich ein stilles Blickduell, das sowohl etwas cringe als auch niedlich ist. Ich muss grinsen. »Dann sehen wir uns heute Abend?«

»Sollen Conner und ich dich mitnehmen?«, will Mia wissen, und ich gerate kurz ins Stocken. Conner und ich haben seit der Beerdigung nicht mehr miteinander gesprochen, nicht, seit Caren verschwunden und nie wieder aufgetaucht ist. Nicht, seit das Grab meiner besten Freundin leer und er mit gebrochenem Herzen in dieser Stadt blieb, während ich mit meiner Mutter gegangen bin.

Gegangen, weil sie den Tod ihrer eigenen Mom nicht verkraften konnte. Und weil sie meinem Großvater die Schuld daran gab, dass niemand sie gerettet hat, so, wie ich mir die Schuld an dem gab, was mit Caren passiert ist. Und weil ich es nicht besser wusste, bin ich mit ihr weggelaufen. Heute würde ich es immer noch tun. Ich laufe weg, weil ich nicht weiß, wie ich all diese Dinge sonst aushalten soll.

Ich räuspere mich, weil mir bewusst wird, dass die Schwestern noch immer auf eine Antwort von mir warten. »Wenn das für ihn okay ist?«

Mia zieht die Augenbrauen zusammen. »Warum sollte es das nicht sein?«

»Ich … «, beginne ich und weiß nicht so recht, wohin mich dieser Satz eigentlich führen wollte. »Ich war mit Caren befreundet.«

»Ah, das tut mir leid.«

»Muss es nicht, es ist nur … ich will keine alten Wunden aufreißen.«

»Darüber mach dir mal keine Gedanken«, sagt Megan. »Wir sind quasi die Expertinnen dieses Themas.«

»Na, wenn das so ist: Ich freue mich auf heute Abend.«

»Super! Gibst du mir deine Nummer?«, will Megan wissen.

Ich will aus Reflex nach meinem Handy greifen, bis mir auffällt, dass ich es nicht dabeihabe. Und dass es ausgerechnet bei Arin liegt. »Verdammt, mein Handy ist gerade kaputtgegangen.«

»Kein Problem, hier«, sagt Megan und reicht mir eine Visitenkarte.

Überrascht nehme ich die flammend rote Karte entgegen. »Du bist Künstlerin?«

»Das ist etwas hochgestochen, aber ich denke schon«, gesteht sie plötzlich fast schon schüchtern, als würde ihre offene Art nur bis zu der Grenze gehen, an der sie über sich selbst reden muss.

Und dann gehen die Rain-Schwestern, und ich stehe auf den Stufen des Hauses und lasse den Blick zu der Hütte schweifen, die unser aller Leben verändert hat.

6

ARIN

»Shit.«

Ich stoppe das YouTube-Video mit der Schritt-für-Schritt-Anleitung, um ein iPhone-11-Display zu reparieren. Hätte Elif mir nicht gerade erst die Haare geschnitten, würde ich sie mir raufen. Es war nicht meine klügste Idee, Sophia meine Hilfe anzubieten. Während meine Handys eher ein paar Generationen älter sind und einfacher zu reparieren, stellt mich ihr iPhone vor andere Herausforderungen.

Nachdem ich sie abgesetzt habe, bin ich direkt zu dem kleinen Elektrohandel gefahren, um alles zu besorgen, was ich für die Rettung brauche. Nun atme ich noch einmal tief durch, denn mein Stolz erlaubt es mir nicht, jetzt aufzuhören – und das Handy wäre danach wahrscheinlich auch nicht mehr gut nutzbar, denn ich habe schon drei von zehn Schritten hinter mir. Das mit Klebeband abgedeckte, zersprungene Display konnte ich bereits lösen und die Verbindung zum Akku trennen.

Jetzt muss ich das alte iPhone-11-Display ablösen, und das erfordert zwei Dinge, die mir nicht unbedingt liegen: Feingefühl und Geduld.

Und beides wird noch schwerer, wenn ich pausenlos an Sophia denken muss. Nur hilft sämtliches Grübeln nicht. Ich war noch nie besonders gut mit Worten und umso schlechter mit Taten. Jetzt habe ich zum ersten Mal überhaupt die Chance, ihr mit einer Tat zu beweisen, dass ich kein unfähiges Arschloch bin – und das will ich nicht versauen.

Noch einmal atme ich tief durch, dann beuge ich mich wieder über meinen elektronischen Patienten und löse die Schrauben an der Lautsprecher- und Sensoreinheit. Dann greife ich nach meinem Föhn, um den Kleber aufzuweichen.

Das bietet mir eine volle Minute, um mich noch mehr in meinem Selbsthass zu vergraben.

Wenn man es genau nimmt, waren Sophia und ich kein Paar. Zumindest war das, was wir hatten, nicht vergleichbar mit dem, was andere für eine Beziehung halten würden. Ich wollte sie. Sie wollte aus mir nicht ersichtlichen Gründen auch mich, und irgendwie sind wir ewig umeinander herumgetanzt, bis es passierte. Und dann haben wir uns versteckt, weil wir wussten, dass keine Verliebtheit, kein Hormonrausch und keine Gefühle dieser Welt ändern konnten, was wir beide wussten: dass wir nicht gut füreinander waren.

Sind.

Ich beuge mich nach vorn. Vorsichtig gehe ich mit einem Plektrum unter die Lautsprechereinheit des Smartphones und löse sie vom Display, wobei ich versuche, das Kabel des Mikrofons nicht zu beschädigen. Meine Hände kommen mir mit der kleinen Pinzette viel zu groß vor, um eine solche Fummelarbeit hinzubekommen. Aber irgendwie schaffe ich es, die gesamte Einheit herauszubekommen.

Wieder stoppe ich das Video. So weit, so gut, nur werde ich erst sehen, ob ich wirklich keinen Mist gebaut habe, wenn ich das neue Display eingebaut bekomme. Doch zuerst brauche ich eine Pause.

Ich trete vor den Trailer.

Der Frühling kommt langsam, aber sicher in die Stadt, und selbst der Trailerpark wird immer grüner – was eigentlich schön wäre, wenn es nicht auch bedeuten würde, dass nach Feierabend mehr Menschen hier sind. Schräg gegenüber läuft bereits eine lautstarke Party, zu der eine Horde Halbstarker torkelt.

Vor nicht allzu langer Zeit war ich einer von ihnen, ein Halbstarker, der versucht hat, einen auf dicke Hose zu machen und statt zu reden lieber draufzuhauen, damit niemand merkt, wie schwach er eigentlich ist. Joline würde sagen, ich bin ein klassisches Symbol für toxische Maskulinität – und auch wenn ich das nicht laut aussprechen kann, hat sie wahrscheinlich recht.

In meiner Welt sind Gefühle eine Schwäche. Nur wer bereit ist, anderen wehzutun, kann gewinnen und damit überleben.

Wie soll ich mich davon lösen, wenn ich trotz allem immer noch hier stehe?

»Hey, Arin!«, ruft Jimmy und winkt. »Willst du rüberkommen?«

Ich schüttle den Kopf, obwohl der Gedanke, einfach alles in einem kalten Dosenbier zu ertränken, ziemlich verlockend klingt. »Danke, ich passe.«

»Sicher? Ist genug für alle da.«

Und ich weiß: Er meint es nett. Ich schulde ihm noch mindestens hundert Dollar, aber statt sie zurückzufordern, lädt er mich ein, bei ihm zu trinken. Früher hätte ich gesagt, das macht eine Freundschaft aus. Früher, als mein Leben noch einfacher war, weil ich mich betäubt habe, bis ich nichts mehr fühlen musste.

Kein Schmerz. Keine Reue. Keine Liebe.

»Feier ohne mich«, sage ich entschieden, versuche dabei aber zu lächeln.

»Okay, beim nächsten Mal?«

»Vielleicht«, antworte ich, obwohl ich besser Nein gesagt hätte, nur ist das nicht so einfach. Mit der Entscheidung, clean zu werden, habe ich mich auch gegen die einzigen Menschen entschieden, die ich noch hatte, und jetzt … sitze ich an einem Freitag in meinem Trailer und versuche, das Handy einer Frau zu reparieren, die jemanden wie mich nicht in ihrer Nähe haben sollte.

Ich gehe wieder rein, versuche, mich zu konzentrieren.

Den Fokus auf das zu legen, was ich noch reparieren kann, wenn es schon nicht mein Leben ist.

Auf dem kleinen Tisch liegt bereits das neue Display. Meine einzige Chance, denn noch ein Ersatzteil zu kaufen, übersteigt meine Mittel. Es gibt nur diesen einen Versuch, was sich auf absurde Art so anfühlt, als wäre es nicht nur ein Smartphone, sondern auch meine letzte Chance bei Sophia.

Ich entferne die alten Klebereste vom Rahmen des Telefons und platziere den neuen Kleber auf dem Rahmen. Je näher ich meinem Ziel komme, desto ruhiger werden meine Hände, und desto besser schaffe ich es, meine Gedanken zu kontrollieren. Nachdem ich das neue Display eingesetzt und die elektronischen Verbindungen erneuert habe, schalte ich das Handy ein. Es klappt. Der Bildschirm flackert nicht, lässt mich auswählen, und Siri fragt sogar, wie es mir geht.

»Besser«, antworte ich und grinse sogar halb, ehe ich das Handy wieder ausschalte.

Würde es doch nur für alles ein YouTube-Video geben, und könnte ich doch nur mein Leben so einfach austauschen.

7

SOPHIA

Nach allem, was in den letzten Wochen geschehen ist, könnte ich einen Neuanfang wirklich gut gebrauchen, den Beginn eines Films mit dem versprochenen Happy End.

Mein rationales Ich weiß genau, dass es einen Arztbesuch nur aufschiebt, um noch ein bisschen länger so zu tun, als sei alles in Ordnung. Nur kann ich das nicht mehr lange, denn meine Medikamente gehen aus, und auch wenn ich Angst habe, lässt es sich nicht mehr lange aufschieben. Weglaufen zwecklos. Aber heute Abend will ich nicht daran denken.

Stattdessen stehe ich in der Kälte, reibe mir die starren Finger und kämpfe mit den schlimmsten Existenzängsten, seit ich denken kann. Und zu meinem Glück sehe ich auch das Licht von Conners Wagen, der langsam auf mich zufährt.

Immerhin kommt zu der Liste von Dingen, die schieflaufen, nicht noch, dass ich versetzt werde. Das ist doch schon mal ein Anfang, oder?

Ich brauche etwas Ablenkung, ein bisschen Glück und warme Momente, die mir dabei helfen, mit meinem neuen Leben zurechtzukommen. Mit der neuen Realität, die auch mit einem Virus im Blut vielleicht wieder schön werden kann.

»Sophia«, sagt Conner mit einem halben Grinsen, was für ihn quasi schon ein strahlendes Lächeln ist. Mia winkt mir vom Rücksitz aus.

»Hey, dein Haar ist noch länger geworden«, meine ich und deute auf den Man Bun, der auf seinem Kopf hin und her wippt.

Nicht nur sein Haar ist länger, er ist auch größer, als ich ihn in Erinnerung habe – und sehr viel tätowierter. Auf der hellen Haut seiner

Hände bilden die schwarzen Linien seiner Tattoos einen scharfen Kontrast. Doch nicht nur seine Hände sind durch Mandalas geschmückt, sondern auch an seinem Hals erkenne ich dicke schwarze Linien, die ein Muster formen, das unter seinem karierten Hemd verborgen ist. Conner hat sich eindeutig verändert, seit wir zusammen zur Highschool gegangen sind.

Er deutet auf meinen Pixie Cut. »Und deins noch kürzer.«

»So brauch ich beim Duschen nicht so viel Zeit«, gebe ich lächelnd zurück und bin froh, dass es zwischen uns nicht halb so seltsam ist, wie ich es mir ausgemalt habe.

»Schön, dass du wieder in der Stadt bist. Kommt mir vor wie eine Ewigkeit«, raunt er und lenkt den Wagen vom Hof meines Grandpas.

Viel zu lang und gleichzeitig nicht lang genug. Wie kann es sich so gut anfühlen, wieder hier zu sein, und gleichzeitig so … Mir fällt kein passendes Wort ein, das den Zwiespalt meiner Gefühle auch nur im Ansatz zum Ausdruck bringen könnte. Das Wort *Zuhause* hat mehr Bedeutungen, als das Herz ertragen kann.

»War es auch«, murmle ich.

»Hast du die anderen schon gesehen?«, fragt Conner, und ich weiß, dass er damit die Menschen meint, die früher unsere Freunde waren. Die Menschen, mit denen wir auf eine Schule gegangen sind, mit denen wir heimlich Partys gefeiert haben und gegenseitig Kleine-Finger-Schwüre geleistet haben, dass bei uns alles anders wird und wir uns niemals aus den Augen verlieren.

Und dann kamen das Leben und die Realität und all die Dinge, die einem in Filmen und Büchern immer verschwiegen werden.

Conner wirft mir einen Seitenblick zu, weil ich offenbar zu lange geschwiegen habe, und ich schüttle den Kopf. »Nein, nur … Arin.«

Sofort verspannt sich Conner. Seine Hände umschließen das Lenkrad so fest, dass selbst durch die schwarzen Linien seiner Tattoos die Haut heller hervortritt. »Wenn er dir Probleme macht, dann …«

Mit gerunzelter Stirn frage ich: »Warum sollte er?«

»Ist so seine Art.«

»Mir gegenüber nicht.«

»Und falls doch, kannst du es mir sagen«, brummt Conner. Um

ehrlich zu sein, bin ich mir nicht sicher, wie diese Fehde zwischen Conner und Arin eigentlich anfing, aber ich weiß, an welchem Punkt sie eskaliert ist – und noch besser weiß ich, welche Rolle ich dabei gespielt habe. Nur hat es mich, von allen, die darin verstrickt waren, wahrscheinlich noch am wenigsten gekostet.

Hinter uns räuspert sich Mia etwas ratlos. Ich bin nicht sicher, wie viel Conner ihr über die Vergangenheit erzählt hat, nicht über die Dinge, die jeder in der Stadt weiß, sondern über die Grautöne dazwischen.

»Wenn ich jetzt nach Einzelheiten frage, werdet ihr beide nur etwas Kryptisches von euch geben, oder?«, will Mia wissen und rutscht etwas nach vorne. Der schwarze Pony fällt ihr in die Stirn, während sie zwischen uns hin und her blickt.

Ich will sie nicht im Dunkeln lassen. »Die Kurzfassung ist: Arin und ich waren mal so was wie ein Paar, und dann nicht mehr«, antworte ich. Die Pflastermethode war mir schon immer lieber, als ständig um den heißen Brei zu reden. Entweder ich will nicht über etwas reden, oder ich mache es kurz und schmerzlos.

»Und Arin hat es nicht gut aufgenommen«, setzt Conner dazu.

Mia nickt, doch ihr Blick trifft mich. »Verstehe. Dann warst du mit ihm zusammen, bevor das mit Caren …« Sie führt den Satz nicht zu Ende, was irgendwie passend ist, wenn man bedenkt, dass Carens Geschichte auch nie wirklich zu Ende erzählt werden konnte – weil einfach niemand von uns das Ende kennt.

Nickend drehe ich mich halb zu Mia rum. »Wir haben … Schluss gemacht kurz vor der Party, nach der Caren verschwand«, erkläre ich und versuche, die plötzliche Kälte in meinem Herzen zu ignorieren. Ich habe meine beste Freundin verloren, meine erste Liebe und kurz darauf auch noch meine Großmutter. Allein darüber zu sprechen, löst das Bedürfnis in mir aus, einfach wieder wegzulaufen.

»Du musst Arin nicht in Schutz nehmen«, schnaubt Conner.

»Mach ich gar nicht«, wehre ich ab. »Aber ich würde gern das Thema wechseln.«

Und eventuell möchte ich ihn tatsächlich ein bisschen in Schutz nehmen. Nicht, weil er keine Scheiße gebaut hat, sondern weil solche

Geschichten dazu neigen, immer nur von einer Seite betrachtet zu werden. Arin war ein Arsch, wahrscheinlich ist er immer noch einer, aber keiner von uns hat sich während dieser Zeit sonderlich mit Ruhm bekleckert. Allerdings sind unsere Westen von außen betrachtet noch immer weiß, weil es so unfassbar bequem war, einfach sämtliche Schuld auf jemandem wie Arin abzuladen.

Conner scheint darüber nachzudenken, ob er nicht vielleicht doch noch etwas zu sagen hat, entscheidet sich dann allerdings für grummeliges Schweigen. Mia hingegen lächelt mich an. »Okay, dann erzähl mal, wieso du wieder hier bist!«

O Mist. Ich weiß, ich hätte mit dieser Frage rechnen müssen. Habe ich aber nicht, und jetzt sitze ich in der Scheiße, denn das Letzte, was ich will, ist, jetzt jemandem davon zu erzählen, warum meine Mom mich wegen einer Krankheit rausgeworfen hat. Nicht, solange ich nicht einmal selbst damit klarkomme. »Grandpa braucht mich«, platzt es aus mir heraus, weil mir beim besten Willen keine andere schlüssige Antwort einfällt.

»Oh«, macht Mia. »Wir wussten ja, dass er nicht mehr der Jüngste ist, aber er wirkt noch so …«

»… zäh«, beendet Conner ihren Satz.

Ich zucke mit den Schultern. »Er ist noch immer zäh, aber er braucht eben etwas Hilfe.«

»Lieb von dir, dass du dich um ihn kümmerst«, meint Mia lächelnd.

Obwohl das schlechte Gewissen jetzt schon dafür sorgt, dass ich Magenschmerzen bekomme, nicke ich. »So macht man das in einer Familie, oder?«

»Ich würde sagen, das kommt ganz auf die Familie an«, gibt sie zurück.

»Das klingt, als wäre da eine Geschichte vergraben, die ich noch nicht kenne.«

Nun lacht Mia auf. »Ich hatte Glück, meine Mom ist großartig, und Megan auch. Aber jeder hat eine Geschichte, oder? Und jeder von uns weiß, dass Geschichten auch immer ihre Schatten haben.«

Die *Red Lady* sieht nicht mehr aus, wie ich sie in Erinnerung habe – und gleichzeitig fühle ich mich seltsam behaglich und angekommen, sobald wir durch die Tür sind. Sofort schlägt mir der typische Bargeruch entgegen, eine Mischung aus schalem Bier, Kerzen und dem Reinigungsmittel des Bodens.

Ich blicke zu meinen Füßen hinab, doch statt des vertrauten Vinylbodens unter mir entdecke ich schlichte dunkle Fliesen. Die Bar ist noch immer am gleichen Ort direkt neben der Tür, und auch die leuchtenden Neonschilder sind noch da. Nur hängen an den Wänden kaum noch Tafeln mit Pin-ups aus den Fünfzigern, sondern Fotografien in goldenen Rahmen. Das Innere wird erleuchtet durch einige Industrielampen, die von den großen Deckenbalken hängen, und Kerzen auf den einzelnen Tischen.

Megan steht an der Bar und winkt uns kurz zu, ehe Mia sich bei mir unterhakt und mich zu einem Tisch zieht, an dem niemand Geringeres sitzt als Chris. Für einen Moment gerate ich ins Stocken, doch dann vergesse ich, weshalb ich zurückhaltend bin, und springe ihm in die Arme, sobald er von seinem Stuhl aufgestanden ist.

»Chris«, rufe ich aus, was jedoch kaum zu hören ist, weil ich mein Gesicht an seine Brust drücke. Doch dann begreife ich, wie nahe wir uns sind, und ich weiche schnell wieder zurück.

Er betrachtet mich mit einem breiten Lächeln. »Sophia, ich dachte schon, Conner hätte mich auf den Arm genommen.«

»Nein, ich bin es wirklich«, bestätige ich und kann nicht anders, als ihn zu mustern. Das Lächeln ist noch immer dasselbe.

Und so, wie ich ihn anschaue, das Vergangene ebenso in ihm sehe wie das Neue, so sieht er auch mich an. »Du siehst großartig aus«, sagt er, auch wenn ich weiß, dass es nicht stimmt. Nicht, weil ich mich selbst nicht mag, sondern weil ich weiß, dass die letzten Monate Spuren hinterlassen haben. Die kleine Zornesfalte auf meiner Stirn ist tiefer, ich bin dünner geworden, und meine Haut hat einen Ascheton, den ich einfach nicht loswerde. Alles in allem bin ich weit weg von großartig, aber ich bin froh, dass er trotzdem nichts dazu sagt.

»Danke, du aber auch.«

»Ich habe schon bestellt, aber offenbar haben Megan und Leo mich vergessen oder ignoriert«, sagt er und setzt sich wieder auf seinen Stuhl.

»Leo?«, frage ich, weil ich mir ziemlich sicher bin, dass ich niemanden mit diesem Namen aus dieser Stadt kenne.

»Megans Freund«, erklärt Mia lächelnd. Ich verrenke den Kopf und erhasche einen Blick auf den hochgewachsenen jungen Mann mit dem schwarzen Haar, der gerade dabei ist, Megan einen Kuss zu geben. »Er hat die *Red Lady* gekauft, und jetzt leiten die beiden sie zusammen«, fährt Mia fort.

»Das erklärt die Bilder«, murmle ich und betrachte die gerahmten Fotografien, die allesamt aus dieser Stadt stammen und doch ganz unterschiedliche Perspektiven zeigen. Ich erkenne ein Bild von meinem Großvater, er ist von hinten zu sehen, blickt auf den See, während Bo an ihm hinaufspringt. Etwas weiter von uns entfernt ist ein Bild von Conner mit einem seiner Spezial-Milchshakes, auf dem sich ein ganzer Turm von Karamell kunstvoll um die Schlagsahne gewickelt hat und durch einen Brownie ergänzt wird.

»Was ist mit meinen Bildern?«, will Megan wissen und stellt ein großes Tablett mit diversen Getränken auf dem Tisch ab, ehe sie sich einen Stuhl heranzieht und sich zu uns setzt.

»Sophia hat sie bewundert«, erklärt Mia.

Ich nicke sofort, als würde Mias Wort allein nicht ausreichen. »Sie sind wirklich schön.« Megan hat es geschafft, die vielen kleinen Momente einzufangen, die Belmont Bay für mich zu einem Zuhause machen. Oder gemacht haben?

Caroline Tantum, wie sie auf der Bühne strahlt, die Floristin Stella, die an einem Strauß Sonnenblumen riecht, und sogar Chris, der auf seinem Schreibtisch sitzt und aus dem Fenster der Praxis blickt, als würde er auf etwas warten. Ich habe das Gefühl, die Bilder verraten mir so viele Dinge, die ich in den letzten Jahren verpasst habe – nur einen sehe ich nicht. Arin.

Megan winkt ab. »Mit einer guten Kamera kann das jeder.«

»Na, das wage ich zu bezweifeln, aber es ist schön, dass du versuchst, so zu tun, als hättest du kein Talent. Ich bin sicher, das Patriarchat klatscht begeistert in die Hände«, stichle ich zurück.

»Der Punkt geht an dich, bist du auch gut in Dart, oder sind deine spitzen Pfeile eher Worte?«

Mein Blick geht zu der Scheibe am Ende des Raums. »Um ehrlich zu sein, habe ich etwas Angst, nicht die Scheibe zu treffen, sondern einen deiner Gäste hier – aber das werden wir wohl herausfinden.«

»Gut, ich helfe Leo noch kurz und besorg uns die Pfeile«, sagt Megan entschieden und steht wieder auf. Sie begrüßt eine Frau mit einem Mädchen im Teenageralter, das Megan um den Hals fällt, und einem Jungen, der ein paar Jahre jünger sein muss. »Das sind Audreys und Megans Halbgeschwister«, erklärt mir Mia. »Sie ziehen gerade auch in die Stadt.«

Weil ich nicht weiter nachbohren möchte, betrachte ich die Fotografie von Chris etwas genauer und deute darauf. »Und du führst jetzt die Praxis deines Dads?«

»Könnte man so sagen.«

So ist Chris. Er ist großartig darin, anderen zu helfen, doch sobald er selbst im Mittelpunkt steht, wird er verlegen. Das war schon in der Schule so. Und nachdem Caren verschwunden ist, nachdem sie einfach vom Wald verschluckt wurde, hatte ich das Gefühl, dass er sich am liebsten unsichtbar gemacht hätte.

»Das war ein Ja«, hilft Mia ihm aus. Ihr Lächeln scheint selbst diese kleine Ecke in der Bar zu erhellen. »In meinen Semesterferien helfe ich ihm etwas aus.«

Also ist Chris der Arzt der Stadt. Ihm muss ich mich anvertrauen. Mein Herzschlag wird schneller, aber ich versuche, mich wieder auf das Gespräch mit Mia zu konzentrieren. »Was studierst du?«

»Theaterschauspiel.«

Eigentlich hätte es mich nicht überraschen dürfen, Mia hat eine Präsenz, die ich vorher nicht so recht zu deuten wusste. Nicht im Sinne von aufdringlich, sondern auf die Art, dass es schön ist, sie anzusehen. Ihre Stimme ist ruhig, und doch bringt sie so vieles gleichzeitig zum Ausdruck, dass ich sie mir sehr gut auf einer Bühne vorstellen kann. »Oh, na dann hast du dir die richtige Stadt ausgesucht.«

Mia lacht und greift nach einem der Weingläser. »Um ehrlich zu sein, hat diese Stadt eher mich ausgesucht.«

»Das Gefühl kenn ich gut«, gebe ich zu.

»Freust du dich, wieder hier zu sein?«

»Sagen wir einfach, mir wird jetzt erst klar, wie sehr ich das alles hier vermisst habe«, gebe ich zu. »Es fühlt sich fast so an, als sei die Zeit stehen geblieben und gleichzeitig weitergelaufen.«

»Begegnen wir der Zeit, wie sie uns sucht«, zitiert Mia.

»Wie ich sehe, du bist bereits shakespearifiziert«, erkenne ich schmunzelnd. »Welches Stück ist das?«

»Cymbeline.«

»Mia ist ein wandelndes Shakespeare-Lexikon«, erklärt Chris, als sei mir das nicht spätestens jetzt klar geworden.

»Bist du ein Fan des alten Meisters?«, fragt sie.

»Ich glaube, das Leben schreibt genug Tragödien, da muss ich mir nicht noch mehr Versionen antun«, gebe ich einen Tick zu düster zurück.

»Ganz meine Rede«, brummt Conner, worüber Mia den Kopf schüttelt.

»Kaum bin ich weg, packt ihr Shakespeare aus«, stöhnt Megan und lässt sich neben mich sinken.

»Du hast Glück, wir waren gerade fertig«, kommt es von ihrer Schwester.

»Gut, denn jetzt wird gespielt!«

8

ARIN

Der Regen hat noch nicht begonnen, und doch scheint die Feuchtigkeit in der Luft zu stehen. Das Gewitter wartet nur darauf, sich donnernd über dieser Stadt zu entladen. Die wirbelnden Wolken am Himmel erinnern mich daran, dass ich mich beeilen sollte, bevor die nächste Regenfront mich erwischt. Ich laufe über die Straße, ohne auf das penetrante Hupen eines Autofahrers zu achten. Pfützenwasser spritzt auf meine Jeans, während ich um die Ecke biege und in dem kleinen Café lande, das mein Ziel ist.

Joline sitzt in einer kleinen Ecke, ein Bein lässig auf das Knie gelegt, eine dampfende Tasse Kakao in den Händen.

Der dicke Mantel hängt über der Lehne ihres Stuhls, und die Ärmel ihrer Bluse sind hochgekrempelt, sodass sie den Blick auf ihre bunte Haut freigeben. Ihre Augen zucken belustigt, als sie mich sieht. »Lässt du mich absichtlich warten?«

»Nicht jeder ist so überpünktlich wie du.« Umständlich schlüpfe ich aus meiner Jacke und setze mich hin. Die Luft um uns herum ist stickig und warm. Der Geruch von Kaffee und Gebäck mit zu viel Zimt kitzelt in meiner Nase.

»Jetzt fang nicht sofort mit dem Schleimen an«, sagt sie grinsend und nimmt einen Schluck von ihrem dampfenden Getränk.

Eine Kellnerin erscheint neben uns und wirft einen eindeutigen Blick zu ihr. »Kann ich dir noch was bringen?«

Joline sieht sie nicht mal richtig an, sondern deutet auf mich. »Was möchtest du?«

»Kaffee, schwarz«, sage ich und muss fast über ihren enttäuschten Gesichtsausdruck lachen. »Bitte.« Eine klassische Fehlinterpretation.

Die hübsche Kellnerin denkt, sie könne nicht bei Joline landen, weil ich hier bin. Die Kellnerin nickt und schreitet von dannen, jedoch nicht, ohne Joline noch einmal lange anzuschmachten, was diese ebenfalls nicht bemerkt. Sie ist so ziemlich das Gegenteil einer Frauenheldin, und das mit voller Absicht. »Die Kleine hat ein Auge auf dich geworfen.«

Verwirrt dreht Joline sich um und folgt meinem Blick zu der Kellnerin. »Also erstens: Wir hatten doch darüber gesprochen. Hör auf, Frauen abzuwerten, indem du ihnen unpassende und degradierende Spitznamen gibst«, sagt Joline. »Und zweitens: Sie kellnert, sie muss nett sein. Alles andere ist schlecht für das Trinkgeld.«

»Na ja, mich konnte sie auch sehr gut ignorieren.«

»Das liegt vielleicht daran, dass du Frauen noch immer ›Kleine‹ nennst. Dein Leben ist kein Film aus dem letzten Jahrtausend«, gibt sie zurück. »Erzähl mir lieber, was ich verpasst hab.«

»Nichts«, antworte ich und zucke mit den Schultern. Allerdings lässt sich Joline nicht so einfach davon beeindrucken. Sie zieht die Augenbrauen zusammen und richtet sich etwas auf. »Irgendetwas Interessantes wird es doch in den letzten Tagen gegeben haben«, meint sie augenrollend. »Lass dir nicht alles aus der Nase ziehen. Wie findest du die Treffen? Hast du dir auch die anderen einmal angeschaut?«

Immer die gleiche Frage, als hätte ich ernsthaft eine Chance, mich vor den Treffen zu drücken, wenn meine eigene Sozialarbeiterin sie leitet. Und mal ganz davon abgesehen war meine Bewährungshelferin recht eindeutig, was meine Lage angeht. Ich kann froh sein, dass ich nicht ins Gefängnis muss, und wenn ich ehrlich bin, wäre es mir vielleicht sogar lieber, da drin zu sitzen, statt hier zu sein.

»Ich bin schon jeden Freitag dabei, wozu noch mehr Gruppen, in denen alle das Gleiche sagen«, antworte ich, weil der bloße Gedanke, in noch mehr Selbsthilfegruppen zu sein, dafür sorgt, dass ich mich noch minderwertiger fühle. Ich habe allerdings das Gefühl, dass sie mich damit nicht so einfach vom Haken lässt. Ihre Sorge ist das eine, ihr Misstrauen etwas ganz anderes. Verdenken kann ich es ihr nicht. Immerhin ist es ihr Job, sich mit Menschen wie mir abzugeben und zu versuchen zu retten, was noch zu retten ist. Da sind Enttäuschungen quasi vorprogrammiert.

»Okay, dann lass uns darüber reden, wie dir die Gruppe bisher gefällt.«

Ich schnalze mit der Zunge. »Was zur Hölle sollte mir daran gefallen. Ich sitze mit einem Haufen Versagern wie mir im Kreis und erzähle ihnen, wie beschissen mein Leben ist, nur um mir dann anzuhören, dass ihres noch viel beschissener ist. Wenn die zwei Stunden vorbei sind, gehe ich nach Hause und frage mich, ob das wirklich besser war, als mir einfach etwas Tilidin zu besorgen, damit ich diesen ganzen Mist nicht mehr ertragen muss.«

Joline mustert mich einen Moment, bevor sie schallend loslacht. Einige der anderen Gäste drehen sich verwirrt zu uns um, doch das sorgt nur dafür, dass ich auch anfangen muss zu lachen. Die Bedienung bringt mir einen dampfenden schwarzen Kaffee, und ich nicke ihr kurz zu. Ihr verstohlener Blick streift meine Sozialarbeiterin, doch sie ist zu sehr damit beschäftigt, sich die Hand vor den Mund zu halten.

»Diese bockige Teenagernummer ist wirklich amüsant«, sagt Joline. »Und jetzt sei ehrlich: Wie schlimm ist es?«

»Wie schlimm ist was?«

»Dein Drang, rückfällig zu werden?«

Mitten rein in die Wunde.

Fehlt nur noch, dass sie Salz reinstreut und es mit etwas Chilipulver garniert. »Unverändert, würde ich sagen«, gebe ich zögernd zurück. Ein besseres Wort für: »Solange ich mich ablenken kann, habe ich es im Griff, aber die Ablenkung ist nicht genug vorhanden, also denke ich andauernd daran, mir doch etwas zu besorgen«, fällt mir leider nicht ein.

»Das ist gut«, meint sie zufrieden und lehnt sich zurück.

»Tatsächlich?«

»Na ja, es wird nicht schlimmer, oder?«

»Ja, aber besser wird es auch nicht. Ich sitze einfach nur da und warte darauf, dass irgendwas von dem, was ich tue, es besser macht – aber nichts davon passiert.«

»Du musst dir etwas Zeit geben.«

Immer die gleiche Leier. Immer die gleichen Ratschläge, die mich doch kein Stück weiterbringen. Mir keinen Frieden geben, mir nicht dabei helfen, dass nicht immer wieder der Wunsch aufkommt, einfach meinen Fernseher zu verkaufen und mir davon eine Handvoll Pillen zu besorgen, damit ich nicht mehr denken muss. »Wie lange denn noch, verdammt?«, bringe ich hervor und hasse es, wie sehr meine Stimme dabei zittert.

»Na ja, du bist seit sechs Monaten clean. Das sind fünf Monate mehr als das letzte Mal. Du steigerst dich also.«

»Wow, deine Motivationsreden sind echt beschissen.«

»Muss daran liegen, dass du mir wenig gibst, mit dem ich arbeiten kann«, schießt sie zurück. »Hast du dich inzwischen um Punkt neun deiner Liste gekümmert?«

Ich stöhne auf und mache mir gar nicht erst die Mühe, so zu tun, als würde mich dieses Thema nicht nerven.

Sie nippt an ihrem Kaffee. »Das bedeutet dann wohl: nein.«

»Warum sagst du das so?«

»Wie sage ich es denn?«

Mein Kiefer knackt. »Mit einem Vorwurf.«

Egal, was ich sage, egal, was ich tue, diese verdammten Vorwürfe kommen von allen Seiten, schlagen auf mich ein und begraben mich unter ihrer Last, bis ich es kaum noch schaffe, Luft zu holen.

Joline wischt sich etwas Milchschaum aus dem Mundwinkel und rückt auf ihrem Stuhl vor. »Hm, ich denke, du projizierst da deine eigenen Schuldgefühle auf mich, und du kennst meinen Rat dazu bereits.«

Punkt Nummer neun auf der Liste der anonymen Süchtigen ist: *Wiedergutmachung.*

»Hast du vor, mir darauf noch eine Antwort zu geben?«

Ich nippe an meinem Kaffee. »Für die Wirksamkeit des Zwölf-Schritte-Programms gibt es keine wissenschaftlichen Belege«, sage ich betont gelassen.

»Da hat jemand seine Hausaufgaben gemacht, um keine Hausaufgaben machen zu müssen, ich bin beeindruckt. Du willst also diesen Punkt einfach überspringen?«

»Ja.«

»Dir ist aber schon bewusst, dass es zu diesem ganz speziellen Punkt tatsächlich wissenschaftliche Studien gibt? Es ist wichtig, seine Fehler nicht nur anzuerkennen, sondern sich auch aktiv mit dem Schaden auseinanderzusetzen, den man im Leben anderer angerichtet hat.«

Wir liefern uns ein kurzes Blickduell. »Das ist unfair, du hast studiert, und ich hab gerade mal die Highschool geschafft.«

»Wenn du dich entschuldigst, wird dir das auch bei deiner eigenen Heilung helfen«, sagt sie etwas sanfter und schenkt mir ein kleines Lächeln. »Du hast die Liste seit Wochen fertig, was genau hält dich davon ab?«

Meine Bad-Boy-Fassade beginnt zu bröckeln. Denn die Wahrheit auszusprechen würde bedeuten, sich all den Dingen zu stellen, denen ich mich lieber nicht stellen möchte. Die Vergangenheit ist nicht ohne Grund vergangen, wäre es nicht besser, ich würde mich auf das konzentrieren, was jetzt geschieht? Und was nichts mit all dem zu tun hat, das wegen mir und meinen falschen Entscheidungen den Bach runtergegangen ist?

»Wie kann ich verlangen, dass andere mir verzeihen, wenn ich es nicht einmal selbst schaffe?«

Lächelnd greift sie nach meiner Hand und drückt sie kurz. »Du wärst überrascht, was Menschen einem vergeben können, wenn man nur darum bittet.«

»Du wirst nicht lockerlassen, bis ich es gemacht habe, oder?«

»Dann würde ich meinen Job nicht richtig machen.«

»Was kommt als Nächstes, schickst du mich noch zum Friseur, damit ich aufhöre, mir die Haare wie ein Hipster schneiden zu lassen?«, grummele ich.

»Nein, ich mag diesen James-Dean-Look – aber ich wünsch mir für dich einen anderen Ausgang als für ihn.«

»Autsch.«

»Komm schon, der war so offensichtlich, den konnte ich mir nicht verkneifen«, stichelt sie.

Mit einem Augenrollen lasse ich das Thema Haare fallen.

Nicht nur ich habe eine üble Zeit hinter mir, das ist mir schon klar. Jeder meiner Fehler hat andere etwas gekostet, und einige mehr, als ich je wiedergutmachen könnte.

Und Joline ist eine der wenigen Personen in der Umgebung, die mich nie aufgegeben haben. Obwohl ich ihr allen Grund dafür gegeben habe. Immer wieder. Und wieder.

»Hast du sie dabei?«

»Was?«, frage ich, obwohl ich genau weiß, wovon sie redet.

»Die Liste, Arin.«

Nickend greife ich in meine Hosentasche und fummle das kleine Lederportemonnaie heraus. Statt Geldscheinen befindet sich in dem Fach ein zerknittertes Blatt, auf dem so ziemlich sämtliche Namen der Menschen in dieser Stadt stehen. Mit einem mulmigen Gefühl schiebe ich die Liste über den Tisch, und Joline beugt ihre Nase darüber, während ihre Augen über die Namen huschen.

»Was hält dich davon ab, diesen Schritt zu gehen?«, fragt sie nach einer Weile und sieht mich noch einmal an.

»Du meinst, außer das Offensichtliche?«

Einen Moment schweigen wir, und gerade als ich den Mund öffne, um etwas zu sagen, steht Joline auf.

»Denk noch einmal darüber nach, niemand muss diesen Schritt sofort gehen – aber er wird irgendwann unausweichlich.«

Nickend blicke ich an ihr vorbei, weil ich nicht weiß, was ich sonst tun soll.

»Hast du mir noch was zu sagen?«

»Denke nicht«, nuschle ich in meinen Becher.

»Dann denk lieber noch einmal nach«, entgegnet sie mit einem tadelnden Unterton, der dafür sorgt, dass ich kurz irritiert bin. Aber dann dämmert es mir.

»Du meinst die Sache mit dem Sheriff?«

Joline nickt. »Hundert Punkte für unseren Kandidaten.«

»Ich hab nichts getan«, wehre ich schnell ab. »Aber ich hab Sophia danach direkt zum Sheriff gefahren, damit sie eine Aussage machen kann. Es war nicht so …«

»Das weiß ich«, unterbricht Joline mich sanft. »Du hast genau das

Richtige getan, Arin. Und deine Bewährungshelferin wird das genauso sehen, wenn wir mit ihr gesprochen haben.«

Für einen Moment will ich aufstöhnen. Zum einen, weil ich es hätte kommen sehen müssen, zum anderen, weil ich nicht verstehe, wie etwas, das ich doch angeblich richtig gemacht habe, dafür sorgt, dass ich mich rechtfertigen muss. Nur leider ändert meine Wut auf das System nichts daran. Also lasse ich resigniert den Kopf hängen.

»Hey«, meint Joline. »Ich muss jetzt zu meinem nächsten Termin, aber du kannst mich anrufen, wenn etwas ist.«

Ich schließe den Mund wieder, denn für einen kurzen Moment hatte ich vergessen, dass ich für Joline kein Freund bin, sondern nur ihr Klient.

9

SOPHIA

Damals

Immer wenn ich dich gehen lasse, warte ich darauf, dass du dich doch noch einmal umdrehst. Nur noch einen Blick über die Schulter direkt in mein Herz wirfst.

Ich hasse es, dass ich seinen Brief zum gefühlt hundertsten Mal lese. Und ich hasse es, dass ich mir jedes Mal wünsche, ihm einfach wieder nachzulaufen. Nur weiß ich, dass sich das Ergebnis nicht ändert, nur weil man es sich wünscht. Wir können die Variablen unseres Lebens nicht beliebig ändern. Oder doch?

Die Wahrheit ist wohl, dass ich unfassbare Angst davor habe. Angst davor, dass dieses Etwas zwischen uns schon längst viel mehr ist als Spaß und Flucht vor der Realität, in der wir beide leben. Angst davor, dass ich mich völlig verliebe und nicht mehr einfach so entlieben kann.

Das Klingeln der Schulglocke sorgt dafür, dass ich erleichtert seufze. Ich hätte es keine weitere Sekunde mehr im Englischunterricht und in meinen Gedanken ausgehalten. Während ich meinen Block zurück in den Spind werfe, drehe ich mich zu meiner besten Freundin um. »Kommst du nachher mit ins Diner? Conner hat heute Schicht.«

Caren schüttelt den Kopf. Das lockige Haar hat sie zu einem unordentlichen Pferdeschwanz gebunden, aus dem sich die ersten Strähnen wieder lösen. »Nein, ich bin zum Lernen verabredet.«

Überrascht ziehe ich die Augenbrauen zusammen, denn eigentlich lernen wir beide immer zusammen. Ich helfe ihr in Mathe und sie mir in Englisch und Geschichte. Sosehr ich Zahlen mag, so schlecht bin ich mit dem Umgang von Worten oder Umständen. »Tatsächlich?«

»Wieso überrascht dich das?«

»Tut es nicht, ich frage mich nur, wofür du lernen willst. Den letzten Test haben wir doch …«

»Ist so eine Theater-Sache«, unterbricht meine beste Freundin mich schnell. Einen Tick zu schnell vielleicht, denn das komische Gefühl in meinem Bauch nimmt zu, je länger ich sie ansehe.

»Okay?«

Sie scheint selbst zu merken, dass die Luft zwischen uns seltsam aufgeladen ist. Caren ringt sich ein versöhnlicheres Lächeln ab. »Ist keine große Sache, ich muss einfach noch etwas Text durchgehen.«

»Und mit wem?«

Spätestens jetzt kann ich nicht mehr ignorieren, dass sie mir etwas verschweigt – und das macht mir Sorgen, denn eigentlich verschweigen wir uns nichts. Na ja, zumindest verschweigt sie mir nichts. Ich habe ihr verschwiegen, dass ich seit dem letzten Shakespeare-Festival so etwas wie eine Beziehung mit Arin habe. *Hatte.* Korrigiere ich mich schnell, denn die Funkstille zwischen uns dauert schon fast zwei Wochen an. Aber das ist nicht das Gleiche.

Ich habe dieses Geheimnis, weil ich genau weiß, was passiert, wenn sie es herausfindet. Sie würde alles tun, damit ich mich von Arin fernhalte. Und ich gebe gern zu, dass es besser wäre. Aber vielleicht will ich diesen Fehler einfach machen, weil es sich viel zu gut anfühlt. Viel zu richtig.

Bevor meine Gedanken sich nur noch um mich drehen, räuspere ich mich. »Jetzt sag schon, Caren. Wer ist es?«

Sie packt ihre Schulsachen zusammen und winkt ab. »Es ist wirklich keine große Sache.«

»Dann mach doch auch keine daraus, sondern sag es mir.«

Aber das tut sie nicht. Stattdessen schultert sie ihren Rucksack und schiebt sich an mir vorbei, ohne meinen Blick zu erwidern. »Wir sehen uns morgen.«

Und damit lässt meine beste Freundin mich stehen. Ihr Verhalten ist schräg, aber der letzte Sommer hat uns irgendwie alle etwas seltsam werden lassen. Die nahende Zukunft drückt uns nieder, und wir haben begriffen, dass wir bald erwachsen sind. Ob wir wollen oder nicht.

Grübelnd schiebe ich mich durch die leerer werdenden Gänge unserer Schule, nehme aber nicht den gleichen Weg wie die Teenager um mich herum. Mich holt niemand mit dem Auto ab, und mein Fahrrad steht auf der anderen Seite des Gebäudes.

Mein Kopf ist noch immer damit beschäftigt, das seltsame Verhalten von Caren zu analysieren, als ich die schwere Tür aufziehe – und ich gegen jemanden pralle.

»Hey, kannst du nicht aufpassen?« Arins Augen sind hinter einer schwarzen Sonnenbrille versteckt, während er einen Schritt vor mir zurückweicht, als wäre ihm jetzt erst klar geworden, dass ich es bin.

»Tut mir leid, ich hab nicht … mit dir gerechnet«, murmle ich.

Offensichtlich nicht, denn eigentlich versuchen wir, uns in der Öffentlichkeit voneinander fernzuhalten. Ich trete aus dem Gebäude hinaus in die Sonne zu ihm, der einen Schritt nach hinten macht.

»Hast du denn mit jemand anderem gerechnet?«

»Und wenn es so wäre?«, gebe ich trotzig zurück.

»Ist es denn so?«

»Vielleicht.«

Für zwei Herzschläge schweigen wir, dann kommt er wieder näher. Gefährlich nahe. »Du siehst gut aus«, raunt er und nimmt die Sonnenbrille ab, als wären wir in einem gottverdammten Film und nicht auf dem Hinterhof unserer Highschool.

»Was machst du hier?«, will ich abwehrend wissen und gehe an ihm vorbei die drei kleinen Stufen hinunter.

So einfach lasse ich mich sicher nicht von ihm beeindrucken. Dafür kennen wir uns inzwischen viel zu gut, und ich habe keine Lust auf diese Spielchen.

»Was schon? Ich geh hier auch zur Schule.«

»Tatsächlich? Ist mir in den letzten Monaten gar nicht aufgefallen.«

Er verengt die Augen. »Gibt es einen Grund dafür, dass du mich so anzickst?«

Ich hocke mich neben mein Fahrrad und fummle an dem Schloss herum. Dass meine Hände dabei etwas zittern, nur weil er mich ansieht, passt mir gar nicht. Überhaupt könnte ich mich dafür verfluchen, dass ich so auf Arins Anwesenheit reagiere, denn obwohl die Sonne mir auf die nackte Haut scheint, überzieht mich eine Gänsehaut, sobald ich seinen Blick zu lang erwidere. »Keine Ahnung, Arin. Könnte es daran liegen, dass du dich das letzte Mal …«

»… ich hab doch schon gesagt, dass es mir leidtut«, unterbricht er mich, sanfter dieses Mal. Liebevoller. Und ich kann spüren, wie die Hoffnung wieder in mir aufkeimt, diese verdammte verräterische Hoffnung, die einen Tango mit meinen Hormonen tanzt.

»Das sagst du immer«, zische ich so abweisend, wie es mir möglich ist, und packe das Schloss in meinen Rucksack. Immerhin sind meine Hände so beschäftigt, und ich kann mich davor drücken, ihn länger anzusehen.

»Ja, und ich meine es auch immer so«, wehrt er ab und fährt sich durch die Haare. »Hast du den Brief gelesen?«

Er weiß genau, dass ich ihn gelesen habe. Weil ich jeden seiner Briefe lese, jedes Wort aufsauge und mich immer wieder dabei erwische, wie ich ihm antworten will, obwohl ich nicht weiß, wie.

Mein Zögern veranlasst ihn, die Augenbrauen zusammenzuziehen. »Es ist nicht so einfach, okay? Ich bin eben keiner dieser Good Boys.«

»Und in deiner Welt gibt es keinen Mittelwert zwischen den guten und den bösen Typen?«, fahre ich ihn an.

Zu meiner Überraschung folgt darauf jedoch kein weiterer Konter. Stattdessen macht Arin einen Schritt auf mich zu, ehe ich das Fahrrad aus dem Ständer ziehen kann. Er steht genau vor mir, macht es mir unmöglich, ihn nicht zu sehen, und weiß genau, dass mein Herz wie wild in meiner Brust hämmert. Er beleckt sich die Lippen, streicht mir sachte über die Wange. »Doch, aber ich finde, dass du einen von den guten verdienst.«

»Was?«

»Ich sagte, du verdienst einen von den guten«, murmelt er etwas leiser. »Und ich hab keine Ahnung, ob ich es jemals schaffe, einer von dieser Sorte zu werden.« Er zieht mich in seine Arme, als wäre die ganze Welt um uns herum nicht die, in der wir leben, sondern etwas, das er und ich gemeinsam geschaffen haben. Doch er küsst mich nicht, hebt nur mein Kinn sanft an.

»Aber?«

»Aber was?«

»Wieso sagst du mir das, wenn kein Aber kommt?«

»Wenn ich jetzt sage, dass ich es versuchen würde, dann hättest du Erwartungen – und wir wissen beide, dass ich sie enttäuschen würde«, raunt er gegen meine Lippen, und alles in mir schreit, dass er mich endlich küssen soll. Aber das tut er nicht.

»Darum sagst du lieber gar nichts?«, wispere ich, weil jedes Wort entsetzlich schwer auf meiner Zunge liegt, während er mich so ihm Arm hält. Ich komme ihm entgegen, weil ich es nicht mehr aushalte. Es nicht mehr schaffe, mich von ihm fernzuhalten.

»Vielleicht würde ich dich lieber küssen, statt etwas zu sagen«, knurrt er heiser, als würde er nur darauf warten, dass ich auch die letzten Millimeter zwischen uns überwinde.

»Nur vielleicht?«

Er streicht mit dem Daumen über meine Lippen. »Ich will dich einfach immer küssen, Sophia.«

»Verdammt noch mal, dann tue es endlich«, stoße ich aus und schlinge die Arme um seinen Hals, weil es mir in diesem Moment völlig egal ist, wer uns sehen könnte. In meinem Kopf sind nur er und das Feuer, das er in mir entfacht.

SOPHIA

Jetzt

Der Beutel schneidet unangenehm in meine Handflächen, aber ich umklammere ihn noch immer. Am Himmel türmen sich dunkle Wolken auf und verschlucken sämtliche Sterne. Der Sturm, von dem den ganzen Tag geredet wurde, ist in vollem Gange. Der beißende Wind lässt mein Haar in mein Gesicht fliegen, und die Regentropfen fühlen sich an wie kleine Kristalle, die meine kalte Haut durchstoßen. Das Klappern meiner Zähne ist inzwischen so laut, dass ich meine eigenen Gedanken kaum noch hören kann. Eine Böe erfasst mich, reißt mir fast den Beutel aus der Hand, und mein Fluchen wird vom kalten Wind davongetragen. Aber endlich schaffe ich es vom Auto ins Haus.

Grandpa steht bereits im Flur. Er reicht mir wortlos ein Handtuch und nimmt stattdessen die Tüte mit Lebensmitteln an sich.

Irgendwie hatte ich dieses Essen anders geplant, aber das Frühlingswetter in Belmont Bay ist fast so launisch wie Grandpa selbst. Also bemühe ich mich, das Lächeln zu erwidern, und folge ihm in die Küche. Ich habe mir fest vorgenommen, ihm heute von meiner Diagnose zu erzählen, bevor ich zu Chris muss, damit ich meine Medikamente bekomme. »Tut mir leid, dass es so lange gedauert hat.«

»Mir ist es lieber, du fährst bei diesem Wetter vorsichtig statt schnell«, sagt er.

»Der Sturm ist die Hölle«, antworte ich und schlüpfe aus meinen Schuhen.

»Das ist die Touristenversion eines Sturms«, meint er mürrisch und verschließt die Tür, ehe er meinen Einkauf in die offene Küche bringt. »Offenbar bist du richtiges Wetter nicht mehr gewohnt.«

»Wow, du disst mich?«

»Macht ihr Kids das nicht, um euch zu zeigen, dass ihr einander respektiert?«

Lachend sehe ich ihn an. »Kids?«

»Ich versuche nur, mich auf dem Laufenden zu halten. Soll ich die Einkäufe wegpacken?«

»Nur, wenn du keinen Hunger hast.«

Er hält inne und sieht mich an. Ich streife mir die nasse Wollmütze vom Kopf und lege sie auf die warme Heizung, ehe ich die Hände in den hinteren Taschen meiner Jeans verstecke, weil ich plötzlich nicht weiß, wie ich sie halten soll.

»Du willst kochen?«

»Warum überrascht dich das?«

»Früher hast du es gehasst, du wolltest lieber an meinem Wagen rumschrauben.« Ich erinnere mich daran. An die Version von mir, die ich noch immer gerne wäre und die ich gleichzeitig gar nicht mehr kenne.

»Mom hat es mir beigebracht«, erkläre ich. »Das ist das Mindeste, was ich tun kann, nachdem du mich vorläufig hier wohnen lässt.« Ich bin selbst überrascht, wie ruhig meine Stimme klingt. Es fühlt sich seltsam an, wieder in diesem Haus zu leben. Fremd und vertraut zugleich. Die minimalistische Einrichtung hat etwas ähnlich Beruhigendes. Es fühlt sich viel mehr nach einem Zuhause an als die Wohnung, in der ich die letzten Jahre mit Mom gelebt habe. Schnell schüttle ich den Gedanken ab und gehe zu ihm.

»Bei dem Sturm kann ich dich wohl kaum vor der Tür sitzen lassen.«

Die Kälte verschwindet langsam aus meinen Gliedern und wird durch eine angenehme Behaglichkeit ersetzt.

»Wie kann ich helfen?«, will Grandpa wissen und beugt sich leicht nach vorne.

»Wenn du magst, kannst du die Zwiebeln schneiden, ich setze die Nudeln auf und kümmere mich um die Soße.«

Er reicht mir einen Topf und nimmt sich ein scharfes Messer aus der Schublade. Dann lässt er etwas Wasser in ein Glas laufen, nippt daran und lässt das Wasser im Mund, ehe er beginnt, die rote Zwiebel in feine Würfel zu schneiden.

Grandma hat immer das Gleiche getan, um beim Zwiebelschneiden nicht zu weinen. Allerdings hat es ihr nicht sonderlich oft geholfen, und auch in den sanften Augen von meinem Grandpa sehe ich bereits erste Tränen schimmern.

Die Zwiebel ist nun klein genug, und das Wasser im Topf fängt an, fröhlich zu sprudeln. Genug Luft, um die unangenehmen Dinge anzusprechen, vor denen ich mich lieber verstecken würde. Ehe ich dazu jedoch komme, sagt er: »Ich sag es nicht gern, aber du solltest dich bei deiner Mutter melden.«

»Warum?«

»Sie wird sich doch sicher Sorgen machen.«

»Das glaube ich nicht.« *Würde sie sich sorgen, hätte sie mich nicht nach meiner Diagnose aus dem Haus geworfen.*

»Und vor Jahren habe ich deine Mutter rausgeworfen«, gibt er ruhig zurück. »Und ich hätte mir gewünscht, dass sie mich anruft und mir sagt, dass es ihr gut geht.«

Ich halte kurz inne und sehe ihn an. »Gib mir noch etwas Zeit, okay?«

Er nickt und setzt sich an den Tisch. »Deine Sturheit hast du von deiner Grandma.«

»Komisch, sie hat immer behauptet, ich hätte sie von dir«, versuche ich mich an einem Scherz und bereue es augenblicklich. Sein Gesicht wird grimmiger, verhärtet sich, als würde der bloße Gedanke an seine verstorbene Frau ihm das Herz erneut brechen. Eine Hand greift zu seiner Brust, ganz so, als könnte er es spüren.

»Tut mir leid.«

»Muss es nicht«, antwortet er und ringt sich ein Lächeln ab. »Alle sagen immer, der Schmerz würde irgendwann vergehen, aber wenn man jemanden verloren hat, den man liebt, dann wird dieser Schmerz einfach nur ein Teil von dir selbst.«

»Das klingt traurig.«

»Eigentlich nicht, noch schlimmer wäre es, diesen Schmerz nicht zu fühlen«, gibt er leise zu. »Er ist meine Verbindung zu ihr. Klingt das … als würde ein alter Mann langsam seinen Verstand verlieren?«

Ich spüre das vertraute Brennen meiner Augen, das die nahenden Tränen ankündigt, und schüttle den Kopf. »Nein, es ist wunderschön und bricht mir gleichzeitig das Herz.«

»Manchmal liegt das eine nahe bei dem anderen«, brummt er und wischt sich über die Nase, als wolle er davon ablenken, dass Tränen auch in seinen Augen glitzern.

»Ich wünschte, das wäre nicht so.«

»So funktioniert die Welt leider nicht«, nuschelt er.

Ich weiche seinem Blick wieder aus. Die Pfanne vor mir ist bereits heiß, und die Zwiebeln beginnen zu brutzeln. Einen Moment schweigen wir, aber ich spüre dennoch den Blick, den er mir zuwirft.

»Ohne deine Grandma ist mein Leben nicht mehr so, wie es sein sollte, und das wird es auch nicht mehr«, spricht er leise weiter. »Aber ich hab die Erinnerungen an sie. An unsere guten und die schlechten Zeiten – und das ist mehr, als ich je geglaubt habe, dass ich es verdiene.«

»Sag so was nicht«, murmle ich betreten und lege eine Hand auf seinen Unterarm. »Ihr habt einander verdient. Und die Liebe auch.«

»Unsere letzten Jahre waren nicht die besten«, grummelt er. Immer wieder reibt er mit einer Hand über seine Brust. »Und das war meine Schuld.«

Ich weiß, was er meint. Es ist nicht nötig, dass er es ausspricht. Der Alkohol hat ihn verändert, erst ganz langsam, sodass es niemand wirklich hatte kommen sehen. Nur ein Bier hier, eines da. Und dann wurden die Abende in der Bar immer länger und länger. Ich erinnere mich nicht an vieles aus dieser Zeit. Trotz des Trinkens war er die meiste Zeit über ein guter Großvater. Hat mir das Radfahren beigebracht, nachdem mein Dad meine Mom verlassen hat, und mich getröstet, wenn ich beim Klettern vom Baum gefallen bin. Und er hat es nie Grandma verraten, wenn ich mir vor dem Abendessen einen Keks aus der Dose genommen habe. Aber ich kann nicht leugnen, dass sie da waren, die Schatten. Erst nur unter seinen Augen, dann auf dem gesamten Leben, das er sich aufgebaut hatte.

Und dann wurde es immer schlimmer und schlimmer.

»Nein, ich denke, das Leben ist eben einfach passiert.«

»Ganz schön vorlaut für einen Grünschnabel wie dich«, kommentiert er spöttisch, aber ich weiß, dass die bissige Bemerkung nur verbergen soll, was wirklich in ihm vorgeht. Dass er in den letzten Jahren schrecklich einsam war, weil er nicht nur seine Frau, sondern auch den Rest seiner Familie verloren hat.

»Danke. Ich hätte nicht gewusst, wo ich hinsollte.«

»Kein Problem, so verbringe ich den Samstagabend immerhin nicht allein.«

Ich schmecke die Soße ab, stelle fest, dass ich es mit dem Salz übertrieben habe, und hoffe, dass der Mozzarella es kaschieren kann. Mein Großvater reicht mir zwei Teller, die nicht zueinander passen, und ich fülle uns auf, bevor ich sie zum kleinen Tisch vor dem Sofa bringe.

»Willst du einen Film sehen?«

»Was steht zur Auswahl?«

»Megan hat mir ein paar ihrer DVDs gebracht«, meint er und deutet auf den Stoffbeutel, der neben dem Fernseher steht. Ich husche dort hin.

»*Die Hard, Speed, John Wick* …«, lese ich vor. »Ich wusste gar nicht, dass du auf Action-Filme stehst.«

»Um ehrlich zu sein, bin ich mir nicht sicher, ob ich die Filme mag, aber Megan bringt einfach immer mehr davon mit und hört nicht auf zu nerven, bis ich sie gesehen habe.«

Ich muss lachen. »Wie wäre es mit *Taken?*«

»Okay«, antwortet er knapp und lässt sich auf das Sofa sinken. Ich lege die DVD ein, ehe ich mich ebenfalls in die weichen Kissen kuschle.

»Also gut, wollen wir doch mal sehen, ob ich kochen kann«, fordere ich ihn auf und warte, bis er einen Bissen genommen hat. Erst dann wage ich mich selbst daran, meine Eigenkreation zu testen.

»Gar nicht schlecht«, sagt Grandpa und spießt so viele Nudeln auf, dass ich mich frage, wie er sie alle in seinen Mund bekommen will.

»Du bist ein schrecklicher Lügner, aber ich gestehe, es ist nicht so furchtbar, wie ich befürchtet habe«, antworte ich und wische mir die Tomatensoße aus dem Mundwinkel. Die Tochter von Liam Neeson wird gerade entführt.

»Es ist das Beste, was ich seit Wochen gegessen habe!«

»Das liegt nur daran, dass du im Diner so wenig Auswahl hast. Und von Kuchen wird man nicht satt.«

»Kommt darauf an, wie viel man davon isst. Und du darfst den Milchshake nicht vergessen.«

Ich lache. »Ja, aber die Auswahl ist da auch nicht so berauschend.«

Mit vollkommen ernstem Gesichtsausdruck sieht mein Großvater mich an. »Hey, immerhin gibt es drei verschiedene Sorten!«

»Das ist wirklich beeindruckend, unglaubliche drei!«

»Ich werde das Gefühl nicht los, dass du dich über mich lustig machst«, sagt er und kratzt sich nachdenklich am Kinn.

»Keine Ahnung, wovon du redest«, murmle ich in meinen Teller.

Mein Grandpa verschlingt seine Portion so schnell, dass ich ihm die Reste meines Essens kommentarlos zuschiebe. Mein Hunger hält sich in Grenzen, und auf absurde Art freut es mich zu sehen, wie glücklich ihn eine einfache Portion Nudeln mit Tomatensoße macht. Er räumt die leeren Teller ab, stellt sie in die Spüle und sieht mich dann einen Moment an. Da ist es wieder, dieses seltsame Schweigen. Als würden all die Worte zwischen uns feststecken und auf den richtigen Moment warten.

»Es ist schön, dich wieder hierzuhaben«, murmelt er schließlich.

Und ich weiß nicht, wie ich ihm sagen soll, dass ich mich schon ewig nicht mehr so willkommen gefühlt habe wie hier auf diesem Sofa. Und genau darum beschließe ich, ihm nicht zu sagen, warum Mom mich wirklich rausgeworfen hat.

10

ARIN

Damals

Die Musik in meinen Ohren dröhnt laut genug, damit die Bibliothekarin mir finstere Blicke zuwirft. Sie war offenbar überrascht, mich zu sehen, was ich ihr nur schwer verdenken kann. Immerhin erscheine ich in der Regel nur zu zwei Gelegenheiten hier: wenn ich meine Bücher zu Beginn des Schuljahrs abhole und wenn ich sie wieder zurückbringe und mir eine Ausrede überlege, warum ich die Hälfte von ihnen nicht mehr habe.

Aber jetzt bin ich da, das sollte doch meinen guten Willen zeigen, oder?

Dieser Anflug von Motivation ist auch für mich neu, und mit jeder Minute, die verstreicht, ohne dass Caren sich blicken lässt, schrumpft sie auch gleich wieder. Gelangweilt ziehe ich mein Handy aus der Hosentasche, aber Sophia hat nicht geschrieben. Noch nicht.

Unser Kuss hat mich auch überrascht, aber immerhin hat es mir auch gezeigt, dass sie mich noch immer will. Und wenn ich ihre beste Freundin auf meine Seite ziehen kann, wenn ich beweise, dass mehr in mir steckt, als nur der Loser und Versager zu sein – dann haben wir vielleicht doch eine Chance. Eine kleine, aber besser als gar keine.

Ehe ich jedoch zu sehr über meinen ziemlich fragilen Plan nachdenken kann, sehe ich Caren in die Bibliothek schreiten. Sie grüßt die Frau am Tresen kurz, dann sucht sie mich. Ich hebe eine Hand und winke ihr zu, was ihr offenbar peinlich ist, wenn ich das genervte Rollen ihrer grünen Augen richtig deute. »Ich hätte nicht gedacht, dass du wirklich kommst«, meine ich ehrlich überrascht, als Caren ihren Rucksack neben dem Stuhl fallen lässt, auf dem ich sitze.

»Das könnte ich auch zu dir sagen«, meint sie in einer Tonlage, die ich sonst nur von Conner kenne. Allerdings lasse ich mich davon nicht verunsichern.

»Und doch sind wir beide hier. Das klingt, als müsste es gefeiert werden.«

Sie setzt sich neben mich und funkelt mich an. »Hast du von Partys nicht langsam mal genug?«

»Kann man davon jemals genug haben?«

»Es mag dich überraschen, aber nicht alle Menschen stehen darauf«, sagt sie, während sie einige Bücher aus ihrem Rucksack zieht, farbige Karteikarten und einen Block, auf dem ihre filigrane Handschrift bereits Notizen hinterlassen hat.

»Woher willst du das wissen?«

Verdutzt hebt sie den Blick. »Was?«

Die Art, wie sie ihre gelockte Strähne plötzlich fast schon unsicher hinter ihr Ohr schiebt, lässt mich schmunzeln. »Woher willst du wissen, wie es auf Partys ist? Ich hab dich noch nie auf einer gesehen.«

Unsere Blicke scheinen sich für einige Momente ineinanderzubohren, doch dann bricht Caren den Blickkontakt ab und räuspert sich unbehaglich. »Doch, hast du.«

Falls sie mich damit aus dem Konzept bringen wollte, hat sie das geschafft. Ich schüttle den Kopf. Ich bin auf *allen* Partys in Belmont Bay. Und wenn ausgerechnet das Wunder des Theaterclubs auf einer auftauchen würde, hätte ich das gemerkt. »Nein, daran würde ich mich erinnern.«

Caren schnalzt mit der Zunge, gibt mir noch einen Moment Zeit, als würde sie hoffen, dass die Erinnerung plötzlich aus dem Schatten springt. Aber das tut sie nicht. »Achte Klasse«, sagt sie nur, als müsste mir das alles erklären.

»Du musst dich schon etwas genauer ausdrücken.«

Caren verdreht wieder die Augen. »Achte Klasse, nach dem Festival. Wir sind alle zu der Gruselhütte auf der anderen Seite des Sees gegangen.«

Bei ihren Worten beginnt sich tatsächlich etwas in mir zu erinnern. Es sind keine klaren Bilder, eher verschwommene Fragmente, die vor meinem geistigen Auge flattern wie ein Schwarm aufgeregter Schmetterlinge, deren Flügel die Erinnerungen der Vergangenheit formen. »Ich glaube, da klingelt was. Wir … haben getanzt, oder?«

»Könnte man so sagen«, sagt sie und schiebt mir das Mathebuch zu. »Zumindest, bis du dich auf meine Schuhe erbrochen hast.«

Mein Mund klappt kurz auf. »Daran erinnere ich mich nicht.«

»Na wenigstens einer von uns«, haucht Caren, nicht mal wütend, sondern fast schon enttäuscht und vielleicht etwas verletzt. Ich kann es nicht deuten. Unbehaglich rutsche ich auf meinem Stuhl hin und her, ehe ich nach dem Mathebuch greife, damit meine Hände irgendwas zu tun bekommen. »Und darum magst du keine Partys?«

Caren zuckt mit den Schultern. »Nicht nur. Ist dir noch nie aufgefallen, dass es immer diese eine Person auf einer Party gibt, um die niemand sich kümmert? Es wird zu viel getrunken oder andere Dinge gemacht – aber niemand achtet aufeinander. Irgendwem geht es immer schlecht, aber das interessiert niemanden. Und *das* ist der Grund, warum ich Partys nicht ausstehen kann.«

Ihre Worte beschwören neue Bilder in mir herauf. Von Partys, von Streichen, die wir anderen gespielt haben, die völlig betrunken auf einem der Sofas eingepennt sind und mit Bemalungen im Gesicht wieder aufwachten. Von weinenden Mädchen, die aus fremden Schlafzimmern kommen. Von mir selbst auf harten Böden und mit blauen Flecken, deren Ursprung ich niemals herausfinden würde.

Ich schüttle mich, schüttle die Gedanken ab. Erinnere mich lieber wieder daran, wer ich bin und dass Partys der einzige Grund sind, warum ich morgens überhaupt aufstehe. Irgendwie schaffe ich es, mein Grinsen wieder hervorzulocken, und betrachte Caren neben mir. »Na, dann musst du mal zu einer von meinen Partys kommen.«

»Danke, darauf verzichte ich«, schnaubt sie und schlägt ihre bunten Notizen auf. »Und jetzt werden wir lernen, denn ich habe keine Lust, meine Zeit zu verschwenden – hast du verstanden?«

Weil es mir auch ganz recht ist, dass wir dieses Thema wieder fallen lassen, nicke ich. »Alles klar«, gebe ich zurück und greife nach einem der Bleistifte. »Caren?«

Genervt lässt sie den Kopf auf den Tisch sinken. »Egal, was du sagst, ich gehe auf keine Party.«

»Das mein ich nicht.«

»Sondern?«

»Tut mir leid, dass ich dir auf die Schuhe gekotzt habe.«

Ihre Mundwinkel heben sich leicht. »Besteh deinen Mathetest, dann vergebe ich dir vielleicht.«

ARIN

Jetzt

Meine Hände sind schweißnass, ich kann nicht aufhören, mit meinem Bein zu wackeln, und ich könnte schwören, dass die Stühle heute viel unbequemer sind als in den letzten Wochen. Seit Tagen geht mir das Gespräch mit Joline nicht aus dem Kopf, und langsam, aber sicher fürchte ich, dass sie recht hat.

»Arin?«

Ich zucke zusammen. »Ja?«

»Möchtest du uns etwas sagen?«

Zu meiner Schande muss ich gestehen, dass ich Carolines Ausführungen nicht wirklich zugehört habe, also räuspere ich mich und versuche, den Satz zu sagen, den ich sagen will und der mir zugleich viel zu absurd erscheint. »Ich will versuchen, endlich Punkt neun anzugehen«, verkünde ich finster.

»Das ist großartig!«, bricht es aus Joline raus, was bei mir allerdings nur dafür sorgt, dass ich mich noch mieser fühle.

»Und warum fühlt es sich dann an, als sollte ich lieber weglaufen?«

Die Menschen in unserer Runde blicken einander an, als würden sie versuchen, einen Freiwilligen zu finden, der für sie alle antwortet.

Die Wahl ist dabei offensichtlich auf den alten Mann gefallen, der mich nun ansieht.

»Weil Punkt neun der schwerste ist«, sagt Bennett und rückt auf seinem Stuhl etwas nach vorne. »Scheiße, ich hab mir damals fast in die Hosen geschissen.«

Neben ihm schiebt Caroline sich eine blonde Locke hinter das Ohr. »Danke für die bildliche Beschreibung. Aber ich finde es gut, dass du diesen Punkt angehen möchtest. Vielleicht fängst du einfach mit den Menschen an, die hier sitzen.«

Ich beiße die Zähne zusammen. »Du meinst mit dir?«

»Nun, sagen wir es so: Nachdem du von meiner Theaterbühne uriniert hast, wäre das ein guter Anfang, um unsere Beziehung wieder etwas positiver zu gestalten.«

Ich atme ein paarmal tief durch und versuche, mich auf das zu besinnen, wofür ich hier bin. Mit zittrigen Fingern krame ich den inzwischen reichlich zerknitterten Zettel hervor, auf dem ich die wichtigsten Namen und Stichpunkte für meine Entschuldigungen gesammelt habe. Räuspernd wische ich mir über die Nase und versuche Caroline anzusehen, ehe ich sage: »Es tut mir wirklich leid, dass ich zugedröhnt deine Darbietung von *Romeo und Julia* gestört habe und …« Es ist mir so peinlich, dass ich es kaum schaffe, es auszusprechen. »Und von der Bühne gepinkelt habe.«

Allerdings scheint Caroline noch nicht bereit zu sein, mich so schnell von der Leine zu lassen. »Und?«

Ich falte meinen Zettel wieder zusammen. »Und was?«

»Fällt dir sonst nichts ein?«, fragt sie und beugt sich nach vorn, als könnte sie mich so noch besser mit ihrem Blick fixieren.

Für einen Moment hatte ich es tatsächlich vergessen. Hatte verdrängt, dass ich nicht nur peinliche Dinge getan habe – sondern auch, dass ich fast im Gefängnis gelandet wäre, weil ich einfach *alles* für Pillen gemacht hätte. Auf meinem Weg der Selbstzerstörung habe ich nicht einmal gezögert, wenn es darum ging, andere zu verletzen. Denn solange ich anderen wehgetan habe, haben sie mich zumindest wahrgenommen, auch wenn die Konsequenzen … na ja, eben die Konsequenzen waren.

Caroline sieht mich noch immer an, und ich zwinge mich, ihren Blick zu erwidern. »Es tut mir auch leid, dass ich dein Auto aufgebrochen, dein Geld gestohlen und damit Medikamente gekauft habe. Und dass ich diesen schrecklichen rosa Kürbis zu Halloween auf die Straße geworfen habe.«

Empört reißt sie den Mund auf. »Ich wusste, du warst das!«

»Caroline«, sagt Joline ermahnend.

Die Königin von Belmont Bay verzieht das Gesicht. Nur ist sie in diesen Räumen eine von uns, nicht die Queen des Theaters, also nickt sie. »Danke, dass du dich entschuldigt hast.« Sie reibt sich über den teuren Stoff ihrer Hose, als müsste sie ihre Energie anderweitig loswerden, um nicht wütend zu werden. »Ich nehme sie an und hoffe, dass du in diesem Jahr meine Dekoration eher zu schätzen weißt.«

Joline sieht mich an. »Und Arin, wie fühlst du dich?«

»Gedemütigt und wütend.«

»Kann ich verstehen«, brummt Bennett, was ihm einen grimmigen Blick einbringt.

»Auf wen bist du wütend?«

»Du willst, dass ich sage *auf mich selbst* – nicht wahr?«

Joline schüttelt den Kopf. »Es geht nicht darum, was ich will, sondern was *du* fühlst.«

»Ich frage mich, wie ich es schaffen soll, die wirklich schlimmen Dinge auszusprechen und um Verzeihung zu bitten, wenn ich jetzt schon am liebsten davonlaufen würde.«

»Das ist einfach«, meldet sich Bennett zu Wort.

»Ach ja?«

»Immer ein Schritt nach dem anderen, mach mit mir weiter.«

Ich verdrehe die Augen, denn ich weiß, dass er jetzt auch eine Entschuldigung erwartet. Und vor dieser habe ich besonders viel Angst. Als Sophia nach der Beerdigung von Caren einfach verschwand, war er das Einzige, was noch von der Familie übrig war. Die einzige Person, der ich noch wehtun konnte. Und bei Gott, ich wollte ihm wehtun. Diese Art von Scheißkerl war ich. Jemand, der wollte, dass die Menschen um ihn herum genauso leiden wie er selbst. Immerhin war ich darin gut, wenn ich auch sonst nichts auf die Reihe bekommen habe.

Ich schlucke. »Es tut mir leid, dass ich dein Auto mit dem Wort *Killer* beschmiert habe und dadurch die halbe Stadt gedacht hat, du hättest deine Frau umgebracht. Wahrscheinlich glaubst du mir nicht, aber ich wusste nicht, dass sie an dem Abend zuvor …«

»Schon okay«, wehrt der alte Mann ab. »Ich vergebe dir.«

Verwirrt hebe ich die Augenbrauen. »Einfach so?«

Er kratzt sich an der Glatze, weicht meinem Blick jedoch keine Sekunde lang aus. »Einfach so.«

»Warum?«, stoße ich aus, weil mir bewusst ist, dass dieses Gerücht noch immer durch die Stadt geistert, sich weitergetragen hat und zu einer Schaudergeschichte wurde, die sich noch heute auf den Schulhöfen erzählt wird.

»Weil Menschen nun einmal Menschen sind, und Menschen wie wir, die ein Problem haben, tun oft Dinge, die eine Lawine auslösen«, erklärt er auf gruselig ruhige Art.

»So viele Worte am Stück habe ich dich noch nie sagen hören.«

»Weil du dich bisher nie entschuldigt hast.« Seine Mundwinkel zucken sogar kurz nach oben. »Ich habe auch viele Fehler gemacht, Arin. Mehr, als ich zählen kann. Und diese Dinge haben viel mehr Schaden angerichtet als dieser alberne Streich. Außerdem spare ich Unmengen an Süßigkeiten zu Halloween, weil sich die Kinder nicht mal in die Nähe meines Hauses trauen.«

Joline sieht zufrieden lächelnd zwischen uns hin und her. »Und wie fühlst du dich jetzt?«

Erst jetzt wird mir bewusst, dass mein Mund noch immer halb offen steht. »Ich bin nicht sicher.«

Sie klatscht in die Hände, als Zeichen, dass unsere Sitzung für heute beendet ist. »Das sehe ich als Steigerung. Lasst uns für heute Schluss machen – und Arin?«

»Hm?«

»Gut gemacht.«

Ich nicke, fühle mich kein Stück besser, weiß aber, dass ich für heute wohl nicht viel mehr erwarten kann. Also erhebe ich mich und will eigentlich schon gehen, als Bennett sich mir in den Weg stellt. »Du brauchst einen Job«, sagt er, und es klingt nicht wie eine Frage.

Unwillkürlich weiche ich etwas vor ihm zurück, weil er es zwar mir verdankt, dass dieses Gerücht im Umlauf ist, er aber auch ohne diese Geschichte durchaus etwas Furcht einflößend ist. »Ja?«

»Und du bist ganz gut mit Autos, oder?«

Wir blicken einander eine Weile in die Augen. Ich habe keine Ahnung, was ich davon halten soll. »Ich bin ganz gut darin, Dinge zu reparieren«, gebe ich ausweichender zurück.

»Mein alter Ford Galaxie steht im Schuppen«, fährt er fort. »Nicht im besten Zustand, wollte ihn immer mal wieder herrichten, aber mein Rücken macht es nicht mehr mit.«

Zumindest hat er jetzt meine volle Aufmerksamkeit. »Welches Baujahr?«

»1963.«

Ich stoße einen anerkennenden Pfiff aus. »Und so ein Schmuckstück steht in deinem Schuppen rum?«

»Wenn du ihn wieder hinbekommst, kommt er da vielleicht mal wieder raus«, sagt er und setzt sich die Wollmütze auf die Glatze.

Eigentlich will ich es nicht fragen, aber ich muss, weil mir klar ist, dass ich nur noch fünf Dollar in der Hosentasche habe und nichts mehr zu essen als die Kekse, die ich vorhin geklaut habe. »Und was kannst du zahlen?«

Bennett mustert mich einen Moment, als würde er abschätzen, wie schlecht er mich bezahlen kann, ohne Ärger mit Joline zu bekommen. »Sagen wir einfach, du bekommst den Mindestlohn, aber eine Bedingung habe ich.«

Ich hätte wissen müssen, dass es nicht so einfach wird. »Okay?«

Fast schon väterlich legt er mir eine Hand auf die Schulter, aber mir ist bewusst, dass er mich nur fixieren will, damit ich seinem stechenden Blick nicht ausweichen kann. »Halt Sicherheitsabstand zu Sophia.«

»Sicherheitsabstand?«, echoe ich, obwohl ich genau weiß, was er meint. Es ist seine Art, mir zu sagen, dass ich seine Enkelin nicht anfassen soll. Wahrscheinlich weiß er, was damals zwischen uns passiert ist und wie sehr ich es verbockt habe. Wie sehr ich sie verletzt habe – und damit auch mich selbst.

Der alte Bennett nickt. Er nimmt die Hand wieder von mir. »Sind wir uns einig?«

Nein, will ich sagen, aber ich weiß, dass er recht hat. Dass es so besser ist, für jeden von uns. »Ich denke schon.«

»Komm morgen zum Abendessen, dann kannst du dir das Auto ansehen und mir sagen, welche Teile wir brauchen«, sagt er nickend, dann wickelt er sich den Schal um den Hals, während er schon halb am Gehen ist.

»Siehst du«, wispert Joline hinter mir. »Ich hab doch gesagt, es ist gut, sich zu entschuldigen.«

Vielleicht, denke ich. Und vielleicht werde ich mich dafür entschuldigen müssen, dass ich mich nie wirklich von Sophia fernhalten kann, weil sie der einzige Mensch ist, den ich je wirklich in meiner Nähe haben wollte.

11

SOPHIA

Stille.

Wie lange ist es her, dass sie mich vollständig einhüllen konnte?

Belmont Bay ist die pure Ruhe, besonders im Haus meines Großvaters. Es gibt nur das Zwitschern der Vögel und das Schnarchen von Bo, der in den warmen Sonnenstrahlen vor dem Fenster liegt und döst.

So schön diese Stille auch ist – sie sorgt dafür, dass ich kaum still sitzen kann. Macht mir sogar etwas Angst, selbst wenn ich das nicht gern zugebe. Es ist kein Vergleich zu der kleinen Wohnung, die ich mit Mom geteilt habe. Im Schneidersitz starre ich vom Boden aus auf die nackte Wand vor mir und versuche zu begreifen, wie ich hierhergekommen bin.

Nachdem Caren verschwunden ist, dachte ich, es könnte nicht mehr schlimmer werden – doch dann, nur zwei Tage später, starb Grandma. Ich erinnere mich. Das Zittern meines Grandpas, als würde er nur noch fallen und fallen und darauf warten, dass er endlich aufschlägt. Die Wut meiner Mutter, weil sie glaubte, Grandpa hätte nicht genug auf Gott und zu viel auf die Ärzte vertraut, die versuchten, den Krebs zu heilen. Und meine Angst. Meine nackte, bloße Angst davor, dass nichts mehr von meinem Herzen übrig bleiben würde, wenn ich noch länger in dieser Stadt hängen blieb.

Also bin ich weggelaufen. Mit Mom, die irgendwie das Einzige war, was ich noch hatte, und dabei habe ich ignoriert, was ich hier zurückgelassen habe. Meine Hand zuckt, als wollte sie automatisch nach meinem Handy greifen. Doch es ist noch immer bei Arin – und ich weiß nicht, ob ich es schaffe, ihn so schnell noch einmal wiederzusehen, ohne dass dieses Chaos aus Gefühlen in mir noch größer wird, als es ohnehin schon ist.

Ich brauche mehr Zeit, mehr Luft.

Es tut weh, einen Teil der eigenen Familie hinter sich zu lassen, doch noch schlimmer wäre es, sie weiterhin um mich haben zu müssen. Mom ist schon lange nicht mehr sie selbst, aber in dieser letzten Nacht ist mir vollends bewusst geworden, dass sie es so schnell auch nicht wieder wird. Sie hat mich verstoßen, weil ich nicht in das neue Leben passe, das sie sich errichtet hat. Wahrscheinlich war es der berühmte letzte Tropfen, der das Fass voller unterdrückter Emotionen zum Überlaufen gebracht hat. Mir war schon vorher klar, dass unsere Beziehung immer toxischer wurde, dass ich mich nicht mehr fühlte wie in einem Zuhause. Und auch jetzt noch schwanke ich zwischen dem Umstand, dass es mir ohne meine Mom in der Nähe besser geht und ich sie zugleich vermisse. Zu gern würde ich eine Lösung für all diese Konflikte in meinem Inneren finden, aber meine Gedanken sind verknotet wie das Wollgarn meiner Oma, nachdem Bo es in die Pfoten bekommen hat. In meinem Herzen öffnet sich eine andere klaffende Wunde, und ich spüre, wie mir heiße Tränen in die Augen schießen.

Und ich habe meinen Großvater mit dieser Trauer ganz allein gelassen. Er muss unglaublich gelitten haben, allein in diesem großen Haus, in dessen Ecken Tausende von Erinnerungen auf einen lauern.

Ich muss von all den Gedanken endlich zum Handeln kommen, und wenn ich es schon nicht schaffe, über meine Diagnose zu sprechen oder endlich Chris aufzusuchen, kann ich zumindest das hier tun. Dieses Zimmer soll nicht mehr für das Alte stehen, sondern für einen Neuanfang, und es verdient dafür einen neuen Anstrich.

Ein schmerzliches Lächeln schleicht sich auf meine Lippen, als ich zum Bücherregal gehe und einen kleinen Karton hervorziehe. Ich hatte fast vergessen, dass es diese Erinnerungen gibt, die kleinen Briefe, die wir uns geschrieben haben. Unwillkürlich streichle ich über den Deckel, der alle Briefe und ihre verbotenen Gefühle verwahrt wie ein Tresor ohne Schloss. Ihn zu öffnen würde bedeuten, mich all dem zu stellen. Und dazu bin ich gerade nicht bereit, also verstecke ich ihn unter meinem Bett, als würde ich ihn damit auch vor mir selbst verbergen können.

Die Erinnerung schmerzt so sehr, dass ich nach Luft schnappe und mich wieder auf den Boden der Tatsachen zurückholen muss.

Die neue Farbe für die Wände, die mein Budget zwar eigentlich gesprengt hat, an der ich aber nicht vorbeigehen konnte, steht schon bereit. Alte Zeitungen sollen das Schlimmste für den Dielenboden verhindern.

Ein neuer Anfang. Das ist es, was mein Kopf nun braucht, um endlich zur Ruhe zu kommen.

»Was tust du da?«

Die tiefe Stimme überzieht meinen Körper sofort mit einer Gänsehaut. Arin sieht mich fragend an. Unter anderen Umständen hätte ich dafür getötet, von einem Mann wie ihm so angesehen zu werden. Er sieht mich an, als würde er versuchen, jeden meiner Gedanken zu entschlüsseln.

»Die bessere Frage wäre wohl, was tust du *hier?*«

Mein Herzschlag wird schneller, während ich die Arme verschränke. Arin lehnt im Türrahmen meines Zimmers, streicht sich die Haare nach hinten und sieht aus wie die 2022er-Version von James Dean. Ein Poster-Bad-Boy, von dem ich mich lieber fernhalten sollte, weil ich mich schon einmal verbrannt habe.

»Dein Großvater hat gesagt, ich soll zum Essen kommen. Aber auf mein Klopfen hat niemand reagiert, und die Tür war offen.«

»Ich hab's nicht gehört.«

»Habe ich gemerkt. Eigentlich wollte ich dir dein Handy gleich mitbringen, aber …«

»Ist schon okay, falls du es überhaupt noch retten kannst.«

»Zumindest werd ich es versuchen.« Zögernd steht er weiter da, scheint darüber nachzudenken, ob er in mein Zimmer treten darf – und ich? Ich kenne die Antwort auch nicht.

Das Letzte, was ich erwartet habe, ist, dass Arin in oder besser vor meinem Zimmer auftaucht, während ich die ausgeleierte Latzhose meiner Grandma trage, auf der sich Dutzende Farbsprenkel befinden. Mein Outfit bleibt auch ihm nicht verborgen. »Du willst streichen?«

»Wow, deine Mutter muss stolz auf dich sein. Du hast eine unglaubliche Auffassungsgabe«, kontere ich, weil es einfacher ist, in dieses alte Muster zurückzufallen, in die Sticheleien, die Neckereien, den künstlichen Abstand zwischen uns, weil wir beide wissen, dass diese Nähe uns erneut aus der Bahn werfen kann.

»Danke.« Sein Grinsen ist entwaffnend.

Aber ich schaue zur Seite und kremple die Ärmel hoch. Wenn ich mich jetzt noch auf sein umwerfendes Aussehen konzentriere, verbringe ich den restlichen Abend eher mit anderen Aktivitäten als damit, mein Zimmer zu verschönern. Also hocke ich mich hin und öffne den Eimer, der auf den Zeitungen steht. Der Geruch der Farbe breitet sich aus, scheint die Luft noch schwerer zu machen.

»Soll ich dir helfen?«

»Glaubst du, ich schaffe das nicht?«

Er zuckt mit den Schultern. »Na ja, ich bin schon hier, dann kann ich mich auch nützlich machen.«

Ich blicke hoch. Auch wenn ich mir nicht sicher bin, ob ich diese Entscheidung bereuen werde, höre ich mich selbst sagen: »Okay.«

Arin betritt mein Zimmer, zieht sich die schwarze Lederjacke aus und wirft sie auf mein Bett, ehe er die Wand betrachtet. Zu dem Geruch der Farbe kommt nun eine Überdosis Arin, was er noch verschlimmert, indem er sich durch die Haare streicht und seinen eigenen Duft im Raum verteilt. Frische Zitrone kombiniert mit harzigem Elemi und kraftvollen Hölzern. Ich muss mein Tagebuch nicht einmal aufschlagen, um zu wissen, wie ich diesen Duft früher beschrieben habe: *So muss ein Gott riechen.*

Stand er schon die ganze Zeit so nah bei mir? Ich kann es nicht sagen. Mein Kopf liegt in meinem Nacken, während ich zu ihm hinaufblicke. Der Geruch seiner Haut löst ein Kribbeln in mir aus, das ich noch nie gespürt habe. Ich weiß nicht, ob ich dankbar oder starr vor Angst sein soll wegen des Feuerwerks, das er in mir entzündet und das meine Trommelfelle und Augenlider vibrieren lässt. Er beugt sich dichter zu mir. Nahe genug, damit ich seine Lippen anstarren kann.

Er greift an mir vorbei zum Klebeband und macht sich daran, die Steckdose abzukleben. Mit einer Mischung aus Verärgerung und Erleichterung greife ich nach der Rolle. Die kurze Berührung seiner Haut schlägt in mein Innerstes ein wie ein Blitz. »Das war keine Einladung.«

»Ach nein?«

Da ist es wieder, dieses Grinsen. »Arin …«

»Bitte sag meinen Namen nicht so.«

Der Satz irritiert mich. »Wie denn?«

»So, als könntest du meine Nähe nicht ertragen«, gibt er zurück, ohne mich anzusehen.

»Das …«, setze ich an, aber er unterbricht mich direkt.

»Schon okay, sag meinen Namen einfach nicht auf … auf diese Art, Sturmauge.«

Ich erstarre und muss fast lachen. »Was?«

Er grinst, als wäre ihm aufgefallen, dass es auf der ganzen Welt wahrscheinlich keinen schrecklicheren Kosenamen geben könnte. Dennoch wiederholt er ihn: »Sturmauge.«

Der Klang seiner Stimme wird tiefer, rauer und dennoch sanfter zugleich. Mein Atem stockt, und das Grinsen weicht einem Lächeln, das mehr erhellt als nur mein Gesicht.

»Warum nennst du mich so, du weißt doch, dass ich diesen Kosenamen schon immer schräg fand?«, frage ich und blicke ihn an.

»Ich kann nichts dafür, dass ich immer, wenn ich dich ansehe, das Gefühl habe, als würde ich einen Sturm betrachten«, sagt er in dem gleichen Ton, in dem er diesen Satz das erste Mal gesagt hat. Zu mir gesagt hat. Mir geschrieben hat. Unzählige Male, in Hunderten von Farben auf zerknittertem Papier.

»Immer noch, das ist das schlimmste Kompliment meines Lebens«, stoße ich aus und schiebe mir den inzwischen zu langen Pony aus den Augen.

»Was, dir gefällt es nicht, wenn ich dich Sturmauge nenne?«

»Nein. Reich mir mal den kleinen Pinsel.«

»Ich dachte, du willst meine Hilfe nicht.«

»Arin …«

Er reicht mir den Pinsel, und ich tauche ihn in die gelbe Farbe, ohne Arin anzusehen. Trotzdem spüre ich seine Nähe überdeutlich.

Er hält Abstand, kommt nicht näher, und doch habe ich das Gefühl, während wir still die Wand streichen, wird die Luft um uns herum immer dicker. Die Spannung zwischen uns ist so greifbar, dass ich mich frage, ob jeden Moment elektrisches Knistern zu hören ist oder die nächste unbedachte Bewegung einen Funken entfacht, der das gesamte Haus in Flammen aufgehen lässt.

Aber gerade kann ich das nicht. Nicht, ehe ich es nicht geschafft habe, über das Virus in meinem Körper zu reden. Nicht, ehe ich nicht weiß, ob die Medikamente anschlagen, nicht …

»Warum gelb?«

Das Beben seiner Stimme reißt mich aus meinen Gedanken. »Was?«

»Warum gelb?«, wiederholt er, und seine Mundwinkel zucken wieder nach oben, was mir die Röte ins Gesicht schießen lässt.

»Gelb steht dafür, klug zu handeln und seinen Verstand zu benutzen, statt sich von seinen Gefühlen leiten zu lassen. Es symbolisiert Wahrheit, Rationalität und Weisheit und soll den Geist beflügeln«, flüstere ich gegen seine Lippen und räuspere mich leicht, bevor ich zurückweiche.

Was zum Teufel ist nur los mit mir? Genau solche Situationen sollte ich vermeiden. Genau diese Nähe ist es, die alles kaputt gemacht hat. Genau darum sollte ich mich lieber verstecken. Mich in diesem Zimmer einschließen und keinem dahergelaufenen Typ mit einer Haartolle aus den Fünfzigern Einlass gewähren. Nur weil er vielleicht doch einer von den Guten sein könnte. Ich brauche keinen Prinzen. Und keinen Bad Boy, der manchmal so tut, als könnte er ein Prinz sein.

»Dann willst du also einen kühlen Kopf bewahren?«

»Könnte man so sagen.«

Er lacht heiter.

»Lachst du mich jetzt für meine Sentimentalität aus?«

»Nein, absolut nicht. Obwohl ich es schon niedlich finde, dass Mr Bunny noch immer auf deinem Bett sitzt«, meint er und deutet zu meinem Kuscheltier.

»Sondern?«

Er lächelt still und taucht den Pinsel wieder in die Farbe.

»Sag schon.«

»Du bist seltsam widersprüchlich. «

»Was hat das mit meiner Wandfarbe oder meinem Plüschtier zu tun?«

»Du tust, als würden deine Gefühle dich schwach machen, obwohl sie schon immer dein Motor waren.«

»O Gott, bitte werd jetzt nicht kitschig.«

»Das waren deine Worte, nicht meine. Früher hast du immer gesagt, dass ich meine volle Stärke erst dann finden werde, wenn ich meine Gefühle zulasse – und jetzt bist du es, die ihre Gefühle gegen Gelb tauscht.«

»So habe ich das ganz sicher nicht gemeint«, erkläre ich augenrollend.

»Nein, aber ich kann zwischen den Zeilen lesen.«

Ich schüttle den Kopf, kann aber nicht verhindern, dass sich ein Grinsen auf meine Lippen stiehlt. Arin stemmt die Hände in die Hüften und macht einen Schritt zurück, um unser Werk zu betrachten. Das satte dunkle Gelb lässt das Zimmer etwas kleiner wirken, doch gleichzeitig fühlt es sich mehr nach etwas an, das ich eine lange Zeit nicht hatte.

Ein Zuhause.

»Und jetzt lächelst du. Mein Tagesziel ist erreicht. «

Obwohl ich lachen muss, schüttle ich den Kopf. »Dein Ego ist größer als ganz Belmont Bay.«

»Nein, aber mein Interesse an dir schon.« Er sieht mich an, und plötzlich werden seine Augen etwas größer, als sei ihm eben erst bewusst geworden, was er da gesagt hat. »Scheiße, das hätte ich nicht sagen sollen, tut mir leid.«

Ich kann das Knistern spüren. Das Prickeln in der Luft.

»Ich wollte nicht …«, setzt er an, scheint aber nicht so recht zu wissen, wie er die Gedanken in seinem Kopf zu einem Satz zusammengesetzt bekommt.

»Arin …«

»Sophia, ich …«

Seine Stimme klingt seltsam heiser, während er seine Hand nach mir ausstreckt. Sie ist so nah, dass mein Körper sich gegen seine warme Haut drücken will. Doch mein Kopf läuft auf Hochtouren.

Ich weiche einen Schritt zurück, als hätte mich ein elektrischer Schlag getroffen.

Keine Funken. Kein Feuer.

Das können wir nicht. Egal, wie sehr sich ein Teil von mir wünscht, mit ihm zusammen in Flammen aufzugehen. »Nein, tu das nicht«, presse ich hervor, ohne den Blick von ihm zu lösen.

Er hält inne. »Was?« Seine Hand schwebt eine Sekunde in der Luft, als würde es ihn eine ungeahnte Überwindung kosten, sie zurückzuziehen.

Ich schlucke schwer. »Mich berühren. Ich kann es nicht ertragen, jetzt vor dir wegzulaufen.«

Unsere Blicke verknoten sich ineinander. In dem dunklen Braun seiner Augen versuche ich, den gekränkten Stolz zu finden, doch da ist nichts. Nur ein leises Bedauern.

»Was ist nur mit dir passiert?«, fragt er leise und so unendlich traurig, dass sich etwas in mir verkrampft.

»Du lässt nicht locker, oder?« Ich zucke mit den Schultern und versuche, die Sache damit abzutun, doch es will nicht wirklich funktionieren.

»Erst wenn du mein Herz zerfetzt hast, und selbst dann nicht«, gibt er grinsend zurück. Es soll ein Scherz sein, doch statt eines Lächelns wandern meine Mundwinkel nur noch weiter nach unten. Ich kann nicht leugnen, dass da etwas zwischen uns ist. Das war es schon immer, egal, wie sehr wir versucht haben, uns dagegen zu wehren.

»Warum bist du so?«, frage ich kopfschüttelnd.

»Wie denn?«, will er wissen.

»Der alte Arin würde mir nicht dabei helfen, meine Wand zu streichen. Oder mein Handy zu reparieren – oder den Wagen meines Grandpas.«

Was auch immer in seinem Kopf gerade vorgeht, es sorgt dafür, dass sein Gesicht sich verhärtet. »Der alte Arin war besser darin, Dinge zu zerstören.«

»Das wollte ich nicht damit sagen.«

»Hast du aber.«

Wir liefern uns ein Blickduell, als wüssten wir nicht, was passiert, wenn wir einander aus den Augen lassen.

»Du wirst mir wahrscheinlich nicht glauben, aber ich habe mich geändert. Nicht so sehr, wie ich es wollte, aber ich arbeite dran. An mir und an diesem ganzen Mist mit dem besseren Menschen sein.«

Ich muss lachen. Eigentlich will ich es verhindern, doch es bricht so schnell aus mir heraus, dass ich eine Hand vor den Mund schlage und ihn panisch anblicke.

»Nett, dass du darauf nichts sagst«, lacht er und schüttelt den Kopf. »Hättest du nicht einfach etwas Nettes sagen können, wie: Wir können alle die beste Version von uns selbst sein?«

Doch leider bringt dieser Satz mich nur noch mehr zum Lachen, was wiederum Arin dazu bringt, resigniert zu nicken. »Das war vielleicht etwas dick aufgetragen.«

»Etwas? Das klang, als hättest du die letzten Tage nur Filme von Nicholas Sparks geschaut.«

»Hey, er ist ein Meister der Romantik!«

»Nein, er ist kitschig«, sage ich entschieden und schüttle den Kopf, weil ich nicht glauben kann, dass Arin sich wirklich so sehr geändert hat.

»Was hast du gegen etwas Kitsch?«, fragt er mit einem verschmitzten Lächeln, das sich perfekt eignet, um Herzen zu brechen. Nur dass es hier um mein Herz geht und ich nicht vorhabe, es ihm vor die Füße zu werfen. Nicht noch einmal.

»Ich interessiere mich weder für Kitsch noch für One-Night-Stands oder eine Beziehung«, stelle ich klar.

»Das ist gut.«

»Warum?«

»Weil du nicht gesagt hast, dass du dich nicht für mich interessierst.«

Er grinst wieder und greift nach den dreckigen Pinseln. »Ich bring die ins Bad und mach sie sauber.«

Ich sage nichts, sondern blicke ihm nur nach. Wie auch immer die letzten Jahre für Arin ausgesehen haben, ich bekomme langsam das Gefühl, dass nicht nur ich Zeit zum Heilen brauche.

ARIN

»Was zur Hölle tust du da?«, zische ich meinem Spiegelbild zu.

Von all den Dingen, die ich hätte tun können, war die Aktion gerade so ungefähr die schlechteste Idee. Sophias Anwesenheit bringt mich durcheinander, und gleichzeitig will ich nichts so sehr, wie einfach an den Punkt zurückspringen, an dem es zwischen uns noch nicht schiefging. Oder besser ich. Ich ging schief. Mir waren Alkohol und Partys und all der Stoff wichtiger als sie. Oder ihre Gefühle. Oder das zwischen uns, das ich damit zerstört habe.

Und nun verletze ich uns beide, indem ich ihr sage, dass ich sie noch immer will. Nie aufgehört habe, sie zu wollen. Oder an sie zu denken. Verflucht, vielleicht sogar sie zu …

»Arin?«

Ich zucke so heftig zusammen, als hätte meine Mutter mich mit Schmuddelheften erwischt. Der Farbpinsel fällt auf die Fliesen und hinterlässt eine Reihe von blassgelben Tropfen. Der alte Bennett steht hinter mir und sieht mich mit hochgezogenen Augenbrauen an.

»Ich, äh, wasche Pinsel aus.«

Er blickt von meinem Gesicht zu den Pinseln, wieder zu meinem Gesicht – und ich könnte schwören, dass er einen Teil der Gedanken, die ich gerade eben hatte, gehört hat. »Danke, das sehe ich«, brummt er und streicht sich über die Glatze.

»Warum fragst du dann?«

»Soweit ich weiß, hatte ich mich ziemlich klar ausgedrückt, du solltest zum Abendessen kommen und nicht, um die Pinsel meiner Enkelin zu waschen«, grummelt er etwas leiser und sieht über die Schultern, als wolle er sichergehen, dass Sophia uns nicht hören kann. Fast schon bedrohlich macht er einen Schritt in das kleine Badezimmer hinein. Wahrscheinlich wäre jemand anders als ich in irgendeiner Form verletzt oder empört gewesen – oder hätte es zumindest gespielt. Aber ich muss Bennett nichts vorspielen. Er weiß wahrscheinlich besser als die meisten Menschen, wie es ist, in der Situation zu sein, in der ich gerade bin. Er hat diesen Abfuck auch durchgemacht.

Klar, ganz anders als ich. Aber irgendwie sind wir am Ende unseres Highs alle ziemlich gleich. Außerdem weiß ich, dass er recht hat.

Ich sollte mich von Sophia fernhalten.

Nicht nur, um sie zu schützen, sondern auch mich selbst.

Ich hebe entschuldigend die Hände. Der alte Mann ist so charmant wie eine Kettensäge und mindestens genauso tödlich. Allein seine Augen durchbohren mich.

»Antworte mir, Junge.«

»Es ist wirklich nicht so, wie es vielleicht aussieht«, gebe ich zurück, merke aber im selben Moment, dass diese Worte so ziemlich das Schlimmste waren, das ich hätte von mir geben können.

»Du hast also nichts gestrichen?«

»Doch schon, aber …« Unbeholfen stehe ich vor ihm und weiß schon wieder nicht, wohin mit meinen Händen. Gerade als ich mich noch mehr hineinsteigern will, höre ich die vertraute helle Stimme: »Das ist meine Schuld.«

Sophia taucht hinter ihrem Großvater auf und verkrampft sich sichtlich. Ich atme erleichtert aus, nicht nur, weil sie Bennett ablenkt, sondern auch, weil sie mich beschützt. Das könnte ich als positives Zeichen werten, oder? Und ja, ich weiß selbst, dass ich nicht nach Zeichen für etwas suchen sollte, das ich doch eigentlich vermeiden will. Oder es vermeiden sollte.

»Arin war so nett, mir beim Streichen meiner Wand zu helfen«, setzt sie schnell nach. »Wir haben auf dich gewartet.«

Bennett blickt von mir zu seiner Enkelin, scheint sich aber dafür zu entscheiden, dass er diesen Vorfall erst einmal so stehen lässt. »Mach das sauber und dann komm nach unten, dann zeig ich dir den Wagen«, schnaubt er und lässt uns wieder allein.

»Aus dem Abendessen wird dann wohl nichts mehr.« Ich kann Sophia nicht ansehen, sondern drehe mich zu meinen Pinseln um.

»Ist alles in Ordnung?«, fragt sie sanft, viel zu besorgt und mit viel zu viel ehrlicher Zuneigung in der Stimme, als ich aktuell vertrage. Verdammt, ich wünschte, ich könnte diese ganzen Gedanken und Gefühle einfach für eine Weile auf Pause stellen. Nur einmal, nur damit ich danach wieder einen klaren Kopf habe.

»Arin?«

»Alles okay«, bringe ich hervor und muss nun doch den Blick heben. Ich sehe ihr Spiegelbild hinter mir, den Sturm in ihren grauen Augen. »Geh einfach, ich komm klar.«

Falls sie meine ruppige Antwort verletzt, zeigt sie es nicht. Stattdessen nickt sie knapp und verschwindet aus meinem Blickfeld.

Verdammt. Wieso fühle ich mich jetzt noch beschissener, wenn es doch das Richtige war, sie wegzuschicken? Weg von mir.

Es ist besser, wenn ich diese Gedanken und Gefühle so schnell es geht wieder wegsperre. Weit weg, wo sie niemandem mehr schaden können.

12

SOPHIA

Meine Medikamente sind leer.

Ich habe es so lange aufgeschoben, wie es mir nur möglich war, und nun muss ich mich der Konsequenz stellen – und auch wenn ich weiß, dass ich mich dabei nicht so elend fühlen sollte, tue ich es dennoch. Heute ist der Tag, an dem ich über meine Diagnose sprechen muss. Das erste Mal, seit meine Mom mich rausgeworfen hat.

Bevor ich mich in diese Gedanken jedoch weiter hineinsteigern kann, klopft es an der Tür. Ich richte mich auf und rufe meinem Großvater zu, dass er reinkommen kann. Sein Kopf späht durch den Türspalt, als hätte er Angst, er könnte meine Privatsphäre verletzen. »Kommst du? Das Frühstück ist fertig.«

Trotz der Angst in meinem Nacken schaffe ich es, zu lächeln. »Ja, ich bin gleich da.«

»Gut, ich kann Bo nicht mehr lange davon abhalten, einen deiner Pancakes zu essen.«

Mein Lächeln wird breiter – und ehrlicher, weil mir wieder einmal bewusst wird, wie sehr ich es vermisst habe. Dieses Gefühl von Familie, von Geborgenheit. »Du hast Pancakes gemacht?«

Für einen kleinen Moment wirkt Grandpa verunsichert. »Ja, du magst sie doch?«

»Jeder Tag, der mit Pancakes startet, kann nur gut werden.«

Er blickt kurz auf den Boden, als würde er dort eine verschüttete Erinnerung sehen. »Das hat deine Grandma auch immer gesagt.«

»Ich weiß«, murmle ich etwas leiser. »Bin gleich unten.«

Er nickt und schließt die Tür wieder.

Jetzt gibt es keine Ausreden mehr. Ich schwinge mich aus dem Bett und ziehe mich an. In einem meiner liebsten schlabberigen Pullis komme ich gerade rechtzeitig die Treppen herunter, um zu sehen, wie mein Grandpa dem großen Hund heimlich ein Stück Pancake zuwirft.

»Verrat es keinem«, murmelt Großvater peinlich berührt.

»Meine Lippen sind versiegelt«, verspreche ich und setze mich an den Tisch. Der süße Duft des Teigs steigt mir in die Nase.

»Hast du heute etwas vor?«

»Um ehrlich zu sein, wollte ich dich fragen, ob ich mir dein Auto leihen kann.«

»Sicher, willst du in die Stadt?«

»Ja, vielleicht auch etwas weiter. Ich muss …« *Dir endlich sagen, was los ist, aber ich habe Angst, dass du genauso reagierst wie Mom.* »… ein paar Sachen besorgen.«

»Brauchst du etwas Geld?«

»Ich …« Die eigentliche Antwort darauf wäre ein klares Ja. Zumindest wenn man bedenkt, dass ich meinen Nebenjob nun nicht mehr habe. Da diese kleine Zwangspause in meinem Mathestudium mir gezeigt hat, dass ich es gar nicht will, werde ich mich nach etwas anderem umsehen müssen. »Ich habe ein bisschen was gespart.«

Grandpa sieht mich kurz an. »Dann lass das Geld auf der Bank, du kannst meine Kreditkarte mitnehmen.«

»Das ist lieb, aber das musst du nicht tun«, sage ich und versuche abzuwinken, aber mein Grandpa ist eben mein Grandpa, und bei ihm funktioniert meine Ausweichtaktik nicht.

»Ist mir bewusst – nützt nur niemandem was, wenn ich mal unter die Erde komme und noch Geld auf der Bank liegt.«

»Grandpa!«

»Was denn?«, fragt er zurück. »Lass mich dir helfen. Ich hatte in den letzten Jahren keine Chance, dich zu verhätscheln. Das muss ich irgendwie kompensieren.«

Nun muss ich doch lachen. »Du bist wirklich unmöglich.«

»Aber immer noch dein Lieblingsgrandpa, oder?«

»Grandpa?«

»Ja?«

Ich zögere. Eigentlich will ich ihm mein Herz ausschütten, ihm erzählen, dass ich Mist gebaut habe. Ihm sagen, dass ich Angst habe. Aber stattdessen sage ich etwas anderes: »Ich hab mein Studium geschmissen.«

»Okay? Ist das der Grund, warum deine Mom dich …«, fragt er, ohne die Frage wirklich zu Ende zu bringen.

Kopfschüttelnd ziehe ich die Ärmel meines Pullis wieder über meine Hände. »Nein, oder zumindest nicht direkt. Auch wenn sie nicht glücklich darüber war, dass ich mein Mathestipendium einfach wegwerfen will«, erkläre ich und spüre dabei wieder dieses Loch im Bauch. »Aber ich habe das Gefühl, dass ich nur studiere, weil alle immer sagen, dass man es muss. Verstehst du, was ich meine?«

Er nickt knapp. »Und was hast du jetzt vor?«

»Keine Ahnung«, gestehe ich, wobei ich mich noch schlimmer fühle als ohnehin schon. Bisher habe ich nur gejobbt, aber so wirklich etwas gefunden, das ich mir zumindest für eine längere Zeit vorstellen kann, habe ich dabei nicht.

»Sophia, du bist gerade erst am Anfang deines Lebens. Du musst noch nicht wissen, was du mit dem Rest deiner Zeit anfangen willst. Verflucht, nicht einmal ich weiß, was ich mit dem Rest meiner Zeit auf Erden anfangen will.«

»Das ist auf absurde Art beruhigend«, gestehe ich milde lächelnd.

»Gut, dann versuch einfach, immer einen Schritt nach dem anderen zu machen, du wirst schon etwas finden, für das du dich begeistern kannst, und solange reicht es auch aus, mit einem alten Mann schlechte Filme zu gucken und seinen Hund im Wald zu verlieren.«

Der Weg zu Chris' Praxis kommt mir zugleich ewig lang und unfassbar kurz vor. Als ich den Wagen parke, sehe ich gerade Mia, die dabei ist, Mrs Miller die Stufen herunterzuhelfen. Sie winkt mir fröhlich zu. »Willst du zu Chris?«

»Ja, außer es passt gerade nicht«, erwidere ich ausweichend und füge im Kopf hinzu: Dann habe ich eine großartige Ausrede, um einfach wieder zu gehen und so zu tun, als wäre ich nicht krank und bräuchte Medikamente, damit mein Immunsystem sich nicht selbst zerstört.

»Kein Problem, wenn du etwas Zeit hast, schieben wir dich einfach dazwischen.«

»Super.« Ich setze mich ins Wartezimmer.

»Oh, du bist Bennetts Enkelin?«, fragt eine Frau mit braunem Haar, die mir gegenübersitzt. Neben ihr ist ein Junge, der gedankenverloren in einem Buch liest. Ihr Sohn, nehme ich an, und betrachte kurz das Gesicht, das mich entfernt an Megan erinnert.

»Ja, ich bin Sophia«, stelle ich mich vor. »Entschuldigung, bist du neu in der Stadt?«

»Ich bin Audrey, das ist mein Sohn. Wir sind noch nicht ganz ein Jahr hier.«

»Dann hoffe ich, ihr wurdet gut aufgenommen«, sage ich und meine es auch so. Ich kann nicht richtig einordnen, warum, aber etwas an den beiden sorgt dafür, dass ich das Gefühl bekomme, dass eine andere Geschichte hinter der Traurigkeit in ihren Augen steckt, als ich vermuten kann.

»Ja, wir sind froh, hier zu sein.«

Nickend wende ich mich dem Formular zu, tue aber so, als würde ich besonders gründlich nachdenken müssen, denn ich weiß, wenn ich es Mia wiedergebe, tippt sie es in den Computer ein – und dann kennt sie mich. Kennt mein Geheimnis, das kein Geheimnis sein sollte, das ich aber dazu mache, weil es viel einfacher ist, als sich einzugestehen, dass die damit verbundene Stigmatisierung von jetzt an Teil meines Lebens sein wird.

Irgendwie schaffe ich es aber trotzdem lange genug, das Klemmbrett mit meinen sensiblen Daten in der Hand zu halten, denn plötzlich höre ich Chris' Stimme: »Sophia?«

Sofort springe ich vom Stuhl auf. Mein Lächeln wirkt wahrscheinlich eher wie eine schlechte Maske, aber besser bekomme ich es beim besten Willen nicht mehr hin. Sobald er die Tür hinter sich verschlossen hat und mich freundlich ansieht, platzt es einfach aus mir heraus. »Ich bin HIV-positiv.«

Keine Ahnung, was Chris erwartet hat, als ich um einen Termin bei ihm bat, aber das ganz sicher nicht. Er lässt sich hinter seinen Schreibtisch sinken und betrachtet mich einen Moment.

Es ist lange her, dass ich ihn sprachlos gesehen habe. Mit einer Geste bedeutet er mir, Platz zu nehmen.

Unruhig setze ich mich vor ihn und versuche, das Gefühl der Angst zu ignorieren. Was er mich wohl als Erstes fragen wird? Denkt er jetzt anders über mich, weil ich offensichtlich beim Sex nicht vorsichtig genug war und nun für den Rest meines Lebens mit diesem Virus im Blut leben muss?

»Weiß dein Großvater davon?«, will er vorsichtig wissen.

Der Arzt der Kleinstadt sieht mich mit ruhigen blauen Augen an und faltet die Hände auf dem Schreibtisch, während ich gerade mal in der Lage bin, mit dem Kopf zu wackeln. Mit dieser Frage habe ich nicht gerechnet, und ich weiß nicht, ob sie mich beruhigen oder noch mehr verunsichern sollte.

»Nein«, murmle ich, weil er offenbar noch immer darauf wartet, dass ich etwas sage. Meine Medikamente sind das Einzige, was dafür sorgen kann, dass ich ungefährlich bin. Für andere. Und ich weiß, dass ich mich erst dann besser fühle, wenn ich nicht mehr das Gefühl habe, eine potenzielle Zeitbombe zu sein, die jeden Moment hochgehen kann.

Chris nickt. »Wie lange weißt du es schon?«, fragt er vorsichtig und zieht seinen Laptop näher zu sich, um etwas in meiner Akte zu vermerken, zumindest glaube ich das. Ich reiche ihm das Klemmbrett mit den Daten, die ich so akribisch ausgefüllt habe, aber er sieht dennoch mich an und nicht das Blatt Papier.

»Nicht sehr lange. Ein paar Wochen.«

»Und dein … Freund?«

Ich presse die Lippen kurz zusammen. »Ex-Freund. Wir haben uns kurz nach der Diagnose getrennt.«

Chris nickt langsam. »Das tut mir leid.«

»Muss es nicht«, gebe ich zu. Die Trennung war nötig. Nicht nur wegen der Diagnose, sondern einfach, weil es der falsche Mensch zur falschen Zeit war – auch wenn es schmerzhaft war, sich das einzugestehen.

»Möchtest du mir die Kontaktdaten deines Arztes geben?«

Aus meiner Handtasche ziehe ich die Visitenkarte und schiebe sie Chris zu, denn mit dieser Frage hatte ich bereits gerechnet. Er greift zögernd nach meiner Hand, als wüsste er noch nicht, ob er gerade mein Arzt oder einer meiner besten Freunde sein will. »Hast du jemanden, mit dem du darüber reden kannst?«

Ich schlucke schwer, bin nicht in der Lage, ihn anzusehen. »Du meinst, außer dir?«

»Ja.«

Seufzend fahre ich mir durch die Haare. »Nein, und ich wäre dir dankbar, wenn es noch eine Weile unter uns bleibt.«

Chris lehnt sich in dem Bürostuhl zurück. »Ich habe Schweigepflicht, Sophia. Von mir wird niemand etwas erfahren.«

»Ich weiß, dass du Geheimnisse hüten kannst«, gebe ich zu. »Darum bin ich auch hier und nicht extra eine Stadt weitergefahren.«

»Willst du darüber reden? Wie es passiert ist?«

»Nein. Aber ich brauche meine Medikamente.«

Er nickt, ohne zu zögern, was mir ein gequältes »Danke« entlockt.

Der Anblick von ihm hinter diesem Schreibtisch ist vertraut und trotzdem neu. Bisher habe ich ihn noch nie in seiner Arztrolle erlebt. »Trotzdem solltest du mit jemandem reden. Damit sollte niemand allein sein.«

»Diese Wahl habe ich aber nicht.«

»Hast du sie nicht, oder nimmst du sie den Menschen um dich herum ab?«

»Beides.«

Chris schüttelt den Kopf. »Du bist noch genauso stur wie früher.«

»Und du bist noch genauso anstrengend wie früher, aber jetzt trägst du einen Kittel dabei.«

»Schön, dass es dir aufgefallen ist«, sagt er lachend.

Ich schlucke und versuche, unser Gespräch wieder auf das Thema zu bringen, das mich eigentlich in seine kleine Praxis geführt hat. »Kannst du mir die Medikamente verschreiben?«

»Ja, das ist kein Problem, und ich nehme dir noch mal Blut ab, damit wir wissen, wo wir stehen.«

Automatisch fangen die Alarmglocken in meinem Kopf wieder an zu schrillen. »Muss das sein?«

Er runzelt die Stirn. »Ja. Seit wann hast du Angst vor Nadeln?«

»Habe ich nicht, ich … habe eher Angst um dich«, gebe ich zurück und weiche seinem Blick aus, weil ich weiß, dass ich mich nicht rational verhalte, sondern eher wie ein kleines Kind.

Aber Chris wäre nicht Chris, wenn er mir nicht brüderlich die Hand auf die Schultern legen würde und lächelnd sagte: »Keine Sorge, das ist mein Job.«

»Tut mir leid, ich erinnere mich noch gut daran, wie du Caren und mir dabei geholfen hast, uns Bauchnabelpiercings zu stechen …«

»… und mir dabei meinen Daumen gepierct habe, ja – ich erinnere mich auch. Aber das ist eine Ewigkeit her.«

Unwillig stehe ich auf, ziehe mir den Pulli über den Kopf und lege mich hin, während ich murmle: »Ich vermisse sie noch immer.«

Chris sammelt alle nötigen Utensilien für die Blutentnahme zusammen. »Ja, ich auch. Wenn du willst, können wir … keine Ahnung, zu ihrem Baum gehen.«

»Ihrem Baum?«

Chris lacht, als sei ihm jetzt erst klar, dass ich gar nicht wissen kann, wovon er überhaupt redet. »Conner hat einen für sie gepflanzt. Einen Apfelbaum.«

»Das hätte ihr gefallen.« Ich presse die Lippen zusammen, während die Nadel durch meine Haut sticht.

»Chris?«

»Ja?«

»Tut mir leid, dass ich mich nie gemeldet habe.«

Er lässt sich mit seiner Antwort Zeit, bis er das Pflaster auf die kleine Wunde geklebt hat. »Ist schon okay, deine Mom und du, ihr seid praktisch über Nacht verschwunden.«

»Ja, aber ich war kein Kind mehr. Ich hätte mich melden können, besonders nach allem … was passiert ist.«

»Ich mach dir keine Vorwürfe, Sophia.«

»Du nicht, aber ich mir selbst schon.«

Wir blicken einander an.

»Niemand hatte Schuld an den Dingen, die passiert sind, es war einfach … ein verdammtes Unglück«, stellt Chris klar und gibt mir das Gefühl, dass er jedes dieser Worte auch genauso meint. Trotzdem kann ich diese eine Frage nicht wieder zurück in meinen Kopf schieben.

»Dann hast du Arin verziehen?«

Chris stockt und macht einen Schritt zurück, während er den Kopf schüttelt. »Das war gar nicht nötig, denn ich hab ihm nie die Schuld gegeben. Im Gegensatz zu …«

»Conner«, beende ich seinen Satz, und Chris nickt.

Ich ziehe meinen Pulli wieder an und hüpfe von der Liege, wobei ich darauf achte, das Röhrchen mit meinem Blut nicht anzustarren, als sei es ein mieser Verräter, der gegen mich arbeitet.

»Was ist mit dir?«

Irritiert wende ich mich Chris zu. »Mit mir?«

»Hast du Arin verziehen?«

Die Frage löst vieles in mir aus, hauptsächlich noch mehr Fragen, auf die ich keine Antwort habe. Wieder hier zu sein, ihn wieder zu sehen, all das hat dafür gesorgt, dass ich irgendwo zwischen der alten und neuen Sophia feststecke und nicht weiß, welche Emotionen in die Vergangenheit gehören und welche in die Gegenwart. »Keine Ahnung, warum fragst du das?«

»Du bist wieder in der Stadt, er ist gerade clean geworden …«

»Ich bin nicht auf der Suche nach einer Beziehung, weder mit Arin noch mit sonst jemandem«, stelle ich schnell klar.

»Gut.«

»Gut?« Mit dieser Antwort hatte ich nun wirklich nicht gerechnet, besonders nicht, nachdem Chris einer der wenigen in dieser Stadt ist, die es sich nicht zur Aufgabe gemacht haben, Arin zu hassen.

»Es ist Arins dritter Versuch, und ich weiß ehrlich gesagt nicht, ob er einen vierten überleben würde«, sagt Chris leise, aber dennoch mahnend genug, damit mein Herz einen Schlag aussetzt.

»So schlimm?«

Er schüttelt den Kopf. »Darüber darf ich nicht reden, aber … ja.«

»Ich hoffe, bei mir bist du noch etwas verschwiegener.«

»Versprochen.«

Trotzdem bin ich froh, dass er mir das gesagt hat, denn das bedeutet, dass ich mich noch mehr von Arin fernhalten muss. Denn es ist nicht nur für mein Herz gefährlich, sondern auch für ihn und den Kampf, den er gegen seine Sucht führen muss.

13

ARIN

Ich rolle mich unter dem Wagen hervor und greife nach einem der bereits ölverschmierten Lappen, um meine Hände zumindest notdürftig zu reinigen, ehe ich mir die verirrten Strähnen aus der Stirn streiche. Dabei bin ich mir dem fragenden Blick des alten Mannes mehr als bewusst. Das letzte Mal war es schon zu dunkel, um etwas Genaueres über den Zustand des Autos zu sagen, doch an diesem Morgen scheint die Sonne und zeigt damit jede rostige Stelle im Metall mehr als deutlich auf.

»Und, was meinst du?«, will Bennett wissen und klopft auf die Motorhaube des senfgelben Ford Galaxie.

Ich bin mir noch nicht sicher, ob ich ehrfürchtig bin oder einen Schrotthaufen vor mir habe. Vielleicht beides. »Kann mich nur wiederholen: War mal ein schöner Wagen.« Ich umkreise das Cabrio, als müsste ich mich erst mal damit vertraut machen. Von dieser Position aus sieht der Wagen wesentlich besser aus als von unten. Die unbefestigten Straßen, die Nagetiere und das lange Herumstehen in diesem Schuppen haben dem Ford nicht gerade gutgetan.

»War?«, schnaubt Bennett. »Das ist ein Klassiker.«

»Und keiner, der sehr gut gepflegt wurde.«

Bennett kratzt sich an der Nase. »Kann ich nicht leugnen, wurde etwas vernachlässigt in den letzten …«

»Zwanzig Jahren?«

»Eher um die fünfundzwanzig, wenn ich ehrlich bin.«

Ich nicke. »Nicht die besten Voraussetzungen.«

Zumindest das haben der Wagen und ich gemeinsam: schlechte Voraussetzungen. Aber wenn ich ehrlich bin, ist es genau das, was mich an diesem Projekt reizt. Wenn ich es schaffe, dass ich dieses Baby wieder ordentlich zum Laufen bringe, dann schaffe ich es vielleicht auch mit meinem eigenen Leben.

»Du hast hier alles, was du brauchst, hab sogar eine Hebebühne – kam nur nie dazu, sie zu benutzen«, fährt er fort, als sei das hier keine unmögliche Aufgabe.

»Wie die Automatik aussieht, kann ich noch nicht sagen, dazu muss ich den Wagen erst mal höher setzen. Was kannst du mir über die Bremsen sagen?«

»Die Fronttrommel ist hin, soweit ich weiß, aber beim Heck sollte alles in Ordnung sein – war's zumindest das letzte Mal, als ich nachgesehen habe.« Bennett kratzt sich am Kinn, als würde er mir etwas verschweigen.

»Du machst mir nicht gerade Mut.«

»Willst du das Baby wieder flottmachen, oder nicht?«, fragt Bennett und schiebt sich mürrisch die Hände in die ausgebeulte Jeans.

Ich lasse meine Finger über den Lack gleiten. »Ich werde es versuchen, aber nenn das Auto bitte nie wieder Baby.«

»Wenn du meine Enkelin nicht wieder so nennst.«

Verwirrt und überrascht blicke ich zu ihm hoch. »Den hab ich nicht kommen sehen.«

»Dabei war er so offensichtlich«, brummt Bennett und mustert mich. »Unterschätz einen alten Mann nicht.«

Kopfschüttelnd grinse ich. »Habe ich nicht vor.«

»Warum warte ich dann auf ein Widerwort von dir?«

»Macht der Gewohnheit?«

»Guter Punkt.«

Wir starren einander an, aber keiner von uns beiden will als Erstes etwas sagen. »Ach, hier steckt ihr«, ertönt Sophias Stimme.

Wir drehen uns zeitgleich zu ihr um. Sie trägt dunkle Jeans und den viel zu großen grauen Pullover unter der dünnen Lederjacke. Ihre Haare sind noch nass von der Dusche, und der große Schal ist so oft um ihren Hals geschlungen, dass ich mich frage, wie sie noch Luft bekommt. Ich bringe kein Wort heraus, während ich sie anstarre. Ich habe noch nie jemanden getroffen, dessen Blick derart hypnotisierend ist. Ihre Augen, so grau und kühl wie ein Sturm im November, schneiden mich wie ein Blizzard den arglosen Wanderer.

»Arin und ich schauen nur, ob wir diesem großartigen Wagen ein zweites Leben schenken können«, erklärt ihr Großvater, während ich noch versuche, mich von ihrem Blick loszureißen. Klappt eher semigut.

»Du scheinst es ja wirklich zu mögen, Dinge zu reparieren«, gibt sie lächelnd zurück.

»Man lernt es zwangsläufig, wenn man zwischen so vielen kaputten Dingen und Menschen aufwächst wie ich«, gebe ich zurück und fische in der Innentasche meiner Jacke herum, bis ich ihr Handy zu fassen bekomme. »Hier. Tut mir leid, dass es so lange gedauert hat. Der seitliche Knopf wurde beschädigt, aber ich habe es geschafft, ihn auszutauschen. Jetzt sollte es wieder funktionieren.«

Sophia tritt näher, betrachtet das ausgetauschte Display ihres Smartphones. »Du hast es wirklich geschafft.«

»Das habe ich doch gesagt«, sage ich und warte darauf, dass sie mir das Handy aus der Hand nimmt. Sie scheint zu zögern, als hätte sie Angst, dass unsere Haut Funken schlägt, wenn wir uns wieder berühren.

»Ja, aber es zu sehen ist beeindruckender als deine große Klappe«, sagt sie mit einem Grinsen. »Danke dir.«

Dann greift sie zu. So schnell, dass ich nicht weiß, ob sie die Berührung sucht oder meiden will. »Kein Problem«, nuschle ich, damit keine peinliche Stille aufkommt.

»Lass uns frühstücken«, unterbricht Bennett uns. »Der Junge hat genug zu tun.«

Sophia nimmt ihr Handy und wirft mir noch einen Blick über die Schulter zu, ehe ihr Großvater sie sachte aus dem Schuppen schiebt. Ich kann es ihm nicht einmal verdenken.

Es wäre besser, wenn ich mich wirklich von ihr fernhalte.

14

SOPHIA

»Verflucht.«

Ich lasse mich aufs Bett sinken und betrachte meine Nachrichten im Handy – und da steht sein Name. Als sei es nichts, das tausend alte Wunden aufreißt. Als sei sein Name nur irgendein Name.

Arin.

Er hat seine Nummer eingespeichert. Und mir eine Nachricht geschrieben. Nur drei kleine Wörter.

Jederzeit wieder, Sophia.

Jederzeit wieder.

Ich zweifle keine Sekunde daran, dass es so doppeldeutig gemeint ist, wie es in meinem Kopf nachhallt. Aber ich kann nicht.

Schon möglich, dass mich mein Arin-Problem von meinem eigentlichen Problem ablenkt und ich mich darum so sehr daran festklammere. Meine HIV-Infektion hat mir den Boden unter den Füßen weggezogen. Komplett. Ich habe es danach nicht mehr ertragen, vor die Tür zu gehen, zur Uni oder zu meinen Freunden. Alles hat sich angefühlt, als würde ich andere in Gefahr bringen. Was völlig absurd ist, das weiß ich, aber es hilft nicht.

Ja, vielleicht hat meine Krankheit nur dafür gesorgt, dass all die anderen Probleme, die ich so lange verdrängt habe, wie eine Lawine über mir zusammengebrochen sind. Das Mathestudium. Meine Mom. Die Tatsache, dass ich es nicht geschafft habe, wieder eine echte Freundschaft zu schließen, weil ich immer wieder Caren und meine Schuldgefühle im Kopf hatte.

Nur weiß ich nicht, wie ich auch nur einen dieser Knoten in meiner Seele lösen soll, solange die Viruslast in meinem Blut noch hoch genug ist, dass ich andere anstecken kann. Und am allerwenigsten weiß ich, wie ich Arin das sagen soll.

Ich kann nicht mal den Gedanken ertragen, eine Hand zu halten. Von Küssen, Streicheln oder Sex ganz abgesehen. Und trotzdem denke ich an ihn. Ständig. Immerzu. Kopfschüttelnd versuche ich, mich auf mein Buch zu konzentrieren, aber so wirklich wollen mich die Worte nicht fesseln. Stattdessen sehe ich Arin immer wieder vor mir, wie sich seine Lippen früher tonlos zur Musik bewegt haben. Wie er sich durch die Haare fährt, wenn er nicht weiß, was er mit seinen Händen tun soll. Wie er die Zigarette wegschnippt, als sei ihm einfach alles egal.

Sollte ich ihm antworten?

Wäre es unhöflich, es nicht zu tun?

Stöhnend stehe ich wieder auf. Obwohl der Frühling noch immer nicht wirklich warm ist und ständig zurück zum Winter springt, nehme ich mein Buch mit nach draußen und lasse das Handy auf dem Bett liegen. Mit der dicken Decke setze ich mich auf die Veranda, und Bo legt sich zu mir, während ich in die Ferne blicke. *Der Marsianer* liegt schwer in meinen Händen. Ein bisschen fühle ich mich wie der Protagonist des Buches, der bei einer Expedition auf dem Mars in einen Sandsturm gerät und das Bewusstsein verliert. Als er aus seiner Ohnmacht erwacht, ist er allein. Auf dem Mars. Ohne Nahrung. Ohne Hilfsmittel oder eine Crew, die ihn aus diesem Schlamassel wieder rausholen kann. Genauso allein fühle ich mich gerade, dabei habe ich noch Menschen um mich herum.

Die Morgensonne vertreibt langsam, aber sicher den Nebel, dessen Reste noch um den Rand des Waldes wabern wie Geister, die wissen, dass sie sich nun erneut vor der Sonne verstecken müssen. Von meinem Platz aus kann ich über die Wiese blicken, die gerade noch dabei ist, überhaupt zu erblühen. Nur vereinzelt sind bereits gelbe Blüten zu erkennen, die mit dem Raureif des Morgens bedeckt sind.

»Bist du immer so in deinen eigenen Gedanken versunken?«

Megan steht vor mir. Ihr Haar hat sie zu einem großen Dutt auf ihrem Kopf zusammengebunden, der im Licht der Sonne regelrecht zu glühen scheint. Sie hält eine Kamera in den Händen und sieht lächelnd zu mir herunter.

»Ich habe gelesen.«

»Nein, du hattest ein Buch in der Hand und hast Löcher in die Luft gestarrt. Hast du mich nicht gesehen?«, fragt sie und mustert mich von oben bis unten. Nicht auf abfällige Art, eher … besorgt.

»Nein«, gebe ich zu, obwohl es absurd erscheint, dass irgendjemand sie nicht sehen kann.

»Ich hoffe für dich, das kommt nicht wieder vor. Sonst wäre ich ziemlich beleidigt.«

Ich ringe mir ein halbes Grinsen ab, lege mein Buch zur Seite und nicke. »Ehrenwort. Ich werde dich nie wieder übersehen.«

»Gut, da das nun geklärt ist … «, sagt sie und setzt sich neben mich, um mir das Foto zu zeigen, das sie von mir und Bo geschossen hat.

Mein Blick geht in die Ferne, während eine Hand das Buch hält und die andere dem großen Tier durch das Fell streicht. Eigentlich bin ich kein Fan von Fotos, auf denen ich zu sehen bin, aber ich muss zugeben, dass dieses Bild mir gefällt. Es hat die melancholische Stimmung in mir perfekt eingefangen. »Das ist ein wirklich schönes Bild.«

Megans Grinsen wird zu einem stolzen Lächeln. »Danke, darf ich es benutzen?«

»Wofür denn?«, will ich wissen, wobei meine Stimme vielleicht eine Oktave zu hoch ist.

Das ist auch Megan nicht entgangen, sie wirkt fast etwas verlegen, während sie meint: »Für meinen Instagram-Kanal – natürlich nur, wenn du nichts dagegen hast.«

Einen Moment komme ich ins Stocken, weil ich mir gar nicht sicher bin, ob ich etwas dagegen habe oder nicht. Mein Instagram ist eher etwas, wo ich nur gucke, nichts selbst hochlade. »Ähm, nein, ich denke nicht«, antworte ich schließlich.

Das scheint Megan sichtlich zu entspannen. »Cool, danke. Ich laufe schon den halben Tag hier rum, und irgendwie habe ich auf das perfekte Motiv gewartet. Wie gut, dass du dich dazu entschlossen hast, hier draußen Löcher in die Luft zu starren.«

»Schön, dass ich helfen konnte.«

Sie nickt in Richtung des Hauses von Conner. »Hast du Lust, mit uns zu essen? Conner macht seine Waffeln.«

Der Gedanke ist verlockend, aber ich habe keine große Lust auf Gesellschaft. »Das ist lieb, aber ich denke, ich warte lieber auf meinen Großvater.«

»Haben wir dich das letzte Mal verschreckt?«

»Nein, nein, es war ein toller Abend, ich bin nur eher … introvertiert«, erkläre ich. Eigentlich kommt jetzt der Punkt, an dem ich erklären muss, wie meine sozialen Batterien funktionieren und dass ich es nicht böse meine, wenn ich sage, dass ich gerade keine Gesellschaft um mich gebrauchen kann – aber Megan überrascht mich, indem sie einfach nickt.

»Ah, alles klar. Das Angebot steht, ganz ohne Druck.«

Sie steht wieder auf und lächelt mich an. Ihre kleine Handtasche wippt bei jeder Regung, und die roten Locken, die sich aus ihrem Dutt gelöst haben, werden vom Wind sachte hin und her bewegt. Ich bin mir noch nicht sicher, ob ich sie aufdringlich oder grandios finde. Ihre selbstsichere Ausstrahlung lässt selbst das triste Grau des Nebels strahlen.

»Wie lange bist du schon in Belmont Bay?«, frage ich.

Sie legt den Kopf schief. »Ewas mehr als zwei Jahre, unglaublich, wie schnell die Zeit vergeht.«

Ich nicke nur.

»Wie ist es nach so langer Zeit, wieder hier zu sein?«

»Seltsam«, gebe ich zu. »Ich hatte vergessen, dass ich alte Wunden zurückgelassen habe und die noch da sind.«

»Du musst nicht darüber reden, aber …«

»Arin.« Sobald ich den Namen ausgesprochen habe, bereue ich es auch schon. Wieder schiebe ich ihn vor.

»Ich wollte auf Caren hinaus, aber okay, wir können auch über Arin reden«, sagt Megan und schiebt ihre Hände in die Taschen ihrer Jacke.

Ich hätte nichts sagen sollen, aber es ist einfach aus mir herausgeplatzt, weil es niemanden gibt, mit dem ich darüber reden kann. Die ganze Stadt hasst Arin, besonders Conner, und ich kann es ihm nicht verdenken. »Tut mir leid«, murmle ich und fühle mich wieder mal völlig überfordert.

Megan schüttelt den Kopf. »Muss es nicht, ich bin nicht Conner. Ich schiebe Arin nicht die Schuld für alles zu, was damals passiert ist.«

Eigentlich sollte mich dieser Satz wohl beruhigen, aber so richtig will sich kein positiveres Gefühl dabei einstellen. »Damit bist du in dieser Stadt wohl die Ausnahme.«

»Was ist mit dir?«

Erstaunt blicke ich zu Megan auf, die mich mit schief gelegtem Kopf betrachtet. »Mit mir?«

»Ja, bist du noch wütend auf Arin?«

Das dachte ich. Aber seit ich wieder hier bin, fühle ich eigentlich nur Wut gegen mich selbst und meinen ständigen Drang, mich Konflikten nicht zu stellen. »Nein«, gebe ich zu. »Auch wenn ich mir oft wünschte, ich wäre es, dann wäre vieles leichter.«

Nun blitzen Megans braune Augen kurz auf, als sei ihr klar, warum ich hiersitze und Löcher in die Luft starre, während ich an jemanden denke, an den ich nicht denken sollte, aber nicht anders kann. »Ah, so eine Geschichte ist das.«

»Bitte?«

Sie macht wieder einen Schritt nach vorn. »Arin ist dein Kryptonitmensch.«

Verdutzt sehe ich sie an, will es sofort abstreiten, doch stattdessen frage ich: »Mein … was?«

Megan zuckt mit den Schultern. »Du weißt schon, diese eine Person, die einen immer wieder anzieht, obwohl man ganz genau weiß, dass man am Ende doch wieder verletzt ist, und mit der schon so viel vorgefallen ist, dass man das Happy End schon lange aufgegeben hat.«

»Das ist …«

»… nah dran?«

»Ja, und etwas gruselig«, gestehe ich. Zum Teil auch, weil Megan meine Gefühle so viel schneller in Worte fassen konnte als ich selbst. Arin ist wirklich dieser Mensch für mich. Dieses »Vielleicht aber doch«, mit allem, was dazugehört und Dutzenden kleinen und großen Narben, die auf meinem Herzen liegen. Solange die Entfernung zwischen uns war, konnte ich es besser verdrängen, aber jetzt?

»Was macht ihr zwei hier draußen?«

Ich springe auf, als hätte uns jemand bei etwas erwischt. Selbst Bo erschreckt sich vor meiner überdrehten Reaktion, jedoch nur, bis er sieht, wer da durch die Tür in unserem Zaun kommt. Conner hebt eine Hand zum Gruß. Seine schweren Stiefel geben knackende Geräusche von sich, weil der Bodenfrost noch nicht ganz abgeklungen ist.

»Wir reden«, gibt Megan gelassen zurück, während ich noch immer hoffe, dass er unser Gespräch nicht hören konnte.

»Was machst du hier?«, frage ich und schlinge die Arme um mich, weil die Decke nun zu meinen Füßen liegt und Bo, der mir Wärme gespendet hat, um Conner herumspringt, in der Hoffnung, dass die braune Tüte etwas für ihn enthält.

»Ich bringe euch nur die monatliche Seifenlieferung«, erklärt er, was mir wiederum die Papiertüte erklärt.

»Die Seifen sind von dir?«, frage ich erstaunt. »Das hätte ich ahnen können.«

Auf dieses Lob reagiert er allerdings nicht, sondern verengt misstrauisch die Augen. »Bitte sagt mir, dass ihr nicht über Arin redet.«

Ich stöhne auf. So viel zum Thema. »Wieso nur bist du noch immer so unnachgiebig?«

»Arin ist kein neuer Mensch, nur weil er es geschafft hat, sich ein paarmal zusammenzureißen«, zischt er grimmig.

»Aber er ist gerade clean«, setze ich in dem seltsamen Bestreben an, ihn zu verteidigen.

Conner schüttelt den Kopf, als wollte er jedes Vielleicht einfach wegschütteln. »Das war er schon öfter, aber es hält nicht lange an.«

»Er ist über sechs Monate clean«, kommt es von Megan, und ich bin dankbar.

Conner scheint das allerdings nicht zu beeindrucken. »Noch. Sehen wir mal, wie lange.«

ARIN

Manchmal, wenn ich rauche, muss ich an Caren denken.

Inzwischen tue ich es nicht mehr oft. Der Geruch erinnert mich zu sehr an andere Dinge, doch Tage wie heute erinnern mich an Caren. Die hoffnungslosen Tage, in denen mein Drang zur Selbstzerstörung irgendwie größer ist als der Ekel vor dem kalten Qualm.

Dass Sophia wieder hier ist, hat alles zurückgebracht. Alle Gefühle, Sehnsüchte und das schlechte Gewissen. Fast fühlt es sich so an, als würde eine Miniversion von Caren in meinem Kopf sitzen und mir sagen, dass ich dabei bin, einen Fehler zu wiederholen. Und so ungern ich es auch zugebe, langsam fange ich an zu verstehen, warum immer wieder gesagt wird, im ersten cleanen Jahr sind Beziehungen problematisch, denn meine Angst, rückfällig zu werden, hat sich verdreifacht – nur dadurch, dass sie es sehen könnte. Mich sehen könnte, wie ich wieder in ein Muster rutsche, aus dem ich mich so mühevoll befreit habe.

Ich beiße mir auf die Innenseite der Lippen und versuche, meine Gedanken auf etwas anderes zu lenken. Essen zum Beispiel. Aber gerade will ich einfach nicht aufstehen. Mich nicht anziehen. Diesen Tag nicht beginnen. Alles, was ich gerade will, ist eine Tilidin. Irgendwas, das den Schmerz in meinem Kopf betäubt, die Gedanken und ganz besonders die Gefühle.

»Fuck.«

Das plötzliche donnernde Klopfen an der Tür meines Trailers lässt mich aufstöhnen. »Arin?«

»Fuck«, stöhne ich noch einmal. Genau das, was ich jetzt wirklich gar nicht brauchen kann.

»Arin, ich weiß, dass du da bist«, höre ich die Stimme von Mrs Parker.

»Ich komm ja schon«, rufe ich und schwinge mich aus dem Bett. Meine Knie knacken. Dieser Tag kann gar nicht mehr schlimmer werden. Zerknirscht reiße ich die Tür auf und blicke Mrs Parker an. »Was gibt's?«

»Du meinst wohl eher, was gibt's nicht?«, schießt sie zurück und stemmt die Hände in die knochigen Hüften.

»Was?«

»Deine Miete ist überfällig, schon wieder.«

Ich schlucke einen erneuten Fluch hinunter. »Ich arbeite jetzt bei Bennett«, versuche ich zu erklären. »Aber es dauert noch etwas, bis ich das erste …«

»Das weiß ich, mein Junge, aber ich muss auch von irgendwas leben«, antwortet sie rüde und schüttelt den Kopf, als habe ich sie schwer enttäuscht. »Ich geb dir noch bis Ende der Woche Zeit, aber dann muss ich mir einen anderen Mieter suchen.«

»Ich kann wieder für Sie einkaufen fahren, oder ich helfe Ihnen dabei, die …«

»Arin«, unterbricht sie mich und schüttelt wieder den Kopf. »Es geht nicht darum, dass ich dir das Leben extra schwer machen will – aber ich brauche die Miete.«

Resigniert nicke ich. Sie ist kein schlechter Mensch, im Gegenteil. Sie ist einer der netteren Menschen in dieser Stadt und eine der wenigen, die verstehen, dass manche von uns einfach ganz besonders tief in das Scheißloch des Universums gegriffen haben. »Ich kümmere mich drum.«

Sie nickt zufrieden und marschiert wieder von dannen zu dem blassen rosa Sonnenschirm, der seine besten Tage hinter sich hat – genau wie ich. Vor einem der anderen Trailer sehe ich Gorgina in einem dicken Bademantel stehen. Sie saugt an einer Zigarette und hebt eine Hand zum Gruß.

Ich erwidere die Geste zögerlich. Gorgina lächelt, tritt die Zigarette aus und geht wieder in ihren Trailer. Sie sieht besser aus als noch vor einigen Wochen. Gesünder. Als habe sie langsam, aber sicher einen Weg für sich gefunden, und auch wenn ich weiß, dass es unfair ist, beneide ich sie in diesem Moment dafür. Denn ich sehe meinen Weg gerade nicht.

Als ich die Tür wieder schließe, wird mir bewusst, dass ich nicht einmal mehr etwas besitze, das ich verkaufen könnte. Bis auf ein paar wenige Klamotten, mein Handy und den winzigen Röhrenfernseher, dessen Bild nur noch flackert, habe ich nichts mehr. Fluchend schlage ich gegen eine der Schranktüren, die prompt aus den Angeln und auf meinen Fuß fällt. Ich stöhne vor Schmerz und lasse mich auf den Stuhl fallen, um meinen Fuß zu reiben.

Verdammt.

Und als wäre ich gerade nicht ohnehin schon genug am Boden angekommen, beginnt auch noch mein Handy zu klingeln.

»Hallo?«

»South Boise Women's Correctional Center«, sagt eine unfreundliche Stimme durch den Lautsprecher. »Möchten Sie den Anruf annehmen?«

Das Nein liegt mir schon auf der Zunge, doch stattdessen kommt ein »Ja« heraus.

Es knackt in der Leitung, dann höre ich die Stimme meiner Mutter, die mir einen kalten Schauder über den Rücken jagt. »Arin!«, ruft sie aus, als habe sie stundenlang darauf gewartet, dass ich an mein Handy gehe.

»Was gibt's, Mom?«

»Gute Neuigkeiten«, sagt sie, wird jedoch kurz von einem Hustenkrampf unterbrochen. »Ich komm raus.«

Mein Atem stockt. Ich bin vollkommen unfähig, etwas zu sagen oder auch nur klar zu denken.

»Arin?«

»Ich …«, setze ich an und zwinge mich dazu, nicht einfach aufzulegen, »… bin noch dran.«

»Gut, dann schwing deinen Hintern morgen her und hol mich ab«, fordert sie. Keine Bitte, kein Zögern. Ein klarer Befehl, bei dem sie davon ausgeht, dass ich ihr folge. Weil ich ihr immer gefolgt bin. Immer. Auch dann, wenn ich nicht wollte, weil ich wusste, dass die Konsequenzen für mich noch schlimmer wären.

Nur hatte ich sie trotzdem. Die Konsequenzen. Obwohl ich immer getan habe, was sie von mir verlangt hat. Obwohl sie eigentlich diejenige sein sollte, die mich beschützt, die dafür sorgt, dass ich erwachsen werden kann, dass ich zu einem guten Menschen werde – hat sie nichts davon getan.

Die Erkenntnis ist nicht neu, aber sie schmerzt dennoch so stark, dass ich das Wort kaum über die Lippen bringe. In mir kämpft die Sorge, was aus ihr wird, wenn ich das Wort ausspreche, und was passiert, wenn ich sie wieder in mein Leben lasse. »Nein.«

»Was sagst du da?«

»Ich sagte Nein, Mom«, wiederhole ich, während mein Puls in meinen Ohren rast.

Joline hat mich auf diesen Moment vorbereitet – auf die Angst. Aber es ist etwas ganz anders, wenn es wirklich passiert. Ich schließe die Augen, während ich versuche, mich daran zu erinnern, was sie mir gesagt hat, damit die Angst mich nicht lähmt. *»Such dir fünf Dinge, die du sehen kannst«*, höre ich Jolines Stimme in meinem Kopf.

Ich sehe mich um. Mein Blick bleibt auf den ausgefransten Stickern des kleinen Kühlschranks hängen. Dann auf meinem Bett mit der dunkelroten Bettdecke. Auf dem Fernseher und dem Teller mit den Brotkrümeln, den ich noch nicht abgewaschen habe.

»Das war keine Bitte«, schnaubt meine Mutter verärgert, scheint jedoch zu merken, dass ich es dieses Mal ernst meine. Aber das hilft mir nicht. Hilft nur der Angst dabei, noch größer zu werden.

»Vier Dinge, die du anfassen kannst.«

Ich umfasse das Handy fester, lege die andere Hand flach auf den Tisch. Wenn ich nicht gleich etwas sage, wird meine Mutter einfach weiterreden. Weiter Befehle geben. Mich weiterhin manipulieren und für ihre Zwecke benutzen.

»Tut mir leid, Mom. Ich werde dich nicht abholen.« Zwei ganz einfache Sätze – aber sie lasten so schwer auf meiner Brust, dass ich kaum noch Luft bekomme.

»Drei Dinge, die du hören kannst.«

Meine Mutter kann ich hören, wie sie wieder hustet. Wie sie erneut auf den Boden spuckt und flucht. Meinen eigenen Herzschlag, viel zu laut. Irgendwo in der Ferne auch die Vögel, die zwitschern, als sei ihr Leben in Ordnung.

»Zwei Dinge, die du riechen kannst.«

Der schwache Geruch meines Deos und die Reste des Tees in der Luft.

Aber es hilft nicht. Nichts hilft.

Die Angst hat mich in ihrem Klammergriff. So wie meine Mutter.

»Du kannst mich nicht einfach hängen lassen«, fährt sie fort und beschimpft gleich darauf jemanden, der offenbar auch an das Telefon will. Hängen lassen. Ich weiß, wie es ist, wenn alle einen hängen lassen. Und in mir wird die kleine Stimme wieder laut, die, die sich fragt, ob Mom sich ändern kann. Wenn ich es kann, kann sie es auch, oder?

»Arin, komm schon, du bist mein Sohn.«

Ich schweige, weiß nicht, was ich sagen soll, weil in meinem Inneren Angst und Schuld kämpfen.

»Ich besorg uns auch was«, sagt sie etwas leiser. »Du weißt schon, damit wir feiern können.«

So viel zum Thema sich ändern. Die Schuld wird von der Angst verdrängt.

»Eine Sache, die du schmecken kannst.«

Ich balle eine Hand zur Faust und beiße hinein, in der Hoffnung, dass mir der Schmerz hilft, nicht wieder einzuknicken. Nicht schon wieder. Nicht, nachdem ich es endlich geschafft habe, sechs Monate clean zu bleiben. Denn ich weiß, wenn ich meine Mutter wieder in mein Leben lasse, dann werde ich es nicht schaffen.

Und dann schmecke ich etwas. Schmecke mein eigenes Blut.

»Arin, verdammt!«

Mein Biss lockert sich, entlässt meine Faust und hinterlässt das Brennen des Schmerzes, das ich kaum fühle und das dennoch mein gesamtes Bewusstsein vereinnahmt. Aber Schmerz ist immer noch besser als Angst – oder?

»Ich sagte Nein«, murmle ich, viel leiser, als ich es will. Viel zu kraftlos, um gegen das wütende Tosen der Frau, die mich geboren hat, anzukommen.

»Du kannst nicht einfach Nein sagen. Du musst mich holen kommen«, zischt sie offensichtlich empört.

»Es ist nicht meine Schuld, dass du im Gefängnis sitzt«, sage ich bemüht ruhig und versuche, mich daran zu erinnern, was Joline mir gesagt hat. Wir haben gewusst, dass dieser Moment kommen würde, nur war keinem von uns klar, wie schnell meine Mutter wieder auf freien Fuß gesetzt wird. »Und es ist nicht meine Schuld, dass du nicht weißt, wo du danach hinsollst«, setze ich nach. »Aber hier ist kein Platz für dich. Tut mir leid, Mom.«

Ich kann sie förmlich vor mir sehen, wie sie mit offenem Mund wütend in meine Richtung starrt. »Aber ich bin deine Mutter.«

Für andere mag das etwas bedeuten. Früher, als alles noch irgendwie weniger dunkel war, hat es auch für mich etwas bedeutet. Zumindest glaube ich das, denn die Erinnerung daran ist so schwach, dass ich mir nicht mehr sicher bin, ob es überhaupt jemals Realität war. »Ja, aber ich habe Nein gesagt.«

»Und wo soll ich dann bitte hin?«, fährt sie mich an. »Du kannst nicht einfach …«

»Doch«, unterbreche nun ich sie, während ich meine eigenen Zahnabdrücke auf der Haut meiner Finger betrachte. Den kleinen Blutstropfen, der über meine helle Haut läuft, und den Geschmack, den ich noch immer im Mund habe. »Du bist hier nicht willkommen.«

Und dann lege ich auf.

Für ein paar Sekunden starre ich das Telefon an, als würde ich erwarten, dass sie wieder anruft. Doch das Display bleibt schwarz. Jetzt schon tut es mir leid, dass ich sie in all dem, was ihre eigene Sucht mit ihr gemacht hat, allein lasse. Aber ich kann einfach nicht mehr. Ich bemerke erst, dass ich weine, als eine Träne auf das Glas tropft. Dann rutsche ich auf den Boden, rolle mich ein und bete zu Gott, dass dieser verfluchte Schmerz irgendwann endet.

15

SOPHIA

Ich blicke zweimal über die Schulter, ehe ich es wage, den Drugstore von Bellwood zu betreten. Obwohl mir selbst bewusst ist, dass es nichts gibt, wofür ich mich schämen müsste, tue ich es dennoch. Aber ich straffe die Schultern und betrete die Apotheke. Zielsicher steuere ich auf den Tresen zu, hinter dem eine gelangweilte Angestellte Kaugummi kauend durch eine Zeitschrift blättert. Mit klopfendem Herzen schiebe ich ihr das Rezept zu.

»Sonst noch was?«

Ich schüttle den Kopf.

Sie nimmt das Rezept entgegen, und dann passiert es. Der Blick. Sie mustert mich mit einer Mischung aus Erstaunen und einer Spur Verachtung, dafür, dass ich nicht besser auf mich aufgepasst habe, obwohl doch jeder weiß, was passieren kann. Dagegen helfen keine Medikamente: Stigma und Diskriminierung sind seit meiner Diagnose meine ständige Begleitung.

»Nur das«, sage ich etwas leiser und bei Weitem nicht so selbstbewusst, wie ich gern wäre.

Es ärgert mich, dass ich, obwohl ich es doch besser weiß, komplett in den gängigen Vorurteilen versinke. Mich schuldig für etwas fühle, schmutzig und ausgestoßen, für das ich nichts kann. Das jedem Menschen passieren könnte.

»Hier.« Die Apothekerin steht wieder vor mir und schiebt mir die schlichte braune Tüte zu, in der sich die Medikamente befinden, die nicht nur mein Leben retten, sondern auch dafür sorgen, dass ich andere nicht mehr infizieren kann.

Unbehaglich räuspere ich mich und nehme sie entgegen. Unfassbar, wie leicht etwas sein kann, dessen bloße Existenz das eigene Überleben sichert.

Mit der Tüte in der Hand laufe ich nach draußen. Meine Gedanken fühlen sich an, als würden auch sie von mattem braunem Papier bedeckt werden, sodass ich nur halb sehe, wo ich hinlaufe – und jemanden anremple.

»Sophia …«

Arin sieht mich ebenso überrascht an wie ich ihn. Und schlagartig wird mir bewusst, dass er nicht hier sein sollte. »Was machst du denn hier?«

Er fährt sich durch die Haare.

Ertappt. Beschämt.

Diesen Ausdruck habe ich schon verdammt oft in seinem hübschen Gesicht gesehen, und er wirkt auf das Feuer meiner Rage wie Benzin. Ich weiß, dass Arin schon früher hier war. Früher, als er noch mit Schmerzmitteln und ADHS-Pillen gedealt hat. Keine Ahnung, ob unter dem Ladentisch noch immer solche Geschäfte gemacht werden – aber er ist hier. Hier und nicht in der Apotheke in Belmont Bay. Selbst wenn er nicht dealen wollte, könnte er sich hier Medikamente besorgen, ohne dass Chris oder seine Sozialarbeiterin es mitbekommen. Oder ich.

»Ich wollte nur …«

Doch ich lasse ihn gar nicht erst ausreden und mir so eine Lüge auftischen. »Wenn du mich jetzt anlügst, werde ich wütend«, mahne ich und weiche einer Frau aus, die gerade in das Geschäft geht und mich daran erinnert, dass andere Menschen uns hören können. Kurz entschlossen greife ich nach Arins Arm und ziehe ihn in Richtung Parkplatz, auf dem der Jeep meines Grandpas steht. »Also?«

Mir ist bewusst, dass meine Wut uns hier nicht weiterhilft, aber ich kann nicht anders. Ich wollte so gern glauben, dass er sich geändert hat. Dass er es geschafft hat. Dass er wirklich versucht, aus diesem gottverdammten Kreislauf herauszukommen und sein Leben in den Griff zu kriegen – und jetzt das. Und all der Zorn, den ich zu unterdrücken versucht habe, flammt von Neuem auf und lässt mich die Zähne fest zusammenbeißen.

Arin sieht gelinde gesagt fertig aus. Tiefe Augenringe haben sich unter seinen braunen Augen gebildet. Das Haar steht in verschiedene Richtungen ab, als hätte er eine Mütze getragen und diese dann vergessen. Doch was mir am meisten Sorge bereitet, sind seine Lippen. Rissig und spröde, als würde er immer wieder darauf herumkauen, weil er nicht weiß, wie er sonst mit seinen Gedanken umgehen soll, die ihn tiefer und tiefer in einen Strudel aus Selbsthass schicken.

»Es ist nicht, wie du denkst«, sagt er also, was mir fast ein bitteres Stöhnen entlockt hätte.

»Ach nein?«

»Ich wollte mir nichts besorgen.«

Mein größtes Problem ist, dass ich ihm wirklich gern glauben will. »Okay, und was wolltest du dann?«

Die Frühlingssonne zeichnet Lichtreflexe auf den Beton neben uns. Es ist noch immer kalt, und mein Atem zeichnet kleine Wolken in die Luft zwischen uns. Arin schluckt. »Ich wollte sehen, ob ich was verticken kann.«

Jetzt stöhne ich wirklich auf und muss mich zusammenreißen, damit ich nicht auf den wehrlosen Jeep schlage. »Himmel, Arin. Wieso zum Teufel?«

Nun wird auch seine Wut angestachelt. So ist das immer zwischen uns, wir sind wie Feuer und Feuer und werden zusammen zu einem Inferno, das sich jeglicher Kontrolle entzieht. »Wieso wohl?«, gibt er zurück und funkelt mich mit einem Blick an, der mir wohl sagen soll, dass ich keine Ahnung habe, was er durchmacht. »Ich brauche Geld.«

Es kostet mich viel Energie, damit meine Stimme wieder etwas ruhiger klingt, denn gerade würde ich ihm am liebsten den Kopf abreißen. »Und *das* ist deine Lösung dafür?«

Fast schon verzweifelt schüttelt er den Kopf, was dafür sorgt, dass eine seiner Haarlocken ihm in die Stirn fällt. Mit einer Mischung aus Wut und Lässigkeit lehnt er sich gegen den Jeep, als wäre es sein Auto – und nicht meins oder besser das meines Grandpas. »Ich suche seit Monaten einen Job«, fährt er mich an. »Seit Monaten. Es ist nicht so, als hätte ich nicht versucht, etwas zu finden.«

Da ist es wieder. Das Abziehbild des missverstandenen Bad Boys, der nichts dafür kann, dass die Umstände ihn eben zu diesem Punkt gebracht haben. Mit dieser Masche kommt er bei mir allerdings nicht weiter. »Und weil du es nicht geschafft hast, versuchst du es jetzt auf dem leichten Weg?«

Grollend stößt er sich vom Auto ab. »Leicht? Ist das dein verfluchter Ernst?«

»Wie würdest du es denn sonst nennen?« Es kümmert mich einen Scheiß, ob andere uns hören können. Oder dass er noch wütender wird. Manchmal ist Arin wie ein großer Hund, der bellt und bellt, aber niemals würde er wirklich zubeißen. Darum stelle ich mich ihm entgegen, ohne mit der Wimper zu zucken. »Du bist noch auf Bewährung, gerade erst clean, und wegen ein bisschen Geld willst du jetzt beides riskieren?«

Ich kann seinen Adamsapfel hüpfen sehen, als er schluckt. »Du verstehst das nicht.«

Zumindest damit hat er recht. Ich verstehe es nicht. Verstehe ihn nicht. Kann mir nicht mal ausmalen, was in seinem Kopf vorgeht, wenn er ernsthaft glaubt, das wäre eine gute Idee oder sogar die Lösung für seine Probleme. Aber ich kenne ihn genug, um zu sehen, wie tief die Verzweiflung in ihm sitzt. Egal, wie viel Zeit vergangen ist, ich fühl mich ihm noch immer viel näher als den meisten anderen Menschen auf dieser Welt – und in Belmont Bay. »Stimmt. Erklär es mir.«

»Es geht nicht nur um ein bisschen Geld«, zischt er. Nicht mal mehr wirklich wütend, nur so voller Angst und Verzweiflung, dass mein eigenes Herz sich anfühlt, als würde es plötzlich Tonnen wiegen. Ich will näher kommen, ihn berühren, doch er weicht mir aus – will weder meinen Trost noch meinen Rat noch sonst etwas von mir. »Du hast leicht reden, du hast deine Familie und deinen Großvater und keine Ahnung, wie es ist, wenn man *niemanden* mehr hat.« Arin dreht mir den Rücken zu, nur um gleich darauf doch wieder näher zu kommen. »Ich brauche das Geld, Sophia. Sonst schlafe ich demnächst nicht einmal mehr in einem Trailer, sondern wieder im Wald.«

Die letzten Worte flüstert er fast, und doch fühlen sie sich an wie ein Donnerschlag in meinem Inneren. Meine Mund klappt auf. »Wieder?«

»Stell dir vor, wir haben nicht alle das Glück, jemanden zu haben, zu dem wir laufen können.«

Vielleicht wird es mir jetzt erst bewusst, wirklich bewusst, wie hart Arins Leben sein muss. Früher, jetzt und wahrscheinlich auch in der Zukunft. Weil ich weiß, dass er jedem Versuch, ihn zu berühren, wieder ausweichen würde, schlinge ich die Arme um mich selbst. In meinem Kopf spielen sämtliche Gedanken Pingpong, gehen hin und her und fallen über Tischkanten, ohne dass ich sie wiederfinden kann.

Für eine Minute stehen wir nur neben dem Jeep. Sehen einander nicht an. Dann nicke ich. »Du kannst das trotzdem nicht machen.«

Arin stöhnt auf. »Wow, danke für diese unglaublich gute Lösung meines Problems.«

Augenrollend betrachte ich ihn. »Wie viel brauchst du?«

»Ich will dein Geld nicht«, blockt er sofort ab und will sich an mir vorbeischieben, doch ich greife nach seinem Arm, bitte ihn mit meinen Blicken, nicht wegzulaufen, wenn ich genau hier bin und mir wünsche, dass ich ihm zumindest etwas helfen kann.

»Das war nicht meine Frage. Wie viel, Arin?«

Sein Widerstand gerät ins Stocken. Ich kann deutlich sehen, wie er mit sich kämpft. Dagegen ankämpft, dass ausgerechnet ich ihm helfen will, aber immerhin scheint er zu verstehen, was die Alternative wäre.

»Für die Miete?«

»Und damit du dir was zu essen kaufen kannst«, setze ich noch dazu, weil ich genau weiß, dass er viel zu stolz ist, um mehr anzugeben, als er braucht.

»Vier-, vielleicht fünfhundert«, sagt er, nachdem ich gute zehn Sekunden lang beobachten konnte, wie es hinter seiner Stirn ein Zwiegespräch mit ihm und seinem Stolz gab, ob er meine Hilfe wirklich annehmen kann.

Das ist eine gute Stange Geld. Mehr, als ich gerade erübrigen kann, aber ich bin in dieser Stadt nicht die Einzige, die sich wünscht, dass Arin weiterhin clean bleibt. »Okay, steig in den Wagen.«

Verwirrt zieht er die Augenbrauen zusammen. »Was? Warum?«

»Willst du mit mir diskutieren, oder wollen wir deinen knackigen Hintern davor bewahren, dass du beim nächsten Schneesturm im Wald erfrierst?«

Arins Augenlid zuckt kurz, doch er scheint keine Lust zu haben, noch länger mit mir zu streiten. Widerwillig öffnet er die Wagentür, gerät dann aber ins Stocken. »Du findest meinen Hintern knackig?«

Ich verdrehe die Augen. »Steig ein und schnall dich an«, befehle ich und setze mich ebenfalls in den Wagen. »Als Erstes fahren wir dir Lebensmittel kaufen, dann bring ich dich nach Hause.«

»Das musst du nicht tun.«

»Ich weiß.«

Bevor ich einsteige, tippe ich eine kurze Nachricht und schicke sie ab.

»Und warum tust du es dann?«, will Arin wissen.

Ich lege den Gurt an und lehne mich etwas zurück, während ich ihn betrachte. »Weil nicht die ganze Welt gegen dich ist, auch wenn du es gern so hinstellst.«

ARIN

Sophia schiebt den Einkaufswagen vor sich her und wirft munter Sachen hinein. Jeder ihrer Schritte ist federnd im Takt der Musik, die durch die Gänge des Walmart hallt. Vor den Cornflakes bleibt sie stehen und wirft nicht nur *Lucky Charms* in den Wagen, sondern auch eine Packung *Cap'n Crunch*.

»Ich brauche nicht so viel«, versuche ich sie davon abzuhalten, gleich noch eine dritte Packung Cornflakes einzupacken.

»Besser, du hast einen Vorrat, oder sehe ich das falsch?«

Rein rational betrachtet weiß ich, dass sie mir helfen will – aber um ehrlich zu sein, sorgt das nur dafür, dass ich noch frustrierter werde. Es wäre so einfach gewesen, mir etwas zum Dealen zu besorgen. Ich hätte jetzt schon genug Pillen verkauft haben können, um meine

Rechnung selbst zu bezahlen, stattdessen mache ich mich von Sophia abhängig. Ausgerechnet von ihr. »Es ist vollkommen egal, was ich sage, oder?«, brumme ich in mich hinein und schiebe die Hände tiefer in die Taschen meiner Lederjacke.

Sophia hält inne. »Du musst nicht alles allein durchstehen«, sagt sie besänftigend, doch leider hilft mir das kein bisschen weiter.

»Das macht es nicht weniger erniedrigend.«

Ihre großen grauen Sturmaugen blicken mich an. »Meine Hilfe erniedrigt dich?«

»Ja.«

Sie seufzt und schiebt den Einkaufswagen weiter. »Und siehst du, genau das ist das Problem: Deine toxische Männlichkeit sorgt dafür, dass du lieber unnötig hungern willst, statt meine Hilfe anzunehmen.«

Ich mache drei große Schritte, damit ich wieder neben ihr bin. »Meine was?«

»Du hast mich schon verstanden«, sagt sie, und das sachte Grinsen auf ihren Lippen zeigt mir, dass zumindest ihre Wut auf mich inzwischen verpufft ist. Allerdings ändert das nichts an meinem Selbsthass.

»Okay, also ist meine Männlichkeit das Problem hier und nicht dein Helferkomplex?«, will ich zur Sicherheit wissen.

Sophia schüttelt den Kopf. »Du hast das *toxisch* vergessen«, antwortet sie grinsend. »Und ich habe keinen Helferkomplex.«

»Ach nein?«

Das Geräusch ihres Lachens sorgt für den Bruchteil einer Sekunde dafür, dass die Welt zwischen den Gängen dieses Walmart kurz in Ordnung scheint. »Na ja, ein bisschen vielleicht.«

Unbeirrt setzt sie ihren Weg fort. In dem Einkaufswagen tummeln sich inzwischen mehr Dosen und Fertiggerichte, als in meinen Trailer passen werden, aber ich wage es nicht, mich noch einmal dagegen aufzulehnen. Zum einen, weil ich nicht will, dass sie wieder wütend auf mich wird, und zum anderen, weil ich merke, dass mein Magen knurrt.

»Sophia?«

»Ja, Arin?«

Sie wirft Toastbrot in den Wagen und hält zwei Sorten Erdnussbutter hoch, um mich zu fragen, ob ich die mit oder ohne Stückchen will. Ich zeige auf die ohne. »Du … hast noch nichts darüber erzählt, warum du wirklich hier bist.«

Augenblicklich weicht sie mir aus. »Ich helfe meinem Großvater.«

»Und wir wissen beide, dass das Bullshit ist.«

»Bitte was?«

Ich fahre mir durch die Haare, während ich wieder neben ihr herlaufe. »Komm, Sophia, ich weiß, wann du lügst.« Für einen Moment glaube ich, dass sie mir einfach eine neue Geschichte erzählen wird, doch stattdessen verzieht sie das Gesicht, als hätte sie eingesehen, dass es nichts bringt. Die kurzen blonden Haare umrahmen ihr Gesicht, und der Pony ist inzwischen einen Tick zu lang, sodass sie ihn sich immer wieder aus den Augen streichen muss.

»War nicht meine beste Lüge.«

»Definitiv nicht, also sagst du es mir?«, will ich vorsichtig wissen, während wir in den Gang mit den Hygieneartikeln abbiegen.

»Nein.«

»Nein?«

»Ich lasse mich nicht drängen, etwas zu erzählen, zu dem ich noch nicht bereit bin«, sagt sie so gelassen, dass ich nicht anders kann, als sie verdutzt anzusehen.

»Nur damit ich es verstehe, du kannst einfach Nein sagen, aber mir drückst du deine Hilfe einfach auf?«

Falls sie ihre eigene Doppelmoral stört, zeigt sie es zumindest nicht. »Du hast nicht Nein gesagt«, erklärt Sophia knapp.

»Was?«

Sie zuckt mit den Schultern. »Du hast nicht Nein gesagt«, wiederholt sie ruhig. »Du hast gesagt: *Ich brauche dein Geld nicht.* Was faktisch nicht ganz richtig ist, denn es ist nicht mein Geld, und du brauchst es doch.«

Ich starre sie an und fühle mich undeutlich an den Moment erinnert, als sie mir sagte, dass *A Beautiful Mind* ihr Lieblingsfilm ist. »Was?«

Sophia weiß genau, worauf meine Frage abzielt. Wir kennen uns so gut, und die Jahre, die wir einander nicht gesehen haben, scheinen nichts daran verändert zu haben. »Es ist nicht mein Geld.«

Bevor sie nach einer Packung Taschentücher greifen kann, stelle ich mich vor sie. »Ich komm nicht mehr mit. Wessen Geld ist es dann?«

Mich beschleicht ein wirklich ungutes Gefühl. So schlimm, dass es in meinen Ohren rauscht. Wenn sie ihren Großvater um Hilfe gebeten hat, wird das sicher nicht gut für mich enden. Verdammt, wenn er weiß, dass sie bereit ist, so etwas für mich zu tun, nach allem, was passiert ist, dann wird er erst recht wollen, dass sie sich von mir fernhält. Vielleicht feuert er mich sogar. Und dann weiß ich wirklich nicht, wie ich die nächsten Monate durchstehen soll.

Sophia verschränkt die Arme. »Ist das wichtig?«

»Ja, für mich schon. Immerhin zwingst du es mir hier gerade auf, und ich bin nicht in der Position, mich dagegen zu wehren.«

Sie zögert. Dann gibt sie sich geschlagen. »Du hast recht, ich bin übergriffig«, gesteht sie ein. »Als du auf der Toilette warst, habe ich Chris angerufen.«

Ich fluche. »Du hast Chris was davon gesagt?«

»Nein, nicht direkt. Ich habe ihn gefragt, und er wusste gleich, dass es um dich geht«, erklärt sie, als sei das keine große Sache. Nur ein kleiner Gefallen unter Freunden – aber ich habe keine Freunde. Schon gar nicht Chris. Nicht nach dem, was ich Caren angetan habe. Nicht nach dem, wofür ich verantwortlich bin.

»Das hättest du nicht tun sollen«, kommt es viel zu leise über meine Lippen. Viel zu kraftlos. »Ich kann ihm das vielleicht nie zurückzahlen.«

Sophia kommt etwas näher, sieht zu mir herauf und sorgt mit dem Grau ihrer Augen dafür, dass sich der Sturm in mir zumindest kurz legen kann. »Es tut mir leid, dass ich über deinen Kopf hinweg einfach entschieden habe, dass ich ihn einweihe«, räumt sie ein. »Und dass ich dir meine Hilfe – und die von Chris – aufgezwungen habe. Aber du musst das alles nicht allein schaffen. Du hast viel mehr Menschen um dich herum, die bereit sind, dir eine Hand zu reichen, als du wahrhaben willst.«

»Alle sagen das, aber …«

»Arin, komm schon«, unterbricht sie mich lächelnd. »Das hier ist doch der Beweis. Du brauchst nur etwas Rückendeckung, und der Rest wird sich finden. Immer einen Schritt nach dem anderen.«

Ich schüttle nur den Kopf, weil ich nicht weiß, was ich darauf sagen soll. Sophia scheint das nicht zu stören, stattdessen greift sie an mir vorbei. »Welche Taschentücher dürfen es sein?«

16

SOPHIA

Tut mir leid, dass ich so spät bin«, rufe ich, sobald ich durch die Tür bin. Inzwischen ist die Sonne untergegangen, und dafür pulsiert nun das schlechte Gewissen in mir – doch offenbar mache ich mir grundlos Sorgen.

»Oh, gut, dass du kommst!«, ruft mein Großvater, und ich sehe, dass Megan auf unserem Sofa sitzt und Bo die Ohren krault.

»Ich hab Pizza mitgebracht«, sagt Megan grinsend und deutet auf die Pappkartons auf dem Küchentresen. Heute sind so viele Dinge auf einmal passiert, dass ich keine Zeit hatte, auch nur über etwas Essbares nachzudenken, doch jetzt, da ich den Käse rieche, läuft mir das Wasser im Mund zusammen.

»Dich muss der Himmel geschickt haben, ich sterbe vor Hunger«, stoße ich aus, was unseren Besuch zum Lachen bringt.

»Ich wollte Bennett gerade erklären, dass er *Crank* sehen muss.«

In meinem Kopf krame ich nach dem genannten Film. »Ist das der mit Jason Statham?«

»Genau. Außerdem hat Chester Bennington einen Cameo-Auftritt, die Filmmusik ist großartig, und die gesamte Reihe verbindet Comedy mit klassischen Actionfilm-Elementen«, führt Megan so glühend aus, dass sie zumindest mich überzeugt hat.

Mein Grandpa hingegen sieht irritiert zwischen uns hin und her. »Chester wer?«

»Er war Sänger der Nu-Metal-Band Linkin Park«, sage ich mit einem wehmütigen Lächeln. »Den Film solltest du wirklich sehen«, ergänze ich grinsend und beiße in ein Stück kalte Pizza, ehe ich mich in den kuscheligen Sessel lümmle.

»Früher waren Filme noch anders«, meint Grandpa, offenbar noch immer nicht von der Abendplanung überzeugt.

»Ja, unnötig lang und in Schwarz-Weiß.«

»Können wir nicht lieber *Herr der Ringe* sehen?«, will Grandpa wissen und reibt sich über die Glatze. Er sucht meinen Blick, aber bei dieser Diskussion werde ich mich nicht einmischen.

»Kannst du den nicht langsam mitsprechen?«

»Ja, genauso wie sämtliche Shakespeare-Stücke – ist das für euch ein Problem?«

»Wie wäre es, wenn wir erst *Crank* sehen, und morgen starten wir einen *Herr-der-Ringe* Marathon?«, schlage ich noch immer kauend vor.

Überrascht zieht mein Großvater die grauen Augenbrauen hoch. »Versprich mir nichts, das du nicht auch zu halten gedenkst.«

»Bisher hab ich die Filme nie am Stück gesehen, also wäre das doch eine gute Möglichkeit, mein Wissen aufzufrischen – oder nicht?«

Allerdings hält sich seine Skepsis noch immer hartnäckig. »Meinst du das ernst?«

»Ich schwöre«, verspreche ich und hebe zur Vorsicht meine Hand, damit er versteht, dass ich es wirklich ernst meine. Und irgendwie klingt das auch nach genau dem, was ich gerade brauche. Ein paar ruhige Tage mit Grandpa, etwas Pause von der Welt da draußen und all den Problemen, die auch nächste Woche da sein werden. Von der Zukunft, meiner Zukunft, die ich noch nicht kenne, mal ganz abgesehen.

»Also? Können wir jetzt den Film gucken?«, funkt Megan durch die Stille zwischen uns.

Grandpa seufzt. »Na gut, gegen zwei von euch kann ich mich nur schlecht wehren.«

»Super, ich mach uns schnell Popcorn«, sage ich und springe auf, wobei ich so unauffällig wie möglich nach meiner Handtasche greife. Aus der Küche blicke ich noch mal zurück, um sicherzugehen, dass Megan und mein Grandpa wirklich im Gespräch versunken sind und nicht auf mich achten. Dann erst fülle ich mir ein Glas Wasser ein und schlucke meine Medikamente. Ein paar Stunden zu spät, denn eigentlich sollte ich sie um zehn Uhr einnehmen. Die Tablette rutscht mir die Kehle hinunter.

Schon besser.

Noch lange nicht gut. Eher weit, weit davon entfernt. Aber irgendwann, da wird vielleicht wieder alles gut – und ich freue mich schon auf den Moment, in dem ich das auch wirklich glauben kann. Aber bis es so weit ist, gehe ich einfach einen Schritt nach dem anderen.

ARIN

»Kommst du klar?«

Chris blickt mich mit seinen großen blauen Augen an, und am liebsten würde ich im Fußraum seines Autos versinken, aber da sich kein Portal unter mir öffnet, versuche ich ihn zumindest anzusehen, wenn er mir schon den Arsch rettet. »Mir geht's gut.«

Ganz so einfach ist es allerdings nicht, ihm etwas vorzumachen. Was zum einen daran liegt, dass er mich viel zu lange und zu gut kennt, und zum anderen, dass ich ohne ihn weder etwas zu essen hätte noch meine Miete zahlen könnte. Ein Umstand, der mir leider nur allzu bewusst ist.

»Dir ist schon klar, dass du mich nicht anlügen musst?«, will er wissen.

»Okay, es geht mir nicht gut. Aber ja, ich komme klar«, verspreche ich.

Chris lehnt sich etwas in seinem Fahrersitz zurück und betrachtet mich kurz, dann scheint er entschieden zu haben, dass es okay ist, wenn er mich aussteigen lässt. Langsam greift er in die Innentasche seiner Jacke und gibt mir einen Umschlag.

Einen Umschlag mit Geld.

Geld für die Miete.

Geld, das dafür sorgt, dass ich zumindest für einen Monat keine Angst mehr davor haben muss, nicht zu wissen, wo ich schlafen soll.

»Ich bin nicht gut in Dankesreden«, murmle ich, als ich ihn nehme.

Chris zuckt mit den Schultern. »Ein einfaches Danke reicht.«

»Danke, ich zahl es dir zurück, sobald ich den Wagen von Bennett repariert habe.«

Er lächelt. Bei allen anderen Menschen in dieser Stadt hätte ein so breites Lächeln wahrscheinlich schrecklich falsch gewirkt, aber nicht bei Chris. Da liegt keine Bösartigkeit dahinter, keine Heimtücke – nichts. Er ist genau das, was er vorgibt zu sein: ein guter Mensch. »Immer einen Schritt nach dem anderen«, meint er und nickt dabei.

»Du wirst hier im Auto sitzen und warten, bis ich das Geld Mrs Parker gebracht habe, oder?«

»Auf jeden Fall.«

»Ist das dieses Ding mit dem ›Vertrauen muss man sich verdienen‹-Scheiß?«, murmle ich, auch wenn ich weiß, dass es nicht sonderlich fair von mir ist. Er rettet mir hier gerade den Arsch, und ich weiß sehr gut, dass ich diese Hilfe nicht verdient habe. Und trotzdem würde ich mir wünschen, dass er mir genug vertraut. Dass er versteht, dass ich seine Hilfe zu schätzen weiß, auch wenn ich nicht gut darin bin, genau das zu zeigen.

»Könnte man so sagen, ›Vertrauen ist gut, Kontrolle ist besser‹, würde aber auch passen.«

»Chris?«

Er sieht mich an. Mit einem Blick, den ich kenne. Nicht von ihm, sondern von seiner Schwester. Ein Blick, der mir sagt, dass er da irgendwo in dem Haufen Scheiße, der mein Leben ist, etwas sieht. Etwas Gutes. Vielleicht nur einen winzigen Schimmer, aber es ist da. Und das gibt mir Kraft.

Ich fummle meine Liste heraus. Chris wartet, geduldig, ruhig. Als wüsste er schon, was gleich passiert, hat aber keine Eile damit.

Räuspernd blicke ich auf die Liste, auch wenn ich weiß, was für Worte da stehen. »Ich will mich bei dir entschuldigen. Dafür, dass ich deine Schwester bedrängt habe, am Abend dieser Party. Und dafür, dass ich Conner so dazu gebracht habe, sich mit mir zu prügeln. Dafür, dass ich mit dafür verantwortlich bin, dass Caren in den Wäldern verschwunden ist.«

Chris schüttelt den Kopf. »Das war nicht deine Schuld, Arin.«

»Ich bin noch nicht fertig«, murmle ich. »Es tut mir leid, dass ich so oft in der Praxis aufgetaucht bin und versucht habe, dich zu verarschen, damit du mir Medikamente verschreibst. Und ich will mich dafür entschuldigen, dass ich versucht habe, deine Unterschrift auf den Rezepten zu fälschen. Und dafür, dass ich rückfällig geworden bin und dir die Schuld dafür gegeben habe. Und …«

»Arin«, stoppt Chris mich und legt eine Hand auf meine Schulter. »Es ist okay. Ich vergebe dir. Alles. Dass du gegen meinen Wagen gepinkelt hast, dass du einen Blumentopf nach mir geworfen hast – alles.«

»Warum?«

»Weil ich daran glaube, dass du es dieses Mal schaffst«, sagt er so ruhig, dass ich für den Bruchteil einer Sekunde selbst daran glauben kann. »Und weil ich weiß, wenn Caren noch hier wäre, würde sie auch daran glauben.«

»Das war jetzt 'ne Schippe zu viel«, murmle ich mit einem minimalen Lächeln, weil ich spüre, wie die Tränen in meinen Augen stechen. Bis zu diesem Moment war mir gar nicht bewusst, wie sehr ich es gebraucht habe, dass Chris mir verzeiht.

»Zu viel Druck auf einmal?«, fragt Chris.

»Ich bin empfindlich.«

»Am besten, du steigst jetzt aus, denn ich muss gleich weinen, wenn du mich weiter so ansiehst«, meint er mit einem schiefen Grinsen, aber ich sehe sie wirklich. Die Tränchen in seinen Augenwinkeln. »Danke für deine Entschuldigung.«

Da ich ihm nicht noch mal in die Augen sehen kann, steige ich aus dem Wagen und winke ihm, ehe ich zum Trailer von Mrs Parker gehe. Es brennt noch Licht, darum klopfe ich an. Es dauert keine Minute, bis sich die rüstige alte Lady vor mich schiebt.

Wortlos reiche ich ihr den Umschlag, wobei ich mir des Blicks von Chris im Wagen nur allzu bewusst bin. Vielleicht sollte es mich verletzen, dass er mir nicht traut, aber nach allem, was passiert ist, traue ich mir nicht einmal selbst, darum fällt es mir schwer, ihm daraus einen Vorwurf zu machen.

»Du hast es ja wirklich«, sagt Mrs Parker und schiebt verwundert ihre Brille höher auf die Nase, während sie das Geld im Umschlag betrachtet.

»Das sagte ich doch.«

»Ja, aber ich habe es schon so oft gehört, dass ich nicht mehr dran geglaubt habe«, gibt sie zu und funkelt mich über die Ränder der Brille hinweg an, bis sie Chris in seinem Wagen erspäht.

»Es rührt mich, wie sehr diese Stadt mir vertraut«, brumme ich. Da ich auf diese Unterhaltung wirklich keine Lust habe, drehe ich ihr den Rücken zu. Ehe ich jedoch verschwinden kann, höre ich sie sagen: »Arin, bevor du gehst …«

»Ja?«

In ihrem faltigen Gesicht spiegelt sich ein Bedauern, das mir augenblicklich Bauchschmerzen bereitet. »Deine Mutter hat angerufen.«

Vier kleine Wörter, und doch fühle ich mich, als hätte jemand mich gerade aufgespießt. Fluchend wische ich mir über den Mund. »Was wollte sie?«

Mrs Parker lehnt sich an die Tür ihres Trailers. Sie verschränkt die Arme vor ihrem Körper, als wäre ihr jetzt erst aufgefallen, wie kalt die Luft des Abends ist. »Wissen, ob du hier bist.«

Für einen Moment hoffe ich einfach, dass es ein Albtraum ist – doch diesen Gefallen tut mir mein Leben nicht. »Und was haben Sie gesagt?«

»Nicht, dass du hier bist«, gesteht sie etwas leiser. Wahrscheinlich weiß sie, was es bedeuten würde, wenn meine Mutter es wüsste. Sie würde hier aufschlagen, würde toben wie ein Tornado, und ich weiß nicht, ob ich es dieses Mal wirklich überstehen würde. Niemand hat mehr Macht, dich zu verletzen, als jene Menschen, die dich eigentlich lieben sollten.

»Gut, danke«, bringe ich heraus, weil ich versuche, mir einzureden, dass für den Moment alles okay ist. Noch ist sie im Gefängnis, noch weiß sie nicht, wo ich bin, und gerade habe ich ein kleines bisschen von der Last meiner Schultern nehmen können. Diesen winzigen Sieg will ich mir nicht von meiner Mutter nehmen lassen.

Leider habe ich da die Rechnung ohne Mrs Parker gemacht. »Dir ist klar, dass du dich nicht vor ihr verstecken kannst – oder?«

Ich verharre eine Sekunde. »Hält mich nicht davon ab, es zumindest zu versuchen«, brumme ich und wende mich endgültig ab. Ich winke Chris, der noch immer in seinem Wagen sitzt, als wollte er sichergehen, dass ich gut nach Hause komme.

Mrs Parker nickt nur, als sei ohnehin alles gesagt, und verschwindet dann wieder in ihrem Trailer. Ich tue es ihr gleich. Sobald ich das Licht angeknipst und die Tür verriegelt habe, lasse ich mich auf mein Bett sinken.

Den Gedanken an meine Mutter verdränge ich, so gut es eben geht. So ungern ich es auch zugebe, dieser Tag hat eine bessere Wendung genommen, als ich es mir vorgestellt habe – und das verdanke ich nur Sophia.

Egal, wie sehr mein Leben mich durchschüttelt, irgendwie lande ich am Ende doch immer wieder bei diesem einen Namen. Wäre ich ein Romantiker, könnte ich fast von so etwas wie Schicksal sprechen, nur glaube ich nicht an Schicksal, nur an Entscheidungen. Und gerade will ich mich dafür entscheiden, ihr zu sagen, dass ich schon wieder an sie denke, weil sie in all der Dunkelheit um mich herum irgendwie zu einem Licht geworden ist.

Meine Finger zucken, weil ich ihr am liebsten schreiben würde, nur weiß ich nicht, was. Einfach ein »Hey?« Wäre das nicht zu plump?

Unruhig stehe ich auf und mache mir eine große Portion *Cap'n Crunch*-Flakes fertig. Nicht das gesündeste Abendessen, aber immerhin gibt es mal wieder etwas. Mit der Schale in der einen und dem Handy in der anderen Hand sitze ich da. Dann entscheide ich mich einfach, auf Senden zu klicken.

Arin: Danke. Für alles.

Es dauert keine zwei Minuten, bis ihre Antwort kommt.

Sophia: Immer gern.

Ich mache ein Bild von meinem Essen und schicke es ihr. Sie antwortet mit dem Bild einer leeren Pizzapackung. Im Hintergrund kann ich Megans rotes Haar ebenso erkennen wie den alten Bennett, der auf seinem Sofa sitzt und eine der Rain-Schwestern offenbar gerade in eine Diskussion verstrickt hat, wenn ich seine Hände richtig deute.

Arin: Angeberin.

Sophia: Das nächste Mal lad ich dich auf eine ein.

Ich stocke kurz. *Das nächste Mal?* Es ist nicht so, dass ich nicht gespürt hätte, dass Sophia die gleiche Anziehung zwischen uns bemerkt hat wie ich. Die gleiche, die schon immer da war und gegen die wir schon das letzte Mal ziemlich machtlos waren. Allerdings … ist etwas an ihr anders. Sie ist anders.

Arin: Du willst ein Date mit mir?

Dieses Mal dauert es etwas länger, bis ihre Nachricht auf meinem Display erscheint.

Sophia: Das habe ich nicht gesagt.

Arin: Aber gemeint?

Sophia: Musst du alles direkt komplizierter machen?

Kompliziert. Das trifft es. Zwischen uns ist alles kompliziert, alles voller Funken und voller Angst vor den heißen Flammen, die uns am Ende nur noch mehr Schmerz bereiten – aber manchmal kann Feuer auch etwas Gutes sein, oder? Etwas, das einen wärmt, einem Kraft gibt und all den kitschigen Scheiß, den Shakespeare noch über Liebe schreibt. Wenn ich an Liebe glaube, dann nur, weil es Sophia gibt.

Arin: Wie wäre es mit Freitagabend?

Sophia: Das klingt schon verdächtig nach einem Date.

Arin: Ist das ein Ja?

Sophia: Ich hol dich ab.

Grinsend lege ich das Handy weg, nur um es kurz danach wieder in die Hand zu nehmen und zu schreiben: *Ich freue mich drauf.* Trotz all dem, was heute passiert ist, und dem, was fast passiert wäre, fühlt sich dieser Tag ein kleines bisschen an wie ein Sieg.

In meinem ganzen Leben habe ich mich noch nie so sehr darauf gefreut, mit einer Frau eine Pizza zu essen.

Es fühlt sich fast so an, als könnte ich es irgendwie doch schaffen, mein Leben wieder in den Griff zu bekommen.

17

ARIN

Damals

»Fuck, jetzt sag schon!«

Ich starre Caren an, die gerade dabei ist, meinen Mathe-Übungstest zu korrigieren. Bisher habe ich mir herzlich wenig aus Noten, Schule oder irgendwas dazwischen gemacht – aber ich muss zugeben, dass ich in den letzten Tagen so viel gelernt und geübt habe, dass es mein Ego zerstören würde, wenn nicht zumindest eine solide Vier herausspringt.

»Ich hab doch gesagt, das ist nicht gerade mein stärkstes Fach«, schnaubt sie zurück. »Es hat etwas gedauert, bis ich deine Sauklaue entziffern konnte und dann auch noch verstanden habe, was zur Hölle du hier gerechnet hast.«

Auch wenn ich sie verstehe, kann ich nicht verhindern, dass ein ungeduldiges »Und?« über meine Lippen kommt.

Carens grüne Augen funkeln mich an. »Wenn du mal für zwei Minuten den Mund halten könntest, würde das wirklich sehr helfen.«

Widerwillig warte ich ab, wobei ich mir nicht mal sicher bin, ob ich diesen Test wirklich bestehen will. Selbst wenn ich die Schule schaffe, weiß ich jetzt schon, dass ich niemals aus dieser Stadt rauskomme. Wozu also die Mühe? Wozu strenge ich mich überhaupt an, wenn ich am Ende doch nur ein wertloses Blatt Papier in den Händen halte, das nichts an meiner schon vorgeschriebenen Zukunft ändert? Die Zeit, die ich in den letzten Wochen mit Lernen und Caren verbracht habe, hätte ich genauso gut feiern können.

»Fertig.«

Mein Herz setzt einen Schlag aus, so groß ist die Anspannung, fast schon die Angst, dass sich die ganze Mühe nicht gelohnt hat und ich noch immer der gleiche Versager bin wie vorher. »Und?«

Carens Pokerface ist keine Regung zu entnehmen, aber dann grinst sie plötzlich. »Bestanden.«

»Im Ernst?«

»Und nicht nur das«, führt sie aus und lacht. »Es wäre eine Drei, Arin. Eine Drei!« Aus ihrem Mund klingt das wie eine Eins. Wie eine Höchstleistung – und um ehrlich zu sein, fühlt es sich auch so an.

»Eine Drei?«, echoe ich und springe vom Stuhl auf, was die Bibliothekarin dazu veranlasst, ein wütendes »Schhhh« in unsere Richtung zu machen. Das kann aber weder meine noch Carens Freude wirklich dämpfen.

Sie nickt lachend. »Siehst du, ich wusste es. Wenn du dich nur etwas reinhängst, dann schaffst du das.«

Ich reiße ihr das Blatt aus der Hand, als könnte ich nicht glauben, was sie sagt. Aber da steht es. Viele rote Punkte, auf dem, was ich fabriziert habe. Eine Drei. Eine verdammte Drei. »Jetzt bau bloß keinen Druck auf«, nuschle ich grinsend.

»Hatte ich nicht vor«, sagt sie beschwichtigend. »Glückwunsch, Arin. Du wirst den Test morgen ohne Probleme bestehen.«

Noch immer mit dem Blatt in der Hand, lasse ich mich wieder auf den Stuhl neben ihr sinken. »Ja, dank dir.«

»Na ja, ich hab dir nur in den Arsch getreten«, erklärt sie schulterzuckend.

»Ja, und das verdammt gut.«

»Perfekt, sosehr ich unsere heimlichen Lerntreffen auch vermissen werde – ich freue mich, dass es am Ende gefruchtet hat«, meint sie, rafft ihre Sachen zusammen, was mir einen kleinen Stich versetzt.

»Das wissen wir erst, wenn ich wirklich bestanden habe.«

Mit schief gelegtem Kopf sieht sie mich an, und in ihren Augen spiegelt sich nicht einmal der Hauch eines Zweifels. »Das wirst du.«

»Ganz so optimistisch bin ich noch nicht.«

»Bei Mathe ist es nicht wie im Englischunterricht, hier gibt es nur eine mögliche Lösung, und du weißt, wie du an sie herankommst.«

Tatsächlich beruhigt mich das etwas. In den meisten Fächern konnte ich mich mit solidem Halbwissen zumindest auf eine Vier im Durchschnitt retten, aber bei Mathe ist es anders. Zumindest habe ich in den letzten Wochen das Gefühl bekommen, endlich das System hinter den Zahlen zu erkennen.

»Das sollten wir feiern«, sage ich entschieden und reiche ihr ihre dünne Jeansjacke.

»Was? Dass du endlich mal das tust, wofür die Schule da ist?«

»Ich meine, wenn ich den Test bestehe, dann sollten wir feiern«, setze ich nach und werfe ihr die beste Version meines Hundeblicks zu, die ich auf Lager habe.

»Wir hatten das Thema doch schon, ich stehe nicht auf Partys.«

»Komm schon, Caren. Ich rede ja nicht davon, dass wir einen völligen Abriss starten müssen, nur ein Treffen unter Freunden, um diesen kleinen Sieg zu feiern«, argumentiere ich weiter, obwohl ich selbst nicht so genau weiß, warum es mir plötzlich so wichtig ist. Vielleicht weil mir klar wird, dass unsere Treffen jetzt erst einmal beendet sind und wir uns danach nur noch in den Gängen der Schule zunicken werden, ohne wieder miteinander zu reden. Und ich rede gern mit Caren, nicht nur über Mathe oder die Schule – sondern einfach so. Weil es mit ihr so einfach ist und sie mich immer in die Schranken weist, wenn ich es übertreibe, ohne dass ich mir dabei vorkomme, als würde sie mich für Abschaum halten. Na ja, zumindest meistens.

Zu meiner eigenen Überraschung lehnt sie nicht sofort wieder ab. Sie scheint darüber nachzudenken, ob sie mit einer vorsichtigen Zusage auch den Rest meines Schuljahrs retten kann. Etwas zu theatralisch falle ich vor ihr auf die Knie und falte die Hände zusammen. »Komm schon, dein bester Freund Shakespeare wäre sicher auch dafür, dass du es mal krachen lässt.«

Kopfschüttelnd zieht sie mich wieder auf die Beine. »Okay.«

Ich breche in Jubel aus, was sie erneut zum Lachen bringt und dafür sorgt, dass die Bibliothekarin wütend schnaubt. Caren sieht mich ernst an. »Aber nur, wenn du bestehst – und zwar mindestens mit einer Drei.«

»Das sind wirklich harte Bedingungen, Madam.«

»Du willst mich auf eine Party schleppen, dann sieh zu, dass du den Test hinbekommmst«, stellt sie klar und hängt sich den Rucksack über die Schulter.

»Das werde ich«, verspreche ich grinsend.

Caren schüttelt abermals den Kopf über mich, aber dieses Mal nicht mit dem genervten Blick, sondern irgendwie anders. »Gut, dann bis morgen.«

SOPHIA

Damals

Das Abschlussjahr an der Highschool ist seltsam. Ich hänge irgendwo zwischen Zukunft und Gegenwart fest und kann noch nicht sagen, was davon wichtiger ist. Oder wo ich hinwill. Ich weiß nur, dass ich es hier kaum noch ertrage, jetzt, da Grandma krank ist und meine Mutter der Medizin und dem fehlenden Glauben die Schuld gibt statt dem verdammten Krebs. Überall stolpere ich nur über Fragezeichen in meinem Kopf, die dafür sorgen, dass die Ängste in meinem Bauch mit jedem Schritt mehr anschwellen.

Und dazu kommt, dass sich in meiner Hosentasche noch immer ein Brief befindet, den ich Arin längst geben wollte. Keiner wie die üblichen, sondern … ehrlicher. Allein der Gedanke daran, ihm zu sagen, dass ich das Versteckspiel nicht mehr will und dass ich nicht mehr will, dass ich ein Uns will, selbst dann, wenn es mir das Herz bricht, weil die Highschool-Liebe selten die letzte Liebe im Leben ist.

»Worüber grübelst du nach?«

»Vielleicht sollte ich Mathe studieren«, überlege ich laut, als hätte ich mir wirklich Gedanken über mein Studium gemacht und nicht einfach nachgeplappert, was meine Mutter von mir erwartet.

Caren sieht mich von der Seite an, während wir durch die vollen Flure in Richtung unserer Spinde laufen. An den Wänden hängen bereits Poster, die das Gesicht meiner besten Freundin zeigen und verkünden, wann die nächste Schulaufführung von *Romeo und Julia* ist. »Du bist gut darin, also – warum nicht?«

»Vielleicht weil ich keine Ahnung habe, was ich damit anfangen soll?« Für die meisten um mich herum scheint es schrecklich einfach zu sein, sich zu entscheiden. Alle haben ihre großen Träume und Ziele, nur ich nicht. Ich habe keine Ahnung, wie ein Zehnjahresplan meines Lebens aussehen soll oder was ich tun will.

»Was steht denn in den Kursbeschreibungen?«, versucht Caren es erneut. Sie wird Schauspielerin, das ist so klar und deutlich, dass niemand es jemals infrage stellen würde – und dazu besteht auch kein Grund. Sie hat eine Gabe, und diese kann sie für sich nutzen. Ich habe weder eine Gabe noch ein nennenswertes Interesse an etwas. Ich mag Mathe, weil ich gut darin bin. Aber meinen ganzen Tag nur mit Zahlen verbringen? Ist das mein zukünftiges Leben?

»Ehrlich gesagt wenig, mit dem ich etwas anfangen könnte«, murmle ich in mich hinein und schiebe mir den Pony aus den Augen.

Caren scheint zu merken, dass meine Struggles etwas tiefer gehen, als ich es durchblicken lasse. Sie legt nachdenklich den Kopf schief, während sie vor ihrem Spind hält und die Bücher darin verstaut. »Und was ist mit BWL?«

Ich verziehe das Gesicht und lehne mich an das kühle Metall. »Auf keinen Fall.«

»Warum nicht?«

Am liebsten würde ich es nicht sagen, aber wenn ich noch mehr Dinge für mich behalte, könnte es passieren, dass etwas in mir anfängt zu platzen. »Weil ich etwas will, das auch ein Traum ist, so wie du.«

»Oh, du meinst, du willst deine Jugend wie ich für eine verlorene Kunst verschwenden?«, stichelt Caren lachend und wirft die Locken nach hinten.

»Ja, bitte. Ist das Studium dazu nicht gedacht?«

Meine beste Freundin schließt ihren Spind wieder, schultert den Rucksack und sieht mich einen Moment an. Ihre grünen Augen suchen in meinem Gesicht nach einem Hinweis, wie schwer dieses Thema gerade wirklich in mir wiegt. »Ich glaube, mit BWL fährst du nicht so schlecht, wie du denkst, immerhin findest du danach einen Job. Wenn ich Pech habe, werde ich einfach nur eine weitere Shakespeare zitierende Fachkraft in Belmont Bay.«

Das tut sie immer. Sie versucht immer, ihren Traum kleiner zu machen, ihre Chancen herunterzuspielen. Aber Caren ist nicht wie die anderen an dieser Highschool. Ihr Talent ist nicht vergleichbar mit denen der anderen, sondern so wahrhaftig, dass ich mir inmitten ihres Strahlens manchmal vorkomme wie ein schwarzes Loch, das dieses Licht nicht erträgt und versucht, es einzusaugen. »O nein, du landest ganz sicher irgendwo am Broadway und wirst eine so unfassbar berühmte Schauspielerin, dass du den Sohn von Johnny Depp heiratest.«

»Das klingt irgendwie gruselig.«

»Nein, das klingt nach einem Traum. Alles, was ich habe, ist: Ich bin gut in Mathe.«

Caren will gerade zu einer erneuten Antwort ansetzen, als sich jemand zu uns stellt. Nicht nur irgendjemand. »Arin«, sagen wir gleichzeitig.

Er streicht grinsend seine Haare nach hinten und sieht meine beste Freundin an. »Ich hab bestanden.«

»Nicht dein Ernst«, ruft sie aus. Ihre Augen sind vor Überraschung so weit aufgerissen, dass das Waldgrün richtig zu funkeln scheint. Ich jedoch stehe nur daneben und kann nicht deuten, was hier eigentlich gerade passiert.

Falls Arin das bemerkt, zeigt er es nicht. Seine Aufmerksamkeit liegt noch immer und einzig allein auf der strahlenden Caren. »Doch, und jetzt rate.«

Sie verpasst ihm einen freundschaftlichen Klaps auf die Schulter. »Sag schon.«

Ganz der Bad Boy, hebt Arin stolz das Kinn. »Rate.«

Meine Augen huschen noch immer zwischen den beiden hin und her, aber ich bin unfähig, etwas zu sagen. Stattdessen verkrampft sich mein Magen so sehr, dass ich für einen Moment fürchte, ich müsste mich übergeben.

»Eine Drei?«, will Caren wissen.

Er schüttelt den Kopf. »Zwei minus.«

Caren kreischt auf, und Arin fällt ihr so überschwänglich um den Hals, dass ich für einen Moment glaube, in einer falschen Realität aufgewacht zu sein. Was zur Hölle ist hier los? Wieso freut sich ausgerechnet Caren so unglaublich für Arin?

»Glückwunsch?«, presse ich hervor.

Als sei Arin erst jetzt aufgefallen, dass ich überhaupt da bin, huscht sein Blick zu mir. Er hält Caren noch immer in den Armen, und es fühlt sich an, als würde er ihre Nähe nur noch mehr suchen

Keine Ahnung, woher diese plötzliche Eifersucht kommt, warum es ist, als würde ich da etwas sehen, das mich verletzt statt überrascht. Der Brief in der Tasche meiner Jeans kommt mir plötzlich schrecklich albern vor. Denn jetzt erscheint es mir nicht mehr so schlau, sich ihm weiter zu öffnen. Mehr zu wollen. Zu meinem Glück wird diese seltsame Szenerie jedoch unterbrochen.

»Was soll das werden?«, donnert eine ganz andere Stimme hinter mir los. Conner kommt mit schnellen Schritten auf uns zu und fixiert Arin mit einem Blick, bei dem jeder andere wahrscheinlich tot umgefallen wäre.

»Entspann dich«, gibt Arin zurück, was natürlich nur noch Öl in das Feuer kippt. Deeskalation ist nicht sein Ding, und ich bin gerade unfähig, mich schützend zwischen ihn und Conner zu stellen – dazu tut mein Herz zu sehr weh, und mein Magen krampft noch immer.

»Halt dich von ihr fern.«

»Ist schon gut«, beschwichtigt Caren sofort. Sie blickt zwischen ihrem Freund und Arin hin und her. Dann lächelt sie wieder. »Freut mich sehr für dich, Arin.«

Als sie sich umdreht, treffen sich unsere Blicke kurz, und sie verdreht die Augen, als wollte sie mir sagen, wie anstrengend das Machogehabe der beiden ist. Dann nimmt sie ihren Freund am Arm und zieht ihn mit sich, nicht ohne ihm gehörig die Leviten zu lesen. Ich hingegen stehe nur da und weiß nicht, ob ich ihnen hinterhergehen soll oder lieber weiter Arin anstarre. »Glückwunsch«, bringe ich noch einmal hervor.

»Danke, war auch ein ziemlicher Akt.«

»Du hast gelernt«, stelle ich mit gerunzelter Stirn fest.

»Caren hat mir Nachhilfe gegeben«, erklärt er und kratzt sich am Kopf, als sei ihm gerade aufgegangen, wie seltsam das alles für mich gewesen sein muss.

Leider sorgt seine Erklärung nur dafür, dass mir erneut der Mund aufklappt. »Sie hat … was?«

Meine Heftigkeit scheint Arin zu verunsichern. »Stört dich das etwa?«

Keine Ahnung. Ja? Nein, zumindest sollte es das nicht, oder? Plötzlich erscheint wieder das überhebliche Grinsen auf Arins Gesicht und stachelt meine Wut an. »Bist du eifersüchtig, Sturmauge?«

»Nein, sollte ich?«

Er kommt noch näher, und würde ich nicht versuchen, Haltung zu bewahren, wäre ich ausgewichen, weil mir der Geruch seines Shampoos in die Nase steigt und damit jeden Widerstand zum Schwanken bringt. Ich hasse es, dass er so eine Wirkung auf mich hat, und ich liebe es, wie sich Gänsehaut auf meinem Körper ausbreitet, als er mir ins Ohr raunt: »Nein, weil ich immer nur an dich denke.«

Mein Herz setzt einen Schlag aus, während ich in seine Augen blicke und spüre, wie gern ich ihm glauben würde, nur kann ich das nicht. Nicht jetzt.

»Du hast Caren um Nachhilfe gebeten? Nicht mich?«, will ich wissen und bleibe auf der Treppe vor dem Schulgebäude noch einmal stehen, um ihn finster anzufunkeln.

An seinem Gesicht kann ich ablesen, dass dieser Groschen erst jetzt fällt. »Na ja, du warst ja auch nicht sonderlich gut auf mich zu sprechen«, versucht er sich zu rechtfertigen.

»Und dann fragst du ausgerechnet sie?«

Er wirft die Arme in die Luft, als könnte er nicht einmal verstehen, wie sehr mich diese Szene gerade verletzt hat. »Wieso bist du jetzt wütend auf mich?«

Fassungslos schüttle ich den Kopf. »Fällt dir darauf wirklich keine Antwort ein?«

»Nein, ich meine, ich habe gerade den Test bestanden, du könntest ruhig etwas netter sein«, meint er und vergräbt die Hände in den Taschen seiner Lederjacke.

»Oh, verzeih mir, dass ich nicht in Jubel ausbreche, weil du tatsächlich mal etwas dafür getan hast, um deinen Abschluss zu bekommen.«

Das hat gesessen. Ich sehe, dass ich ihn verletzt habe, aber gerade ist meine Wut viel zu stark, als dass es mir leidtun könnte. Mit einer Hand ziehe ich das gefaltete Papier aus der Tasche und werfe es ihm entgegen, wie das trotzige Kind, das ich bin.

Und dann lasse ich ihn stehen.

18

SOPHIA

Jetzt

»Bo, verdammt, runter mit dir«, fluche ich, als der große Hund an mir hochspringt, sobald ich die morsche Schuppentür durchschritten habe. Ich taumle rückwärts und kann mich gerade so halten, ehe ich ihn von mir schiebe. Offenbar hat er sich erschreckt und erst jetzt bemerkt, dass nur ich es bin und nicht ein mysteriöser Einbrecher, der das Werkzeug seines Herrchens stehlen will.

»Ich glaube, der alte Junge wird langsam taub«, überlegt Grandpa laut und bedeutet Bo, sich wieder neben ihm hinzulegen, während er dem Tier über das dunkle Fell streichelt.

»Oder er hat einfach nur keine Lust, auf mich zu hören.«

»Guter Punkt«, räumt er ein. »Hast du vor, es mir zu sagen?«

Irritiert blinzle ich meinen Großvater an, der gerade dabei ist, seine Werkzeuge zu sortieren. »Dir was zu sagen?«

Er legt einen großen Schraubenzieher zur Seite und sieht mich ernst an. »Dass du gestern für Arin einkaufen warst.«

Innerlich fluche ich, versuche aber, es nicht zu sehr durchblicken zu lassen. Wahrscheinlich hätte ich ahnen müssen, dass er es bereits wusste, sobald Arin und ich losgefahren sind. Manchmal vergesse ich, wie die Dinge in Belmont Bay laufen. »In dieser Stadt bleibt wirklich nichts geheim, oder?«

Schulterzuckend wendet sich mein Großvater wieder seinen Werkzeugen zu, als habe er sich mit dieser Tatsache bereits vor langer Zeit abgefunden. »Nicht, solange die Leute noch Lust auf Tratsch haben.«

Ich presse die Lippen zusammen und mache einen zögernden Schritt auf ihn zu. »Bist du wütend?«

»Weil du jemandem geholfen hast, der durch seine Sucht in eine Notlage gekommen ist? Nein, ganz sicher nicht.«

»Aber wir führen dieses Gespräch, weil …«

Er atmet einmal tief durch und greift nach einem Lappen, um sich die Hände sauber zu machen, während er sich gegen die Werkbank lehnt. »Arin ist süchtig.«

Die Worte hallen einen Moment durch die immer größer werdenden Ritzen des Schuppens. »Das bist du auch.«

Mein Großvater nickt langsam. »Ja, aber ich bin allein. Und das hat einen Grund.«

Wenn er mich verwirren wollte, hat er es geschafft. »Grandmas Tod hatte doch nichts mit deiner Sucht zu tun.«

Nickend lässt er den Lappen wieder sinken. »Vielleicht, aber meine Sucht ist der Grund, warum ich mir die Schuld daran gebe und allein in diesem großen Haus bin.«

Plötzlich wird mir wieder kalt, und ich schlinge die Arme um meinen Körper, weil ich nicht weiß, wie ich damit umgehen soll. »Was möchtest du mir sagen, Grandpa?«

»Phee, die Sache mit Süchten ist … sie gehen nie weg. Niemals«, murmelt er. »Es braucht nur einen Auslöser, nur einen Moment, in dem man nicht mehr stark sein kann, und alles geht wieder von vorne los.«

In seinen hellen Augen spiegelt sich plötzlich eine Dunkelheit, die ich nur selten wirklich wahrnehme. Eine Angst davor, dass es auch ihm irgendwann wieder so gehen wird. Und eindeutig Angst um mich.

»Willst du mich jetzt davor warnen, wieder etwas mit Arin anzufangen?«, frage ich etwas leiser und weit weniger wütend. Nur die Kälte sitzt in meinen Knochen und nagt an mir, als würde sie mich vor dem drohenden Feuer zwischen Arin und mir warnen wollen.

»Das auch, aber vor allem möchte ich, dass du verstehst, dass Liebe nicht alles heilt«, meint Grandpa mit einem traurigen Lächeln auf den Lippen.

»Das weiß ich.«

»Gut, denn wenn du dich wieder in ihn verliebst, muss dir bewusst sein, dass es nichts ändert. Er bleibt süchtig und kann dir nie versprechen, dass es nicht irgendwann einen Moment geben wird, in dem er rückfällig wird.«

Sachte mache ich einen weiteren Schritt auf ihn zu. »Hast du es Grandma je versprochen? Dass du aufhörst zu trinken?«

Traurig schnaubt Grandpa auf. »Ja, Hunderte Male, und jedes davon war eine Lüge, die ich bereue – fast noch mehr als die Dinge, die ich getan habe«, sagt er so leise, dass es mir das Herz bricht, weil ich nicht mal ahnen kann, wie schwer es ihm fallen muss, mit all diesen Dingen zu leben. Ohne die Liebe seines Lebens zu leben.

Allein zu sein.

»Grandma hat dich geliebt«, hauche ich und blinzle die Tränen fort, während mein Großvater nickt.

»Ich weiß, Phee. Ich weiß. Und genau darum möchte ich, dass du es verstehst. Liebe kann uns helfen, einen Weg aus der Dunkelheit zu finden, aber sie heilt uns nicht. Und manchmal, da sorgt sie nur dafür, dass man noch viel, viel tiefer fällt, als man je glauben konnte.«

Mein Herz bekommt einen neuen kleinen Riss, neben den alten, die noch immer da sind und es jederzeit zerbröseln lassen können. »Das werde ich mir merken.«

Für einen Moment schweigen wir einander an, und gerade als ich den Mund erneut öffnen und meinem Großvater sagen will, dass ich jetzt wieder da bin, für ihn da bin, wenn er mich nur lässt, werde ich unterbrochen.

»Hey, worüber redet ihr?«, will Arin wissen und kommt in den Schuppen gelaufen, was Bo dazu veranlasst, auch ihn anzuspringen. Allerdings reagiert Arin wesentlich geschickter und hockt sich vor das große Tier, das ihm sofort den Bauch entgegenstreckt, damit er ihn krault.

»Nicht so wichtig«, behauptet Grandpa. »Ich hab dir ein paar Werkzeuge rausgelegt, die du brauchst. Wie lief es in der Werkstatt?«

»Ganz gut, denke ich«, meint Arin und erhebt sich wieder aus seiner Hocke. »Ich hab ein paar Ersatzteile zu Hershell liefern lassen, mit Glück kann ich sie nächste Woche abholen.«

»Klingt gut, das Geld leg ich dir später raus.«

»Alles klar.«

Ich blicke Arin verunsichert an. Doch er erwidert meinen Blick nicht, als wäre das Schamgefühl von gestern heute nur noch größer. Räuspernd schiebe ich mir die Haare aus der Stirn. »Ich lass euch beide dann mal allein, damit ihr in Ruhe arbeiten könnt«, murmle ich und lächle meinen Großvater an.

Der nickt. Und wir beide wissen, dass die Worte noch immer in der Luft zwischen uns hängen.

19

ARIN

Ich sitze in der kleinen Nische des winzigen italienischen Restaurants in Belmont Bay. Die übersichtliche Karte liegt bereits vor mir, doch meine Augen sind fest auf den Eingang gerichtet. Mit einer Hand spiele ich an dem bestickten Saum der weißen Tischdecke herum. Obwohl es draußen bereits dunkel wird, scheint das restliche Tageslicht durch die großen Fenster, von denen aus ich einen Blick auf den Parkplatz habe.

Irgendwie bezweifle ich, dass Sophia wirklich kommen wird, auch wenn sie mir keinen Anlass gegeben hat, an ihren Worten zu zweifeln. Dennoch ist das Vertrauen in die Menschen um mich herum inzwischen so erschüttert, dass es mich nicht wundern würden, wenn ich hier einfach stundenlang sitze und sie mich vergessen hat.

Verdient hätte ich es, so fair muss ich bleiben. Zögernd greife ich in den Korb mit dem Gratisbrot, nur um mich davon abzulenken, wie verdammt groß die Angst ist, dass Sophia nicht erscheint. Dass sie mir nie verzeihen kann, was damals zwischen uns passiert ist – und welche Lawine aus Schmerz es ausgelöst hat. Ich ausgelöst habe.

Ohne dass ich es verhindern kann, beginnt mein Bein nervös zu zucken, stoppt jedoch in dem Moment, als ich sehe, wie Sophia durch die Schwingtür kommt.

Mit wippenden Schritten geht sie bis zu dem kleinen Pult, das als Empfang dient, und lässt den Blick ihrer Sturmaugen einmal durch den Raum schweifen, ehe sie mich entdeckt. Dann zucken ihre Mundwinkel nach oben und enthüllen das Lächeln, das meinen Herzschlag kurz ins Stolpern bringt.

»Du bist tatsächlich gekommen«, sage ich zur Begrüßung.

Sie runzelt die Stirn, als sie sich vor mir an unseren Tisch sinken lässt. Ihre Handtasche schiebt sie auf die dunkelrote Sitzbank. »Hast du daran gezweifelt?«

Wir blicken einander in die Augen, beide mit Fragen, die keiner von uns stellt. Ich räuspere mich. »Irgendwie schon, denke ich.«

Sophia schiebt sich die Haare ihres inzwischen etwas zu langen Pixie Cuts hinter die Ohren. »Bei Pizza fällt das Neinsagen wirklich sehr schwer«, gibt sie zurück und saugt den Duft des Ladens ein.

»Du meinst bei *mir* und Pizza?«

Ihr Lachen erfüllt kurz den ansonsten leeren Gästeraum. »Wird dein Ego jemals kleiner werden?«

Nun schaffe auch ich es, zu grinsen. »Findest du nicht, es macht einen Teil meines Charmes aus?«

Sie verdreht die Augen. »Dieses völlig überzogene Außenbild, das du von dir selbst propagierst, während du eigentlich ein ganz netter Kerl bist?«

»Jetzt bin ich mir nicht sicher, ob ich beleidigt oder geschmeichelt sein soll.«

»Dann ist ja alles wie immer.«

Die Kellnerin, Rachel, kommt zu uns geschlendert. Offenbar hat die Tochter von Caroline in ihrem Abschlussjahr angefangen, hier zu arbeiten. Sie mustert uns kurz mit einem Blick, den ich von ihrer Mutter nur zu gut kenne, und zündet die kleine Kerze zwischen uns an.

»Was kann ich euch bringen?«, fragt sie, wobei sie eher genervt als freundlich klingt.

»Gibt es das Belmont Bay Special noch?«, will Sophia wissen, ohne in ihre Karte geschaut zu haben.

»Ja, und inzwischen auch in der Veggie-Variante«, antwortet Rachel, falls das möglich ist mit einer noch deutlicheren Spur von Ablehnung.

»Super, dann nehmen wir das – oder?« Sophia sieht mich an. Mir ist es ehrlich gesagt herzlich egal, was ich esse, denn gerade geht es mir viel mehr darum, dass ich die Chance habe, ein Date mit Sophia zu haben. Und dass ich es wirklich nicht versauen will, mir aber ziemlich sicher bin, dass genau das passieren wird, weil ich einfach immer alles versaue. Ganz besonders, wenn ich es nicht will. Und dieses Date hier ist anders.

Kein heimliches Treffen, keine Teenagerversion, und auch kein Gefallen, den sie mir tut, nur weil sie denkt, sie wäre dazu verpflichtet – ein richtiges Date. Rachel verschwindet mit unserer Bestellung, und ich greife das Gespräch genau dort auf, wo wir unterbrochen wurden. »Irgendwie ist es das, oder? Alles wie immer.«

Sophia lehnt sich etwas zurück und zieht die Ärmel ihres Pullis über ihre Hände. In den Weiten der grauen Wolle scheint sie fast zu versinken. »Was meinst du?«

So vieles, denke ich. Ich meine so viele Dinge, von denen ich nicht weiß, wie ich die passenden Worte finden soll, damit sie auch nur im Ansatz versteht, warum mein Herz mit jeder Sekunde schneller schlägt. »Hast du manchmal auch das Gefühl, dass die Zeit stehen geblieben ist, ohne dass sie stehen bleibt?«

Sie rückt wieder nach vorne, und ich kann sehen, wie die winzigen Fältchen in ihren Augenwinkeln erscheinen, die mir sagen, dass sie fast lächelt. »Ich fürchte, das musst du mir näher erklären.«

Ich kann sie nicht ansehen, weil mein Herz dann so laut schlägt, dass ich meine eigenen Gedanken nicht mehr richtig hören kann. »Alles ändert sich, aber nur minimal. Das Wetter, das Jahr, die Umgebung, und trotzdem ist alles irgendwie gleich und die Veränderungen nur so minimal, dass sie einem gar nicht wie solche vorkommen, weil die eigenen Gefühle und Gedanken immer noch da sind, wo sie vor Jahren liegen geblieben sind.«

Sophia schweigt einen Moment. Sieht mich nur an, damit ich mich in dem Grau ihrer Augen verliere. In dem Sturm, der mich jetzt wie damals mit sich reißt, ohne dass ich auch nur die Chance habe, mich dagegen zu wehren. Oder es überhaupt wollte. »Wow.«

»Wow?«, echoe ich. Inzwischen hat es das Lächeln von ihren Augen auch auf ihre blassen rosa Lippen geschafft. Ein Lächeln, das die Dunkelheit meines Lebens einen Moment lang vertreibt, auch wenn ich weiß, dass sie nicht verschwunden ist. In diesem Moment, jetzt und hier, sind wir einfach nur zwei Menschen, die zusammen Herzklopfen haben und Pizza essen wollen.

»Das war gleichzeitig tiefgründig, etwas abgefuckt und mit einem Kern Wahrheit dahinter – und du glaubst, du hättest dich nicht geändert«, gesteht sie leise. Irgendwo in mir regt sich leiser Stolz, weil zumindest sie erkennt, dass ich versuche, der alten Version meiner selbst zu entkommen, doch zugleich sind so viele Zweifel in meinem Kopf, dass ich es selbst nicht glauben kann.

»Ich versuche es, aber ob ich es schaffe, ist noch mal etwas ganz anderes«, gebe ich zu bedenken.

»Nein.«

»Nein?«, wiederhole ich schon wieder.

Sophia stützt sich auf ihre Unterarme und sieht mich an. »Du hast dich schon ziemlich verändert, Arin. Du bist nicht nur oberflächlich netter geworden, sondern auch … Ich weiß nicht, wie ich es erklären soll, aber für mich bist du jetzt mehr denn je du selbst.«

Meine Augenbrauen ziehen sich zusammen, während ich in ihrem Gesicht nach einem Hinweis darauf suche, dass sie mich gerade verarscht. Aber da ist nichts. Nur ihr kleines Lächeln. »Ich glaube, das war jetzt wirklich ein Kompliment.«

Sie lacht auf. »Das war es.«

Ihre Hand greift kurz nach meiner, die auf dem Tisch liegt, ohne dass ich sie bewusst dorthin getan hätte. Fast so, als hätte mein Körper ihre Nähe gesucht, noch bevor mein Kopf dazu bereit gewesen wäre.

Die Wärme ihrer Haut ist wie ein Funken auf die lodernde Sehnsucht in mir. Doch die Berührung endet, noch ehe ich sie richtig genießen kann, denn Sophia zieht ihre Hand wieder zurück. Beladen mit einer großen Pizza und zwei Glasflaschen Cola kommt Rachel wieder zu unserem Tisch und platziert beides vor uns, ehe sie wieder ohne ein Wort der Nachfrage geht.

Ich greife mir ein Stück Pizza, die so voller Paprika und Mais ist, dass nur die extra Portion cremiger Käse verhindert, dass alles einfach herunterfällt. »Was ist mit dir?«, frage ich zwischen zwei Bissen.

Sophia weicht wieder meinem Blick aus. Obwohl wir uns eben noch so nahe waren, habe ich nun das Gefühl, als sei sie, so weit es geht, von mir abgerückt. »Was meinst du damit?«

»Wie ist es für dich, plötzlich wieder hier zu sein?«

Nachdenklich kaut sie auf ihrer Pizza herum und wischt sich mit der dunkelroten Serviette die Tomatensoße aus dem Mundwinkel, ehe sie antwortet: »Verwirrend, hauptsächlich und irgendwie seltsam … heilend.«

Fragend ziehe ich die Augenbrauen nach oben. »Was ist passiert, wegen dem du heilen musst?«

»Das Leben, schätze ich.«

Unsere Blicke bleiben einen Moment aneinander hängen, als wüssten zumindest unsere Herzen, dass wir der Wahrheit nicht immer ausweichen können. Ich schüttle sachte den Kopf und nippe an meiner Cola. »Und ich dachte, ich sei schlecht darin, meinen Gefühlen Ausdruck zu verleihen.«

Sophia zuckt mit den Schultern. »*Was ist Leben? Ein Schatte, der vorüber streicht.*«

»Das hätte Caren auch gesagt«, murmle ich und beiße mir sofort auf die Zunge, weil Caren so ziemlich das letzte Thema ist, das wir bei unserem ersten Date seit Jahren haben sollten. Aber Sophia überrascht mich wieder einmal, denn ihr Lächeln wird breiter.

»Ja, das hätte sie. Oder sie hätte gesagt: *Was sie betäubte, hat mich stark gemacht, und was sie dämpft', hat mich entflammt.*«

Lachend lehne ich mich auf der gepolsterten Bank zurück. »Das war jetzt aber genug *Macbeth* für einen Abend, denn um ehrlich zu sein, weiß ich nicht, was du mir damit sagen willst, Sophia.«

»Ich glaube, ich will sagen, dass ich nicht gut darin bin, meine Gefühle zu verstehen, und dass ich wünschte, ich könnte dir sagen, was in mir vorgeht. Aber in erster Linie spüre ich nur, dass ich durch das Leben taub geworden bin und du mich wieder in Flammen steckst«, sagt sie so ruhig und eindringlich, dass meine Kehle trotz der Cola wieder trocken wird.

»Ich stecke dich in Flammen?«, hauche ich so leise, dass ich fast glaube, sie hätte mich nicht gehört.

Sophia greift nach dem nächsten Stück Pizza, ohne mich anzusehen. Aber ich kann sehen, wie ihre Hand zittert. Ein Zittern, das auch mich erfasst hat, weil mein Körper so plötzlich von all den Gefühlen geflutet wird, die ich so oft versucht habe zu vergessen.

Gerade als ich den Mund öffne, um noch etwas zu sagen, spricht sie weiter: »Vielleicht habe ich auch nie aufgehört zu brennen, Arin. Zumindest nicht bei dir.«

Mir stockt der Atem. »Sophia …«

Mein Kopf sucht panisch nach den richtigen Worten, nach etwas, das ich darauf erwidern kann, etwas, das auch nur im Ansatz sagt, was ihre Sätze mit meinem Herzen machen. Aber nichts davon kommt heraus, ich kann nur noch dasitzen und sie ansehen.

Ihr mildes Lächeln zeigt die Spur von Verlegenheit, als wollte sie die eben gesagten Worte am liebsten wieder zurücknehmen. »Ist schon gut, du musst nichts darauf erwidern.«

Doch ehe ich Sophia sagen kann, dass ich weiß, wovon sie spricht, vor welchen Flammen und Funken und Verbrennungen sie Angst hat, kommt mir Rachel mit der Rechnung zuvor. Sophia bezahlt und greift nach ihrer Jacke.

»Aber ich brenne auch«, platzt es aus mir heraus.

Sophia stockt kurz, sie steht bereits neben dem Tisch und blickt zu mir herunter.

»Verdammt, ich brenne auch für dich, wie die Sonne den Himmel verbrennt. Mein ganzes Leben stand ich in Flammen, und noch nie war mir bewusst, dass ich nur für dich brenne.«

Meine Stimme ist mit jedem Wort lauter geworden. Ich kann Rachels fragenden Blick deutlich im Nacken spüren, aber es ist mir herzlich egal. Die ganze Stadt ist mir egal. Nur Sophia nicht. Ich mache einen Schritt auf sie zu, und sie verharrt, sieht mich an, ohne auch nur Luft zu holen. Zittrig greife ich nach ihrem Gesicht, streiche mit dem Daumen erst über ihre Wange und dann über die halb geöffneten Lippen.

Alles in mir schreit nach ihr. Nach ihrer Nähe. Ihrer Wärme. Ich will dieses Feuer. Will jede Flamme auf meiner Haut spüren, selbst dann, wenn nichts als Asche von mir übrig bleibt.

»Arin, warte …«

Augenblicklich mache ich einen Schritt zurück, lasse die Hand sinken und schlucke. Wegen der Enttäuschung, dass sie meine Nähe offenbar noch immer nicht ertragen kann. Mir noch immer nicht verzeihen kann und ich noch immer nicht beweisen konnte, dass ich besser sein kann als das, was ich einmal war. Aber ich warte, halte inne. Versuche, nicht die Grenze zu überschreiten, die sie mir eben gezeigt hat.

Sophias Blick huscht zu Rachel, die uns noch immer ansieht. Ihr Blick ist eine seltsame Mischung aus Neugier und Verachtung, die ich gerade wirklich nicht ertragen kann. Ich gehe an Sophia vorbei, durch die Schwingtür hinaus in die kalte Luft des Frühlingsabends, die sich nach all den Funken anfühlt wie eine Ohrfeige.

»Hör zu, wir können nicht …«, setzt sie an und bricht gleich darauf ab. »Gib mir noch etwas Zeit, okay?« Sie hat die Arme um ihren Körper geschlungen, und ihr Atem zeichnet sich durch sanfte Wolken in der Luft ab.

»Okay.«

Was soll ich auch sonst sagen?

Ihre Reaktion auf meine Nähe war ein mehr als deutliches Zeichen. Ich gebe mir Mühe, meinen verletzten Stolz und die Risse in meinem Herzen zu überspielen. »Schon klar, Flammen, brennen – alles Analogien für Zerstörung.«

Ich mache ein paar Schritte über den Bürgersteig, doch Sophia bleibt dicht bei mir. »Ja, das auch, aber nicht nur. Nicht du hast mich zerstört, Arin.«

»Nein, ich hab nur die Leben von anderen zerstört«, presse ich hervor und drehe mich zu ihr um.

Langsam schüttelt sie den Kopf. »So einfach ist das leider nicht. Niemand ist schuld daran, dass manche Dinge einfach schiefgehen.«

»Und trotzdem bist du noch immer wütend auf mich.«

Sie zieht den Autoschlüssel aus ihrer Jackentasche, spielt an den metallischen Ringen herum, als wüsste sie nicht, was sie mit den Händen tun soll. »Ja und nein«, gesteht sie leise. »Ich war wütend auf dich, weil du mir das Herz gebrochen hast. Nicht mit dem, was zwischen dir und Caren passiert ist, sondern weil du …« Sie schluckt kurz, weil ihr Tränen in die Augen schießen. »… weil du getan hast, als hätten wir eine Chance, und dann doch die Selbstzerstörung gewählt hast. Du wolltest all den Schmerz, weil alles um dich herum zu viel war, und dachtest, dass noch mehr Schmerz dafür sorgt, dass du allen egal wirst.«

Die Träne fällt.

Fast, als würde die Zeit kurz stehen bleiben, nur damit ich es sehen kann. Ein schimmernder kleiner Diamant aus Schmerz, der aus dem Sturm ihrer Augen auf den nackten Asphalt prallt – und dort in Vergessenheit gerät. »Ich …«

Ehe ich auch nur näher kommen kann, weicht Sophia von mir zurück und öffnet die Fahrertür des Jeeps. »Das ist es, was mir das Herz gebrochen hat, Arin. Dass du das bisschen Glück, das wir hatten, zerstört hast, aus Angst, es zu verlieren.«

Ich kann die Wut in ihrer Stimme hören. Den Schmerz. Die alten und neuen Wunden, die sie mit sich herumträgt, aber die sie mir niemals zeigen kann, weil ich keiner von den Guten bin, sondern einer der bösen Jungs. Jemand, der diesen Schmerz gegen sie verwenden würde, wenn er glaubt, dass es nötig ist. Jemand, der brennt und brennt und den kein Sturm jemals daran hindern kann, weiter zu brennen, bis er selbst und alles um ihn herum zerstört wurde.

»Danke für die Pizza«, brumme ich und gehe, bevor ich etwas tue, das uns beide nur noch mehr verletzt.

20

ARIN

Damals

Ich wollte so tun, als wäre das zwischen uns nichts. Nur eine Phase. Nur etwas Spaß. Nur etwas Nähe. Aber für mich ist es mehr als das, und ich weiß nicht, wie ich dir sagen soll, dass ich mich in dich verliebt habe.

Sophias Worte hallen in meinem Kopf nach, weil ich nicht weiß, wie ich darauf reagieren soll. Die Bibliothekarin wirft mir einen strengen Blick zu, als ich durch die Schwingtür gehe. Offenbar hatte sie gehofft, mich nicht so schnell wiederzusehen.

Ich schenke ihr ein breites Grinsen, von dem ich hoffe, dass es ihr in angemessener Form sagt: »Fick dich.«

Caren sitzt an ihrem üblichen Platz. Vor ihr türmen sich Bücher, und sie hat die Kopfhörer ihres Handys in den Ohren, doch ihr Blick gleitet nach draußen. Ich verharre einen Moment im Raum, nur um sie anzusehen.

Das blonde Haar hat sie zu einem Pferdeschwanz gebunden, aber einige Strähnen locken sich um ihr ovales Gesicht. Was mich verharren lässt, sind ihre Augen – die abgrundtiefe Traurigkeit, mit der sie in die Ferne blickt, als könnte sie nur so von einer Zukunft träumen, die sie vor der Gegenwart rettet.

Ich schlucke, weil ich plötzlich nicht mehr weiß, warum ich eigentlich hier bin und wieso ich nicht einfach gehe – ehe Caren auch in meinen Abgrund blicken kann. Aber es ist zu spät. Ihr Gesicht dreht sich in meine Richtung. »Was machst du hier?«

Eine verdammt gute Frage, und ich bin mir nicht sicher, ob wir beide die Antwort darauf wirklich hören wollen. »Ich denke, ich wollte mich entschuldigen.«

Mit zwei Schritten bin ich neben ihr und lasse mich auf den Stuhl zu ihrer Rechten sinken.

»Was denn nun? Wolltest du dich entschuldigen oder nicht?«, murrt sie und legt den Kopf schief, während sie mich anfunkelt. Von oben bis unten. Von meinen offenen Boots über die zerrissene Jeans und das zerknitterte Shirt bis hin zu meinen Augen, bei denen sie einen Moment verharrt.

»Mann, Caren. Manchmal ist es echt schwer, dich zu mögen.«

Irgendwie gelassen und genervt gleichzeitig verschränkt sie die Arme vor der Brust. »Ich kann deine Entschuldigung erst annehmen, wenn du sie auch ausgesprochen hast – das ist dir doch klar, oder?«

Ich schlucke. »Tut mir leid, dass ich …«

»Nein, mir tut es leid«, unterbricht sie mich. »Conner ist ziemlich eifersüchtig im Moment, ich denke, er hat Angst davor, was aus uns wird, wenn die Highschool vorbei ist, und dass er dich nicht sonderlich gut leiden kann, hat das Ganze nur noch verstärkt. Und ich hätte etwas sagen sollen, statt zuzulassen, dass er dich so behandelt.«

Vor Überraschung reiße ich die Augen auf. »Damit habe ich jetzt nicht gerechnet.«

Ein mildes Lächeln umspielt Carens schmale Lippen. »Die Menschen würden dich öfter überraschen, wenn du mal anfängst, ihnen zuzuhören.«

Ich will ja zuhören, aber manchmal schreit die Dunkelheit in mir so laut, dass ich nichts anderes mehr hören kann, und je länger ich neben Caren sitze, desto mehr glaube ich, dass sie dieses Gefühl ebenso kennt. »Und wieder ein guter Rat von der großartigen Caren.«

Sie lacht auf. »Schleim nicht rum.«

Einen Moment schweigen wir, dann frage ich, was ich längst fragen wollte, auch wenn es die ganzen verwirrenden Pheromone in mir noch mehr dazu bringt, gegen die Wände meines Herzens zu rennen. »Hat Sophia sich bei dir gemeldet?«

Carens Augen blitzen auf. »Nein, aber offenbar denkt sie, dass da was zwischen uns war – und mehr als Mathe«, erklärt sie, und irgendwo zwischen all den Worten hängt etwas in der Luft, das weder gelogen noch wahr ist und doch beides zugleich.

»Und was hast du ihr gesagt?«, will ich wissen.

Caren mustert mich, saugt jede noch so kleine Regung meines Gesichts auf, als könnte sie sehen, was nicht einmal ich verstehe. »Die Wahrheit?«

»Dass jeder meinem Bad-Boy-Charme erliegt?«, frage ich scherzend.

»Und du wunderst dich, warum du es immer wieder versaust.«

»Nein, ich würde mich wundern, wenn ich es nicht versauen würde«, gestehe ich, denn die Wahrheit ist, dass es mir Angst macht, wie sehr ich Sophia mag. Wie oft ich an sie denken muss und wie sehr sie mir fehlt, obwohl das zwischen uns gar nicht passieren kann. Gar nicht wirklich real sein kann. Nicht von Bestand.

»Scheiße, Arin«, schnaubt sie. »Das ist doch wirklich nicht so schwer. Du magst sie, sie mag dich. Und ihr habt dieses heimliche Sexding am Laufen und schreibt euch ständig Liebesbriefe, die ihr nur anders nennt, weil ihr Angst habt.«

»Dir entgeht auch nichts, oder?«

»Na ja, doch. Aber ich kenne Sophia seit der Grundschule«, meint sie gelassen. Und in mir zuckt etwas, denn dieser unscheinbare Satz sagt mir, dass zumindest Caren etwas auftaut – und dass meine Hoffnung, dass sie der Schlüssel wird, damit ich Sophia wirklich für mich gewinne, zumindest in greifbare Nähe kommt.

»Dann solltest du mir vielleicht lieber Nachhilfe über Sophia geben«, brumme ich in mich hinein.

Aber Caren schüttelt den Kopf. »Träum weiter.«

So viel zu meiner Hoffnung, aber immerhin fühlt es sich dennoch so an, als würde Caren mich nicht mehr hassen. Und auch wenn ich weiß, dass es mich nicht freuen sollte, tut es das. »Caren?«

»Ja, bitte?«

»Ich kann dich gut leiden.«

»Danke. Auf absurde Art geht es mir ähnlich.«

Wir sehen uns an, und zeitgleich wandern unsere Mundwinkel

nach oben, als würden wir verstehen, was alle anderen in diesem Raum nicht sehen können. Ich beuge mich etwas nach vorn, stütze mich auf den Ellbogen auf dem Tisch ab und bette mein Kinn in die Hände. »Conner ist echt eifersüchtig auf mich?«

Caren verdreht die Augen, dann greift sie nach dem Buch, das sie offenbar gerade lesen wollte, und wirft es in ihren Rucksack, während sie redet. »Ich war in der sechsten Klasse etwas verknallt in dich, und Sophia ist das mal rausgerutscht, irgendwie ist er seitdem komisch.«

Nichts an ihrem Tonfall lässt darauf schließen, dass sie mich schockieren wollte, aber ich starre sie an, als hätte sie mir gerade gestanden, dass sie eine Bank überfallen hat. »Du warst verknallt in mich?«

Ihre Hände greifen nach dem Hefter, auf dem eine Reihe von Notizen steht, ehe sie auch diese in den Rucksack wirft. »Ja, und ich dachte früher auch, ich würde irgendwann mal Justin Bieber heiraten. Also solltest du dir darauf echt nichts einbilden«, meint sie und erhebt sich von ihrem Stuhl, um die restlichen Bücher auf dem Bücherwagen abzulegen.

»Aber … du stehst auf mich«, murmle ich etwas leiser, um den neugierigen Blicken um uns herum nicht noch mehr Zündstoff zu geben, während ich aufstehe und mich neben Caren stelle. Und irgendwas macht sie mit mir. Diese Nähe. Dieses Gespräch. Die Tatsache, dass ein Mädchen wie sie, das alle Schattenseiten von mir kennt, mich nicht sofort wegstößt. Zumindest nicht wirklich.

Sie dreht sich zu mir um. »Stand, Arin. Vergangenheitsform.«

Wir sind uns so nahe, dass ich ihr schwaches Parfum riechen kann und jede der kleinen Sommersprossen auf ihrem Gesicht erkenne, die wie eine Spur aus winzigen Sternen auf ihrer Nase verteilt sind. »Aber du findest mich immer noch scharf?«, hauche ich mit einem Anflug eines Grinsens.

»Willst du jetzt wirklich diese Form der Bestätigung von mir?«

»Keine Ahnung, Caren. Gerade jetzt weiß ich nicht, was ich will, aber ich muss ständig auf deine Lippen schauen.«

Caren drückt mich von sich weg und schultert ihren Rucksack. »Heb dir deinen Charme für Sophia auf.«

»Autsch«, brumme ich und mache mich dran, ihr hinterherzulaufen.

»Ach komm, du magst es doch, von mir einen Korb zu bekommen«, gibt sie scherzend zurück, als ich wieder zu ihr aufgeschlossen habe.

Lachend laufe ich neben ihr her. »Irgendwie schon, stimmt.«

An ihrem Spind bleibt sie stehen. In ihrem Gesicht kann ich nichts ablesen, ich habe keine Ahnung, welche Gedanken hinter ihrer Stirn kreisen. Darum kann ich meine erneute Überraschung auch nicht verbergen, als sie fragt: »Was machst du heute noch?«

»Ich wollte zu den Jungs.«

Sie lehnt sich an die Schließfächer und betrachtet mich. »Hm.«

»Hm?«

Caren nimmt meine Hand. »Ich hab eine bessere Idee, komm mit.«

»Was hast du vor?«

»Vielleicht will ich dir zeigen, dass es kein Gut und Böse gibt, sondern nur Graustufen, und wir sind alle grau, Arin. Auch ich.«

Und dann zieht sie mich mit sich – ohne dass ich ahne, dass dies der schlimmste Fehler meines Lebens wird.

ARIN

Jetzt

Es gibt Momente, in denen man glaubt, schon auf dem harten Boden der Realität aufgeschlagen zu sein, nur um wenige Minuten später in ein Loch zu fallen, das so tief ist, dass man nicht einmal mehr den Schimmer einer Hoffnung sehen kann.

»Was tust du hier?«

Meine Stimme klingt nicht nach mir, zu heiser, zu leise – und die Wut, die so oft dafür gesorgt hat, dass ich weitermachen kann, ist nicht mehr als ein lauer Hauch, erstickt von einer erdrückenden Müdigkeit, während ich meiner Mutter in die Augen sehe.

Sie schiebt das blondierte Haar hinter ihre Ohren, während sie sich über die Nase wischt. »Lass mich bitte rein.«

Mit einem Schritt versucht sie, in meinen Trailer zu gelangen, aber ich halte die Tür fest geschlossen und bewege mich keinen Zentimeter. »Nein.«

Ihre dunklen Augen verengen sich so stark, dass die lederne Haut in ihrem Gesicht überall Falten schlägt, als wollte sie damit ihre Missachtung noch unterstreichen. Mit geraden Schultern sieht sie mich an. »Was?«

Ein Teil von mir will einfach zur Seite treten, einfach weglaufen und ihr überlassen, was auch immer sie will, solange ich dafür nicht länger in ihre Augen blicken muss. Aber der andere, deutlich leisere Teil weiß, dass ich diesen Kampf so nicht gewinnen werde. Sie wird nicht wieder gehen, und ich kann nicht weg, denn auch wenn dieser Trailer nicht gerade ein Zuhause ist, ist er doch alles, was ich habe. Meine einzige Sicherheit. Und nach dem heutigen Tag kann ich die nicht auch noch verlieren.

Also schlucke ich, versuche jedes Wort bedacht und bestimmt auszusprechen, so wie ich es mit Joline geübt habe. »Mom, bitte geh wieder.«

Falls das überhaupt möglich ist, werden die Falten noch tiefer. Doch nun gesellt sich auch noch ein missbilligender Zug um ihre Lippen dazu. »Ich bin deine Mutter.«

»Ja, ist mir aufgefallen.«

»Lass mich rein.«

»Nein.«

Fast wäre ich stolz auf mich, weil ich standhalte. Weil ich es schaffe, mich nach all den Jahren gegen sie zu wehren, und weil ich anwende, was Joline mir in den letzten Monaten beigebracht hat. Nur komme ich gar nicht dazu.

Stattdessen spüre ich einen heftigen Schmerz im Magen und sacke sofort in die Knie, während meine Mutter ihre Faust schüttelt, als sei sie es nicht mehr gewohnt, andere Menschen zu verprügeln.

Nach Luft japsend, rolle ich mich auf den Boden, während sie sich durch die halb offene Tür in meinen Trailer schiebt. »Na also, geht doch.«

Sie wirft ihre Tasche auf den Boden und durchquert den kleinen Raum mit ein paar Schritten. Dann stemmt sie die Hände in die Hüften und schüttelt den Kopf, als sei es eine Zumutung, dass ich ihr nichts Besseres gebe.

»Was willst du?«, stammle ich und versuche, wieder auf die Beine zu kommen. Ihr Blick fixiert mich, wie ich mich an den kleinen Tisch setze. Mein Körper schreit noch immer, aber viel schlimmer als die Schmerzen ist das Gefühl, dass ich verloren bin.

Meine Mutter zuckt mit den Schultern. »Ich brauch was zum Schlafen.«

»Du kannst nicht hierbleiben«, sage ich leise und schüttle den Kopf, weil ich versuche, nicht zu weinen, denn ich weiß, dass sie das als Schwäche lesen würde. Und dann kann ich erst recht nichts mehr gegen sie ausrichten.

»Wer sagt das?«, fragt sie mit einem gefährlichen halben Lächeln.

»Das ist mein Trailer.«

»Tja, und jetzt ist es unserer.«

»Aber ich sagte …«

»Es ist mir völlig scheißegal, was du sagst, Arin«, faucht sie und verengt die Augen. »Du bist mein Sohn, was dir gehört, gehört auch mir. Oder was willst du tun, um mich hier rauszubekommen? Hä?«

»Ich …«

Sie kommt so schnell näher, dass ich es nicht verhindern kann, zusammenzuzucken. Und in dem Moment wird mir vollends bewusst, dass ich verloren habe.

»Du was?«

Ich schweige, weil ich nicht weiß, was ich sonst tun soll.

»Na also«, sagt sie triumphierend und marschiert zum Kühlschrank. »Hast du kein Bier da?«

In meinen Fingerspitzen beginnt es zu kribbeln, als würden Tausende Ameisen unter meine Haut wandern. »Ich trinke nicht mehr.«

»Dein Ernst?«

»Ich bin seit fast sieben Monaten clean, Mom«, bringe ich hervor, obwohl ich schon weiß, dass es ein Fehler ist, darüber zu reden.

»Wow, na hol dir nicht gleich einen auf deinen Erfolg runter, mein

Junge«, schnaubt sie verächtlich. »Diese Phase geht auch wieder vorbei.«

»Ich will aber nicht, dass sie vorbeigeht.«

»Ist ja gut, ich will nicht streiten«, sagt sie und gibt vor, beschwichtigend zu sein. »Wir sind eine Familie, oder hast du das vergessen? Wir halten zusammen.«

Zusammen.

Das klingt aus ihrem Mund wie die pure Hölle, und der Schmerz ihres Schlags pocht noch immer in meiner Magenkuhle. »Und das zeigst du, indem du mich schlägst?«

Für den Bruchteil einer Sekunde bröckelt etwas in ihrem Gesicht. Ich kenne diesen Ausdruck. Die Reue. Ich habe sie schon so oft gesehen, und doch reagiere ich wie jedes Mal: Indem ich den Stich des schlechten Gewissens spüre, als sei es meine Schuld, dass sie mich geschlagen hat, weil ich nicht getan habe, was sie wollte. Keine fünf Minuten, und ich kann die Muster, die sie mir antrainiert hat, nicht wieder loswerden.

Meine Mutter richtet sich langsam auf und setzt sich zu mir an den Tisch. »Okay, das war nicht die feine Art«, gesteht sie und gibt sich dabei großmütig. »Ich weiß nicht, wo ich sonst hinsoll, Arin. Willst du mich wirklich rauswerfen?«

Ich blicke nach draußen, denn ja: Das will ich. Will sie vor die Tür setzen und dafür sorgen, dass sie nie wieder einen Schritt in meinen Trailer macht, aber gerade hat es wieder angefangen zu schneien.

»Nur für heute Nacht«, sage ich also und wünsche mir fast, dass sie mich noch einmal schlägt, weil das weniger schmerzhaft wäre.

»Höchstens ein paar Tage«, setzt sie dazu. »Oder eine Woche oder zwei.«

Mit letzter Kraft zwinge ich mich, ihr fest in die Augen zu sehen. »Nur heute Nacht.«

»Wow, bist ein richtig harter Hund geworden, seit ich weg war, was?«

Wieder schweige ich. Sie würde es ja doch nicht verstehen.

»Also, besorgst du uns ein Bier? Zur Feier des Tages?«

Kopfschüttelnd blicke ich nach draußen. »Nein, du kannst einen Tee haben.«

21

SOPHIA

Das Wetter ist so launisch, dass ich mich langsam frage, ob wir den Frühling komplett überspringen. Gestern Nacht fiel noch Schnee, nun scheint die Sonne so intensiv, dass der große schwarze Hoodie mir fast schon zu warm ist, während ich auf der Veranda stehe.

Der geschmolzene Schnee hat kleine Tropfen auf dem Löwenzahn auf der Wiese hinterlassen, der seine Blüte in die Sonne streckt. Sogar die Insekten sind bereits unterwegs, als würden auch sie sich nicht von den ständigen Wintereinbrüchen abhalten lassen wollen.

In einem Zug leere ich den Kaffeebecher in meiner Hand und lasse ihn auf der kleinen Treppe stehen, ehe ich zum Schuppen laufe, aus dem leise Musik dringt. »Hallo?«

»Hier hinten«, höre ich Arins Stimme und schiebe die Schuppentür weiter auf, um vollständig einzutreten. »Wo bist du?«

Er kommt so plötzlich unter dem Auto hervor, dass ich zusammenschrecke. »War das wirklich nötig?«, frage ich lachend.

»Dein Gesichtsausdruck war unbezahlbar.« Er steht auf und wischt sich die öligen Hände an seiner Jeans ab, wo sie schmierige Flecken hinterlassen.

»Sind wir jetzt wieder zehn, und du springst hinter Bäumen hervor, um mich zu erschrecken?« Sein zerzaustes Haar und das knitterige Shirt unterstreichen seinen Bad-Boy-Charme noch mehr. Der Geruch von Öl und Staub vermischt sich mit dem seines Körpers und hinterlässt ein Prickeln in meinem Inneren.

»Vielleicht.«

Ich trete einen Schritt zurück, um den Gedanken und dem Prickeln etwas zu entfliehen, und verschränke die Arme vor der Brust. »Untersteh dich.«

Er legt das Werkzeug zur Seite. »Hast du mich gesucht?«

»Ja, also ich meine, nein, nicht direkt«, sage ich und nestle an meinen Fingernägeln herum, während ich versuche, nicht rot zu werden. Es erscheint mir absurd, dass er nach all den Jahren noch immer die gleiche Wirkung auf mich hat. Immer noch das gleiche Klopfen meines Herzens auslöst – und zugleich würde ich es unfassbar vermissen, wenn es anders wäre.

»Sondern?«

»Ich wollte Danke sagen«, gestehe ich etwas unbeholfen.

Seine Augenbrauen ziehen sich zusammen. »Wofür?«

»Dass du meine Grenzen beachtet hast.«

»Sollte das nicht selbstverständlich sein?«, fragt er und lehnt sich gegen die Werkbank. Der Ausdruck in seinem Gesicht verfinstert sich etwas, aber ich kann nicht ausmachen, woran es liegt.

»Schon, aber ich weiß auch, dass du …«

»… ein übergriffiges Arschloch auf Drogen warst?«, schnaubt er so plötzlich, dass ich zusammenzucke.

»So hätte ich es nicht ausgedrückt.«

»Solltest du aber«, sagt er und dreht mir den Rücken zu, während er etwas in dem Werkzeugkoffer meines Grandpas sucht.

Verwirrt starre ich ihn an. »Was?«

Er hält kurz inne, sieht mich aber nicht an. »Ich bin keiner von den Guten, Sophia. Ich bin nicht einmal nahe dran. Es gibt tausend Dinge, die ich falsch gemacht habe. Und noch viel mehr, als du weißt.«

Jedes seiner Worte hinterlässt eine brennende Spur auf meiner Seele.

»Wieso sagst du das?«, murmle ich leiser.

Arins Körper versteinert. Er hat die Hände auf der Werkbank abgestützt, als müsste er sich an etwas festhalten, um nicht ins Straucheln zu geraten. Noch einmal atmet er tief durch, dann sagt er: »Weil ich nicht will, dass du vergisst, mit wem du hier sprichst. Und ich will nicht, dass du dich für etwas bedankst, das eine Selbstverständlichkeit sein sollte, nur weil ich früher einen Scheiß auf die Grenzen anderer gegeben habe«, führt er aus. Nicht wütend oder bösartig – nur bestimmt. Als sei ihm vollkommen klar, was er getan hat und warum es das Gegenteil von okay war. »Die Wahrheit ist wohl, dass ich dir am liebsten wieder einen Brief schreiben würde, damit ich mich dahinter verstecken kann, denn dir in die Augen zu sehen, während ich Angst davor habe, rückfällig zu werden, ist einfach zu schwer.«

Und obwohl ich weiß, dass er all das sagt, um mich von sich zu stoßen, gehe ich einen Schritt auf ihn zu. So wie ich es immer getan habe, weil ich einfach nicht anders kann. Weil dieses Band zwischen uns nicht verschwindet, nur weil es einfacher wäre. »Du hast dich wirklich verändert«, flüstere ich lächelnd.

Arin schüttelt den Kopf. »Nein, aber ich geb mir Mühe.«

»Das ist schon mehr, als die meisten tun.«

Er wirft mir einen Blick über seine Schulter zu und lässt mich seinen Schmerz sehen, den er so sehr zu verstecken versucht. »Nur ändert es auch nichts mehr, oder?«

Mein Herzschlag gerät ins Stolpern. »Was meinst du?«

Er seufzt und dreht sich langsam zu mir um. »Komm schon, Sophia, du weißt, was ich meine. Hätte ich nicht versucht, mich an Caren ranzumachen, obwohl klar war, dass sie das nicht will, wäre sie nicht tot.«

»Das wissen wir nicht«, sage ich leise.

»Du musst mich nicht in Schutz nehmen.« Arin schüttelt den Kopf, ganz so, als könnte er nicht glauben, dass ich versuche, dieses Feuer zu löschen, obwohl ich längst mittendrin stehe.

»Mache ich nicht«, sage ich schnell. »Ich sage nur, dass du die Vergangenheit nicht mehr ändern kannst, aber du bist *gerade* dabei, dich zu ändern. Und das erkenne ich an.«

Seine Mundwinkel zucken nach oben. »Warum fühle ich mich jetzt, als sollte ich Danke sagen?«

Die Hitze wird weniger, die Schmerzen dumpfer, und auch ich schaffe es, ein kleines Lächeln zuzulassen. »Also eigentlich wollte ich darauf hinaus, dass du dieses Gespräch nicht mit mir führen solltest, sondern mit Conner, aber fürs Erste nehme ich auch gerne ein Danke von dir.«

Arin verdreht die Augen. »Bist du deswegen hier? Hat Conner dich geschickt?«

»Du weißt genau, dass er das nicht tun würde. In Sachen Sturheit liegt ihr beide ziemlich auf einer Ebene.«

»Er steht auf meiner Liste«, gesteht Arin etwas leiser.

»Deiner Liste? Muss ich jetzt Angst bekommen?«, scherze ich und komme etwas näher, bis auch ich mich an der Werkbank festhalten kann, um nicht noch näher an Arin herangezogen zu werden.

In seinen Augen flackert es. »Die Liste von Punkt neun.«

Da erst macht es klick in meinem Kopf. »Ah, die Entschuldigung.«

»Ja.«

»Und was genau hält dich davon ab?«, frage ich vorsichtig, obwohl ich bereits weiß, was er sagen wird.

»Du meinst, außer, dass er mich umbringt, wenn ich mich seinem Haus oder Mia nähere?«

»Ich kann mitkommen, wenn du willst«, schlage ich vor. Conner hat all die Dinge aus unserer Schulzeit genauso wenig verwunden wie wir, aber er bemüht sich, und ich bin sicher, dass es nicht nur Arin helfen würde, sich zu entschuldigen. Obwohl Caren schon seit so vielen Jahren verschwunden ist, liegt ihr Schatten noch immer auf dieser Stadt und der Schmerz in unseren Herzen.

»Nett gemeint, aber wir wissen beide, dass es das nur schlimmer machen würde«, murmelt er und fährt sich wieder durch die Haare, doch statt seine Frisur damit zu retten, zerzaust er sie nur noch mehr.

Ich weiche seinem Blick aus. »Wahrscheinlich.«

»Aber du kannst mir mit einem anderen Punkt helfen.«

»Klar, schieß los.«

Wieder dieses Flackern in seinen Augen. Wie eine Flamme, die durch einen Luftstoß ins Wanken gebracht wird. Ich wende mich ihm zu, sehe ihn an und versuche, zwischen all dem Schmerz und der Dunkelheit nicht das Licht in ihm zu verlieren.

Plötzlich ist seine coole Fassade nicht mehr zu erkennen. Stattdessen wirkt er nervös, fast schon schüchtern, während er in seine Hosentasche greift und ein zerknittertes Blatt Papier hervorzieht. Ich ahne, was gleich passieren wird, aber mein Herz ist trotzdem nicht darauf vorbereitet. Nicht darauf, wie sehr Arins Hände zittern, und nicht auf den Klang seiner dunklen Stimme, die mit jedem Wort mehr Gefühle in mir entfacht.

»Sophia, ich ... Es tut mir leid. Dass ich das zwischen uns zerstört habe, obwohl es mir mehr bedeutet hat, als ich selbst wusste. Dass ich und Caren ... Dass das passiert ist und dass du es gesehen hast. Und es tut mir auch leid, dass ich mit deinen Gefühlen gespielt habe – und dass ich zu feige war, um zu meinen eigenen zu stehen, als es darauf ankam ... und ...«

So viele Worte. So viel Schmerz. Und so viele Dinge, die wir niemals mit Worten ausdrücken können. Und doch hat mich jedes Wort näher an Arin herangetrieben, dafür gesorgt, dass ich ihm näher sein will. Damit er sieht, dass sein Schmerz auch mein Schmerz ist. »Es ist okay.«

Unsere Körper rücken näher zusammen, als könnten sie der Anziehungskraft zwischen uns nicht länger widerstehen, und doch scheuen sie die letzten Millimeter. Mein Zeigefinger verharrt einen Bruchteil zu lang auf seiner Unterlippe, ehe ich die Kraft finde, meine Hand wieder zurückzuziehen. »Es ist okay«, wiederhole ich, um nicht nur ihn, sondern auch mich selbst davon zu überzeugen.

Aber er schüttelt den Kopf. »Nein, nein, das war es nicht.«

»Stimmt«, sage ich knapp. »Aber jetzt ist es das. Ich habe dir längst verziehen, Arin. Wir waren Teenager, und nicht gerade die klügsten, wenn ich das so sagen darf. Keiner von uns beiden hat sich mit seinem Verhalten mit Ruhm bekleckert. Und mir tut es auch leid.«

Sein Mund öffnet sich leicht, während ich eine Hand auf seine Brust lege und spüre, wie sein Herz ebenso schnell schlägt wie mein eigenes. »Was sollte dir denn leidtun?«, haucht er und neigt den Kopf in meine Richtung.

Wir sind uns so nahe, dass ich kaum noch einen klaren Gedanken fassen kann. Mein Blut wird von Hitze geflutet, der ich weder entkommen kann noch will – und es doch muss, weil ich noch nicht bereit bin. Wir noch nicht bereit sind.

»Dass ich, als es darauf ankam, auch nicht mutig genug war, zu meinen Gefühlen für dich zu stehen. Dass ich zugelassen habe, dass alle dir die Schuld geben, und dich dann einfach allein gelassen habe. Und dass ich dir gesagt habe, dass ich dich liebe, obwohl ich nicht weiß, ob wir jemals zusammen sein können«, erkläre ich sanft. Und dann gehe ich, damit er die Tränen in meinen Augenwinkeln nicht sieht und ich dem Drang widerstehen kann, ihn zu küssen, bis jeder Schmerz vergessen ist.

Immer und immer wieder gehe ich einfach weg – weil das einfacher ist, als sich dem Chaos in meinem Inneren wirklich zu stellen.

22

ARIN

Damals

Der süße Duft der Blumen vermischt sich mit dem des Waldbodens, während Bienen und Schmetterlinge sich auf weißen, roten und gelben Blüten niederlassen und die Luft mit ihrem Summen erfüllen. Caren sitzt inmitten der Gräser. Ihr Haar glänzt in der Sonne, während sie den Blunt in ihrer Hand zusammenrollt.

»Ich glaub's ja nicht«, murmle ich und blinzle.

Ihr Lächeln ist eine einzige Herausforderung. »Was, dass ich weiß, wie man einen Joint dreht?«

Wir sind allein auf dem kleinen Hügel. Um uns herum gibt es nur Blumen und den Waldrand, der kaum genügend Schatten spendet. »Ja.«

Sie zuckt mit den schmalen Schultern. »Es hilft mir beim Entspannen«, gibt sie zu, und auf absurde Art passt es. Alles, was ich von Caren mitbekommen habe in den letzten Jahren, war Perfektion. Perfekte Theaterdarstellungen, perfekte Noten, perfekte Vorbereitung auf ein Stipendium, perfekte Familie, der perfekte Freund in der Highschool. So viel Perfektion muss sie unfassbar viel Kraft kosten, und ich habe bisher nie darüber nachgedacht, ob sie für all die Erfolge auch etwas verliert.

»Jetzt sieh mich nicht so an«, stöhnt sie, lächelt dabei aber noch immer.

»Wie denn?«

»Als würde ich dein Weltbild erschüttern.«

Nur dass sie genau das tut. »Fuck, Caren. Ich kann nicht glauben, dass du uns gerade einen Joint drehst und so tust, als sei das völlig normal«, sage ich lachend. Keine Ahnung, was ich erwartet habe, aber ganz sicher nicht, dass sie mich mit zu ihrem Lieblingsplatz in Belmont Bay nimmt, damit wir zusammen high sein können.

Und auch wenn ich weiß, dass es albern ist, imponiert es mir auf absurde Art. Ich dachte immer, sie sei eines dieser Vorzeigemädchen. Aber wieder einmal hat sie mir gezeigt, dass die meisten Dinge unter der schönen Oberfläche doch abgefuckter sind, als wir glauben. Oder wissen wollen.

Caren sieht blinzelnd zum Himmel hinauf. »Manchmal wird mir die Welt einfach zu laut«, gibt sie zu. »Ich hab das Gefühl, dass ich immer nur einer Zukunft hinterherlaufe und niemals stehen bleiben darf, um das zu sehen, was gerade da ist.«

»Ist das deine blumige Art, mir zu sagen, dass Kiffen dein Ausgleich für den Leistungsdruck ist?«

Sie verdreht die Augen. »Die Legalisierung von Gras empfinde ich als unproblematischer, als dass wir mit achtzehn Waffen kaufen dürfen und mit einundzwanzig Alkohol.«

Jetzt muss ich lachen. »Du bist also ein Hippie?«

»Ja, wahrscheinlich schon«, gibt sie lächelnd zu und zündet den Joint an. Sofort wird der Duft des brennenden Weeds durch die Luft gewirbelt. »Andere putschen sich vor den Abschlussprüfungen oder dem Cheerleader-Training auf, ich brauche etwas, damit ich endlich aufhören kann, immer nur etwas zu tun. Immer zu lernen oder an mir selbst zu arbeiten.«

Ich weiß nicht, was ich dazu sagen soll, denn zwischen diesen Sätzen schwingt eine Einsamkeit mit, die ich nur zu gut kenne. Manchmal ist man umgeben von Menschen einsamer, als wenn man allein zwischen den Bäumen der endlosen Wälder von Idaho steht. »Weiß Conner, dass du manchmal kiffst?«, frage ich vorsichtig.

Ihr Gesicht wird härter, und ihr Lächeln verschwindet, ganz so, als würde allein der Gedanke an die Menschen, die ihr doch eigentlich am nächsten sind, jede Sonne von dem kleinen Hügel rauben. »Nein, und Sophia auch nicht, also wäre ich dir sehr verbunden, wenn du es für dich behältst.«

»Werde ich«, antworte ich schnell, weil ich nicht will, dass diese zarte Verbundenheit zwischen uns sich gleich wieder auflöst. Und Caren scheint das auch nicht zu wollen. Sie rückt etwas näher an mich heran.

»Gut, denn ich teile sonst nicht mit dir.«

»Das ist absolut schräg«, wiederhole ich lachend.

»Weißt du, ich kann es verstehen. Dass du Drogen nimmst, meine ich. Manchmal ist es einfacher, die Welt um einen herum auszuschalten und an nichts anderes mehr denken zu müssen als den eigenen Herzschlag«, meint sie und zieht an dem Joint, ehe sie den Rauch tief in die Lunge atmet. Sie reicht ihn mir, und unsere Finger berühren sich. Nur kurz, aber genug, um den Wunsch in mir zu wecken, sie mehr zu berühren.

»Ich mach es nur für den Spaß«, behaupte ich und sauge ebenfalls an dem Joint, nur um gleich darauf einen schrecklichen Hustenanfall zu erleiden, der Caren zum Kichern bringt.

»Jetzt sag mir nicht, du rauchst sonst nicht.«

»Um ehrlich zu sein, finde ich es eklig«, gestehe ich und reiche ihr den Joint wieder.

»Tatsächlich?«

Ich nicke. »Ja, alle in meiner Familie rauchen. Ich hasse den Geruch.«

Sie legt den Kopf schief und sieht mich an. »Das wusste ich nicht.«

»Darum mag ich Bier lieber, oder Pillen«, sage ich und merke erst da, wie wahr dieser Satz ist. Ich war nie einer von denen, die mit Zigaretten und Joints eingestiegen sind. Allein von dem Geruch wird mir übel. Doch jetzt und hier mit Caren ist es anders.

Sie hält den Joint zwischen Mittel- und Zeigefinger und streckt ihn mir entgegen. Ich recke das Kinn etwas, um ihr zu bedeuten, dass ich einen erneuten Zug nehmen will. Meine Lippen berühren die zarte Haut ihrer Finger, als ich den Rauch inhaliere, dieses Mal ohne Hustenanfall.

»Du solltest das lassen … mit den Pillen, meine ich«, murmelt sie etwas leiser.

»Deine Moralpredigt hat wenig Wert, wenn du dabei kiffst.«

»Die Abhängigkeit von Gras ist nicht vergleichbar mit der von Betäubungsmitteln«, kontert sie und sieht mich ernst an.

»Machst du dir etwa Sorgen um mich?«, will ich neckend wissen und streiche mit einem Finger über ihre Knie, wobei mir nicht verborgen bleibt, dass sie erschaudert. Nicht auf die Art, die ich sonst gewohnt bin. Da ist kein Ekel, keine Abscheu. Wir verstehen einander.

»Ein bisschen vielleicht«, gesteht sie.

Wir lassen uns ins Gras fallen, den Blick in den strahlend blauen Himmel gerichtet, an dem die wenigen weißen Wolken abstrakte Formen bilden. Meine Hand liegt neben der ihren, und obwohl wir einander nicht berühren, kann ich trotzdem spüren, dass sie es will. Dass sie diese Verbundenheit auch fühlt. Und dass ihre Finger nach meinen tasten.

»Hm«, mache ich, als unsere Finger einander umschließen.

Caren dreht den Kopf zu mir. »Spuck's schon aus, Arin.«

»Du verwirrst mich«, gestehe ich leise, was sie nur noch mehr zum Schmunzeln bringt.

»Wir sind Teenager, du brauchst mich nicht, um dich zu verwirren.«

»Du sendest mir verwirrende Signale«, stelle ich noch einmal klar, während unsere Hände einander streicheln. Ich rolle mich auf die Seite, um sie besser sehen zu können, sie besser verstehen zu können und diese seltsame Nähe, von der ich immer mehr will.

Caren tut es mir gleich und sieht mich lächelnd an. Ein Marienkäfer sitzt auf ihrem Haar, während die Sonne zwischen den Gräsern hindurchblitzt. »Ach ja?«

»Erst hilfst du mir, dann sagst du, ich muss mich ändern, dann, dass du mal auf mich standest, und jetzt liegen wir hier zwischen den Blumen und kiffen zusammen.«

Sie streckt eine Hand nach meinem Gesicht aus, streichelt über meine stoppeligen Wangen und sieht auf meine Lippen. »Ich sehe da nichts Verwirrendes.«

»Ja, weil du stoned bist«, gebe ich zu bedenken. Ihre Pupillen sind trotz der Sonne groß und dunkel, ziehen mich an und stoßen mich zugleich ab – nur damit ich mich in sie hineinfallen lassen kann.

»Du doch auch.«

»Das stimmt zwar, aber ich bin auch unabhängig davon verwirrt«, hauche ich, ohne mich ihren Berührungen zu entziehen.

»Kennst du diese kleine Stimme? Die, die dir Dinge einflüstert, von denen du weißt, dass sie falsch sind, aber die du trotzdem irgendwie tun willst?«, fragt sie und kommt noch näher, zu nahe. Alles in mir schreit, dass ich aufstehen und gehen sollte, aber ich kann nicht. Meine Glieder sind schwer und leicht zugleich, während ich nur daliege und sie anstarre.

»Ich bin nicht sicher.«

Sie rutscht noch dichter, so nahe, dass ihr Körper meinen streift und jedes ihrer Worte in meinen Ohren rauscht.

»Wie mit der Flamme einer Kerze. Du weißt, dass sie heiß ist. Aber sie ist so unglaublich schön, wie sie in der Luft tanzt, dass du sie trotzdem berühren willst – nur ein Mal, damit du verstehst, dass sie wirklich heiß ist und dich verletzen kann.«

»Und bist du in diesem Gleichnis die Flamme – oder die Person, die sie berührt?«, frage ich heiser.

»Irgendwie beides, schätze ich«, gesteht sie.

Und ich ziehe sie an mich und küsse sie, bis mein Kopf zu wenig Sauerstoff bekommt, um zu begreifen, was für ein schrecklicher Fehler das hier gerade ist.

SOPHIA

Damals

Verdammt, ich hasse Streit. Denn immer wenn ich anfange, mich zu streiten, laufe ich weg. Besonders, wenn ich noch gar nicht weiß, ob es wirklich ein Streit ist oder nur ein schreckliches Missverständnis. Zugegeben, dass ich Caren zwei Tage nicht geantwortet habe, war nicht gerade sehr erwachsen von mir – aber dass sie mir nun seit einigen

Stunden nicht antwortet, ist gar nicht gut. Eigentlich wartet sie, bis ich mit Schmollen fertig bin, und ist dann zur Stelle. Nur dieses Mal nicht.

Und da ich weiß, dass es allein meine Schuld ist, bin ich auf der Suche nach ihr.

In der letzten Zeit war es ohnehin schon seltsam zwischen uns. Als hätte dieser letzte Sommer das Band unserer Freundschaft beschädigt, oder als wären die Geheimnisse, die wir einander nicht erzählt haben, schwerwiegender als alle, die wir bereits kennen.

Verdammt, ich hasse es, mich so zu fühlen.

Gerade jetzt brauche ich Caren noch mehr als ohnehin. Die letzten Wochen der Highschool sind schon schwer genug. Noch einmal blicke ich auf mein Handy, aber auch dort findet sich keine Antwort auf all meine Fragen.

Also laufe ich weiter über die Wiese.

Wir sind oft hier oben. Hauptsächlich, weil es weit genug von meiner Mutter entfernt ist, aber nahe genug, um zur Not zu Grandpa zu gehen, falls uns kalt wird oder wir Hunger bekommen. Außerdem sind hier wenige andere Menschen, was bedeutet, wir haben unsere Ruhe vor der Welt. Meistens zumindest.

Die Sonne brennt vom Himmel und lässt den Duft des Gräser ebenso durch die Luft wirbeln wie die kleinen Knäuel aus Pollen, die wie Wattebäusche vom sachten Wind getragen werden. Meine Turnschuhe sind fast lautlos auf der Polsterung der Wiese, und selbst mein Atem wird durch das lebhafte Summen der Insekten übertönt. Ich blinzle zum Hügel hinauf. Für einen Moment glaube ich fast, dass mein Instinkt mich getäuscht hat, doch dann sehe ich den Schopf blonder Haare.

»Caren!«, rufe ich erleichtert und hebe die Hand.

Sie zuckt zusammen. Fast schon panisch springt sie von ihrem Platz auf. Das Haar ist zerzaust, und das Shirt hängt halb über ihrer Schulter. Ihr Gesicht ist rot wie die Mohnblumen neben ihr.

Und mein Herz gefriert.

Hinter ihr springt Arin auf.

Seine nackte Brust glänzt in der Sonne des frühen Sommers.

Mein Mund ist trocken.

Ich kann nichts sagen, nichts denken. Mich nicht einmal bewegen. Ich kann die beiden nur anstarren – während der Abgrund in mir zu einer reißenden Schlucht wird.

»Sophia!«, ruft Caren aus und läuft den Hügel hinunter. Aber ich kann das nicht. Kann ihr nicht in die schuldbewussten Augen blicken.

Ich mache kehrt, gehe einfach wieder, als könnte ich so ungeschehen machen, was ich gerade gesehen habe.

»Fuck«, stößt Caren aus und stolpert neben mir her. »Sophia, warte.«

»Verflucht, warte doch«, höre ich nun auch Arins Stimme.

Ich drehe mich um, so schnell, dass meine beste Freundin – nein, die, von der ich dachte, sie sei meine beste Freundin – fast gegen mich stolpert.

»Phee, es ist nicht so, wie es aussieht«, versucht es Caren und richtet ihr Shirt, während ich nicht anders kann, als sie anzustarren.

»Ihr hattet also gerade keinen Sex auf der Wiese?«, frage ich tonlos.

»Nein«, sagt Caren und sieht mich verzweifelt an. »Wir haben nur …«

»Uns geküsst«, sagt Arin, der noch immer kein Shirt trägt. Ich kann Spuren von Fingernägeln auf seiner Haut erkennen, sehen, wie sehr seine Lippen geschwollen sind, und auch der Glanz in seinen Augen bleibt mir nicht verborgen, obwohl ich mir wünschte, ich müsste das nicht sehen.

»Oh, wow, das ist wirklich viel besser.«

»Wir haben nur …«, versucht Caren es erneut.

»Lass es einfach«, zische ich und will sie stehen lassen, aber Arin ist schneller als ich und stellt sich mir in den Weg.

»Sophia, jetzt warte doch mal.«

Ist das Verzweiflung in seinen Augen? Angst? Schmerz?

Glaubt er wirklich, er könnte mir begreiflich machen, wie es dazu kommen konnte? Meint er wirklich, mein Herz könnte es ertragen, nur ein Wort mehr aus seinem Mund zu hören?

»Worauf?«, frage ich leise, und Arin schweigt. Ganz so, als hätte er eingesehen, dass nichts mehr diese Situation retten kann. Also schiebe ich mich an ihm vorbei, bis ich die leise Stimme von Caren noch einmal hinter mir höre.

»Erzähl es bitte nicht Conner.«

Ich blicke über die Schulter. »Ist das dein verfluchter Ernst?«

»Es … es war nur dieses eine Mal, und ich …«

»Du, was?«

»Ich wollte doch niemanden verletzen«, sagt sie leise, und eine Träne läuft ihr über die Wange.

Nur bin ich gerade nicht in der Lage, Mitgefühl zu zeigen. Nicht jetzt. Und nicht hier, wenn gerade die zwei Menschen, von denen ich dachte, sie würden mich lieben, alles zwischen uns in Brand gesteckt haben. »Wow«, stoße ich aus, weil mir beim besten Willen nichts einfällt, was ich sonst hätte sagen können.

Schluchzend wischt sie sich über die Nase. »Es tut mir so leid, Phee.«

»Muss es nicht«, zische ich und funkle Arin an. »Jetzt weiß ich immerhin, dass du recht hattest. Er ist ein Stück Scheiße.« Dann drehe ich mich um.

»Sturmauge, warte«, höre ich seine Stimme, aber ich hab nicht die Kraft, mich zu ihm umzudrehen. Nicht noch mal. Denn wenn ich es tue, weiß ich nicht, ob ich es wieder nach Hause schaffe oder einfach zusammenbreche, bis die Sonne erlischt und die Nacht mich verschluckt. Arin läuft neben mir her.

»Ich will nichts hören.«

»Komm schon, das …«, setzt er an.

»Fick dich, Arin.«

»Sophia …«

»Geh zurück in die Gosse, aus der du gekrochen bist, und wage es nicht, mich je wieder anzufassen!«, schreie ich ihn an und fange an zu laufen.

Ich will nur weg.

Weg von dem Schmerz.

23

ARIN

Vor dem schmutzigen Fenster wirbelt der Schnee in dichten Wogen durch die Luft. Eiskristalle haben ein ganzes Feld aus Blumen erschaffen, doch nicht einmal dieser Anblick kann mich auf andere Gedanken bringen. Ein verdammter Schneesturm im April, der alles dahinrafft, was der zarte Frühling gerade erst aufgebaut hat. Da soll mal jemand sagen, man würde die Auswirkungen der Klimakrise in Idaho nicht spüren. Wobei ich zugeben muss, dass mir die eigenen Katastrophen auch gerade zu präsent sind, um mich um die der gesamten Welt zu sorgen.

»Hast du keinen Hunger?«, krächzt die Stimme meiner Mutter durch den kalten Trailer und zwingt mich, sie anzusehen. Die schlecht blondierten Haare fallen ihr ins Gesicht, dessen Anblick mich immer an einen alten Ledersessel erinnert. Das flackernde Licht an der inzwischen eher gelben als weißen Decke macht es auch nicht besser.

»Vielleicht sollte ich uns was aus dem Diner holen«, meine ich und gebe mir die größte Mühe, halbwegs versöhnlich zu klingen und nicht, als wollte ich um jeden Preis vor ihr davonlaufen. Ich bin nicht auf Streit aus, aber ich bringe auch keinen einzigen Bissen mehr hinunter, solange sie in meiner Nähe ist.

Der Ekel ist so stark, dass dieses mystische Band der Familie zwischen uns nicht mehr spürbar ist. Meine Mutter beginnt zu husten, als habe sich ein Marder in ihrer Lunge eingenistet. Damit ist es mit meinem Appetit endgültig vorbei.

»Lass mal, den neureichen Arschlöchern müssen wir nicht noch Geld in die Hintern blasen«, schnaubt sie und schlägt sich auf das Brustbein.

»Joey ist okay«, versuche ich ihren Hass auf alles und jeden in dieser Stadt irgendwie abzumildern. Dabei weiß ich selbst, wie absurd das ist. Immerhin mache ich die Stadt auch gern dafür verantwortlich, was in meinem Leben alles schiefgelaufen ist.

»Seit wann stellst du dich auf deren Seite, solltest du nicht auf der deiner Mutter sein?«

Ich stöhne und lasse das unkommentiert, während sie mir einen Teller der erwärmten Dosennudeln vor die Nase stellt. Nicht einmal der Geruch der Tomatensoße dringt durch die Schwaden des Rauchs. Sie drückt die Zigarette aus, wobei die Asche einen Halbkreis um den improvisierten Aschenbecher bildet. Ich habe vergeblich versucht, sie darum zu bitten, im Trailer nicht zu rauchen.

Den Augenkontakt vermeidend, stochere ich in meinem Essen herum und versuche zu erkennen, welches tote Tier in dieser Soße für den Geschmack nach verlorener Kindheit verantwortlich ist.

»Früher hast du mehr gegessen«, murrt sie und steckt sich die nächste Zigarette an. Der Rauch lässt ihr Gesicht noch grauer erscheinen.

Ich unterdrücke ein Husten und schiebe den Teller endgültig weg. »Kannst du damit nicht bis nach dem Essen warten?« Der Gestank des Qualms kitzelt in meiner Nase, während meine Mutter mich grimmig anfunkelt.

»Willst du mir jetzt schon erzählen, was ich zu tun oder zu lassen habe?«, herrscht sie mich an.

»Das ist mein Trailer.«

»Zeig etwas mehr Respekt und Dankbarkeit.«

Ich sage nichts. Natürlich nicht.

Diese Diskussion zu führen, würde nichts bringen. Stattdessen stehe ich auf, räume die Teller ab und schütte die erkalteten Zigaretten in den Mülleimer. Sehnsüchtig geht mein Blick noch einmal zum Fenster.

Ich kann nicht weg.

Der Trailer ist das, was einem Zuhause noch am nächsten kommt, und jetzt bin ich nicht einmal mehr hier nur für mich, sondern muss mir die wenigen Quadratmeter mit ausgerechnet der Person teilen, die ich am liebsten völlig aus meinem Leben verbannen würde.

Falls meine Mutter auch nur im Ansatz spürt, was in mir vorgeht, zeigt sie es nicht – oder, und das ist wahrscheinlich die schmerzhafte Wahrheit, es ist ihr egal. Sie greift nach ihrer übergroßen Handtasche und fängt an, darin herumzukramen, bis sie ein kleines Päckchen findet.

»Mom!«, stoße ich aus.

Irritiert blickt sie auf, als sei ihr gar nicht klar, dass sie gerade kurz davor ist, vor ihrem drogensüchtigen Sohn Drogen zu konsumieren.

»Stell dich nicht so an, du musst ja nichts nehmen.«

»Darum geht es nicht«, setze ich erneut an. Meine spröden Lippen verziehen sich qualvoll. »Du kannst das hier nicht machen.«

Ihre Augen verengen sich, zeichnen das Spinnennetz aus Falten noch deutlicher. »Und wer soll mich davon abhalten?«

»Wenn du dich zudröhnen willst, dann musst du das woanders tun.«

»Sagt wer?«

Meine Hände ballen sich zu Fäusten. Am liebsten würde ich ihr das Geschirr ins Gesicht schleudern, sie anbrüllen und an ihren Haaren aus dem Trailer schleifen und in den Schnee vor der Tür werfen. Aber ich kann nicht.

Egal, wie schlimm sie als Mensch sein mag. Sie ist noch immer meine Mutter. Sie am Telefon abzuweisen ist einfacher, als ihr dabei ins Gesicht sehen zu müssen. Ich schaffe es einfach nicht. Selbst wenn ich weiß, was das bedeuten kann. »Mom, bitte. Es hängt auch meine Bewährung daran«, versuche ich es also noch einmal, als wüsste ich nicht, dass betteln nichts bringt.

»Sei nicht so ängstlich«, knurrt sie und schiebt sich eine Pille in den Mund, ehe sie die kleine Dose wieder in ihre Handtasche fallen lässt. Dann steht sie auf und steuert mein Bett an. »Lass deine Mutter etwas schlafen.«

Ohne auf meine Antwort zu warten, legt sie sich hin. Ich kann nur dastehen und hilflos mit ansehen, wie die Droge mit jeder verstreichenden Minute beginnt, ihren Körper zu entspannen, während sich das Gedankenkarussell in meinem Kopf immer schneller dreht.

Es wäre so einfach.

Ich könnte einfach auch eine der kleinen Pillen nehmen und mich auf dem Boden zusammenrollen, bis dieser Albtraum endlich wieder vorbei ist. Meine Hand zuckt nach meinem Handy, aber ich weiß, dass ich um diese Uhrzeit und bei dem Schnee da draußen keine Chance habe, Joline zu erreichen. Und ich kann auch nirgendwo anders hin. Das Hotel ist zu teuer, und in dem einzigen Motel vor der Stadt, in dem ich mir ein Zimmer leisten könnte, habe ich nach einer etwas zu wilden Partynacht Hausverbot.

Sophia.

Ihr Name kommt mir so selbstverständlich in den Sinn, als würde ich hoffen, dass sie mich rettet, wenn ich nur an sie denke. Doch das schlage ich mir gleich wieder aus dem Kopf. So beschissen es auch ist, zumindest vorerst bin ich hier eingesperrt, mit meiner Mutter und den Pillen – und allem, was sie vielleicht sonst noch mit sich herumträgt. Schluckend betrachte ich ihre langsamen Atemzüge. Sie ist längst weggedämmert, sieht fast schon friedlich aus, wie sie daliegt und wahrscheinlich von einem Leben träumt, das nichts mit der Realität zu tun hat.

Ich will es nicht tun. Doch ich kann dem Drang nicht widerstehen. So leise ich kann, hocke ich mich auf den Boden und ziehe ihre Handtasche näher zu mir. In dem bunten Wirrwarr aus Zigarettenschachteln, Zetteln und losen Münzen entdecke ich die kleine blaue Schatulle. Mit klopfendem Herzen nehme sie in die Hand.

Es ist immer noch die gleiche, die sie schon früher benutzt hat. Ihr Konsum war für sie nie etwas, das sie vor ihrem Kind zu verbergen versucht hat. Im Gegenteil, ich wusste immer genau, wo sie das Gras, die Pillen und das Heroin versteckt hatte. Und mehr als einmal habe ich mich daran bedient, wenn das Geld, das ich zusammengekratzt hatte, nicht mehr ausgereicht hat.

Ich drehe die kleine Schatulle einmal in den Händen, dann mache ich sie auf. Ein paar Oxys, etwas Gras und weißes Pulver, das ganz sicher dazu beitragen würde, dass ich meine Mutter ertragen könnte. Für einen Moment starre ich sie an, erwarte fast, dass sie die Augen aufreißt und mich gleich darauf für meine Schwäche verurteilt, doch nichts passiert. Sie schläft tief und fest.

Während ich mir eine Hand vor den Mund halte, als hätte ich Angst davor, dass eine der Pillen sonst einfach so zwischen meinen Zähnen landet, nehme ich eine der Oxys zwischen Daumen und Zeigefinger. Oxycontin war nie mein Favorit, das war Tilidin, aber gerade kommt mir die Pille vor wie etwas verboten Heiliges. So ein kleines, unscheinbares Ding. Und doch hat es so viel Macht.

Über mich. Über mein Leben. Über meine ganze verdammte Familie.

Und gerade habe ich den Drang, mir eine der ekelhaften Zigaretten meiner Mutter zu schnappen und mir den größten Joint zu bauen, den ich seit meiner Schulzeit geraucht habe, ehe ich mir gleich zwei der Pillen einwerfe.

Aber ich tue es nicht. Statt mich zu bewegen, starre ich die Pille an. Gerade als ich glaube, schwach zu werden, nur dieses eine Mal wieder schwach zu werden, klingelt mein Handy. Stoisch ziehe ich es hervor.

Doch es ist nicht Sophia, sondern Chris.

»Verdammt noch mal, Arin«, knurrt Chris. Seine sonst so ruhigen blauen Augen betrachten mich mit einer Mischung aus Wut und Enttäuschung. Wortlos schiebt er mir einen großen Kaffee zu, während ich mich vor ihm hinsetze.

Das Diner ist fast leer, und immerhin kann ich von Conner nichts erkennen, was mich zumindest etwas beruhigt. »Was hätte ich denn tun sollen?«, herrsche ich ihn an und lasse mich auf das kirschrote Leder der Sitzbank nieder. »Sie ist noch immer meine Mutter.«

»Ja, und wir wissen beide, was das letzte Mal passiert ist, als sie …«, setzt Chris an, scheint dann jedoch nicht zu wollen, dass dieser Satz weitergeht.

Unruhig fahre ich mir durch die Haare. »Wer sagt denn, dass es jetzt wieder passieren wird?«

Chris lehnt sich zurück. »Oh, sie ist also clean?«

Ich presse die Lippen aufeinander. Die neugierigen Blicke von Tanja hinter dem Tresen sind mir nur allzu bewusst, wahrscheinlich weiß es schon die ganze Stadt. Meine Mom ist wieder da und sorgt für jede

Menge spannenden Tratsch. Ich schlucke und wende mich meinem Kaffee zu.

»Das habe ich mir gedacht.«

»Ich werde schon nicht rückfällig«, versuche ich nicht nur ihn, sondern auch mich selbst davon zu überzeugen. Denn ich will nicht wieder rückfällig werden. Ich will es nicht.

Chris schüttelt langsam den Kopf. »Sie ist einer deiner größten Trigger.«

»Denkst du, das weiß ich nicht?«

»Und was gedenkst du dagegen zu tun?«, will er wissen, und die Strenge in seiner Stimme sorgt dafür, dass ich unwillkürlich das Bedürfnis habe, einfach wieder zu gehen. Er hat leicht reden. Er muss dieses Leben ja immerhin nicht führen.

»Sie ist nur für ein paar Tage bei mir«, weiche ich aus.

»Sagt sie das oder du?«

»Ich wüsste nicht, was dich meine Familienangelegenheiten angehen, Chris.«

Er verzieht den Mund. »Du hast recht, es geht mich nichts an. Ich bin nur derjenige, der dich nach einer Überdosis tot irgendwo zwischen den Büschen findet und sich ein Leben lang Vorwürfe macht.«

Das hat gesessen, aber es stachelt nur die irrationale Wut gegen ihn an, die sich in mir auftürmt. »Komm mir nicht mit dieser emotionalen Erpressungsscheiße.«

»Wieso nicht?«, will er wissen. »Klappt doch bei deiner Mutter auch großartig.«

Wir liefern uns ein Blickduell, und auch wenn es mein Ego noch weiter ankratzt, Chris ist dabei, es zu gewinnen. »Das ist nicht fair.«

»Habe ich auch nicht behauptet.«

Ich stöhne auf. »Und warum pisst du mir dann ans Bein?«

»So siehst du das also?«, fragt Chris ruhiger.

»Wie sollte ich es denn sonst sehen?«

»Arin, du musst da raus. Entweder du schmeißt deine Mutter selbst raus, oder du fragst einfach um Hilfe«, sagt er, und sein Blick wird fast schon flehend.

Um Hilfe bitten.

Das klingt aus seinem Mund so einfach. Vielleicht weil es für jemanden wie ihn auch so einfach ist. Dem perfekten Abziehbild eines guten Menschen helfen andere gern. Aber nicht jemandem wie mir. Nicht mit dem Background, den ich habe. Nicht so, wie ich bin.

Und doch. Ich weiß, dass all diese Gedanken nur da sind, weil es mir im wahrsten Sinne des Wortes eingeprügelt wurde. Chris, Elif, Sophia, Bennett – selbst die Rain-Schwestern. Sie alle sind irgendwie da, und sie alle stoße ich immer wieder weg, weil ich es einfach nicht schaffe, aus diesem Kreislauf rauszukommen. Und meine Mutter macht das alles noch schlimmer. »Nein«, antworte ich also und blicke in den dunklen Kaffee.

»Sie ist nicht gut für dich«, betont Chris noch einmal und beugt sich über den Tisch, aber ich sehe ihn nicht an. Kann ihn nicht ansehen, weil ich Angst habe, dass er mich vielleicht wirklich davon überzeugen könnte. Und ich weiß nicht, was dann passiert.

»Aber gerade kann sie nirgendwo anders hin.«

»Und das ist nicht dein Problem. Du musst dich nicht um sie kümmern, sie kann genauso gut ihre Bewährungshelferin anrufen und um Hilfe bitten«, meint Chris.

»Wir wissen beide, dass sie das nicht tun wird.«

Chris schüttelt langsam den Kopf. »Auch für den Fall, dass ich mich wiederhole: Das ist nicht dein Problem.«

»Es sind nur ein paar Tage«, wiederhole ich stoisch.

Chris schweigt kurz, scheint nach den richtigen Worten zu suchen, um doch irgendwie durch meine Mauer zu kommen. »Arin, ich mach mir nur Sorgen.«

Jetzt muss ich ihn doch ansehen. »Warum?«

Er zögert nicht mal für den Bruchteil einer Sekunde. »Du hast es sieben Monate lang geschafft, fast acht.«

Ich weiß ganz genau, wie lange ich schon keine Pille mehr genommen habe. Zu genau. Und ich erinnere mich auch noch viel zu gut an das letzte Mal, als ich mich betäubt habe. An das warme Gefühl der Schmerzlosigkeit. »Ich wusste gar nicht, dass du Buch darüber führst.«

»Zum einen bin ich dein Arzt, es ist mein Job, das zu wissen, und zum anderen bin ich auch ein Freund«, meint er.

»Ach wirklich?«

»Lass diesen Unterton sein«, sagt er ernst. »Wir führen dieses Gespräch nicht, weil du mir am Arsch vorbeigehst, Arin.«

Ich würde ihm gern glauben. Wirklich.

Es wäre so viel einfacher, wenn ich ihm glauben könnte. Wenn ich nicht wüsste, dass ich keinerlei Hilfe oder Zuneigung verdienen würde. Also mache ich das, was ich immer mache, wenn ich weiß, dass es besser ist, Menschen von mir wegzustoßen. Ich schalte in den Angriffsmodus. »Weiß Conner, dass du mich als einen *Freund* betrachtest?«, schnaube ich bitter, was Chris jedoch nur dazu veranlasst, mit den Augen zu rollen.

»Könntest du bitte bei der Sache bleiben?«

»Tut mir leid«, bringe ich mühevoll hervor. »Es ist nur …«

»Was?«

Ich zwinge mich, Chris in die Augen zu sehen. »Du hast schon viel zu viel für mich getan, und dieses Mal ist es anders.«

In seinem Gesicht kann ich nicht ablesen, ob er versteht, was ich damit meine.

»Erinnerst du dich an den Abend nach Carens Verschwinden?«, fragt er stattdessen, was mich dazu veranlasst, verdutzt die Augenbrauen zusammenzuziehen.

»Ja.«

»Wir beide haben in einem Waldstück gesucht, und ich bin zusammengesackt«, murmelt er, aber nicht aus Scham, sondern weil die Erinnerung an seine Schwester ihn noch immer schmerzt, auch wenn wir das manchmal vergessen. »Und du hast etwas zu mir gesagt, das mir seitdem nicht mehr aus dem Kopf geht.«

»Und was war das?«

»Du erinnerst dich nicht mehr?«

Langsam schüttle ich den Kopf.

»Du hast gesagt: Caren ist vielleicht verschwunden, aber ihr Licht ist noch immer zwischen den Bäumen.«

»Das klingt so gar nicht nach mir«, schnaube ich.

»Du warst auch nicht gerade nüchtern, aber dieser Satz hat mir in dem Moment geholfen.« Chris ringt sich ein Lächeln ab. »Denn auf seltsam verdrehte Art hattest du recht, und im Gegensatz zu allen anderen hast du nicht versucht, mir Hoffnungen zu machen. Du hast es gefühlt, genauso wie ich – dass wir sie nicht finden werden, weil sie nicht gefunden werden wollte.«

»Und warum erzählst du mir das?«, frage ich und reibe mir über die Brust, als könnte ich dadurch verhindern, dass ich an diese Nacht denke. Und an die Tage. Die Tage, in denen die halbe Stadt nach ihr gesucht hat.

»Du hast mir geholfen, und ich helfe dir. Weil wir Freunde sind, auch wenn du das manchmal nicht wahrhaben willst«, setzt Chris nach. »Und es ist möglich, dass ich Angst davor habe, dass Caren mir als Poltergeist erscheint, wenn ich es nicht tue.«

Das lässt meinen Mundwinkel nach oben zucken. »Das weiß ich zu schätzen«, murmle ich. »Aber ich muss auch lernen, ohne deine Hilfe auszukommen.«

»Okay, aber du weißt, dass du jederzeit danach fragen kannst.«

»Dieses Mal muss ich das allein hinbekommen«, sage ich.

Chris erwidert nichts, sondern blickt in seinen Kaffee, als würde er darin etwas sehen, das nur für ihn real ist. Ich sage nichts mehr, sondern ziehe meine Jacke an und gehe. Und spüre die kleine Pille in meiner Hosentasche plötzlich so deutlich, als wolle sie mich in einen Abgrund reißen.

24

SOPHIA

»Halt die Blumen etwas weiter nach oben«, sagt Megan, und ich kann das Klicken ihrer Kamera hinter mir hören.

»So?«, frage ich, während ich den kleinen Blumentopf mit der einzelnen gelben Rose darin schräg über den Kopf halte.

»Genau so, warte kurz«, weist sie mich an. »Ich hab's.«

Erleichtert lasse ich den Arm sinken. Unglaublich, wie schwer ein Blumentopf werden kann, wenn man ihn nur lange genug halten muss.

»Freut mich, dass ich helfen konnte«, sage ich mit einem halben Lächeln, während mir Megan die Kamera hinhält, damit ich das Foto betrachten kann. Auf dem Bild bin ich von hinten zu sehen. Meine kurzen blonden Haare fallen mir in den Nacken. Der übergroße Pulli verdeckt meinen Hintern und zeigt kaum die Form meines Körpers, der durch das Gegenlicht wie ein großer Schatten wirkt. Die ausgestreckte Hand hält die Rose im Blumentopf nach oben, während die Sonne das Gelb der Blüte strahlen lässt.

»Gefällt es dir?«

»Es ist schön«, stimme ich zu.

»Wenn du willst, mach ich dir einen Abzug.«

Unser Atem zeichnet kleine Wolken in die morgendliche Luft, aber schon jetzt ist die Sonne so strahlend, dass deutlich wird, dass der Frühling mit jedem Tag mehr an Kraft gewinnt und den vereinzelten Schneefällen die Stirn bietet.

»Das wäre toll.«

Megan sieht mich strahlend an, während sie die Kamera wieder ausschaltet und wir uns auf den Weg zurück machen. Im Morgengrauen am Waldrand entlangzuspazieren gehört zu den vielen Dingen, die ich an dieser Stadt vermisst habe.

»Nur einen? Vielleicht möchtest du deiner Mom auch ein Bild schicken«, sagt sie und stockt gleich darauf, als wäre ihr jetzt erst klar geworden, was sie da gesagt hat. »Shit, tut mir leid. Das hätte ich nicht sagen sollen.«

Ich verkrampfe mich. »Schon okay«, behaupte ich, auch wenn der Gedanke an meine Mom alles andere als okay ist. »Hat Grandpa was verraten?« Er liegt mir schon seit Tagen damit in den Ohren, dass ich sie zurückrufen soll, aber bisher weiche ich dieser Situation so gut es geht aus, denn ich weiß nicht, ob ich schon bereit für dieses Gespräch bin – oder ob die Angst davor droht, mich völlig zu zerreißen.

»Zu seiner Verteidigung, ich kann ziemlich fies nachbohren, wenn ich etwas wissen will«, gibt Megan zu bedenken, während wir über den Trampelpfad laufen.

»Ach wirklich?«

Sie bleibt stehen und wartet, bis ich sie wieder ansehe. »Willst du drüber reden?«

»Familien sind kompliziert«, versuche ich auszuweichen, obwohl sich in meinem Inneren ein Knoten löst. Vielleicht muss ich gar nicht immer alles mit mir selbst ausmachen. Früher konnte ich mit Caren reden, zumindest einige Jahre. Aber nach allem, was war, und nachdem sie verschwand, habe ich mich noch mehr abgekapselt.

»Wem sagst du das«, stöhnt Megan und legt den Kopf in den Nacken. »Mein Vater, also mein leiblicher Vater, sitzt im Gefängnis.«

Mein Mund klappt auf. »Wirklich?«

»Ja, und um ehrlich zu sein, habe ich geholfen, damit er verurteilt wird«, meint Megan, und in ihrem Gesicht kann ich nicht mal den Hauch eines Zweifels lesen, als sei sie völlig mit sich selbst und ihren Entscheidungen im Reinen.

»Autsch.«

Megan zuckt mit den Schultern, und der rote Dutt aus ihren Locken hüpft dabei auf ihrem Kopf hin und her. »Ja, das trifft es ziemlich gut – und was ich damit sagen will: Viele Familien sind kompliziert. Was auch immer da zwischen dir und deiner Mom passiert ist, du musst es nicht für dich behalten. Du bist ihr keine Verschwiegenheit schuldig.«

»Um ehrlich zu sein, bin ich mir nicht so sicher, was da eigentlich passiert ist«, gebe ich zu. »Meine Mom hat einen ziemlich strengen Moralkodex. Weit mehr als nur sonntags zur Kirche gehen und beten. Und irgendwie ist sie in den letzten Monaten immer mehr zu jemandem geworden, den ich gar nicht mehr kenne.«

Verständnisvoll sieht Megan mich an. »Das klingt übel.«

»Ja, na ja. Sie hat mich nie in irgendwas reingezogen oder so. Aber für sie ist es eben der Weg, den sie gehen will, und für mich nicht – und dann …« Meine Stimme bricht, weil ich nicht weiß, wie ich diese Geschichte weitererzählen soll.

»Habt ihr euch gestritten?«

Die Sonne ist nun vollständig über den Wiesen aufgegangen und lässt die kleinen Tropfen vor uns schimmern wie pures Gold. »So ungefähr. Ich hab ihr etwas erzählt, etwas Schlimmes«, sage ich ausweichend. »Und ich hatte gehofft, dass sie es mir verzeihen kann. Aber das hat sie nicht. Sie hat mich rausgeworfen.«

»Autsch. Sie hat dich rausgeworfen, obwohl du Hilfe bei ihr gesucht hast?«

»Kann man so sagen.«

»Das tut mir wirklich leid.«

»Aber sie hat Grandpa angerufen. Also hat sie vielleicht gesehen, dass es ein Fehler war.«

Nur bin ich mir selbst gar nicht so sicher, ob es ein Fehler war. Ich laufe immer weg, genauso wie Mom. In diesem Punkt sind wir uns ziemlich ähnlich. Nur bin ich zurück nach Belmont Bay gelaufen, und ich denke, das war das Beste, was ich tun konnte. Denn jetzt habe ich die Chance, das zu verarbeiten, vor dem ich nicht weglaufen kann. Es nie konnte, egal, wie sehr ich es versucht habe.

»Aber?«

»Ich habe Angst, es auszusprechen«, gestehe ich.

Megan nimmt mich sanft am Arm und sieht mir fest in die Augen. »Musst du nicht, ich werde dich nicht verurteilen. Versprochen.«

Und auch wenn ich nicht so recht erklären kann, warum, glaube ich ihr. Also ziehe ich mir die Mütze vom Kopf und fahre mir durch die Haare, als würde das meinem Kopf helfen, die Gedanken in mir zu ordnen. »Es ist nicht so einfach, vor einigen Monaten ist sie einer Gemeinschaft beigetreten, die … anders ist. Ihr Glaube hat mich nie negativ beeinflusst, zumindest nicht sehr. Ja, sie war streng, und ich durfte vieles nicht, was andere in meinem Alter durften. Aber seit sie dieser Gemeinschaft beigetreten ist, gibt es nichts anderes mehr. Nur ihre Meinung zählt, alles andere wird von sich gestoßen. Es war schon vorher schwer, wenn du aufwächst und weißt, dass deine Mom ihren Gott immer über dich stellt«, sage ich leise. »Immer. In jeder Minute. Und wenn du weißt, dass, wenn ihr Gott es verlangt, sie dich zurücklässt. Nur habe ich jetzt zum ersten Mal Angst, dass sie es auch tatsächlich tut. Und ich bin so wütend auf sie, weil sie doch für mich da sein sollte. Sie ist doch meine Mom.«

»Oh, Sophia.«

Megan macht Anstalten, mich zu umarmen, aber ich schüttle den Kopf, was sie verharren lässt. »Ist schon okay«, murmle ich und wische mir Tränen aus dem Augenwinkel. »Ich weiß, dass sie mich trotzdem liebt. Auf ihre Art, es ist nur …«

»Niemand will in Konkurrenz mit Gott stehen und im Stich gelassen werden?«

Ich lache traurig auf. »So ungefähr.«

»Und was ist mit dir?«

Meine Augenbrauen ziehen sich zusammen. »Was meinst du?«

»Glaubst du an Gott?«

Die Frage überrascht und irritiert mich. »Keine Ahnung, ich bin Agnostikerin, denke ich. Ich glaube schon, dass da etwas ist, aber ob das ein alter weißer Mann ist, der auf einer Wolke sitzt? Keine Ahnung.«

»Würde allerdings einiges erklären, was in dieser Welt schiefläuft«, entkommt es prompt Megans Mund.

»Megan!«, stoße ich lachend aus.

»Sorry, war nicht so blasphemisch gemeint«, sagt sie schnell und grinst. »Ich glaube auch, dass es da etwas gibt, aber dass wir es erst erkennen, wenn es auf das Ende zugeht, und dass es okay ist.«

»Das klingt irgendwie schön und schrecklich zugleich.«

Sie hakt sich bei mir unter, während wir auf das Haus meines Großvaters zulaufen. »Dafür bin ich bekannt. Wirst du deine Mom anrufen?«

Ich seufze schwer, denn irgendwo in mir weiß ich, dass ich es tun sollte. Egal, was passiert, meine Mom bleibt noch immer meine Mom. »Vielleicht.«

»Ich glaube, dass es gar nicht wichtig ist, wen sie von euch mehr liebt«, überlegt Megan laut.

»Ach nein?«

»Nein, weil man Liebe nicht messen kann – und am Ende doch nur zählt, ob sie ihren Fehler einsieht.«

Mit einem schmalen Lächeln sehe ich sie an. »Ich wusste gar nicht, dass du so poetisch sein kannst.«

»Verrats niemandem, sonst leidet meine supercoole Fassade.«

»Ich schweige.« Bei der Veranda meines Großvaters angekommen, sieht Megan mich noch einmal an. »Sehen wir uns beim Karaoke?«

Ich verziehe das Gesicht, denn bisher hatte ich gehofft, mich doch noch davor drücken zu können, auch wenn ein anderer Teil von mir Lust hätte, mal wieder etwas anderes zu unternehmen, als mit meinem Großvater auf dem Sofa zu sitzen oder mich in ein Gefühlschaos mit Arin zu stürzen. »Chris hat mich verpetzt, oder?«

Megan lacht auf und winkt mir zum Abschied. »Du weißt doch, in dieser Stadt bleibt nichts unbemerkt.«

ARIN

Ich werde durch den beißenden Geruch des Rauchs geweckt, und für den Bruchteil einer Sekunde glaube ich, noch in dem Albtraum meiner Vergangenheit festzustecken. Doch als ich panisch die Augen aufreiße, sehe ich nur meine Mutter, die an ihrer Zigarette saugt und mich mit zusammengekniffenen Augen ansieht.

»Warst lange weg«, sagt sie und zieht den Rotz hoch. Mein Blick fällt auf das Handy, aber Sophia hat sich bisher nicht gemeldet.

»Ich hab was für dich«, fährt meine Mutter fort.

»Und was?«

»Sieh es als verspätetes Geburtstagsgeschenk.«

»Oh«, mache ich. Solche Tage hatten für mich nie die gleiche Bedeutung wie für andere Menschen in meinem Alter. Es gab keine Geburtstagsfeiern, keinen Kuchen und keine Ausflüge.

Das Schnippen ihres Feuerzeugs ist die einzige Musik zu einem Fest, das ich kenne. Ich gebe mir Mühe, den Stich in meinem Herzen zu ignorieren, dann stehe ich auf. Sie drückt mir eine Plastiktüte in die Hand, und auch wenn ich weiß, dass es albern ist, bin ich schon von der lieblosen Verpackung enttäuscht.

Ich ziehe etwas Rechteckiges heraus. Die Schleife ist nur lose um das braune Papier gewickelt, aber immerhin hat meine Mutter sich überhaupt die Mühe gemacht, es festlich zu verpacken, und sorgt dafür, dass ich mich fast noch schlechter fühle.

Sie gibt sich Mühe. Auf ihre Art, aber ich weiß, dass allein die Tatsache, dass sie etwas besorgt hat, schon ein Gewinn ist – auch wenn andere das niemals verstehen werden.

»Was ist das?«

»Mach es auf.«

Ein Teil von mir hat Angst, der andere Hoffnung. Ich reiße das Papier herunter und betrachte eine Schatulle mit einem halb nackten Pin-up-Girl darauf. »Was ist das?«

»Hab gesehen, dass du an meiner warst, und dachte, du könntest eine eigene gebrauchen«, sagt sie so leichthin, dass ich eine Gänsehaut bekomme.

Da ist keine Verurteilung in ihrer Stimme, nur die Gewissheit, dass eine ihrer Pillen fehlt. Die Gewissheit, dass ich genauso schwach bin wie sie. Genauso gefangen in dem Strudel aus Drogen und Gewalt und einer Abwärtsspirale, die mich früher oder später in mein eigenes Grab tragen wird.

»Was denn? Bekomm ich kein Danke?«

Es kostet mich unendliche Überwindung, aber ich zwinge mich

dennoch dazu. Ich drücke meiner Mutter einen Kuss auf die ledrige Haut ihrer Wange. »Danke, Mom«, sage ich.

»Gefällt's dir nicht?«, fragt sie sofort zurück und drückt ihre Zigarette aus.

»Doch, danke.«

»Klingt aber nicht so«, schnaubt sie zurück und wirft mir einen dieser Blicke zu, bei denen eine kindliche Angst in mir geschürt wird. Ich habe etwas Falsches getan, und nun wird sie mich dafür bestrafen. Vielleicht nicht mit Taten, aber mit diesen Blicken, die sämtliche alten Narben wieder aufreißen und zum Bluten bringen.

»Man kann nie genug Dosen haben, oder?«

»Gut, sag mir, wenn ich dir was besorgen soll. Ich komm günstig an Oxys«, beendet sie das Thema und gibt mir damit das Gefühl, jeder Versuch einer erwachsenen Unterhaltung sei ohnehin zum Scheitern verurteilt.

»Ich brauche nichts«, versuche ich halbherzig irgendwie um eine Antwort herumzukommen, denn zu einem klaren Nein fehlt mir gerade die Kraft.

»Wenn das so wäre, hättest du wohl kaum eine Pille von mir genommen.«

Ein Teil von mir will ihr zeigen, dass ich sie nicht geschluckt habe, dass sie noch immer in meiner Hosentasche liegt. Lose und fusselig, als hätte ich nicht schon Pillen in einem schlimmeren Zustand eingeworfen.

Aber auch dafür fehlt mir die Kraft, also sage ich nur: »Ich will clean werden, Mom.«

Genervt stöhnt sie auf, wirft die Arme in die Luft, als sei allein dieser Satz eine Blamage für sie und unsere ganze Familie. »Das hat dir der Arzt eingeredet, oder?«

Ich schweige.

»Verdammte Ärzte, glauben, sie seien was Besseres, nur weil man ihre Drogen mit einem Rezept bekommt. Lass dir bloß nichts einreden von dem, ich bin sicher, wenn niemand hinsieht, dann gönnt er sich auch was.«

Noch immer sage ich nichts.

»Was?«, herrscht sie mich an.

»Ich habe doch nichts gesagt.«

»Du bist so undankbar«, schnaubt sie und sieht mich mit funkelnden Augen an. »Da besorge ich dir extra ein Geschenk, und alles, was ich dafür bekomme, sind diese anklagenden Blicke.«

Ich nicke langsam. Denn irgendwie wird mir in diesem Moment klar, dass es egal ist, wie sehr ich es versuche. Ich kann nicht länger mit meiner Mom in diesem Trailer sein. Kann ihr nicht mehr dabei zusehen, wie sie einfach immer weiter auf dem Pfad der Selbstzerstörung wandert, den ich versuche zu verlassen. Ja, wir sind eine Familie. Aber wir hatten auch keine andere Wahl. Jetzt aber habe ich eine. Ich kann hierbleiben und mich wieder mit ihr in einen Abgrund stürzen, oder ich kann gehen.

Vor meinem geistigen Auge sehe ich Sophia, Chris und sogar Conner. Sie schütteln die Köpfe, als wüssten sie, dass ich mich wie immer für die schlechteste Option entscheide. Denn das ist genau das Problem, oder? Ich weiß, was ich eigentlich tun sollte, und mache dann doch das Gegenteil. Nur habe ich mir geschworen, dass ich mich ändere. Selbst dann, wenn es wehtut.

Und damit lasse ich meine Mutter in einer Wolke aus Rauch sitzen. Ich halte es keine weitere Sekunde hier aus, in diesem Trailer neben der Frau, die vielleicht irgendwann mal meine Mutter war, doch die irgendwo in all dem Qualm an sich selbst erstickt ist.

25

SOPHIA

Schlaflosigkeit ist etwas Seltsames. Obwohl mein Körper so müde ist, dass ich das Gefühl habe, jede Kraft sei aus ihm gewichen, schaffe ich es dennoch nicht, die Augen zu schließen. Stattdessen drehen sich die immer gleichen Gedanken hin und her, ohne dass ich auf eine Lösung für meine Probleme komme.

Ich habe mich noch immer nicht bei meiner Mom gemeldet, und ich weiß auch noch immer nicht, was ich von der ganzen Sache mit Arin und meinen Gefühlen halten soll – mal ganz davon abgesehen, dass Chris immer noch keine Ergebnisse meiner Blutproben aus dem Labor hat und ich damit noch immer nicht weiß, ob die Medikamente endlich anschlagen und ich niemanden mehr mit dem potenziell tödlichen Virus in mir anstecken kann. Die sich wiederholenden Bluttests alle vier Wochen sind nicht gerade förderlich. Stöhnend schwinge ich die Beine aus dem Bett. Es bringt nichts.

Vielleicht hilft mir ein Kräutertee beim Einschlafen.

Vorsichtig stehe ich im Halbdunkeln auf und weiche dem schlafenden Hund vor meinem Bett aus.

In der Küche knipse ich das Licht an. Gähnend wühle ich nach einem passenden Tee, als ich etwas höre – oder es zumindest glaube. Ich halte inne. Aber da ist nichts außer dem Ticken der Wanduhr. Blinzelnd mache ich weiter, finde eine Kräutermischung und setze das Wasser auf. Fast schon glaube ich, dass ich mir nur etwas eingebildet habe oder einfach nur ein Tier auf der Veranda vorbeigeschlichen ist, als ich wieder etwas höre.

Bewegungen. Ein Klirren. Ein Rumpeln.

Definitiv keine Einbildung.

Mein Herzschlag beschleunigt sich, und die Lust auf einen Beruhigungstee ist augenblicklich verflogen.

Da draußen ist jemand.

Langsam gehe ich zur Haustür und versuche, durch den Spion etwas zu erkennen, doch da ist nichts als die Dunkelheit der Nacht. Für einen Moment denke ich darüber nach, Grandpa zu wecken, aber noch habe ich die Hoffnung, dass die Geräusche doch nur von einem verirrten Waschbären kommen und nicht von einem Einbrecher.

Wieder Geräusche. Und dieses Mal bin ich mir sicher, dass sie aus dem Schuppen kommen.

Das spricht eher für ein Tier als für einen Einbrecher.

Kurz entschlossen schlüpfe ich in meine Turnschuhe, streife die Jacke über meine Schlafsachen und schnappe mir die Taschenlampe aus der Schublade des Flurschranks, ehe ich nach draußen schlüpfe.

Es ist nichts zu sehen.

Aber die beißende Kälte sorgt dafür, dass auch der letzte Rest der Müdigkeit aus meinem Körper verschwindet. Langsam mache ich einen Schritt nach dem anderen. Der Lichtkegel der Taschenlampe fällt auf das morsche Tor der Scheune.

Es ist offen.

Dabei bin ich mir sicher, dass Grandpa es vorhin noch verschlossen hat.

Das Donnern meines Herzschlags wird immer lauter, je näher ich dem Schuppen komme. Es brennt kein Licht, aber ich kann hören, wie sich etwas in der Dunkelheit bewegt. Und es klingt nicht wie ein Waschbär. Sondern größer. Viel größer.

Für einen Moment überlege ich, einfach wieder ins Haus zu laufen und Grandpa zu wecken, aber etwas hält mich zurück, ohne dass ich sagen kann, was genau es ist.

Schluckend mache ich einen weiteren Schritt nach vorn, umklammere die Taschenlampe fester, nur für den Fall, dass ich sie als Waffe nutzen muss, und stoße die Tür des Schuppens mit einem Ruck auf.

Arin schreit auf.

Ich schreie auf.

Im schmalen Lichtkegel der Taschenlampe wirkt sein Gesicht fast geisterhaft, und ich brauche in paar Herzschläge, um zu begreifen, dass keine Gefahr besteht. »Himmel, hast du mich erschreckt«, stoße ich aus und schalte das Licht an.

Arin verzieht das Gesicht, als würde die plötzliche Helligkeit ihn schmerzen. »Tut mir leid, war nicht meine Absicht.«

»Was tust du denn um diese Uhrzeit hier?«, fahre ich ihn an, weil das Adrenalin noch immer durch meine Adern rauscht und ich Schwierigkeiten habe zu verstehen, was hier eigentlich los ist.

»Ich hab am Auto gearbeitet.«

Verwirrt hebe ich eine Augenbraue. »Es ist fast ein Uhr in der Nacht und dunkel.«

»Ich mache Dinge einfach gern allein. Und im Dunkeln«, gibt er zurück und schluckt so schwer, dass sämtliche meiner Alarmglocken wieder schrillen.

»Seit wann?«

»Kannst du es gut sein lassen? Ich hab hier noch einiges zu tun«, meint er und legt eines der Werkzeuge völlig sinnfrei von einem Platz auf den anderen. Ich mache einen Schritt nach vorn und versuche, in seinem Blick zu lesen, was zur Hölle hier eigentlich gerade passiert.

»Arin?«

»Was?«

»Was ist los?«

Erneutes Schlucken. »Nichts.«

Seine Augenlider flattern, und kaum merklich neigt sich sein Kopf in Richtung Auto, sodass ich seinem Blick folge. »Da liegen Decken im Auto und dein Rucksack, hast du etwa vor, hier zu schlafen?«

Die Erkenntnis trifft mich, sobald ich die Worte ausgesprochen habe. Die zerknitterte Kleidung in den letzten Tagen, die unordentlichen Haare und die kalten Hände. Er hat hier geschlafen. Schon seit Tagen. In dem zugigen Schuppen meines Großvaters, weil er nicht mehr nach Hause gehen kann.

Arin schüttelt den Kopf. »Nein.«

»Lüg mich nicht an«, sage ich sanft und komme noch näher, nur um zu sehen, wie er von mir zurückweicht.

»Und wenn schon? Es hat bisher auch niemanden gestört, oder?«, schnaubt er.

»Arin, es war arschkalt in den letzten Nächten.«

Er weicht meinem Blick aus, aber er kann das Zittern seiner Glieder nicht verstecken. »Ich hab's überlebt.«

»Du bist komplett durchgefroren.«

»Es geht schon.«

»Und du zitterst.«

»Sophia, was willst du von mir hören?«, fragt er, und die Verzweiflung lässt seine Stimme beben.

Ich atme tief durch und verschränke die Arme vor der Brust, ohne zu wissen, ob mir diese Entdeckung lieber ist als ein Waschbär oder ein Einbrecher. Arin sieht so schrecklich verloren aus, dass es mir die Reste meines Herzens erneut bricht. »Vielleicht, warum du nicht im Trailer warst, sondern hier?«

Über sein schönes Gesicht zuckt ein hässlicher Schatten, der mich nur für den Bruchteil einer Sekunde erkennen lässt, welche Demütigung er sich selbst zugefügt hat. »Meine Mutter.«

Ich mache einen Schritt auf ihn zu. »Sie weigert sich noch immer, zu gehen.«

Er nickt. Verloren und kraftlos.

»Arin …«

»Ich will es nicht hören, okay? Ist ja schön für euch alle, dass ihr eure Mutter vor die Tür setzen könntet, aber ich kann es nicht. Okay?«, schnaubt er, und ich kann hören, wie viel Kraft es ihn kostet, überhaupt darüber zu sprechen. Die Demütigung, dass ich ihn so gefunden habe, lässt seine Schultern nach unten sacken.

»Aber du kannst auch nicht zu ihr, und du kannst nicht im Auto in unserem Schuppen schlafen«, spreche ich das Offensichtliche aus.

»Wow, danke für diese unglaublich hilfreichen Ratschläge.«

Er hat recht. Ich sage ihm, was alles nicht geht, habe aber keine Lösung. Als würde ich mitten im Rechenweg einfach abbrechen und sagen, dass die Welt die Rechnung doch bitte allein machen soll, weil ich keine Lust habe, die unterschiedlichen Variablen zu suchen. Mit dem Kopf deute ich zum Haus. »Komm mit.«

Nun sieht Arin noch verwirrter aus. »Wohin?«

»Nach drinnen. Du bist halb erfroren und brauchst eine heiße Dusche«, erkläre ich knapp, aber er schüttelt schon wieder den Kopf.

»Ich denke nicht, dass Bennett das gefallen würde«, gibt er zu bedenken.

Über meine Schulter sehe ich ihn an. »Seit wann interessiert es dich, was andere über dich denken?«

ARIN

Nach der Dusche fühle ich mich besser, bereit, wieder in Sophias kalte Sturmaugen zu blicken, und auch bereit, ihre Fragen zu beantworten, wenn sie es denn wagt, sie zu stellen. Meine Vergangenheit ist nichts, worauf ich stolz bin, aber sie gehört zu mir. So wie die Narben auf meiner Haut und das schlecht gestochene Tattoo auf meinem Hintern. Man sollte niemals zusammen mit seinem Tätowierer Drogen nehmen. Eigentlich kann man den Scheiß mit den Drogen auch gleich ganz lassen. Ich rubble mir die Haare trocken, während ich in die Küche tapse.

Im Haus der Bennetts ist es wesentlich wärmer als in meinem Trailer oder in dem Auto im Schuppen, das für die letzten zwei Nächte mein Unterschlupf war. Sophia steht in der Küche, und ich kann deutlich hören, wie ihr Großvater flucht.

»Es ist nur für ein paar Nächte.«

»Du weißt genau, dass ich dir nichts abschlagen kann, wenn du mich so ansiehst«, meint der alte Bennett, verstummt jedoch, als er sieht, dass ich die Treppen herunterkomme.

»Ich sollte besser gehen«, sage ich unbehaglich. »Danke für die Dusche, aber ich werde schon was finden, wo ich schlafen kann.«

»Schon gut, Junge«, brummt Bennett. »Du nimmst das Sofa, aber ich kann für nichts garantieren, wenn ich dich in einem anderen Raum finden sollte.«

»Verstanden, Sir.«

»Spar dir das«, gibt er zurück. »Und solange du hier bist, erwarte ich, dass du dich nützlich machst.«

Wieder kann ich nur nicken. »Okay.«

»Ich hol ein paar Decken von oben«, nuschelt er und schiebt sich an mir vorbei. Jeder seiner Schritte ist stampfend, als müsste er seinen Unwillen dadurch noch einmal unterstreichen. Allerdings raubt ihm die Tatsache, dass er einen Pyjama trägt, etwas die Autorität.

»Du hast offenbar magische Kräfte«, murmle ich etwas leiser an Sophia gewandt.

»Nein, eigentlich hat er ziemlich schnell zugestimmt«, wehrt sie ab. »Ich glaube, auf seine Art kann er dich ganz gut leiden.«

»Ach ja?«

»Du hast einen Job bekommen, oder? Und er lässt dich auf dem Sofa schlafen«, gibt sie zu bedenken und drückt mir eine dampfende Tasse mit heißem Tee in die Hand.

»Kommt mir trotzdem nicht so vor.«

»Vielleicht hilft es dir zu wissen, dass er dich nicht umbringen wollte, obwohl du mich entjungfert hast?«, fragt sie grinsend, was dafür sorgt, dass ich fast etwas von dem Tee verschütte.

»Bitte sag das nie wieder in diesem Haus, denn ansonsten bekomme ich wirklich Angst.«

»Grandpa mag ein mürrischer Boomer sein, aber er ist okay. Und er weiß, wie das ist, wenn man nirgendwo mehr hinkann«, erklärt sie sanft.

»Du weißt wirklich, was du sagen musst, damit ich mich noch beschissener fühle«, nuschle ich in meinen Tee. Der Geruch nach Kräutern steigt mir in die Nase und sorgt auf absurde Art dafür, dass ich mich etwas entspanne. So hatte ich das Ganze nicht geplant, aber auf der anderen Seite hatte ich nicht wirklich einen Plan.

Sophia lächelt vor sich hin. »Tut mir leid«, gesteht sie etwas leiser. »Ich bin manchmal nicht gerade die empathischste Person auf der Welt.«

»Und für dich ist das okay?«

»Dass ich nicht empathisch bin?«

»Dass ich auf dem Sofa schlafe.«

Ohne zu zögern, nickt sie. »Sicher, und es ist mir wesentlich lieber, als dich zurück in den Trailer zu schicken oder im Schuppen schlafen zu lassen.«

»Ist das wieder dein Helferkomplex?«

»Vielleicht, oder ich bin einfach kein Arschloch.«

»Hört auf rumzuturteln«, schnaubt Bennett und kommt beladen mit Decken wieder die Treppen heruntergestampft. »Arin, hilf mir mal, das alte Ding auszuziehen.«

Ich gehe zu ihm und folge seinen Anweisungen, damit sich das Sofa in ein Bett verwandelt. Dann drückt er mir den Stapel Decken in die Hand. Die hellen Augen des alten Mannes bohren sich in meine. »Ich stehe Punkt sechs Uhr auf.«

»Okay?«

»Und du ab jetzt auch«, entscheidet er.

»Äh …«

»Höre ich da ein Veto?«

Ich schlucke meine Widersprüche hinunter. »Nein.«

»Gut, dann gute Nacht. Sophia?«

»Ich komm gleich hoch«, sagt sie noch immer gelassen, woraufhin ihr Großvater etwas in sich hineinnuschelt, von dem ich gar nicht weiß, ob ich es hätte hören wollen.

»Kommst du klar?«, will sie wissen und zieht die Ärmel ihres Pullis über ihre Hände, als wär sie diejenige, die sich verstecken müsste. Dabei hat sie mich mehr oder weniger gerettet, vor der Kälte und der Dunkelheit da draußen und dem beißenden Gefühl der Einsamkeit, das mich nicht schlafen lässt.

»Ich denke schon.«

»Okay, wenn was ist, weißt du ja, wo mein Zimmer ist.«

»Bevor ich so lebensmüde werde, das zu betreten, muss schon ein Feuer ausbrechen.«

Sie lacht auf. »Gute Nacht, Arin.«

»Gute Nacht.«

Und ich starre ihr hinterher, wie sie die Treppen hinaufgeht, in dem vollen Bewusstsein, dass ihr Bett genau über dem Sofa steht.

26

SOPHIA

Die kurze Nacht steckt mir in den Knochen, als ich die Treppen hinunterlaufe und Arin am Küchentisch entdecke. »Guten Morgen.«

»Hm«, macht er, ohne den Kopf von der Tischplatte zu heben.

»Hast du gut geschlafen?«, frage ich mit einem halb spöttischen Grinsen, ehe ich mir eine Tasse aus dem Schrank nehme und sie mit lauwarmem Kaffee fülle.

»Du meinst die zwei Stunden, die Bennett mich hat schlafen lassen?«, gibt Arin zurück und richtet sich auf. Die dunklen Ringe unter seinen Augen sind noch tiefer geworden, aber alles in allem sieht er besser aus als noch in der Nacht zuvor. Weniger besorgt und verzweifelt.

»Ja?«

»War okay.«

Nickend deute ich zum Kühlschrank. »Hast du Hunger?«

»Ich hab schon mit deinem Großvater gegessen.«

»Oh, okay.«

»Und er hat mich gezwungen, gleich mit ihm in die Stadt zu fahren«, führt Arin weiter fort, was mich erneut zum Schmunzeln bringt.

»Ich würde mich ja entschuldigen, aber ich fürchte, das ist immer noch besser, als wieder im Schuppen zu schlafen.«

»Aktuell bin ich da nicht so sicher.«

Mit meinem Kaffee in der Hand setze ich mich zu ihm an den Tisch.

Auf seinem schwarzen Hoodie sind dunkle Haare zu erkennen, und der Pfotenabdruck auf seiner Jeans verrät mir, dass unser pelziger

Mitbewohner sich ziemlich über unseren neuen Gast gefreut haben muss.

Das Schweigen zwischen uns lässt mir zu viel Raum für Gedanken, allerdings bin ich damit nicht allein, denn nun ist es Arin, der sich räuspert. »Und was hast du heute vor?«

»Ich dachte, ich könnte die Weltherrschaft an mich reißen, aber dazu ist nicht mehr genügend Kaffee da«, versuche ich mich an einem Scherz, und tatsächlich zucken Arins Mundwinkel etwas nach oben.

»Die Weltherrschaft klingt auch ziemlich anstrengend«, gibt er zu bedenken.

»Um ehrlich zu sein, denke ich, ich werde versuchen, mich heute bei meiner Mom zu melden«, gestehe ich, obwohl mir gerade die Weltherrschaft einfacher erscheint. Arin scheint es zu spüren. Auch wenn seine Beziehung zu seiner Mutter ganz anders geprägt ist, versteht er zumindest zum Teil, wie ich mich damit fühle.

»Ich bin nicht gerade gut in diesem ganzen ›Über Gefühle reden‹-Ding, aber wenn du mir sagen willst, was passiert ist, bin ich da«, meint er leiser.

»Danke, aber ich denke, es ist die immer gleiche Geschichte, oder?«, frage ich. »Unsere Eltern haben Erwartungen an uns, die wir enttäuschen, und wir sind enttäuscht, wenn wir herausfinden, dass sie keine Superhelden sind, sondern Menschen, die genauso viel Mist bauen wie alle anderen auch. Und manchmal kollidieren diese Dinge, und es ist, als könnte man die neuen Grenzen nie wieder übertreten.«

»Du musst über eine Grenze gehen, und ich muss eine ziehen«, brummt Arin. »Und ich dachte, wenn man erwachsen ist, wird alles irgendwie einfacher.«

»Ich weiß nicht, vielleicht muss erst alles schwieriger werden, damit es dann wieder einfacher wird«, murmle ich nachdenklich und nippe an meinem Kaffee.

Arin schüttelt den Kopf. »Oder das Leben ist nur eine verdammte Achterbahn, bei der man nie weiß, ob der nächste Looping einem Spaß macht oder einen zum Kotzen bringt.«

»Das war erstaunlich poetisch und doch zu hundert Prozent du«, sage ich mit dem ersten richtigen Lächeln heute.

Arin ignoriert mein Kompliment. »Du wirst das mit deiner Mom wieder hinbekommen.«

»Gerade fühlt es sich noch nicht so an, aber danke für den Zuspruch.«

»Wahrscheinlich wird es nicht halb so schlimm, wie du denkst.«

Da ich nicht darüber debattieren möchte, wie schlimm es vielleicht doch wird, schwenke ich um. »Und was ist mit dir?«

»Du meinst, wegen meiner Mom?«, fragt er zurück, und sein Blick flackert dabei, als wüsste er jetzt schon, dass er nicht das Richtige sagen kann. Was auch immer das in seiner Situation sein sollte.

»Ja.«

Kopfschüttelnd weicht er meinem Blick aus. »Ich kann sie nicht rauswerfen.«

»Das versteh ich.«

»Aber?«

»Kein Aber«, erkläre ich schnell. »Ich bin sicher, du kannst hierbleiben, solange es nötig ist.«

Nun hebt er doch den Blick nur kurz, aber lang genug, damit mein Herz auf ihn reagiert und jedes Gefühl der letzten Wochen zwischen uns addiert und doppelt unterstreicht.

Am liebsten würde ich die Hand nach ihm ausstrecken, ihn berühren und ihm zeigen, dass ich ebenso für ihn da sein will wie er für mich, und ihm sagen, dass wir das alles irgendwie überstehen werden, auch wenn ich selbst nicht daran glauben kann. Aber ich wage es nicht, habe zu viel Angst davor, was passiert, wenn ich den Funken zwischen uns nachgebe und das Feuer vollends entfacht.

»Danke, Sophia«, kommt es aus Arins Mund, als hätte er gerade einen ähnlichen inneren Monolog geführt und sei zu der gleichen Erkenntnis gelangt wie ich.

»Das musst du meinem Grandpa sagen, nicht mir. Ich dachte, du seist ein Waschbär, als ich im Schuppen nachgesehen habe«, wechsle ich das Thema.

Arins Augenbrauen heben sich überrascht. »Ein Waschbär?«

»Ja.«

»Du hättest echt was Cooleres sagen können.«

»Entschuldigung? Waschbären sind cool«, gebe ich grinsend zurück. »Sie tragen quasi dauerhaft ihr Superheldenkostüm.«

»Du bist …«, setzt Arin an, aber ich kann nur mutmaßen, wie dieser Satz weitergehen könnte, denn in diesem Moment kommt Grandpa durch die Haustür gepoltert.

»Kommst du?«, ruft Bennett, und Bo bellt auffordernd neben ihm.

Resigniert steht Arin auf, zögert aber nicht. »Bin schon da.«

»Bis später«, rufe ich den beiden hinterher und wende mich wieder meinem inzwischen kalten Kaffee zu. Ehe ich jedoch einen Schluck davon nehmen kann, kommt Arin noch einmal zurück und legt mir einen kleinen abgerissenen Zettel hin, ehe er verschwindet. Ich klappe ihn auf und lese den einzelnen Satz.

Ruf sie an, denn ich weiß, wie sehr es einem das Herz bricht, nichts mehr von dir zu hören.

Ein Lächeln stiehlt sich auf mein Gesicht, und ich falte den Zettel wieder zusammen.

Eine Weile kann ich mich ablenken, dann mache ich den Abwasch, muss mir aber recht schnell selbst eingestehen, dass ich nur weiterhin versuche, dem Unausweichlichen zu entkommen.

Also nehme ich mein Handy in die Hand.

Da meine Mutter wahrscheinlich der letzte Mensch auf der Welt ist, der kein Handy besitzt, versuche ich es auf dem Festnetz. Es dauert nur eine Minute, bis der Anrufbeantworter rangeht. »Hey, Mom«, sage ich und spüre sofort, wie mir die Tränen in die Augen steigen. Ich brauche etwas, bis ich weitersprechen kann. »Mir geht's gut. Ich bin bei Grandpa, aber das weißt du ja schon.« Mit den Ärmeln meines Pullis wische ich mir über die Augen. »Hör zu, ich … ich bin nicht gut darin zu streiten. Und ich will mich gar nicht mit dir streiten. Ich verstehe, dass es ein Schock für dich gewesen sein muss, dass ich … dass ich HIV habe. Und ich kann auch verstehen, dass du enttäuscht von mir bist. Das bin ich selbst auch.«

Große salzige Tropfen fallen auf das dunkle Holz zu meinen Füßen. »Aber ich bin so wütend auf dich. So unfassbar wütend, weil ich dich gebraucht hätte, Mom. Ich hätte dich gebraucht, und du hast mich einfach rausgeworfen.«

Mein Atem stockt. »Es tut mir leid, dass ich dich so enttäuscht habe und dass ich nicht zu der Frau geworden bin, die du gern in mir sehen wolltest. Aber … ich liebe dich, auch wenn ich nicht weiß, ob ich dir das verzeihen kann. Du bist meine Mom, und ich werde dich immer lieben. Und vielleicht kannst du mich ja auch noch lieben.«

Und dann lege ich auf und weine, bis ich keine Tränen mehr habe.

ARIN

»Du kochst?«, frage ich.

»Aktuell hat sie die Zwiebeln verbrannt«, sagt der alte Bennett feixend und fächert mit einer alten Zeitung den Rauch zum geöffneten Fenster.

Ich muss grinsen und lasse mich an den kleinen Esstisch sinken.

»Hört auf zu lachen und schneidet mir lieber eine neue!«, ruft Sophia und gießt die Nudeln ab.

»Ich übernehme das …«, sage ich automatisch.

»Meinst du denn, dass du dieser Aufgabe gewachsen bist?«, neckt sie mich zurück und verengt kurz die Augen, als sei sie allzeit bereit, noch strenger zu werden.

Wir blicken uns für einen Moment an. Trotz der feuchten Kälte wird mir plötzlich warm, als ich sehe, wie ihre Mundwinkel sich nach oben ziehen und ich einen erneuten Blick auf ihre Grübchen erhalte.

»Wenn du weiterhin so nett bist, könnte dein Bad-Boy-Image noch Schaden nehmen«, sagt sie und schiebt mir das Brett und das Messer zu.

Grinsend greife ich nach der Zwiebel. Sie liegt schwer in meiner Hand, während ich das Messer ansetze und Sophia anblicke. »Vielleicht bin ich ja langsam bereit für einen Imagewechsel.«

»Dann müsstest du aber auch mal wieder zum Friseur«, brummt Bennett.

»Nein, diese Frisur ist klassisch – die passt immer.«

Sophia schüttelt den Kopf und verschränkt die Arme, als müsste sie ihren Schutzschild wieder heben. »Ihr beide macht mich wirklich schwach.«

Ihr Tonfall lässt mich stocken. Und dann spüre ich etwas, das ich lieber nicht spüren würde. »Aua!«

Das Messer rutscht mir aus der Hand. Die Zwiebel kullert vom Tisch. Der alte Bennett stößt einen Fluch aus. Und ich starre auf meine Hand, von der plötzlich ein Schwall Blut auf den Tisch tropft.

»Was ist … o Gott«, höre ich Sophias schneidende Stimme. Ich bewege mich erst, als ich ihre kühlen Hände auf meinem Arm spüre und sie mich zu sich zieht. Ein Eissplitter drückt sich in meinen Magen. Es ist das erste Mal, dass sie mich berührt und nicht zurückweicht. Die bloße Erkenntnis lässt mich taumeln. Oder wird mir schwindelig, weil mein Blut gerade auf den Boden tropft?

»Verdammtes Messer«, murmle ich und sehe sie an. Sophia hält meine Hand unter laufendes Wasser. Gequält jaule ich auf, als würde ich den Schmerz erst jetzt spüren.

»Ich hol Pflaster«, kommt es von ihrem Großvater.

»Die werden nicht reichen, hol mir Verbandszeug und Handschuhe«, verlangt sie und sieht mich tadelnd an.

Ich weiß nicht, ob es der Schmerz, das Blut oder ihr Blick ist. Vor meinen Augen beginnt ihr hübsches Gesicht zu verschwimmen. »Mir wird etwas komisch.«

»Was denn? Ist dein Machogehabe beim Anblick von Blut verschwunden?«, fragt sie, drückt mich auf einen Stuhl und wickelt ein Geschirrtuch um meine Hand.

»Ich mag kein Blut, besonders nicht mein eigenes – darum konnte ich mir auch nie …« Zum Glück kann ich mich daran hindern, den Rest der Worte auszusprechen, auch wenn ich dafür kurzzeitig alles verschwommen sehe.

»Grandpa, ich brauche die Handschuhe!«, schreit sie und sieht sich mit leichter Panik um.

Ich blinzle irritiert. Ekelt mein Blut sie derartig an? Hat sie Angst, sich an meiner Junkie-Krankheit anzustecken? Hat sie verstanden, dass ich in meinem Inneren verdorben bin?

»Wozu?«, höre ich Bennetts Frage.

»Jetzt sag schon, wo ich welche finde«, knurrt Sophia.

»Keine Ahnung, drück einfach etwas auf die Wunde.«

»Das geht nicht«, wehrt sie ab, so panisch, dass ich sogar kurz meinen Schmerz und das Blut vergesse, weil ich sie nur anstarre und nicht verstehe, wieso ihre Stimme zittert.

»Himmel, Phee, ich weiß nicht, wo …«

»Ich kann die Wunde nicht ohne Handschuhe versorgen«, schnaubt sie und ballt die Hände zu Fäusten.

»Und warum verdammt noch mal nicht?«, grunzt ihr Großvater und bringt den Verbandskasten.

Sophia starrt an ihm vorbei. »Ich habe HIV.«

Für einige Momente ist alles vollkommen still. Bennett und ich blicken sie an, unsicher, ob wir sie gerade wirklich richtig verstanden haben.

»Unter der Spüle müssten welche sein«, findet Bennett endlich neue Worte und bricht damit den seltsamen Bann. Er stellt den Verbandskasten vor uns ab, ich schaue etwas zu lange auf meine umwickelte Hand, und Sophia hat Handschuhe gefunden, denn sie streift sie wie ein Profi über, bevor sie das Geschirrtuch von meiner Hand nimmt und das Gesicht verzieht. Sie untersucht meine Hand und schaut dabei nicht gerade hoffnungsvoll. Ich begehe den folgenschweren Fehler, ebenfalls auf meine Hand zu blicken. Jetzt wird mir wirklich schlecht.

»Ist das Helle da der Knochen?«

»Ich … nein, ich denke, das ist nur die Fettschicht unter deiner Haut«, flüstert sie mehr zu sich selbst.

»Sehr beruhigend – und hast du meine Hand gerade fett genannt?«

»Deine gigantischen Trollhände? Nein, niemals.«

Ein zaghaftes Lächeln. Der Schmerz ist so gut wie vergessen. Mein Herz beginnt plötzlich zu rasen, als würde es versuchen, die Zeit anzuhalten. Leider verliert sich die Kraft durch den offenen Schnitt an meiner Hand. »Sophia hat einen Witz gemacht«, bringe ich gepresst hervor.

»Nur, um dich von den Schmerzen abzulenken«, gibt sie zurück.

»Du willst mich ablenken?«

»Wenn du jetzt unverschämt wirst, werde ich dich verbluten lassen.«

»Niemand verblutet in meinen vier Wänden. Hier ist das Verbandszeug«, ruft ihr Großvater aus und blickt mich besorgt an. »Ich fürchte, du solltest das nähen lassen. Der Schnitt ist wirklich tief.«

»Nein, das ist nur ein Kratzer«, wehre ich ab.

»Sag das dem ganzen Blut auf dem Boden«, haucht Sophia, während sie notdürftig einen Druckverband um meine Hand anlegt. Ich kann nicht hinsehen, schließe die Augen und versuche, statt auf den Schmerz auf ihre federleichten Berührungen zu achten.

»Es geht schon. Binde einfach etwas drum herum.«

»Ich werde etwas drumbinden, und dann fahren wir zu Chris.«

»Ist das dein Ernst?«, presse ich hervor.

»Sehe ich aus, als würde ich scherzen?«

Ich öffne vorsichtig die Augen und blicke direkt in ihre. Unsere Blicke verheddern sich für den Bruchteil einer Sekunde. Doch dann wird die aufkeimende Romantik von einem lauten »Verdammt« unterbrochen. »Meine Güte, es sieht aus, als hättest du versucht, deine Hand zu filetieren«, stößt Bennett aus und beäugt neugierig den Verband.

»Du weißt wirklich, was ein Mann in meiner Situation hören will.«

»So müsste es gehen. Grandpa?«, fragt Sophia, ohne auf mich zu achten. Ich spüre etwas Kaltes in meiner gesunden Hand und blinzle zu dem Mann hinauf.

»Ihr fahrt los, ich rufe Chris an, damit er schnell genug in der Praxis ist.«

»Halt die Hand hoch«, sagt Sophia streng und schiebt mich die Treppen hinunter. Damit bleibt mir keine Zeit mehr, um mich über Bennetts mangelndes Mitgefühl zu beschweren.

Ich habe ehrlich keine Ahnung, wie ich es ins Auto geschafft habe oder wann sie mir den Schlüssel abgenommen hat. Sophia steigt ein und knallt die Tür zu. Sie achtet nicht auf mich, während sie den

Rückwärtsgang einlegt und so schnell aus der Lücke fährt, dass ich Angst habe, wir hätten eine Katze erwischt. Vielleicht liegt es am Blutverlust, aber von ihrem Fahrstil wird mir wieder schlecht. »Danke«, presse ich hervor.

»Wofür?«, fragt sie zurück und schiebt sich den Pony aus der Stirn.

»Dass du mich zu Chris schleifst, als würde ich dir doch etwas bedeuten.«

Sophia erwidert nichts, das muss sie auch nicht. Sie macht sich Sorgen um mich, und darauf kann ich aufbauen. Wäre mir nicht so verdammt schlecht, würde ich etwas wirklich Bewegendes und Kitschiges sagen, das sie wieder zum Lachen bringt. Ihre Grübchen haben mich fast so sehr verzaubert wie ihre Augen. Meine Gedanken schweifen ab, und ich frage mich, ob sie der Grund dafür ist, dass ich erst in das Loch fallen musste, aus dem ich die letzten zwei Jahre herausgekrochen bin.

»Arin, steh auf.«

Ich blinzle. Offenbar sind wir schon da. Eigentlich will ich aufstehen, aber mein Kreislauf spielt nicht mit. Alles wird verschwommen.

»Bin schon da«, ruft Chris aus. Zumindest glaube ich, dass es Chris ist, denn er packt mich, und ich schaffe es, mich gegen ihn zu stützen, bis meine Sicht wieder klarer wird.

»Arin kann kein Blut sehen«, erklärt Sophia irgendwo dicht hinter mir.

»Ja, ich weiß. Bei jeder Blutabnahme muss er …«

»Hey!«, unterbreche ich. »Was ist mit dem Arztgeheimnis?«

Chris grinst, während er mich in die Praxis führt und auf der Liege in seinem Büro absetzt. »Gut, dass du ihn hergebracht hast«, sagt er offenbar an Sophia gewandt.

Chris ist kaum mehr als vier Jahre älter als ich. Dieser Gedanke deprimiert mich. Während ich nichts Besseres zu tun hatte, als mich zu prügeln und mit Drogen vollzupumpen, hat er tatsächlich etwas erreicht. Sein Job ist es, Menschen wie mich, die keine Zwiebeln schneiden können, vor einer Blutvergiftung zu bewahren.

»Hilfst du jetzt meiner Frankenstein-Hand, oder muss ich mich erst übergeben?«

»Am besten, du schaust nicht hin«, sagt er und zieht etwas zu sich, von dem ich wirklich nicht wissen will, was es ist. Also sehe ich stattdessen Sophia an. Sie kommt näher an die Liege, schenkt mir ein kleines Lächeln.

»Das könnte jetzt etwas zwicken«, nuschelt Chris, und ich beiße die Zähne zusammen. Konzentriere mich auf das, was jetzt wichtig ist. Auf den Schmerz, auf Sophia, die mich noch immer ansieht, auf das Ein- und Ausatmen. Alles, nur nicht hinsehen und damit wieder Übelkeit riskieren.

»Fertig«, kommt es von Chris. »Ich leg dir gleich noch einen Verband an.«

»Danke.«

»Du warst sehr tapfer«, sagt Sophia mit einem schmalen Lächeln.

»Ich bin schwer verwundet, und du machst dich über mich lustig?«

»Nur ein bisschen.«

»Es waren nur vier Stiche, ein Bad Boy wie du wird das sicher überleben«, ärgert mich nun auch noch Chris.

»Nur, wenn du ordentlich genäht hast, sonst werde ich beim nächsten Mal ohnmächtig.«

»Ich schreib dir zur Vorsicht noch eine Salbe auf, und in zwei Tagen kommst du vorbei, damit ich mir die Wunde ansehen kann, okay?«

Ich nicke nur. Die ganze Situation ist mir schon peinlich genug. Doch nun, mit dem Verband um meine Hand und der simplen Tatsache, dass ich kein Blut mehr sehe, geht es mir besser. »Nehmen muss ich aber nichts, oder?«

»Nein, keine Sorge.«

»Nehmen?«, fragt Sophia.

»Ich darf keine Schmerzmittel einnehmen und bin nicht sicher, ob ich das schaffe, wenn ich andere Tabletten nehmen müsste, Antibiotika oder so«, gebe ich zu, wobei ich ihr nicht in die Augen sehen kann.

»Oh.« Sie räuspert sich unbehaglich und wendet sich an Chris, dem sie noch einmal dankt und dann das Rezept für mich bekommt. Ich hingegen schaffe es, mich aufzurichten. Meine Hand ist dick bandagiert, doch das ist mir lieber als die klaffende Wunde. Nur das penetrante Pochen würde ich gern mehr ignorieren, denn gerade habe ich den Drang, diesen Schmerz ebenso zu betäuben wie den Wunsch, Sophias Hand zu nehmen.

»Geht es?«, fragt sie mit besorgtem Ausdruck in den Augen.

»Tut etwas weh«, gebe ich zu.

»Wollen wir uns auf dem Rückweg einen Milchshake gönnen?«

Ich blicke zu ihr hoch. »Du willst ins Diner?«

»Na ja, außer es hat ein schicker neuer Laden mit guten Milchshakes aufgemacht«, gibt sie lächelnd zurück.

»Conner arbeitet da.«

Sie überlegt kurz. »Du kannst ja im Wagen warten.«

Grinsend nicke ich. Wenn es etwas gibt, das meinen verletzten Stolz heilen kann, dann ist es ein Milchshake. »Ein Milchshake klingt gut, immerhin habe ich todesmutig den Kampf mit der Zwiebel für dich aufgenommen.«

»Ja, und wie im Märchen musste ich dann dein Leben retten«, sagt Sophia lachend.

Mein falscher Stolz gerät wieder etwas ins Wanken, aber das halbe Grinsen in meinem Gesicht ist trotzdem echt. »Das hätte ich kommen sehen müssen.«

Sie wirft mir einen kurzen Blick zu, während sie den Wagen durch Belmont Bay lenkt. »Tja, du hast mich schon immer unterschätzt.«

»Den Fehler begehe ich sicher nicht so schnell wieder.«

Sophia parkt vor dem Diner und sieht mich noch einmal an. Ich bin mir nicht sicher, ob sie darüber reden will. Über das, was sie gesagt hat. Und das, was wahrscheinlich der wahre Grund ist, weshalb sie wieder in der Stadt ist.

HIV.

Drei Buchstaben, die ein ganzes Leben zum Wanken bringen können. Und ich wusste, dass sie schwankt, nur kannte ich den Grund dafür nicht. Bis jetzt. »Sturmauge, ich …«

»Lass es, bitte«, stoppt sie mich sofort. »Ich wollte es euch nicht so sagen, aber jetzt ist es passiert. Nur bin ich gerade noch nicht bereit, mich damit auseinanderzusetzen. Okay?«

Ich nicke, auch wenn tausend Fragen in meinem Kopf ihre Loopings drehen.

»Gut, ich besorg die Milchshakes, und du versuchst, keinen weiteren Unfall zu haben.«

»Deal.«

Keine zehn Minuten später reicht Sophia mir zwei Milchshakes und startet den Wagen wieder. »Wo fahren wir hin?«

»Zum See«, sagt sie, als wäre nichts daran seltsam.

Die letzten Tage haben sich derartig überschlagen, dass ich noch immer nicht weiß, wo mir der Kopf steht. Unter dem Dach Bennetts zu leben, ist seltsam – und trotzdem fühl ich mich dem Mann inzwischen verbundener als den meisten anderen Menschen. Und Sophia … ist mir weiterhin ein Rätsel.

Weil ich nicht verstehe, wie sie mir verzeihen kann.

Weil ich nicht weiß, wie ich damit umgehen soll.

Weil mir jeden Tag mehr bewusst wird, dass ich sie liebe.

»Du hast dir gemerkt, dass ich ein Schokotyp bin«, stelle ich fest und sauge an meinem Milchshake, während ich sie ansehe.

»Ist nicht jeder der Schokotyp?« Sie fährt auf den inoffiziellen Parkplatz mit Blick auf den See und zieht den Schlüssel aus dem Schloss, ehe ich ihr den eigenen Milchshake reiche.

»Klassiker haben ihren Grund.«

»Die Milchshakes in dieser Stadt habe ich wirklich vermisst«, sagt sie seufzend und blickt auf den See hinaus.

»Nur die?«

Der Sturm in ihren Augen wird dunkler. »Nein, aber … Manchmal ist es besser, gewisse Dinge zu vermissen, als sie um sich zu haben. Weil das eine zwar wehtut, aber das andere einen vielleicht zerstört.«

»Autsch.«

»Du solltest nicht alles auf dich beziehen, Arin«, meint sie tadelnd, ehe ihre Lippen den Strohhalm umschließen.

»Doppelt autsch, habe ich für heute nicht schon genug gelitten?«

»Tut mir leid, ich muss mich wohl noch an die neue Version von dir gewöhnen. Ein Arin, der sich beim Zwiebelschneiden verletzt«, neckt sie mich, und wir sehen einander an.

»Den letzten Teil darfst du von mir aus gern vergessen«, murmle ich etwas leiser und kann nicht verhindern, dass mein Herz einen Schlag aussetzt, wenn sie mich so ansieht. So vertraut und nahe, und doch ist da diese Mauer um sie herum. Wir schweigen einen Moment.

»Sophia?«

»Arin?«

»Danke.«

Die Sturmaugen scheinen ruhiger zu werden, fast schon friedlich. Sophia lächelt still und leckt sich verirrte Schokosoße von den Fingern, ohne zu ahnen, welche Empfindungen sie dabei in mir auslöst. Zwischen uns scheint die Luft zu gefrieren, als hätte sie nicht bemerkt, dass der Winter längst vorbei ist. Sophia erhebt sich von ihrem Platz und bringt unsere Shakes in den Mülleimer. Sachte stehe ich ebenfalls auf und warte, bis sie wieder vor mir steht. »Ist lange her, dass mich jemand auf einen Milchshake eingeladen hat.«

Die untergehende Sonne lässt die kleinen Wellen des Sees schimmern und funkeln, als wollte selbst Belmont Bay diesen winzigen Augenblick für uns perfekt machen. »Von mir aus jederzeit wieder.«

Vorsichtig taste ich mit meiner unverletzten Hand nach ihrer, drücke sie, weil ich hoffe, dass diese Geste ihr sagt, was ich ihr nicht sagen soll. Dass sie ihr zeigt, dass es mir egal ist. Dass ich hier bin, ob sie nun ein Virus im Blut hat oder nicht.

Ich trete näher, kann nicht anders, weil alles in mir schreit, dass ich ihr näher sein will. Noch näher. Dass ich sie fühlen will. Schmecken. Jeden Zentimeter ihres Körpers berühren und jede ihrer Narben, außen wie innen, küssen will.

Dennoch bleibe ich stehen, weil ich sehe, wie sie sich anspannt. Ich bewege mich nicht vom Fleck. Ihr Mund ist meinem so nahe, dass ich die Schokolade auf ihren Lippen fast schmecken kann.

»Arin?«

Ihre Stimme klingt erstickt. Rau und irgendwie panisch. Ich kann meine eigenen Gedanken kaum noch verbergen. Wir stehen Nase an Nase, Brust an Brust, während ich mich ihr entgegenbeuge. »Ja?«

»Tu das nicht.«

»Was soll ich nicht tun?«

»Sieh mich nicht an, als würdest du mich küssen wollen«, haucht sie, und meine Lippen beginnen zu kribbeln.

»Aber ich will dich immer küssen, Sturmauge.«

»Arin …«

»Willst du mich nicht küssen?«

»Doch, es ist nur, wir können nicht …«

In ihrem Gesicht spiegelt sich ein einziger Widerspruch. Als wüsste sie, dass sie mich auch küssen will, aber irgendwas hält sie zurück. Nicht etwas. Sondern eine Krankheit. Sie hat Angst davor, mir nahe zu sein, nicht nur weil es unser beider Herzen in Gefahr bringt, sondern weil sie krank ist. »Sophia, ich will dich, und du willst mich – oder nicht? Und es ist mir egal, wirklich. Du kannst nichts dafür, dass du …«

»Sag es nicht, bitte«, unterbricht sie mich.

»Ich will nicht reden, ich will dich küssen, Sturmauge.«

Sie schweigt, und ich weiß nicht, ob ihre Augen mich anflehen, es zu tun oder zu lassen – aber ich gebe mir nicht die Chance, diesen Moment verfliegen zu lassen.

Meine Lippen treffen auf ihre. Ein Sonnensystem explodiert in meinem Bauch. Mein Herz donnert wie ein Presslufthammer gegen meine Rippen, als sie sich mir entgegendrückt. Nur für den Bruchteil einer Sekunde. Aber dieser Moment ist so perfekt, dass ich glaube, er dauert ewig. Dann lösen sich ihre Lippen wieder von meinen, und sie starrt mich mit eiskalten Augen an. Erst jetzt wird mir klar, dass ich einen schrecklichen Fehler gemacht habe.

Tränen verschleiern ihren Blick. Ihre Unterlippe bebt.

Völlig perplex stolpere ich einen halben Schritt zurück. »Sophia …«

»Das hätten wir nicht tun sollen«, sagt sie mit einer Stimme, die jedes Meer gefrieren ließe. Sie dreht sich auf dem Absatz um und marschiert zurück zum Auto, ohne mich auch nur eines Blickes zu würdigen.

Ich verfluche mich und laufe ihr nach. »Sophia, warte – es tut mir leid, ich …«

»Lass es einfach, Arin.«

»Sophia, was …«

Ich greife nach ihrem Arm, doch sie zuckt zusammen und reißt sich los, als hätte ich ihr einen Schlag verpasst. Der Autoschlüssel fällt klirrend zu Boden, doch sie bewegt sich nicht. »Fass mich nicht an.«

Ihre Worte sind wie Eiszapfen, die sich direkt in mein Herz bohren. Ich bleibe stehen und blicke ihr nach, wie sie ins Auto steigt und davonfährt. Offenbar habe ich es versaut. Und trotzdem spüre ich noch immer das Prickeln ihrer Lippen auf meinen. Wie schafft sie es nur, mir immer wieder das Herz zu brechen, ohne mich auch nur zu berühren?

27

SOPHIA

Wie konnte ich alles innerhalb weniger Minuten so sehr versauen? Ich starre auf meine Hände, als würde ich erwarten, eine Wunde zu entdecken. Blut. Irgendetwas, das diese Panik rechtfertigt. Doch da ist nichts. Keine offenen Wunden, nur das klaffende Loch mitten in meiner Seele. Ich bin zurück zu meinem Großvater gefahren, habe den Wagen abgestellt und kann doch nicht einfach reingehen. Es ist alles zu viel, und der Drang, einfach weiter und weiter zu laufen, ist so groß, dass ich nicht mehr klar denken kann.

Vor meinem geistigen Auge zucken Blitze in Lila und Grau auf, die mich an den Ort bringen, den ich am meisten hasse: mein Zimmer in der Wohnung meiner Mom. Ich kann den Geruch nach Orangenlimo und Vanillekerzen riechen, den Geschmack des Weichspülers auf meinem Kissenbezug und den Händen. Die gottverdammte Stimme, die mir immer und immer sagt, dass ich all das verdiene.

Dass es meine eigene Schuld ist.

Es ist nicht allein meine Schuld gewesen, rein rational weiß ich das. Es hätte jedem passieren können. Ein Moment der Unachtsamkeit, zu wenige Gedanken an die möglichen Konsequenzen.

Ich schnappe nach Luft, schließe die Augen und versuche, eine gnädige Leere in meinen Kopf zu beschwören. Meine Atmung wird flacher.

Ein. Aus. Meine Hände ballen sich zu Fäusten. Die Wut ist besser als die Panik.

Ein. Aus. Ich versuche, mich an die Wut zu klammern wie an einen rettenden Anker, doch sie zieht mich weiter runter. Die Wut auf ihn wird zu Wut auf mich selbst. Ich hätte mich nicht überreden lassen dürfen. Ich hätte Nein sagen können. Ich hätte nicht auf sein: »*Du vertraust mir doch?*«, hören dürfen. Ein. Aus. »*Wir brauchen keine Kondome, du nimmst doch die Pille.*«

Die Dämmerung wird schleichend zur Nacht, und ich stolpere über den Weg, während ich versuche, meine Orientierung wiederzufinden. Die Straßenlaterne über mir flackert. Mein Körper schaltet auf Autopilot. Wie von selbst laufe ich einfach weiter die Straße entlang. Aus meinem Schluchzen ist ein stummes Weinen geworden. Ich halte die salzigen Tropfen nicht auf, denn ich weiß, dass sie mich sonst nur mitten in der Nacht heimsuchen.

»Sophia?«

Ich bleibe stehen.

Conners Haus am Waldrand ist mir so bekannt, dass ich nicht darauf geachtet habe. Megan und Mia sehen mich besorgt an. Sie halten Papiertüten voller Nahrungsmittel in den Händen, während sie an Megans Wagen stehen. Die Schwestern sehen sich einen Moment lang an, als könnten sie stumm miteinander sprechen, was nun, da sie mich entdeckt hatten, zu tun sei. Mia ist die Erste, die auf mich zukommt. Sie drückt Megan ihre Tüte in die Hand und sieht mich sanft an. »Hey, was ist denn passiert?«

Aber ich kann nichts sagen.

Mit zittrigen Fingern streiche ich mir den Pony aus der Stirn. Ich will ja etwas sagen, aber stattdessen kommt nur undeutliches Keuchen aus meinem Mund, und zittrige Fetzen, die ich nicht einmal selbst deuten kann.

»Ist es okay, wenn ich dich umarme?«, fragt Mia sanft, und ich kann nichts anderes tun als nicken.

Lächelnd schließt sie die Arme um mich und drückt mich sachte an sich, sodass ich den undeutlichen Geruch ihres Apfelshampoos in der Nase habe. Ihre Nähe schafft es, dass der Fluss aus Tränen zumindest erst einmal versiegt. Sie wartet geduldig, bis meine Brust sich nicht mehr hektisch hebt und senkt, dann erst tritt sie einen Schritt zurück.

»Komm rein«, sagt Megan, und ich gehorche, weil ich gar nicht in der Lage bin, dagegen zu argumentieren. Mia zieht mich sachte mit sich in das Haus.

»Shit«, sagt Leo und tritt zur Seite, damit wir reinkommen können.

Megan drückt mich sanft auf das Sofa, während Mia in der Küche verschwindet, um Tee zu kochen. Leo steht etwas hilflos mitten im Raum und scheint nicht zu wissen, was er tun soll. Verdenken kann ich es ihm nicht, denn ich weiß nicht einmal selbst, was hier gerade mit mir passiert.

»Hier«, sagt Mia mit einem Lächeln und reicht mir die heiße Tasse.

»Danke.«

»Keine Ursache, willst du darüber reden?«

Ihre Worte öffnen erneut eine Schleuse. Ich sacke in mich zusammen. Die Tränen strömen über meine Wangen und saugen sich in den Bezug des Sofas. Ich kann es nicht mehr aufhalten. Mein ganzer Körper zittert, als stünde ich in einem Schneesturm. Mia ist überfordert. Sie kniet sich vor mich und versucht, nach meiner Schulter zu greifen, doch ich weiche zurück, wie ich es immer tue. »Schhhh, ist ja gut«, sagt sie leise. »Es ist alles okay, was auch immer passiert ist, hier bist du sicher.«

Ich blinzle sie an, will etwas sagen, doch es kommt nur ein jammernder Katzenlaut aus meiner Kehle. Mia bleibt bei mir, tastet vorsichtig nach meiner Hand, während Megan mir eine kuschelige Decke um die Schultern legt.

Die beiden Schwestern sind da, halten aber respektvollen Abstand, als würden sie genau wissen, wie es ist, wenn man Berührungen gerade nur auf bestimmte Art ertragen kann.

»Hat es etwas damit zu tun, dass du vorhin Arin zum Arzt gefahren hast?«, will Megan nach einer Weile vorsichtig wissen und reicht mir eine Packung Taschentücher.

Ich schüttle den Kopf.

»Hat er dir wehgetan?«, fragt Mia.

Wieder ein Kopfschütteln. Durch die halb geöffnete Tür ihres angrenzenden Zimmers, in das Leo verschwunden ist, dringt leise Musik. Ich kenne die Band nicht, aber mir gefällt es. Der Klang ist neu und vertraut zugleich. Leise, aber nicht zu ignorieren.

»Du musst nicht mit uns reden, wenn du noch nicht so weit bist«, versucht Megan es erneut. »Aber wir hören zu.«

»Und im Gegensatz zu Caroline und Co. können wir auch ganz gut die Klappen halten«, setzt Mia mit einem halben Grinsen dazu, das meine Mundwinkel zumindest kurz nach oben zucken lässt.

Ich schlucke schwer. »Arin hat mich geküsst.«

Ihre Gesichtszüge zucken, aber sie wirkt nicht überrascht. »Hat er dich bedrängt?«

»Nein, Gott, nein«, sage ich schnell und wische mir über das nasse Gesicht. »Es, es liegt nicht an ihm, es ist …«

Mia nickt. Auf eine Art, die nur eine andere Frau verstehen kann. Ein trauriges Lächeln umspielt ihre Lippen. Sie steht auf. »Megan hat mir beigebracht, für solche Gespräche immer einen Notfallvorrat Kekse im Haus zu haben. Also, lieber Vanille oder Schoko?«

Ich zögere. »Schoko?«

»Ausgezeichnete Wahl.«

»Klingt, als hättet ihr Erfahrung mit … Problemen.«

Megan lacht auf. »Das ist noch eine sehr freundliche Umschreibung«, meint sie heiter und setzt sich neben mich auf das kleine Sofa.

Ich ertrage es nicht, sie anzusehen. Stattdessen gleitet mein Blick durch das ordentliche Wohnzimmer, das durch die offene Küche ergänzt wird. Der Plattenspieler steht auf einer kleinen Kommode, über der sich eine Sammlung verschiedener Schallplatten in einem Karton tummeln, auf dem Megans Name steht.

Eine unangenehme Stille breitet sich zwischen uns aus, und ich bringe nur heraus: »Ihr müsst das nicht tun.«

»Mit dir Kekse essen?«, will Mia wissen und reicht mir eine volle Packung.

»Euch um mich kümmern«, presse ich hervor und bin mir bewusst, wie naiv es klingen muss.

»Falls es dir nicht aufgefallen ist«, meint Megan und wischt sich eine der blutroten Strähnen aus dem Gesicht. »Ich tue nur, was ich will, und nie das, was ich muss.«

»Und jetzt willst du mir aus einem Heulanfall helfen?«

»Machen Freunde so etwas denn nicht?«, will Mia wissen.

»Gut möglich, ich hatte in den letzten Jahren nicht sonderlich viele davon.«

Mia zuckt mit den Schultern und verzieht die Lippen zu einem Lächeln. »Na ja, und jetzt hast du uns, das ist doch schon was, oder?«

»Es ist keine gute Idee, mit mir befreundet zu sein«, meine ich und spüre dabei, wie sehr ich das selbst glaube. Wie stark ich mich in den letzten Jahren abgekapselt habe, von allen Menschen. Und wie einsam mich das gemacht hat.

»Und warum nicht?«

»Manchmal habe ich das Gefühl, dass ich anderen nur Unglück bringe.«

»Bullshit«, stößt Megan aus, was ihr einen strengen Blick von ihrer Schwester einbringt.

»Was meine etwas zu direkte Schwester sagen wollte, war: Du bist kein Unglücksbringer, wieso denkst du das?«, setzt Mia an und legt den Kopf schief, während sie mich betrachtet.

»Ich kann nicht darüber reden«, stelle ich klar und klammere mich an meiner Teetasse fest.

Mia nickt. »Dazu werden wir dich auch nicht drängen. Wir haben alle ein dunkles Geheimnis.«

Ich weiche ihrem Blick aus. Natürlich weiß ich, dass sie recht hat. Jeder von uns versucht zu verbergen, wie beschädigt er ist. Aber ich bin nicht nur beschädigt, ich bin zerbrochen und eine Gefahr für alle, die mir zu nahe kommen.

»Das hilft mir nicht.«

»Nein, es macht nichts besser – aber viele von uns haben eine Geschichte. Mach nicht den Fehler und versteck dich vor deiner eigenen.«

Mias ruhige Art, mir diese Wahrheit ins Gesicht zu schlagen, ist beängstigend und therapeutisch zugleich. Mein Mund öffnet sich, aber ich kann es nicht aussprechen. Ich habe mit einer Aussage dieser Art meine Mutter endgültig verloren.

»Es ist deine Geschichte, ich werde dich nicht zwingen, sie zu teilen. Weder mit mir noch mit jemand anderem.«

»Irgendwie habe ich das Gefühl, dass du es mit dieser ruhigen und einfühlsamen Art aus mir herauskitzeln wirst.«

Ein sanftes Lächeln erscheint auf Mias Lippen. »Das fasse ich mal als Kompliment auf. «

»Scheiße.«

»Besser kann man es nicht sagen, aber eines darfst du nie vergessen.«

»Was?«

»Eine der unglaublichsten Sachen am Leben ist, dass es immer weitergeht. Egal, wie schlimm es aussieht und wie verzweifelt man ist. Es geht weiter. Bis zu unserem letzten Tag haben wir die Chance weiterzumachen«, erklärt sie. Dann steht sie auf und besorgt uns jeweils ein Glas Wein. Behutsam setzt sie die Gläser auf dem Tisch ab.

Obwohl ich weiß, dass ich es nicht sollte, nippe ich an dem Wein und werde langsam ruhiger. Mia sitzt ruhig neben mir. Sie drängt mich nicht. Sie sitzt einfach nur neben mir und gibt mir den Halt, den ich brauche. Die Musik verklingt. Offenbar ist die Schallplatte zu Ende.

»Megan?«

»Ja?«

»Können wir die Platte noch einmal hören?«

Sie grinst breit und nickt, während ihre Schwester still den Kopf schüttelt.

ARIN

»Wo ist Sophia?«, will Bennett wissen, als ich durch die Tür seines Hauses trete. Sein Blick huscht kurz zu meinem Verband, dann erhebt er sich von seinem Platz am Küchentresen und sieht mich auffordernd an.

»Ich … «, setze ich an und kratze mich am Kopf. »Ich weiß es nicht.«

Der alte Mann tritt etwas näher, nimmt meinen Arm und die bandagierte Hand näher in Augenschein. »Wie geht's deiner Hand?«

»Ist schon okay«, antworte ich ausweichend, was ihm offenbar zu reichen scheint. Er wendet sich wieder von mir ab und öffnet einen der Schränke, um eine Tasse für mich herauszuholen, die er anschließend mit Tee befüllt, ohne dass ich es verneinen könnte. Langsam schiebt er sie zu mir herüber, und ich setze mich zu ihm, auch wenn ich das Gefühl habe, dass es eine ganz schlechte Idee ist. Schweigend sitzen wir einen Moment da und trinken unseren Tee, dann fragt er: »Willst du mir sagen, wie du es vermasselt hast?«

»Um ehrlich zu sein, bin ich mir nicht sicher, was da passiert ist.«

Bennett schüttelt den Kopf. »Das klingt nicht gut.«

Damit hat er recht. Ich habe es versaut. So wie ich es immer versaue, weil ich meine Bedürfnisse über die der anderen stelle. Sophia verdient etwas Besseres als mich. Jemand Besseren. Jemanden, der kein Arschloch ist, kein Junkie und der sie nicht immer wieder in solche Situationen bringt wie ich. Kurz entschlossen stehe ich auf. »Ich wollte nur meine Sachen holen und …«

»Den Teufel wirst du tun.« Bennett blickt mich grollend an.

»Was?«

Er schüttelt den Kopf. »Du haust jetzt nicht einfach ab, nur weil ihr euch gestritten habt.«

»Aber …«

»Weglaufen ist immer der einfache Weg, Arin. Ich finde, Sophia hat oft genug bewiesen, dass sie dich gut leiden kann. Auch wenn mir das nicht passt. Und was auch immer passiert ist, ihr werdet darüber reden – aber dazu musst du auch da sein, wenn sie dazu bereit ist«, brummt er mürrisch und deutet mit dem Kinn wieder auf den Stuhl, von dem ich gerade eben noch aufgesprungen bin.

»Du willst also, dass ich hierbleibe?«, frage ich nun völlig verunsichert.

Sein schneidender Blick wird etwas weicher. »So würde ich es nicht ausdrücken«, grummelt er. »Aber ich will ganz sicher nicht, dass du gehst und rückfällig wirst, nur weil es einfacher wäre, als darauf zu warten, dass jemand mit dir reden mag.«

»Autsch.«

»Manchmal muss die Wahrheit wehtun«, kommentiert er.

Ich lasse mich wieder sinken. Mir fehlt die Kraft, gegen seine Argumente anzukämpfen, und wenn ich ehrlich bin, habe ich auch keine wirklichen Alternativen. Allein der Gedanke daran, zurück zu meiner Mutter in den Trailer zu müssen, sorgt dafür, dass mir der kalte Schweiß ausbricht. Nur leider ist das Gefühl, hier zu sitzen und es mit Sophia verbockt zu haben, auch nicht besser. Ich fahre mir durch die Haare. »Und was tue ich, bis Sophia kommt?«

»Du kannst einem alten Mann dabei helfen, den Dachboden aufzuräumen«, meint Bennett, und fast glaube ich, dass seine Mundwinkel kurz nach oben gezuckt sind.

Nickend erhebe ich mich wieder, weil ich unmöglich still sitzen kann. Eine Aufgabe zu haben ist besser, als nur zu warten. »Alles klar.«

»Arin?«, fragt er, als ich gerade auf dem halben Weg zur Treppe bin.

»Ja?«

Bennetts Miene ist ernst, aber irgendwo zwischen dem schneidenden Blick und dem mürrisch verzogenen Mund blitzt so was wie Sorge auf. »Nimm sie nicht.«

Zur Salzsäule erstarrt sehe ich ihn an. »Was?«

Der alte Mann hält meinem Blick stand. »Die Pille.«

»Was? Woher …?«

»Du greifst seit zwei Tagen immer wieder in die Tasche. Ich versteh das. Als meine Frau starb, da hatte ich diese eine Flasche. Whiskey. Ich konnte ihn einfach nicht wegwerfen, wir hatten uns vorgenommen, ihn zu unserem fünfzigsten Hochzeitstag zu trinken. Lange bevor ich süchtig wurde. Und ich … ich hab sie einfach nur gern gehalten, angesehen, gewusst, dass sie da ist. Die Flasche«, erzählt er so ruhig, dass sich eine Gänsehaut über meinen gesamten Körper ausbreitet.

»Und hast du?«

Er nickt. »An ihrem ersten Todestag. Die ganze Flasche.«

Schluckend weiche ich seinem Blick aus. Manchmal vergesse ich, dass ich nicht der einzige Mensch in Belmont Bay bin, der gegen seine Dämonen und Süchte ankämpft. »Ich werde sie nicht nehmen«, verspreche ich mehr mir als ihm.

»Aber du kannst sie auch nicht wegwerfen?«

»Ich glaube nicht.«

Er verschränkt die Arme vor der Brust. »Hast du Joline angerufen?«, fragt er, auch wenn es aus seinem Mund mehr wie eine Aufforderung klingt.

Ich schlucke. »Ja, sie hat mich für morgen eingeschoben.«

»Verstehe.«

»Tust du das?«

»Viel zu gut«, brummt er. »Und ich hoffe, dass du nicht den gleichen Fehler machst wie ich.«

28

SOPHIA

Auf Zehenspitzen schleiche ich mich ins dunkle Haus.

Arin scheint auf dem Sofa zu liegen, wenn ich den dunklen Fleck richtig deute – und allein das lässt mein Herz wieder schneller schlagen. An der Treppe verharre ich einen Moment und blicke über die Schulter, dorthin, wo ich Arin vermute. Er regt sich nicht. Schläft wahrscheinlich, und ich bin mir nicht sicher, ob ich froh bin, dass er noch hier ist, oder es meinem Herzen nur noch mehr Schmerzen zufügt.

Zurück in meinem Zimmer weiß ich nicht, ob es der Wein ist oder die Tatsache, dass mein schlechtes Gewissen in meinem Kopf pulsiert wie ein Vulkan kurz vor dem Ausbruch. Und obwohl ich genau weiß, dass es keine gute Idee ist, greife ich nach meinem Handy und fange an, eine Nachricht zu tippen.

Tut mir leid, dass ich dich habe stehen lassen.

Hm. Nein, das fasst irgendwie nur teilweise zusammen, was da zwischen uns passiert ist.

Es lag nicht an dir, es lag an mir. Und an der HIV-Sache, von der ich eigentlich nicht wollte, dass du sie weißt.

Verdammt, das geht auf gar keinen Fall. Komm schon Gehirn, spuck mir einen perfekten Satz aus, damit ich nicht die ganze Nacht wach liegen muss.

Es tut mir leid, ich hätte dich nicht stehen lassen dürfen. Du bist mein Kryptonit, und ich musste gehen, bevor wir beide zu schwach werden und etwas tun, das wir nicht tun sollten.

Nicht so formschön, wie ich mich ohne Kopfweh vom Weinen ausdrücken würde, aber sehr viel besser wird es nicht mehr werden. Ich lege das Handy zur Seite und breite mich auf dem Bett aus.

Doch ehe mir die Augen zufallen können, klopft es leise an meiner Tür.

»Komm rein.«

Grandpa schiebt sich ins Zimmer. »Ist alles in Ordnung?«

Nein.

Nichts ist in Ordnung. Nicht, solange ich nicht endlich die Testergebnisse bekommen habe und weiß, ob die neuen Medikamente anschlagen oder nicht. Aber das kann ich ihm nicht sagen, also streiche ich mir über das Gesicht und nicke. Ich muss ihn wirklich nicht noch mehr belasten, nicht jetzt, da er weiß, warum meine Mom mich wirklich rausgeworfen hat und warum ich gerade so bin, wie ich bin. »Ja, tut mir leid. Ich war drüben bei Megan und Mia.«

»Okay, hör zu, ich …« Er wischt sich über die Nase. »Du bist erwachsen, ich kann dir nicht sagen, was du zu tun oder zu lassen hast, aber ich … hab mir Sorgen gemacht.«

Das lässt den Vulkan des schlechten Gewissens in mir nur noch heftiger rumoren. »Tut mir leid, Grandpa.«

Er nickt knapp. »Ist schon okay, sag mir einfach das nächste Mal Bescheid.«

»Das werd ich.«

»Wollen wir morgen zusammen frühstücken?«, fragt er vorsichtig, und ich werde das Gefühl nicht los, dass er nicht nur von uns beiden spricht, sondern auch von Arin, der im Wohnzimmer schläft.

»Das wäre schön.«

»Und wenn du darüber reden willst, über das HIV, meine ich, dann bin ich auch da«, murmelt er. »Egal, wann.«

»Grandpa, ich …« Aber so richtig wollen die Worte nicht raus.

»Alles in Ordnung, du musst gar nichts sagen. Gute Nacht«, nuschelt er in sich hinein, doch ehe er die Tür schließen kann, läuft Bo an ihm vorbei und springt so heftig auf mein Bett, dass ich erschrocken aufschreie.

»Bo, komm runter da«, schnaubt mein Großvater, was das große Tier jedoch nicht zu stören scheint, stattdessen sieht er mich mit großen braunen Augen an.

»Ist schon okay«, sage ich schnell. »Er kann hierbleiben, wenn das für dich okay ist.«

Mein Grandpa lächelt. »Sicher, ich lass die Tür angelehnt.«

Ich nicke und krieche unter die Decke, während Bo es sich am Fußende meines Bettes bequem macht.

ARIN

Ich habe jetzt geschlagene vierunddreißig Minuten gewartet, ehe ich mich aus dem Bad getraut habe, aber selbst ich sehe ein, dass ich es nicht länger vor mir herschieben kann. Schon gar nicht heute.

Meine Bewährungshelferin war wie erwartet nicht sonderlich glücklich darüber, dass ich mit Sophia beim Sheriff war, um die beiden Belästiger anzuzeigen. Auch wenn Joline ihr mehrfach versichert hat, dass ich nichts damit zu tun hatte, sondern nur als Zeuge ausgesagt habe, will sie mit mir sprechen. Und das sorgt dafür, dass sofort sämtliche Alarmglocken in meinem Kopf schrillen – nicht nur, dass diese Frau mich jederzeit aus der Bewährung in das Gefängnis schicken kann. Sie könnte auch so etwas wie Besuche ankündigen. Und dabei würde sie sehen, dass meine Mutter in meinem Trailer wohnt. Keine gute Idee. Denn bisher habe ich genau das auch Joline noch verschwiegen, weil ich nicht weiß, was sie dann tut. Und zu allem Überfluss, auch noch Sophia.

So furchtbar mir die Vorstellung erscheint, dass ich Sophia gleich in die Augen sehen muss, so unvermeidlich ist es. Denn offenbar hat sie nach einem ausgiebigen Frühstück mit ihrem Großvater beschlossen, darauf zu warten, dass ich die Treppen herunterkomme.

Ihr Timing könnte nicht schlechter sein, denn ein Blick auf mein Handy verrät mir schon jetzt, dass ich viel zu spät dran bin. Also dann. Keine weitere Zeit mehr verschwenden.

Ich eile die Treppen hinunter.

»Guten Morgen«, sagt Sophia sofort und lächelt verkrampft, als sie mich sieht.

»Morgen.«

Mit einer Hand greife ich nach meiner Lederjacke, schon bereit, einfach davonzustürmen, aber Sophia sagt: »Hast du kurz Zeit, wegen gestern, meine ich?«

»Was?«, frage ich und fahre mir durch die Haare. Sie nestelt nervös an ihren Fingernägeln und weicht meinem Blick aus, während ihre Lippen Worte formen, die ich nicht hören kann. Eigentlich würde ich sie gern an mich drücken, die Arme um sie schließen und so tun, als könnte die Welt uns nichts anhaben. Aber das Ticken der Uhr hinter ihr macht mich nervös. Wenn ich nicht gleich gehe, komme ich zu spät. Und mit Pech kann ich dann nirgendwo mehr hingehen. Nur kann ich das Sophia nicht sagen, weil sie dann ein schlechtes Gewissen hat. Und nach allem, was ich verbockt habe, will ich ihr nicht auch noch das aufbürden. Sie will darüber reden, nicht nur über den Kuss, sondern über ihre Krankheit – und was würde es aussagen, wenn ich jetzt einfach gehe?

»Arin?«

»Könnten wir das vielleicht auf heute Abend verschieben?«, versuche ich auszuweichen.

»Ich will nur reden.«

»Ja, es ist nur …«

»Über gestern. Also, hast du kurz Zeit?«

»Sicher«, lüge ich schneller, als ich denken kann. Verdammt, das war genau die falsche Antwort. Ich sollte einfach Nein sagen, ihr erklären, dass es darum geht, dass ich nicht ins Gefängnis muss. Aber ich bekomme nichts davon heraus, als würden all die wichtigen Worte irgendwo in meinem Kopf feststecken.

Sophia folgt meinem Blick zur Uhr und legt die Stirn in Falten. »Machst du es mir absichtlich schwer?«, fragt sie nervös und verschränkt die Arme vor der Brust, als müsste sie ihre Schutzschilde wieder hochfahren.

»Nein, aber ich bin verwirrt«, gestehe ich. Unwillkürlich fange ich an, von einem Fuß auf den anderen zu treten und meine Jacke fester zu umklammern. Das Ticken der Uhr scheint mit jeder Sekunde lauter zu werden. Seit wann war eine Sekunde so verflucht kurz und gleichzeitig so unfassbar lang?

»Ist alles okay bei dir?«

»Ja, bitte – kannst du einfach zum Punkt kommen?«

Sie sieht mich an, als hätte ich sie geohrfeigt, und jetzt wird mir klar, dass ich mich gerade benommen habe wie ein Arschloch. Ich fluche leise und fahre mir durch die Haare. »Scheiße, tut mir leid«, murmle ich. »Ich stehe etwas unter Zeitdruck.«

»Aber du hast doch eben gesagt, du hättest Zeit?«

»Ja, aber nicht viel. Eigentlich keine.«

Ihre Augenbrauen scheinen Fragezeichen in ihr Gesicht zu zeichnen. »Es wird nicht lange dauern«, verspricht sie, doch ich kann den Blick dennoch nicht von der Uhr nehmen.

»Sophia, es ist wirklich kein guter Zeitpunkt.«

»Ich bin nicht gerade einfach, Arin.«

»Das ist mir aufgefallen, und wir wissen beide, dass ich ein ziemlicher Arsch sein kann, der offenbar kein Nein erkennt«, gebe ich etwas kühler zurück, als es meine Absicht war. Ihr schönes Gesicht wird noch härter. In meinem Kopf ist nur noch die verdammte Uhr, das höllische Ticken und die Zeit, die sich wie ein Druckverband um meinen Hals schlingt und mir die Luft abschneidet. »Ich muss wirklich gehen«, sage ich mit Nachdruck, doch das scheint sie einfach zu überhören.

Sophia atmet tief durch und macht einen Schritt auf mich zu. Ihre Augen suchen meine, doch ich kann mich jetzt nicht in einem Sturm verlieren. »Ich hätte nicht weglaufen sollen, es war nicht deine Schuld«, sagt sie fest und lässt die Arme sinken.

»Okay.«

Einen Moment schweigt sie, als würde sie darauf warten, dass noch mehr Worte aus meinem Mund stolpern. »Mehr sagst du dazu nicht?«

»Ich bin auch nicht gerade einfach«, grummle ich, greife nach meinem Rucksack und werfe ihn mir über die Schulter. Der Minutenzeiger der Uhr rückt weiter, und ich schiebe mich zur Tür. »Ich muss jetzt wirklich gehen.«

»Arin, ich …«

Den Rest ihrer Worte kann ich nicht mehr hören.

29

SOPHIA

Es war das erste Mal, dass er abweisend reagiert hat, und auch wenn ich es bin, die ihn immer wieder von mir stößt, weiß ich nicht, was ich davon halten soll.

Wahrscheinlich hat mein Verhalten etwas zerstört, von dem ich dachte, ich würde es nicht wollen oder müsste es im Keim ersticken. Doch die Wahrheit ist, dass ich jetzt ein noch größeres Loch in mir spüre. Meine Finger trommeln auf dem Holztisch herum.

Holz. Meine vollkommen verwirrten Gedanken bleiben an diesem Wort hängen. Holz oder Gehölz bedeutete im indogermanischen Raum ursprünglich so viel wie Abgeschnittenes und Gespaltenes. Mit den Fingerspitzen zeichne ich die Maserung nach. Vielleicht fühle ich mich diesem Tisch deshalb gerade so verbunden. Er besteht nur aus geschnittenen und neu zusammengefügten Teilen. Ein paar Schrauben, etwas Kleber und das harte Gewebe der Sprossachsen hat sich statt zu einem Baum zu einem Tisch verwandelt.

»Warum hockst du hier rum?«

Grandpa setzt sich mit einer dampfenden Tasse Tee zu mir, doch ich schaffe es nicht, ihm ins Gesicht zu sehen. Ihm wird es nicht gefallen, dass meine Gedanken noch immer an Arin kleben. »Ich hocke nicht herum«, wehre ich ab. »Ich sitze an diesem Tisch.«

»Ja, das hast du auch schon vor dreißig Minuten gemacht.«

»Ich denke nach.«

»Ist mir aufgefallen.«

»Grandpa …«

Er hebt eine Hand, als wollte er jetzt keine meiner zugegeben schlechten Ausflüchte hören. Stattdessen wird sein Gesicht ernst. »Da deine Laune eh schon auf dem Nullpunkt ist: Deine Mutter hat wieder angerufen.«

»Was?«

Er nickt.

»Und das sagst du mir erst jetzt?«, stoße ich aus und bekomme Herzrasen bei dem Gedanken, dass sie meine Nachricht abgehört hat.

»Na ja, es ist gerade erst passiert«, grummelt er und schüttelt den Kopf.

»Gut.«

»Nein, nein, Phee. Das ist nicht gut. Sie macht sich große Sorgen. Ich finde es zwar gut, dass du dich bei ihr gemeldet hast, aber meinst du nicht, ein persönliches Gespräch wäre besser als eine Nachricht auf dem AB?«, fragt er und sieht mich dabei auf die Art an, die mir seine Meinung dazu nur zu deutlich offenbart.

»Nein, sie will mich nur wieder kontrollieren oder mir Schuldgefühle einreden.«

»Ich denke, das eine und das andere hängen eng zusammen. Und es ist keine Lösung, dich vor dieser Konfrontation zu verstecken. Ihr könnt dieses Problem nicht lösen, indem ihr einfach nicht miteinander redet.«

Grollend lehne ich mich auf meinem Stuhl zurück. »Ich weiß nicht, was du von mir hören willst.«

»Darum geht es hier auch gar nicht.«

»Ach nein?«

»Nein«, stellt er klar. »Mir ist bewusst, dass deine Mom Fehler gemacht hat und nicht gut mit deiner Diagnose umgegangen ist, aber sie ist deine Mutter. Mit allen Fehlern, die sie gemacht hat und noch machen wird. Und gerade geht sie einen Schritt auf dich zu, und du läufst weg, und komm jetzt nicht auf die Idee, es zu leugnen. Ich mag ein alter Mann sein, aber ganz fremd ist mir das Leben nicht.«

Manchmal vergesse ich, dass Menschen sehen können, wie es mir wirklich geht. Dass sie hinter die Mauer sehen können, die ich so sehr versuche aufrechtzuerhalten. »Aber?«

»Sie ist deine Mom, Phee. Und auch Eltern sind Menschen, die manchmal schreckliche Fehler machen. Ich weiß das besser als die meisten anderen.«

»Ja, nur dass du Alkoholiker warst und …«

»Bin«, unterbricht er mich. »Und der Alkohol ist keine Entschuldigung dafür, dass ich schlimme Dinge getan habe. Und dass ich sie auch deiner Mom angetan habe.«

»Ja, aber das ändert nichts an dem, was sie getan hat«, kontere ich plötzlich wütend, weil es viel einfacher ist, wütend zu sein, als Verständnis aufzubringen.

Grandpa nickt langsam, streicht sich über die Glatze und betrachtete seinen Tee, als würde er hoffen, in der Tasse eine passende Antwort zu finden. »Nein, das tut es nicht. Aber mir konntest du verzeihen.«

»Das ist etwas anderes.«

»Ist es das?«

»Ja.«

»Na, wenn du das sagst, muss es wohl stimmen.«

Ich versuche, seine Stichelei zu ignorieren, während er mich anblickt und darauf wartet, dass ich etwas sage. Einen Moment zögere ich, denn mir ist bereits klar, dass es ihm nicht gefallen wird. »Du hattest ein Problem, es hat gedauert, aber du hast es erkannt. Mom ist … anders, und was sie getan hat, kann ich nicht so einfach vergessen. Ich weiß nicht, ob ich es schon schaffe, mit ihr zu sprechen, auch wenn ich sie liebe.«

»Okay.«

»Nein, Grandpa, eben nicht«, stelle ich klar. »Es ist nicht okay, und dadurch bin ich nicht mehr okay. Ich hätte sie gebraucht, und sie hat mich verstoßen, weil mein Leben nicht nach ihren Regeln ablief.«

»Ich sage jetzt nicht, dass ich dich nicht verstehe …«

»Aber?«

»Wenn sie sich jetzt ausgerechnet bei mir meldet, heißt das, dass ihr bewusst geworden ist, dass sie einen Fehler gemacht hat«, gibt er zu bedenken. »Und du hast dich nicht bei ihr gemeldet, weil du ewig wütend auf sie sein willst, sondern weil du weißt, dass sie dich liebt. Egal, was da zwischen euch passiert ist. Noch habt ihr die Chance, das zu klären – und das solltet ihr tun, bevor diese Chance verstreicht.«

»Verdammt, du bist echt gut darin, mir ein unterschwelliges schlechtes Gewissen einzureden«, schnaube ich. Blinzelnd versuche ich, die Tränen zurückzuhalten.

»Das war gar nicht meine Absicht, ich will nur versuchen …« Er räuspert sich unbehaglich. »Ich will nicht, dass ihr beide so viel Zeit verliert, wie ich sie mit euch verloren haben.«

Ich brauche einen Moment, um die Tragweite seiner Worte zu verstehen. Mein Grandpa und ich haben uns die letzten Jahre nicht gesehen, nicht miteinander gesprochen. Und diese Jahre werden nicht wiederkommen. Nie mehr.

Noch nie war mir so bewusst, dass auch seine Zeit auf dieser Welt irgendwann enden wird. Dass wir einander irgendwann verlieren werden, und die Zeit, die wir bis dahin zusammen haben, die einzige ist, auf die es noch ankommt. Augenblicklich habe ich einen Kloß im Hals. »Oh, Grandpa«, murmle ich und schlinge die Arme um ihn.

»Wow, dass ist die erste Umarmung, seit du hier bist«, raunt er in mein Ohr, während er die Arme um mich legt und mich fest an sich drückt.

»Tut mir leid.«

»Nein, tu das ruhig öfter.«

Ich löse mich etwas von ihm. »Grandpa?«

»Was ist los, Phee?« Auf seinem Gesicht spiegelt sich binnen weniger Sekunden ein ganzes Kaleidoskop an Gefühlen. Aber keins davon bleibt länger als einen Wimpernschlag. Er stellt die Tasse vor sich ab, verschränkt die Hände ineinander und beugt sich leicht nach vorne. Wartet darauf, dass ich die Kraft finde, meinen Mund aufzumachen.

»Es war meine Schuld, dass ich mich angesteckt habe. Ich hatte einen Freund, und wir …« Meine Stimme bricht ab.

»Phee, du bist eine junge Frau, und es ist völlig in Ordnung, dass du dich ausprobierst und …«

»Nein«, sage ich rasch. »Ich meine, das war nicht das Problem.«

Seine Augenbrauen rutschen näher zusammen. »Sondern?«

Ich weiß, dass ich es sagen muss. Dass es endlich rausmuss, damit er versteht, was los ist, und damit ich endlich anfange, mich mit der

Realität abzufinden. »Wir … wir haben kein Kondom benutzt, und ich …«

»Oh, Phee, es ist trotzdem nicht deine Schuld«, murmelt er und zieht mich wieder in seine Arme.

Und ich lasse es zu, auch wenn ich das Gefühl der Beklemmung und der unlogischen Angst dennoch fühle. Denn der Trost ist gerade das, was wir beide gut gebrauchen können. »Du bist nicht wütend?«, murmle ich an seine Brust.

»Darauf, dass du krank bist?«

»Darauf, dass ich verantwortungslos gehandelt habe.«

»Nein.«

»Aber …«, beginne ich, komme aber gar nicht dazu, da ein erneuter Weinkrampf mich schüttelt. Mein Grandpa fasst mich an den Schultern und sieht mich so ernst an, dass ich augenblicklich meine Worte hinunterschlucke.

»Phee, jeder von uns tut manchmal Dinge, die das ganze Leben in eine andere Richtung schieben, und das Letzte, was man gebrauchen kann, wenn man in der Scheiße sitzt, ist, zu hören, dass man es hätte verhindern können. Du sitzt hier vor mir und hast genug Vertrauen, um mit mir darüber zu reden. Das ist alles, was ich wissen muss. Jetzt komm wieder her«, brummt er und schließt mich so fest in seine Arme, dass ich mich endlich wieder fühle, als habe ich diese Umarmung verdient.

ARIN

»Dann musst du nicht ins Gefängnis, das ist schon mal gut«, sagt Elif und reicht mir einen Schraubenschlüssel, während ich unter ihrer Spüle hänge.

»Ist es.«

»Und warum bist du dann trotzdem so mies drauf?«, fragt sie.

»Weil ich gelogen habe.«

»Wobei?«

Ich komme unter der Spüle hervor und sehe Elif an. »Die Bewährungshelferin hat gefragt, ob ich in der letzten Zeit Kontakt mit Drogen hatte.«

»Und du hast ihr verschwiegen, dass deine Mom mit ihren Vorräten bei dir wohnt«, schlussfolgert sie und mustert mich mit klugen, dunklen Augen.

Nickend wische ich mir die Hände an meiner Jeans ab. »Und Joline hat mich gedeckt, was das Ganze noch viel schlimmer macht. Und mit Sophia ist es … schwierig. Nicht wegen ihr, sondern wegen mir.«

Elif legt den Kopf schief, während sie mich betrachtet. Ihr heutiger Hidschab ist türkis, der gleiche Farbton, der ihre Nägel schmückt und mich an das Meer erinnert. »Du bist wirklich gut darin.«

»Was meinst du?«

»Immer das Schlechteste in allen Dingen zu sehen.«

Stöhnend schiebe ich mich an ihr vorbei, um den Wasserhahn aufzudrehen. Er läuft ohne Probleme, immerhin etwas. Nachdem ich ihn wieder abgestellt habe, warte ich einen Moment, ob er noch immer tropft. Aber nichts passiert.

»Kleine Schritte«, meint Elif hinter mir. »Immer einer nach dem anderen.«

»Das versuche ich doch«, gebe ich zurück.

»Ja, aber du verschwendest auch sehr viel Zeit damit, dich in deinem Mitleid zu baden und dann wütend zu werden. Und du brauchst jetzt gar nicht versuchen, es zu leugnen«, meint sie und stemmt eine Hand in die Hüften. »Der Einzige, der dir gerade im Weg steht, bist du selbst, weil du Angst davor hast, was für Konsequenzen es hat, wenn du dich wirklich änderst.«

»Das hat gesessen«, kommentiere ich.

»Habe ich denn unrecht?«

»Ich fürchte nicht«, gebe ich zu. »Und wie schaffe ich es, nicht ständig Rückschritte zu machen?«

»Vielleicht indem du anfängst, dich um deine tatsächlichen Probleme zu kümmern und nicht immer etwas vorzuschieben. Oder jemanden«, sagt sie mit einem Lächeln.

»Du bist einer meiner Lieblingsmenschen in dieser Stadt, weißt du das?«, meine ich und lächle nun ebenfalls, was sich erstaunlich gut anfühlt.

»Ja, ich weiß.«

Ich räume den Werkzeugkoffer wieder ein, während sie den Wasserhahn skeptisch betrachtet, als würde sie erwarten, dass er doch wieder tropft. Aber das tut er nicht. Ein kleiner Sieg für mich.

»Hallo?«, ruft eine erschreckend vertraute Stimme im Laden. Erschrocken sehe ich Elif an.

»Ist das etwa Sophia?«, wispere ich.

Elif zuckt mit den Schultern und schiebt den Vorhang zur Seite, der die kleine Küchennische vom Friseursalon trennt. Sie wirft einen kurzen Blick in den Laden, dann dreht sie sich wieder zu mir um. »Ja.«

»Fuck«, stoße ich aus und fahre mir durch die Haare.

Elif zieht tadelnd eine Augenbraue nach oben, sodass ich schnell hinterherschiebe: »Sorry.«

Ihre Nicht-fluchen-Regel ist so ziemlich das Schwierigste an unserer Freundschaft.

»Wieso ist es schlimm, dass sie sich die Haare schneiden lässt?«, will sie wissen.

»Weil ich an ihr vorbeimuss«, gebe ich leiser zurück, weil ich die irrationale Angst habe, dass sie uns hören kann.

»Meinst du nicht, das wäre eine gute Gelegenheit, damit du dich entschuldigen kannst?«

»Nein.«

»Himmel, Arin«, meint Elif und verschränkt die Arme vor der Brust. »Du kannst ihr nicht auf Dauer ausweichen, nur weil du Angst vor den Konsequenzen eines Gesprächs hast.«

»Kann ich nicht einfach zur Hintertür raus?«

Elif schüttelt den Kopf. »Tu, was du nicht lassen kannst, aber ich werde jetzt deiner Herzensdame die Haare machen«, meint sie und lässt mich stehen.

Obwohl ich weiß, dass ich mich kindisch verhalte, bin ich dennoch froh, dass ich Sophia zumindest für den Augenblick aus dem Weg gehen kann. Ich schleiche mich durch die Hintertür des kleinen Ladens und mache mich auf den Weg zu den Bennetts.

Eigentlich mag ich es, Dinge zu reparieren, doch der Ford Galaxie wird langsam, aber sicher zu einem Sinnbild für mein eigenes Leben – denn er will einfach nicht repariert werden. Immer wenn ich denke, ich hätte nun alles gefunden, alle Ersatzteile bestellt und jeden Fehler im Lack ausgebessert, finde ich etwas Neues.

Das Vorderrad und Motorabdeckung und Batterieträger habe ich schon ausgebaut, damit ich an den Motor herankomme. Nur hatte das leider zur Folge, dass nun der gesamte Schuppen ein einziges Chaos ist – noch etwas, das perfekt zu meiner aktuellen Lage passt.

Seufzend lasse ich das Kühlmittel ab, ehe ich den Bremsunterdruckschlauch abklemme. Das Gespräch mit dem alten Bennett hat es nur noch verschlimmert, den Drang, die kleine Tablette in meiner Hosentasche doch zu nehmen. Heute Morgen war ich fest entschlossen, sie einfach in die Toilette zu werfen. Aber ich konnte nicht.

Es hat sich angefühlt, als würde eine unsichtbare Kraft nicht zulassen, dass ich diesen winzigen Rettungsanker einfach wegwerfe. Auch wenn ich weiß, dass es Bullshit ist und die einzige Kraft meine Sucht ist. Das Ergebnis war das gleiche, die Pille ist immer noch in meiner Hosentasche.

Fluchend beuge ich mich wieder über den Motorraum, um die Zündspule auszubauen. Ich bin wütend auf mich, auf die Welt und auf einfach alles, weil nichts leicht sein kann.

»Was tust du hier?«, fragt Sophia plötzlich hinter mir, und ich drehe mich nicht einmal zu ihr um.

»Arbeiten.«

»Kann ich helfen?«

»Ich denke nicht, außer, du möchtest den Kompressor mit angeschlossenen Leitungen ausbauen?«, frage ich und werde das Gefühl nicht los, dass Elif etwas damit zu tun hat, dass Sophia gerade hier ist.

»Nein, aber ich kann mich um den Schalthebel kümmern, wenn du willst«, gibt sie gelassen zurück, was dafür sorgt, dass ich sie nun doch ansehe. Dass Sophia weiß, was nötig ist, um einen Motor auszutauschen, überrascht mich, obwohl es das nicht sollte.

»Ernsthaft, Arin. Was machst du hier? Es ist Freitag«, will sie wissen, als ich nichts darauf erwidere.

»Und?«

»Und eigentlich bist du da bei den Treffen?«

Das Treffen. Verdammt.

Ich wusste, dass es heute ist, aber ich habe es erfolgreich verdrängt, weil ich genau weiß, dass Joline heute mit mir darüber sprechen wird, warum meine Mutter in meinem Trailer lebt und ich hier auf dem Sofa schlafe. Und das fühlt sich an, als würde ich eine Wunde neu aufreißen, weil ich noch nicht den Mut hatte, mich meiner Mutter zu stellen. Und vielleicht auch, dass ich noch immer diese verdammte Pille mit mir herumtrage. Allein der Gedanke, darüber reden zu müssen, und das vor allen anderen, sorgt dafür, dass der Drang nach der Pille noch größer wird. »Heute nicht«, gebe ich zurück und versuche dabei, meine Überforderung zu überspielen. Nicht nur wegen meiner Situation, sondern auch wegen ihrer. Ich habe keine Ahnung, was ich sagen oder tun soll, oder was ich besser bleiben lasse, weil es ihr nicht hilft, sondern alles noch viel schlimmer macht.

»Kannst du die Treffen einfach so ausfallen lassen?«, fragt sie, sichtlich bemüht, das Gespräch nicht gleich wieder versacken zu lassen.

»Es ist keine Pflicht«, murmle ich, kann ihr dabei aber nicht in die Augen sehen. »Zumindest nicht wirklich.«

»Das sehe ich.«

»Warum fragst du dann?«

Sie verschränkt die Arme vor der Brust, während sie mich mustert. »Gibt es einen Grund dafür, dass du dich gerade wie ein Arsch benimmst?«

Mein Mund klappt auf. »Nein, es ist nur … Gerade ist es etwas viel, und ich weiß nicht, ob ich es schaffe, andere Menschen zu sehen, und ich weiß nicht, wie ich mich verhalten soll, nachdem du gestanden hast, was eigentlich los ist, und nach dem Kuss und …«

»Gestanden?«

»Ich meine, nachdem du es gesagt hast.«

Ihr Blick verrät mir nicht, ob ich mit der Wahrheit gerade alles noch schlimmer gemacht habe, oder ob sie zumindest im Ansatz nachvollziehen kann, dass ich mich eigentlich entschuldigen will.

»Du bist wirklich nicht gut darin, dich zu entschuldigen«, stellt sie fest.

»Ich weiß, aber du könntest mir sagen, wie ich es besser machen kann«, schlage ich vor und komme etwas näher.

Sophia weicht nicht aus, aber ihre Arme sind noch immer verschränkt, als hätte sie Angst, mich zu nahe an sich heranzulassen.

»Nun, zuerst könntest du sagen: Es tut mir leid«, erklärt sie, und ich sehe, wie ihre Lippen nach oben zucken.

»Okay: Es tut mir leid, dass ich dich geküsst habe, obwohl ich wusste, dass du gerade nicht bereit bist«, sage ich also. »Und dass ich bei unserem letzten Gespräch so … angespannt war, aber nicht in der Lage, dir das einfach klar zu sagen.«

»Gar nicht übel für den zweiten Versuch«, gesteht sie und lächelt nun tatsächlich. »Eigentlich wollte ich mich auch entschuldigen.«

»Und wofür?«, frage ich und will mir noch im gleichen Moment eine Ohrfeige verpassen. Sie hat eindeutig mit Elif geredet. Und so, wie ich Elif kenne, hat diese ein gutes Wort für mich eingelegt – und weil ich eben ich bin, heißt das noch lange nicht, dass ich es wirklich schaffe, die Wogen zu glätten.

»Dafür, dass ich dir widersprüchliche Signale sende«, meint Sophia und legt den Kopf schief, sodass ihr Pony zur Seite kippt. »Denn ich …« Sie macht eine Pause, sieht mir in die Augen und dann auf meine Lippen. »Ich will dich auch küssen, aber ich habe Angst.«

Nun mache ich noch einen Schritt auf sie zu. »Davor, dass ich mich anstecke?«

Sie nickt, weicht jedoch nicht zurück, und mein Herz beginnt mit jedem Millimeter schneller zu schlagen. »Ist das nicht sehr unwahrscheinlich?«, frage ich leise.

Sie schluckt. »Ja, aber die Angst ist dennoch da.«

»Aber ich kann dich berühren?«, flüstere ich und merke selbst, wie belegt meine Stimme gerade klingt, wie sehr sie von der Sehnsucht nach Sophia versetzt ist.

»Ja.«

Ich strecke eine Hand nach ihr aus, streichle ihr über die Wange und spüre ihre warme Haut auf meiner. Es ist anders als sonst. Keine sengenden Funken, sondern mehr eine ruhige Flamme, die konstante Wärme schenkt.

Mein Zeigefinger streichelt über ihr Ohrläppchen, während mein Daumen ihren Mundwinkel berührt. »Ist das okay?«, versichere ich mich, weil ich nicht weiß, ob es sich nur für mich gut anfühlt.

Sophia lächelt und schmiegt ihre Wange in meine Hand.

»Ich frage mich eher, ob dir das reicht.«

»Was meinst du damit?«

Sie schluckt. »Reicht es dir, mich nur so zu berühren?«

»Mir reicht es schon, nur in deiner Nähe zu sein«, hauche ich an ihre Lippen und lehne meine Stirn gegen ihre.

»Aber …« Sie unterbricht sich selbst.

»Aber was?«

»Aber tut es dir auch gut, oder bringt es nur noch mehr durcheinander?«, fragt sie, und ihr Blick macht es mir unmöglich, ihr auszuweichen.

»Irgendwie beides«, gestehe ich, weil ich keine eindeutige Antwort darauf habe. Ihre Nähe tut mir gut, und gleichzeitig sorgt sie dafür, dass ich noch mehr Angst habe, nicht gut genug zu sein – oder wieder mehr zu dem Arin zu werden, den ich so sehr versuche abzuschütteln.

30

SOPHIA

»So etwas hat er noch nie gesagt«, murmle ich in meinen Milchshake hinein.

»Aber ist das nicht etwas Gutes? Immerhin scheint er zumindest eure Muster zu erkennen und versucht, sie zu durchbrechen«, meint Megan.

»Und gleichzeitig gibt er sich Mühe, damit niemandem das Herz gebrochen wird«, kommt es von Mia.

»Müssen wir wirklich über Arin reden?«, will Conner genervt wissen, wird jedoch kollektiv ignoriert.

»Ich weiß nicht«, überlege ich laut. »Früher haben wir uns oft gestritten, aber es nie geklärt – jetzt fühlt es sich seltsam an, dass wir etwas geklärt haben. Ergibt das Sinn?«

»Na ja, du hast dieses Mal immerhin nicht gleich die Stadt verlassen«, kommt es von Chris, was ihm einen bösen Blick von uns anderen einbringt. »Ich mein ja nur …«

»Danke, dass du mich daran erinnerst.«

»Dafür sind Freunde da.«

»Und was mache ich jetzt?«, frage ich mit einem tiefen Seufzen. »Wenn ich zulasse, dass wir uns noch näherkommen, verlieben wir uns vielleicht wieder richtig, und dann …«

»Was dann?«, fragt Mia. »Dann habt ihr eine Chance, eine erwachsene ehrliche Beziehung zu führen?«

»Genau«, brummt Conner. »Oder Arin wird wieder rückfällig, und der ganze Scheiß beginnt von vorn.«

Mein Herz zuckt, und ich verspüre den unwillkürlichen Drang, Arin zu beschützen, obwohl ich keine Ahnung habe, was tatsächlich passiert ist.

»Aber er ist clean«, entschlüpft es meinem Mund, und Conner blickt auf, als habe ich ihm gerade eine Ohrfeige gegeben.

»Das war er schon so oft, ich kann es nicht mehr zählen«, knurrt Conner, und plötzlich ist da keine Wut mehr, sondern eine blutende Wunde. Er steht von seinem Stuhl auf und geht wieder hinter den Tresen des Diners, als würden wir nicht sehen, dass es gar keine Kundschaft gibt, die er vergraulen könnte.

»Lass ihn einfach etwas in Ruhe«, meint Chris und sieht mich an.

»Er ist es doch, der sich ständig …«

»… was – sagt, was alle denken, aber nicht aussprechen?«, schnaubt Conner und lässt den Schokobrownie samt Teller etwas zu harsch auf den Tisch vor mich fallen.

»Conner«, sage ich langsam und versuche, nicht die Wut in meinem Inneren zu zeigen. »Ich weiß, dass du ihm die Schuld für alles gibst, was an dem Abend des Sturms passiert ist.«

»Er war ja auch schuld.«

»Na ja, ich gebe gern zu, dass er nicht unschuldig ist – aber es war nicht seine Schuld, dass Caren nach draußen gelaufen ist, und es war auch nicht seine Schuld, dass sie verschwunden ist oder dass niemand sie finden konnte.«

Mia und Megan werfen sich Blicke zu, die wohl bedeuten sollen, dass sie diese Situation nicht mehr retten können.

Conner schüttelt den Kopf. »Halt den Mund.«

»Nein«, schnaube ich, weil ich nicht glauben kann, dass er jetzt auch noch versucht, mir den Mund zu verbieten. »Siehst du denn nicht, dass du nicht der Einzige bist, der leidet?«

»Jetzt soll ich auch noch Mitleid mit ihm haben?«

»Ein Funken Empathie könnte dir zumindest nicht schaden.«

»Hey«, ruft Megan aus und springt von ihrem Platz. »Hört beide auf, so zu tun, als wärt ihr Feinde. Kommt runter und redet wieder wie anständige Menschen miteinander.«

Ich schlucke eine eher unfreundliche Antwort hinunter. Sie hat ja recht, ich bin nicht hier, um mich zu streiten.

»Tut mir leid, dass ich versucht habe, dir das Sprechen zu verbieten«, grummelt Conner vor sich hin.

»Danke«, gebe ich zurück. »Auch für den Trostbrownie.«

»Dass Caren verschwunden ist, hat uns alle traumatisiert«, sagt Chris und sorgt so dafür, dass wir alle ihn ansehen. »Sie war unsere Schwester, unsere Freundin und von einem bestimmten Menschen hier am Tisch die erste große Liebe. Es ist völlig in Ordnung, dass unsere Emotionen da ausschlagen. Aber wir müssen wirklich aufhören, jemandem dafür die Schuld geben zu wollen.«

Ich schlucke. Zum einen, weil er recht hat, und zum anderen, weil ich oft vergesse, dass auch er Caren verloren hat. Seine kleine Schwester. Einen Teil seiner Familie.

Ich kann mir nicht mal ausmalen, wie schlimm es für ihn gewesen sein muss.

»Genau«, stimme ich also zu. »Auch nicht Arin.«

Conner wirft die Hand in die Luft und meint: »Du bekommst keinen der guten Milchshakes mehr.«

»Wenn du Arin dafür nicht mehr ständig anstachelst, ist es mir das wert.«

»Schon gut, ich hab's verstanden«, wehrt er ab, aber seine Gesichtszüge sind bereits wieder etwas entspannter. Obwohl meine Neugier geweckt ist, wage ich es nicht, noch einmal auf dieses Thema einzugehen.

»Ich verlang ja gar nicht, dass du ihm noch eine Chance gibst«, sage ich darum. »Aber ich will ihm eine geben, und vielleicht überrascht er dich ja.«

»Wenn er dir wieder wehtut, weiß ich nicht, was ich mache.«

»Nur dass es dich dann nichts angeht«, mischt Mia sich ein. »Es ist nicht deine Entscheidung.«

»Genau«, antworte ich sofort. »Weil es nicht dein Leben ist, sondern meins. Und es ist nicht fair, dass du versuchst, deine Schuldgefühle wegen Caren auf mich oder Arin zu projizieren.«

»Und deine toxische Männlichkeit bei dem Thema solltest du auch mal zurückschrauben«, stimmt Megan zu, zwinkert Conner dabei aber an, was dafür sorgt, dass dessen Mundwinkel etwas nach oben wandern.

»Seit wann seid ihr alle denn so unfassbar altklug?«

»Waren wir schon immer, aber du hörst erst jetzt zu«, sagt Chris grinsend und klaut mir meinen Brownie.

Conner verdreht noch einmal die Augen und wirft theatralisch den Kopf in den Nacken, wobei sich der Knoten löst und die lockigen Haare über seine Schulter fallen, als würde er eine filmreife Entschuldigung proben. »Weniger auf Arin rumhacken, mehr Karmapunkte sammeln. Schon klar.«

Ich schüttle den Kopf. »Du bist unmöglich.«

»Danke«, sagt er lachend, steht auf und macht einen Knicks, als sei er mein persönlicher Hofnarr. »Wenn ihr mich jetzt entschuldigt, es gibt Menschen, die arbeiten müssen.«

»Arin war heute nicht beim Treffen«, greift Chris das Thema wieder auf, während er meinen Brownie isst.

»Kein besonders gutes Zeichen, oder?«, fragt Mia vorsichtig.

»Nein, ich fürchte nicht.«

»Und was tun wir jetzt?«, will ich wissen, weil das Gefühl der Hilflosigkeit mich fast um den Verstand bringt. »Wir müssen doch irgendwas tun können.«

Chris überlegt einen Moment, ehe er sich die Schokoladenkrümel aus dem Mundwinkel streicht. »Ich fürchte, wir haben alles getan.«

»Das ist nicht dein Ernst.«

»Was Chris etwas unbeholfen sagen will, ist, dass Arin weiß, dass er Hilfe bekommt und wo. Aber er muss selbst danach fragen«, fügt Megan ungewohnt diplomatisch hinzu.

»So einfach ist das nicht, er glaubt noch immer, dass die ganze Stadt ihn hasst.«

»Er weiß, dass du es nicht tust«, sagt Mia und lächelt.

»Schon möglich.«

»Ich kann noch mal mit ihm reden«, schlägt sie vor und wischt sich eine verirrte schwarze Strähne aus dem Gesicht. »Soweit ich weiß, stehe ich auch noch auf seiner Entschuldigungsliste, also wird er mich zumindest nicht sofort wieder wegschicken.«

»Das würdest du tun?«

Mias Lächeln wird noch breiter. »Sicher. Und wenn ich glaube, dass er dich absichtlich verletzt, hetze ich einfach Conner auf ihn.«

Mein Mund klappt auf.

»Das war ein Scherz«, schiebt Mia schnell hinterher. »Tut mir leid, jetzt, wo ich es ausgesprochen habe, fällt mir auch auf, wie falsch das klingt.«

»Schon okay«, murmle ich, kann aber nicht leugnen, dass ich erleichtert bin, dass sie nur gescherzt hat.

»Megan, fährst du mich kurz zu Bennett?«

Ihre Schwester nickt und steht auf. »Klar, soll ich dich auch mitnehmen?«

Chris und ich wechseln kurze Blicke, dann schüttle ich den Kopf. »Ich fahr später mit Chris.«

Die Schwestern verabschieden sich, und ich warte, bis auch Conner von seinem Boss abgelenkt genug ist, ehe ich Chris frage: »Sind die nächsten Ergebnisse schon da?«

Er schüttelt den Kopf. »Aber die gute Nachricht ist: am Montag.«

ARIN

Ich drehe den Schlüssel um und kann einen leichten Jubel nicht unterdrücken, als der Motor des Ford Galaxie aufschreit.

Endlich.

Nach drei Fehlversuchen scheint die neue Maschine endlich richtig eingebaut zu sein. Mit einem Hauch von Stolz ziehe ich den Schlüssel wieder heraus und gebe mir einen Moment, um diesen kleinen Triumph wirklich zu fühlen. Der Wagen ist noch nicht fertig, aber alles, was jetzt noch kommt, sind kleine Dinge. Dinge, von denen ich weiß, dass ich sie hinbekommen werde.

»Hey!«

Verwirrt blicke ich auf und sehe ausgerechnet Mia in der Tür des Schuppens stehen. Sie trägt ein mintgrünes Kleid, dessen Rock bei jedem Schritt sachte mitschwingt, während sie auf mich zukommt. Ihr schwarzes, glattes Haar liegt schwer über ihren Schultern, und die kleine Nase kräuselt sich, als sie niesen muss, weil sie den Staub hier drin nicht gewohnt ist.

»Hey«, grüße ich zurück und reiche ihr eine Packung Taschentücher, die sie mit einem dankbaren Lächeln annimmt. »Der alte Bennett ist nicht da, falls du ihn suchst.«

Mia schüttelt den Kopf. »Nein, ich wollte dich sprechen.«

Perplex sehe ich sie an. Dann dämmert mir, was hier eigentlich los ist. »Tatsächlich? Schickt Conner dich jetzt schon vor, um mich fertigzumachen?«

»Es enttäuscht mich, dass du denkst, dass ich mich von irgendwem vorschicken lasse«, sagt Mia ruhig, aber nachdrücklich.

»Stimmt, und dann hätte er wahrscheinlich eher Megan geschickt.«

»Ich werde einfach so tun, als hätte ich das nicht gehört«, meint sie und sieht sich in dem Chaos des Schuppens um. Überall liegen Teile des alten Motors herum. Reifen stapeln sich in der einen Ecke, während in der anderen Lack und Politur mit Dutzenden von dreckigen Lappen auf einer Holzbank verteilt liegen.

»Also, was gibt's?«, will ich wissen, weil ich mir beim besten Willen nicht vorstellen kann, was Mia ausgerechnet von mir wollen könnte. Wir hatten nicht sonderlich viel miteinander zu tun, und die Blamage unserer ersten Begegnungen liegt mir im Magen wie ein Stein. Ich erinnere mich viel zu gut daran, wie ich versucht habe, sie zu belügen, um Medikamente zu bekommen, oder wie ich sie bedrängt habe, damit sie mir ein Rezept ausstellt. Zugegeben, da wusste ich noch nichts von ihrer Vergangenheit, aber das hätte zu dem Zeitpunkt für mich wahrscheinlich keinen großen Unterschied gemacht.

Mia bleibt vor mir stehen. »Wir machen uns Sorgen um dich.«

Wenn sie mich vollends verwirren wollte, hat sie das geschafft. »Wir?«

»Ja, du weißt schon. Megan, Chris, ich und … Sophia …«

»Warum?«

Mit verschränkten Armen legt sie den Kopf schief. »Müssen wir dieses Spielchen spielen?« Ich schweige, weil ich nicht weiß, was ich darauf antworten soll. Stattdessen lehne ich mich gegen den Wagen und warte einfach darauf, dass sie weiterredet. »Du warst nicht bei dem Treffen, du arbeitest nicht mehr an deiner Liste, und du ziehst dich zurück. Mal ganz davon abgesehen, dass deine Mutter wieder da ist. Soll ich weitermachen, oder wird klar, worauf ich hinauswill?«

»Schon verstanden«, brumme ich und weiche ihrem Blick aus.

»Also?«

»Also was?«

Mia lehnt sich ebenfalls an den Wagen und sieht mir in die Augen. Das dunkle Braun ist gesprenkelt von kleinen goldenen Punkten. »Machen wir uns aus gutem Grund Sorgen?«

»Nein.«

Meine Antwort kam etwas zu schnell aus meinem Mund, und das bleibt auch Mia nicht verborgen. Sie schüttelt leicht den Kopf. »Du bist echt nicht gut im Lügen, weißt du das?«

»Was willst du von mir hören, Mia?«

»Ich will wissen, ob wir etwas für dich tun können.«

Ein Hilfsangebot. Von Conners Freundin.

Fuck.

Ich weiß noch, in was für eine Scheiße mich das beim letzten Mal geritten hat. Und ich bin mir ziemlich sicher, dass Mia es auch weiß. Und trotzdem geht sie nicht einfach wieder, sondern sieht mich an.

Sie erwartet von mir, dass ich etwas dazu sage, und ich kann nicht einschätzen, was sie eigentlich will. Dass ich ablehne, damit niemand von ihnen sich schuldig fühlt, wenn ich mein Leben doch wieder gegen die Wand fahre? Dass ich ihre Hilfe annehme, auch wenn ich gar nicht weiß, wie?

»Ihr könnt nichts für mich tun«, murmle ich schließlich und versuche, die Wut auf mich selbst nicht an Mia auszulassen. Ich weiß, wie es ist, wenn man jemanden liebt und dieser Jemand einem nichts als Schmerzen verursacht. Mia ist da rausgekommen. Und auch wenn mein krankes männliches Ego es nicht gern wahrnimmt, ist sie damit zu einem Vorbild für mich geworden. Auch wenn sie selbst es nicht weiß.

»Können wir nichts tun, oder willst du nicht, dass wir etwas tun?«, bohrt Mia nach, was dafür sorgt, dass ich ihr wieder in die Augen sehen muss.

»Findest du nicht, es wurde schon mehr als genug für mich getan?«

»Wenn wir das Gefühl hätten, es sei schon genug, würden wir wohl nicht noch mehr anbieten, oder?«

»Ich schlafe auf dem Sofa von Bennett«, stoße ich aus, als sei allein das ein Beweis dafür, wie sehr alle um mich an ihre Grenzen gehen und wie sehr ich selbst versage, weil ich trotzdem alle paar Stunden darüber nachdenke, die verfluchte Pille zu schlucken.

»Mein Sofa kann ich dir nicht anbieten, aber im Zweifel könnte ich Megan und Leo fragen«, steigt Mia darauf ein. Allerdings verrät mir der Unterton ihrer Stimme, dass sie genau weiß, wie viel mehr hinter meinen Worten liegt.

»Das meine ich nicht.«

»Und was meinst du dann?«

»Dass ich schon viel zu viel Hilfe angenommen habe.«

»Das sehe ich anders.«

Schnaubend stoße ich mich von dem Auto ab. »Ach ja?«

»Arin, ich will nicht streiten«, sagt sie sanft. »Und auch wenn du das vielleicht nicht glauben kannst: Du bist nicht allein. Die Leute in dieser Stadt sind längst bereit, dir zu verzeihen, aber dafür musst du dir auch selbst vergeben.«

»Hast du das in der Therapie gelernt?«, stoße ich aus und bereue es gleich darauf, weil ich weiß, wie ekelhaft es ist, dass ich in den Angriffsmodus schalte, statt einzusehen, dass Mia gerade versucht, mir zu helfen. »Tut mir leid, das hätte ich nicht sagen dürfen.«

»Stimmt«, sagt sie leichthin. »Aber ja, ich habe es in der Therapie gelernt. Und ich bin sicher, dass du es auch lernen kannst.«

»Wieso bist du nett zu mir?«, spreche ich die Frage aus, die sich in meinem Kopf dreht wie ein Karussell.

»Wenn ich jetzt sage, dass ich einfach versuche, kein Arschloch-Mensch zu sein, reicht dir das nicht als Antwort, oder?«

Ein kleines Grinsen zupft an meinen Mundwinkeln. »Das klingt zumindest ehrlich.«

»Ich weiß, dass wir uns nicht besonders gut kennen, Arin«, fährt sie fort. »Aber du kannst mir sagen, wenn du etwas brauchst. Oder wenn du reden willst, auch über deine Mutter.«

»Danke, Mia«, meine ich leise. »Nimm es mir nicht übel, aber du bist der letzte Mensch, mit dem ich darüber reden will. Und ich will auch nicht, dass du Streit mit Conner hast, nur weil du nett zu mir bist.«

»Lass Conner mal meine Sorge sein.«

»Wirklich, ich will nicht noch mehr Menschen in Schwierigkeiten bringen.«

»Okay, das akzeptiere ich, aber vielleicht kann ich dir bei etwas anderem helfen.«

»Und das wäre?«

Mias warmes Lächeln erhellt den gesamten Schuppen. »Deine Liste.«

Ich atme tief durch. »Das hatte ich etwas formschöner geplant, aber du hast recht«, gebe ich zu und stelle mich vor sie, damit ich ihr besser in die Augen sehen kann. »Es tut mir leid, Mia. Dass ich versucht habe, dich dazu zu bringen, mir Medikamente zu besorgen, und dass ich dich an dem Abend des Festivals bedrängt habe. Und dass ich Conner so sehr provoziert habe, dass er fast handgreiflich geworden ist.« Schluckend betrachte ich ihr Gesicht, aber ich kann nichts erkennen, das darauf hindeutet, dass sie wütend oder enttäuscht ist.

Stattdessen streckt sie eine Hand aus und legt sie mir auf die Schulter. »Danke, Arin. Ich bin froh, dass du dich entschuldigt hast, und ich vergebe dir. Und ich muss mich auch entschuldigen.«

»Wofür das denn?«

»Dass ich meinem Freund noch nicht dafür in den Arsch getreten habe, dass er dich noch immer schlecht behandelt«, erklärt sie lächelnd.

»Das hab ich jetzt nicht kommen sehen.«

»Menschen können einen eben überraschen.«

»Offenbar schon«, gebe ich zu und fühle mich tatsächlich etwas erleichtert.

»Und ich finde«, meint Mia und deutet auf die Liste, »dass wir einen weiteren Punkt in Angriff nehmen sollten.«

»Bitte sag jetzt nicht …«

»Conner.«

31

SOPHIA

Das vertraute Klingeln meines Handys erinnert mich daran, dass es Zeit wird, die Medikamente zu nehmen. Ich krame die Pillen aus meiner Tasche und spüle sie mit einem Schluck kalten Tee hinunter, bevor ich noch einmal auf mein Buch blicke. Aber so richtig kann ich mich gerade nicht mehr auf *Der Marsianer* konzentrieren, also beschließe ich, dass es nun Zeit wird, aus meinem Zimmer rauszukommen und etwas zu essen. Das Haus ist allerdings ungewohnt leer.

Von Grandpa ist nichts zu sehen, und auch Bo entdecke ich nirgendwo. Allerdings sehe ich Arin in der Küche sitzen. »Hey, du bist ja hier.«

»Ja«, murmelt er und fährt sich durch die Haare. »Tut mir leid.«

»Ich hab nichts dagegen«, gebe ich verwirrt zurück und marschiere an ihm vorbei zum Kühlschrank. Die Entscheidung fällt auf etwas Joghurt und einen Apfel. Während ich das Obst in kleine Stücke schneide und es in eine Müslischale gebe, spüre ich Arins Blick deutlich in meinem Nacken.

Irgendwo zwischen der unangenehmen Stille und dem klopfenden Herzen in meiner Brust versuche ich, die richtigen Worte zu finden, die diese seltsame Stimmung zwischen uns endlich auflösen können. Aber es will mir einfach nicht gelingen. Mit meinem Joghurtmüsli drehe ich mich wieder zu ihm herum.

Arin steht von seinem Platz auf und schiebt die Hände in die Hosentaschen. Mit gesenktem Kopf sieht er mich an. »Tut mir leid. Ich meinte dafür, dass ich in der letzten Zeit so …«

»… ein Arschloch warst?«, helfe ich aus.

Er nickt. »Ja.«

Zwischen zwei Löffeln meines Frühstücks gehe ich zum Tisch und lasse mich daran nieder. »Willst du darüber reden?«

Zögernd sieht er nach draußen, dann lässt er sich vor mir sinken. »Nein.«

»Okay, aber wenn du es willst, bin ich hier.«

Ich weiß nicht, ob es an dem Gespräch mit Mia gestern liegt oder daran, dass er wirklich langsam merkt, dass nicht alle Menschen immer gegen ihn arbeiten. Aber er sackt etwas in sich zusammen, während er sagt: »Ich glaub, ich pack's nicht, Sophia.«

Die Worte lösen eine ungeahnte Sorge aus, die meinen Körper vollends dazu bringt, mehr Adrenalin durch meine Adern zu pumpen, als es um diese Uhrzeit gut für mich ist. »Du packst was nicht?«, frage ich vorsichtig, auch wenn ich ahne, in welche Richtung seine Antwort gehen wird. Und ich nicht weiß, wie ich damit umgehen soll.

»Mich bei Conner zu entschuldigen. Meiner Mutter die Stirn zu bieten. Clean zu bleiben. Keine Ahnung, such dir was aus«, meint er und kann mir dabei nicht mal in die Augen sehen.

Die Heftigkeit seiner Worte lässt mich zusammenzucken. »Sag so etwas nicht.«

»Aber du hast gefragt.«

»Du schaffst das, Arin, du hast schon so viele Monate geschafft«, setze ich neu an, obwohl ich vielleicht besser den Mund gehalten hätte.

»Ja, und jeder davon war ein Kampf.«

»Das ganze Leben ist ein Kampf. Und du liebst das Kämpfen.« Sobald die Worte raus sind, wird mir schon bewusst, wie unfassbar unsensibel das war.

Er grinst halbherzig. »Lass es gut sein, Sophia.«

Von mir selbst enttäuscht, schiebe ich mein Frühstück von mir weg. »Ich hab dieses Gespräch versaut, oder?«, frage ich und muss mich davon abhalten, das Gesicht hinter meinen Händen zu verstecken.

Seit Arin hier wohnt, habe ich sämtliche Artikel zum Thema Sucht und Umgang als Angehörige gelesen, und schon bei dem ersten Mal, bei dem er den Mut hat, mit mir darüber zu sprechen, versaue ich es dermaßen. Schlimmer kann dieser Morgen eigentlich nicht mehr werden.

»Etwas, aber du bekommst morgen eine neue Chance«, verspricht er und schenkt mir ein kleines Grinsen, das mich noch mehr erröten lässt, aber immerhin dafür sorgt, dass mein schlechtes Gewissen etwas leiser wird.

»Danke.«

»Sophia?«

»Ja?«

»Tu mir den Gefallen und zitiere nie wieder Sprüche, die du auf Instagram gelesen hast«, meint er, und das Grinsen wird breiter.

»Bei allem, was mir heilig ist, ich schwöre es«, sage ich und hebe eine Hand, als wären wir bei den Pfadfindern. »Und wegen Conner …«

»Ich weiß noch nicht, ob ich morgen mit zum Karaoke komme«, unterbricht er mich sofort. »Mia hat es sicher gut gemeint, aber ich weiß nicht, ob ich das schon kann.«

Nachdenklich lehne ich mich auf meinem Stuhl zurück. »Wenn du Conner erst von der Liste streichen kannst, wirst du dich sicher besser fühlen«, gebe ich zu bedenken, froh darüber, dass wir zumindest weiterhin miteinander reden und er sich nicht direkt wieder von mir und allen anderen abkapselt.

»Es ist nicht nur das.«

»Sondern?«

»Es ist eine Bar, Sophia«, sagt er leise, und in seinem Blick flackert es. »Und in einer Bar gibt es Alkohol, und wenn man weiß, wen man fragen muss, auch alles andere.«

»Oh«, entfährt es mir, weil es mir wie Schuppen von den Augen fällt. Die Bar könnte ihn triggern, noch mehr an den Abgrund bringen, an dem er gerade steht. Und ich war zu einfältig, um das zu sehen. »Tut mir leid.«

»Muss es nicht.«

»Ich finde schon.«

»Wenn es nach mir geht, können wir es für heute mit den Entschuldigungen lassen«, schnaubt er und fährt sich durch die Haare.

»Alles klar. Und was willst du stattdessen tun?«, frage ich vorsichtig.

»Meinen Job?«

»Kamen alle Ersatzteile an?«

»Wird nicht mehr lange dauern, bis dein Grandpa wieder die Straßen damit unsicher machen kann.«

Ich lächle. »Ich freue mich auf die erste Probefahrt.«

32

ARIN

Es ist 05:45 Uhr. Der Wecker fängt an, sein stetig ansteigend monotones Geräusch von sich zu geben. Es ist schon seit Wochen die gleiche Uhrzeit und dasselbe Geräusch. Aber heute schaffe ich es nicht, die Hand auszustrecken und das schrille Geräusch verstummen zu lassen. Meine Augen starren seit gefühlten Stunden an den gelblich braunen Fleck an der Decke. Durch die dünnen Vorhänge des Wohnzimmerfensters dringt kaum das Licht des Morgens. Die Welt schläft noch, und ich wünschte, ich hätte in dieser Nacht zumindest ein paar Stunden Ruhe gefunden. Stattdessen haben sich meine Gedanken immer wieder im Kreis gedreht, überschlagen und sind alle zur selben Lösung gekommen. Natürlich weiß ich, dass es nicht helfen wird, die fusselige kleine Pille einzuwerfen oder zum Trailerpark zu laufen und mir etwas Stoff zu besorgen. Der Kick würde nur kurz andauern, das Runterkommen würde mich zerstören. Aber meine Fingerspitzen werden bei dem Gedanken an etwas Tilidin ganz warm. Als könnte ich den Geschmack der Pille schon auf meiner Zunge schmecken.

Wie ich sagte, kein guter Tag.

Irgendwie schaffe ich es, meine Beine vom Sofa zu schwingen und den Wecker auszuschalten.

Die Dunkelheit ist nicht nur das Fehlen des Sonnenlichts. Meine Antriebslosigkeit erinnert mich an Treibsand, der mich immer tiefer in einen Abgrund zieht. Aber ich zwinge mich dennoch, mich anzuziehen. Zum Duschen jedoch reicht meine Kraft noch nicht. Von oben kann ich Schritte hören. Der alte Bennett ist aufgestanden. Bo kommt bereits die Treppen heruntergelaufen und bleibt schwanzwedelnd vor mir sitzen, während ich ihn am Kopf tätschle.

Sobald ich vollständig angezogen bin und den morgendlichen Kaffee aufgesetzt habe, blicke ich aus dem Fenster.

Der Nebel auf den Wiesen wird sich schon bald verziehen, aber noch ist er so dicht, dass er nahtlos in die grauen Hügel übergeht.

»Morgen«, brummt er.

»Morgen«, erwidere ich. »Was dagegen, wenn ich eine Runde laufen gehe, bevor wir anfangen?«

Bennett sieht mich an, sagt jedoch nichts, was ich als Zeichen der Zustimmung werte. Also ziehe ich meine Turnschuhe an. Ehe ich jedoch durch die Tür gehen kann, sagt er: »Nimm Bo mit.«

Der Hund scheint von diesem Vorschlag ganz begeistert zu sein, denn er ist sofort an meiner Seite. Nachdem ich ihm die Leine angelegt habe, treten wir nach draußen.

Der Nebel, der viel zu frühe Morgen und wir.

Und dann laufe ich los.

Ich kann mich zwar mühelos durch den Nebel hindurchbewegen, doch scheint er wie eine grau-weiße Masse zu sein, die immer mehr auf mich zukommt.

Sand knirscht unter meinen Füßen, während in den wenigen Häusern am Waldesrand langsam Licht erscheint. Ich wünschte nur, ich könnte auch einfach aufwachen. Die Augen öffnen und plötzlich nicht mehr diese innere Leere spüren.

Bo läuft neben mir her und scheint ganz begeistert zu sein. Wir rennen die Hügel hinauf, hinunter und umrunden die angrenzenden Grundstücke auf der provisorischen Straße.

Meine Lunge brennt schon jetzt, und die schmerzhaften Stiche in der Seite zeigen mir, dass ich nicht auf meine Atmung geachtet habe. Aber es tut gut. Die Kälte legt sich über meinen Körper wie eine Decke und betäubt für ein paar Augenblicke alles andere.

Nach fast einer Stunde komme ich völlig verfroren wieder mit dem Hund vor dem Haus der Bennetts zum Stehen.

Die Sonne ist gerade dabei, aufzugehen und den Nebel zu verscheuchen, als ich durch die Tür trete. Der alte Bennett drückt mir sofort einen Tee in die Hand. Er kann den Ausdruck in meinen Augen lesen wie sonst niemand. Es braucht keine großen Worte, damit er versteht, dass ich heute etwas neben der Spur bin. Während ich noch damit beschäftigt bin, langsam aufzutauen, haut er uns ein paar Eier in die Pfanne.

»Guten Morgen«, ruft Sophia und kommt in einem flauschigen Pyjama in die Küche. Ihre grauen Augen finden meine, und als ihre Mundwinkel nach oben gehen, kommt es mir vor, als würde mein Herz seinen Takt wiederfinden.

»Morgen«, murmle ich nur, während Sophia sich neben mich an den Tisch sinken lässt und herzhaft gähnt.

»Was gibt's zum Frühstück?«

»Wir essen Eier«, meint ihr Großvater und wirft ihr einen strengen Schulterblick zu. »Du wirst dir wohl selbst etwas machen müssen, denn ich habe nicht damit gerechnet, dich so früh zu sehen.«

»Aber deine Eier sind legendär!«, ruft Sophia entrüstet.

Ihr Großvater schüttelt den Kopf. »Vielleicht sind sie aber nur für mich gedacht.«

Sie zieht eine Schnute, und plötzlich kann ich mir sehr gut vorstellen, wie sie als kleines Kind ausgesehen haben muss. Und in wie vielen Momenten sie ihren Willen durchsetzen konnte. »Komm schon, Grandpa …«

»Wie kommt ihr darauf, dass ich euch jeden Sonntag Frühstück mache?«, fragt er und dreht sich mit verschränkten Armen zu uns um.

»Also, erstens hast du eine Pfanne vor dir«, sagt Sophia gewohnt analytisch.

»Und zweitens bist du so groß, dass niemand sonst mehr Platz am Herd hat«, setze ich mit einem Grinsen nach.

»Und drittens bist du der Einzige hier, der nicht ständig etwas anbrennen lässt oder sich tödlich verwundet«, meint Sophia und wirft mir einen neckenden Blick zu.

Bennett schnaubt leise, aber man kann ihm ansehen, dass er dieses kleine Geplänkel genießt.

Er füllt uns auf, stellt jedem das Essen vor die Nase und eine große Kanne Tee in die Mitte. Zum ersten Mal seit langer Zeit habe ich wieder das Gefühl, hier nicht nur willkommen zu sein, sondern es auch zu verdienen.

»Also, wie sind eure Pläne für diesen Sonntag?«, will Bennett wissen, als er sich zu uns setzt.

»Heute Abend ist Karaoke«, erzählt Sophia.

»Gehst du auch?«, will Bennett an mich gewandt wissen.

»Nein.«

»Warum nicht?«

Ich weiche seinem Blick aus. »Wieso sollte ich?«

Er zuckt mit den Schultern, als sei mein Einwand nicht mehr als eine Floskel. »Ich dachte, du willst den Tag heute vielleicht feiern.«

»Hör auf, mich zu verwirren, alter Mann. Was sollte es heute zu feiern geben?«

Sophia und er wechseln kurze Blicke, die ich nicht deuten kann. Dann legt Bennett seine Gabel zur Seite. »Dass du seit neun Monaten clean bist.«

Sophia lacht auf. Das Geräusch ist wie heißer Tee an einem verregneten Tag mit einem Tick zu viel Zucker. Sie streicht sich das Haar aus dem Gesicht und sieht mich strahlend an. »Unfassbar, dass du das vergessen hast«, meint sie und schiebt mir ein kleines Päckchen zu.

Falls das hier geplant war, haben die beiden es auf jeden Fall geschafft, mich völlig zu überraschen. »Was ist das?«

»Nur eine kleine Aufmerksamkeit«, brummt ihr Großvater.

»Von euch beiden?«

Sie nicken.

Sophias Sturmaugen finden meine, und das kleine Lächeln zaubert einen Glanz in das Grau, der augenblicklich dafür sorgt, dass mein Herz schwer und leicht zugleich wird. Zögernd betrachte ich die Box.

»Es wird dich nicht beißen, versprochen«, meint Sophia grinsend.

»Euch würde ich es zutrauen.«

»Unsinn, Junge«, sagt er. »Keine Schlange passt in eine so kleine Schachtel. Außerdem wäre das Tierquälerei.«

»Gutes Argument.«

Da mir bewusst ist, dass ich mich nicht davor drücken kann, greife ich nach der schwarzen Verpackung. Sie wiegt fast nichts. Bennett und Sophia sehen noch immer nicht so aus, als würden sie sich nur einen Scherz mit mir erlauben.

Ich öffne die kleine Schachtel und erkenne die silberne Münze darin. Meine Fingerspitzen verharren einen Moment über dem geprägten Metall, das verkündet, dass ich nun seit neun Monaten keine Drogen mehr genommen habe – und mir stockt der Atem. »Und ich dachte, ich bekomme einen Chip bei den Treffen.«

»Hättest du auch, aber du warst nicht da«, schnaubt Bennett.

»Herzlichen Glückwunsch, Arin«, sagt Sophia weitaus versöhnlicher. Ihre Hand legt sich einen Moment auf meine Schulter, nur kurz, aber diese Berührung sorgt dafür, dass Wärme sich in meinem ganzen Körper ausbreitet.

»Danke. Das ist nett von euch«, murmle ich, ohne auch nur zu versuchen, meine Überforderung zu überspielen.

»Wir wollten dich nur daran erinnern, dass die Treffen wichtig sind«, meint Bennett, als könnte er es nicht ertragen, einfach etwas Nettes getan zu haben. Trotzdem nimmt das halbe Grinsen etwas die Härte aus seinen Worten und sorgt dafür, dass auch ich mich wieder etwas entspanne.

»Die Message kam an.«

»Gut, esst eure Eier auf. Ich besorg uns einen Kuchen aus dem Diner«, grummelt er und steht auf. Sophia und ich grinsen einander an, während er mit Bo hinaus verschwindet.

»Bennett schafft es noch, dass ich mein Herz an ihn verliere.«

»Grandpa ist etwas mürrisch, aber er kann dich gut leiden«, meint Sophia leichthin und wischt sich mit einer Serviette den Mund ab.

»Das Gefühl bekomme ich auch langsam.«

»Arin, ich wollte …«, setzt sie an, aber ich kann gerade keine weiteren Entschuldigungen mehr hören. Meine Gefühle sind seit Tagen so weit unten, dass es schwer genug ist, einfach hierzusitzen und da zu sein.

»Es ist okay«, unterbreche ich also. Aber so schnell scheint Sophia nicht aufgeben zu wollen.

»Nein, ich meine, mir ist klar, dass ich dir verwirrende Signale sende und …«, fährt sie fort.

»Sophia, ich laufe dir hinterher wie ein verliebter Dackel. Aber ich habe offenbar eine Grenze übertreten, und das hätte ich nicht tun sollen. Ich schwöre, das nächste Mal küsse ich dich erst, wenn du anfängst«, meine ich und spüre, wie sich mein Herzschlag verdoppelt. Der Geruch ihres Parfums steigt mir in die Nase und vermischt sich mit dem Tee. Unwillkürlich rutsche ich näher an sie heran, verharre dann jedoch, ehe ich wieder eine Grenze übertreten kann, die ich noch nicht kenne.

»Wer sagt, dass es ein nächstes Mal geben wird?«, will sie wissen und blickt mich mit dem Sturm ihrer Augen an.

»Lass einen Mann doch träumen.«

Sie lächelt still, aber breit genug, damit ich mich weiter vorwage. »Sophia, ich kann warten. Egal, wie lange es dauert, aber ich muss wissen, ob du willst, dass ich warte.«

Kein Zögern. Nicht einmal ein Blinzeln, ehe sie antwortet: »Ja, das will ich.«

Bis eben habe ich nicht gewusst, wie sehr mich diese Antwort erleichtern würde. Selbst das Grinsen ist jetzt einfacher. »Okay.«

Ich räume unsere leeren Teller vom Tisch und stelle sie in die Spülmaschine.

»Arin?«, höre ich ihre Stimme hinter mir. »Megan, Leo, Chris, Mia und Conner wollen nachher zusammen essen, ehe es zum Karaoke geht.«

»Und das sagst du mir, weil …«, brumme ich, denn die kleine Erleichterung weicht wieder den schweren Steinen im Magen, und ich muss mich daran erinnern, dass noch so viele unangenehme Dinge auf mich warten, dass eine einzige gute Sache mich nicht vor dem Abgrund rettet, auf den ich zusteuere.

»Die Rain-Schwestern dich gern dabeihätten.«

Schluckend lehne ich mich gegen die Spüle und kratze mich hinterm Ohr. »Ich weiß nicht, Sophia …«

Sie macht einen Schritt auf mich zu. »Kein Alkohol, keine Partywütigen, und dieses Haus ist nur zehn Minuten entfernt, du kannst also jederzeit gehen.«

»Und ich könnte versuchen, Conner endlich von meiner Liste zu streichen«, gebe ich zu und weiß ihren Versuch, mir zu helfen und mich aus meinem eigenen Sumpf zu ziehen, wirklich zu schätzen.

Meine Belohnung ist eine lächelnde Sophia. »Schön, dass du von selbst darauf kommst.«

Trotzdem kann ich nicht leugnen, dass mir der kalte Schweiß ausbricht, wenn ich nur daran denke, dass ich versuchen soll, mich bei Conner zu entschuldigen. »Und du bist auch dabei?«, frage ich leise und schäme mich fast dafür, dass ich nicht den Mut habe, diese Sache allein durchzuziehen.

»Das bin ich, und ich werde nicht von deiner Seite weichen, wenn du mich dabeihaben willst«, verspricht sie und kommt noch näher. Nahe genug, damit ich ihren Atem auf meiner Haut spüren kann.

»Okay.«

»Wirklich?«

Ich betrachte die silberne Münze, von der ich bis eben nicht bemerkt habe, dass ich sie in der Hand halte wie einen Anker, der mich davor bewahrt, von meiner eigenen Dunkelheit verschluckt zu werden. »Irgendwo muss man ja anfangen, um sich aus dem Loch zu kämpfen, oder?«

33

SOPHIA

Endlich hat der Frühling verstanden, dass er sich gegen die Reste des Winters zur Wehr setzen muss. Das Summen der Insekten ist wie Musik, die uns auf jedem Schritt begleitet, und der Duft der blühenden Blumen am Straßenrand hängt in der Luft.

Leider sorgt die idyllische Schönheit nur dafür, dass Arins Angst in jedem seiner Schritte noch deutlicher wird. »Es wird alles gut gehen«, verspreche ich, während ich ihn von der Seite betrachte.

Er fährt sich durch die Haare. »Wenn du das sagst, klingt es so leicht.«

»Ich kann nicht behaupten, dass der Abend einfach wird, aber du wirst das hinbekommen«, versuche ich es erneut.

Vor dem kleinen Tor an Conners Grundstück bleiben wir stehen. Arin sieht noch einmal über seine Schulter, ganz so, als würde er abwägen, ob er doch noch einfach gehen kann. »Wenigstens einer von uns hat noch Vertrauen«, murmelt er, und ich kann sehen, wie der altbekannte Schatten in seinen Augen aufflammt. Aber er geht dennoch Schritt für Schritt in Richtung des Hauses.

»Bist du bereit?«, frage ich sanft.

»Nein.«

Ich greife nach seiner Hand und umschließe sie fest. »Und jetzt?«

Arin nickt, und ich betätige die Klingel an Conners Haus.

Wir schaffen es nicht einmal zu blinzeln, da wird die Tür bereits geöffnet. »Da seid ihr ja!«, ruft Mia fröhlich aus. »Kommt rein.«

Megan und Leo sind bereits dabei, den Tisch zu decken, winken uns aber gut gelaunt zu. »Ich hoffe, ihr habt Hunger mitgebracht«, flötet die Rothaarige und bedeutet uns, uns am Tisch niederzulassen. »Möchtet ihr was trinken?«

»Wasser, bitte«, sagt Arin heiser.

Ich werfe ihm einen aufmunternden Blick zu, von dem ich hoffe, dass er ihm zumindest ein kleines bisschen Kraft gibt.

»Für mich auch.«

»Alles klar«, sagt Leo und verschwindet in die Küche. Während um uns herum noch Gewusel herrscht, ist von Conner und Chris keine Spur zu sehen. Für einen Moment befürchte ich schon, dass Conner einfach nicht auftauchen wird, doch dann erklingen dumpfe Schritte auf der Treppe.

Seine raue Stimme sorgt dafür, dass alle einen Moment innehalten und ihn ansehen, während er brummt: »Oh, er ist gekommen. Klasse.«

»Conner«, sagt Mia warnend.

Conner geht an uns vorbei und setzt sich hin. »Schon gut«, nuschelt er in sich hinein und sieht aus, als würde er tatsächlich versuchen, sich zusammenzureißen.

»Ich kann auch wieder gehen«, sagt Arin neben mir.

»Nein«, rufen wir kollektiv aus.

Arins Adamsapfel hüpft, aber er sagt nichts. Meine Hand umschließt noch immer seine. Ich kann deutlich fühlen, wie klamm seine Handflächen sind, wie sein Knie immer wieder nervös auf und ab hüpft.

»Wir essen zusammen, reden und … «, versucht Mia zu vermitteln.

»Ihr müsst das nicht tun«, sagt Arin noch einmal.

»Auch wenn es dir vielleicht gerade nicht so vorkommt, wir tun das nicht nur für dich«, stellt sie klar, woraufhin Conner aufblickt und sie ansieht. In seinem grimmigen Blick schwingt noch etwas anderes mit, das ich nicht deuten kann. Aber zumindest wird mir klar, dass Mia recht hat. Diese gesamte Situation ist für alle Betroffenen eine Zumutung.

Wir haben es alle zu lange einfach ausgesessen und darauf gewartet, dass sich die Wogen schon von allein wieder glätten würden.

»Und ich bin ehrlich gesagt nicht so sicher, was wir hier überhaupt tun«, meint Leo mit einem schüchternen Grinsen. »Aber das Essen ist fertig, und in meiner Familie sind Spaghetti das Beste, wenn es darum geht, einander zu verzeihen.«

»Das ist dann wohl mein Stichwort«, kommt es von Chris, der gerade durch die Haustür kommt. In seinen Händen hält er eine große braune Tüte. »Entschuldigt meine Verspätung, Mrs Miller hat mich aufgehalten.«

»Bitte sag mir, dass du die Cherry Coke dabeihast«, kommentiert Megan grinsend, woraufhin Chris die Tüte hochhält und meint: »Ich hab den halben Laden geplündert.«

»Dann ist der Abend ja gerettet«, meint Mia und verteilt die kühlen Coladosen auf unseren Plätzen.

»Vielleicht sollte ich einfach gehen«, flüstert Arin.

Ich drücke seine Hand etwas fester. »Gib der Sache eine Chance.«

Er schweigt.

Leo stellt einen großen Topf mit Spaghetti auf eine hölzerne Platte mitten auf den Tisch, während Megan neben ihm die Soße dazustellt.

Chris setzt sich neben Conner und zwinkert uns aufmunternd zu. »Das Essen riecht großartig, Leo«, lobt er.

»Danke, ich kann allerdings nicht versprechen, dass ihr nicht drei Tage lang nach Knoblauch riecht.«

»Zum Glück stört das in diesem Raum niemanden«, kommentiert Mia und füllt meinen Teller auf. Die Portion ist so riesig, dass ich mich frage, wie ich mich nach dem Essen überhaupt noch bewegen soll, allerdings hat Chris recht: Es duftet köstlich, und trotz der angespannten Situation spüre ich meinen Magen knurren.

Wir beginnen zu essen.

Bis auf das Klappern der Gabeln und Löffel ist nichts weiter zu hören als ausgedehnte Stille, die niemand so richtig einzudämmen weiß. Die Schwestern sehen sich immer wieder an, doch keine von beiden scheint eine Idee zu haben, wie sie die Stimmung wieder auflockern könnten.

Conner hingegen isst und blickt dabei nicht einmal von seinem Teller auf, als könnte er den Anblick von Arin einfach nicht ertragen. Was wiederum meine Wut zum Brodeln bringt, die nicht einmal von einer extra Ladung Käse über meinen Nudeln eingedämmt werden kann. Aber auch ich schweige, weil das hier nicht mein Kampf ist. Ich bin nur hier, um für Arin da zu sein.

Leider hält die Stille auch noch an, nachdem wir alle vor unseren leeren Tellern sitzen. »Also, ähm, ich gebe zu, ich hatte gehofft, dass wir nicht in peinliches Schweigen verfallen«, kommt es von Mia.

»Scheiße, danke, ich hatte das Gefühl, ich platze gleich«, stößt ihre Schwester aus.

»Es ist unangenehm«, stimme ich zu.

»Für mich eher eine Horrorshow«, gesteht Arin.

Und plötzlich fängt Chris an zu lachen.

Einen Moment lang starren wir ihn an, dann stimmen wir ein. Mia und Megan lachen aus vollem Hals, ich schüttle grinsend den Kopf, und selbst Arins Mundwinkel heben sich zum ersten Mal an diesem Abend. Nur Conner sitzt noch immer wortlos da und dreht eine einzelne Nudel von einer Seite des Tellers zur anderen.

»Schön, dass ihr euch amüsiert«, brummt er, ohne jemanden anzusehen.

»Komm schon, Conner. Versuch es wenigstens«, sagt Mia.

»Und was mach ich hier gerade?«, grummelt er zurück und legt die Gabel zur Seite.

»Conner«, versuche ich es noch einmal, aber Arin drückt meine Hand, als wolle er nicht, dass ich wieder für ihn Partei ergreife. Ich kann sehen, wie ihm der kalte Schweiß auf die Stirn tritt, aber dann steht er auf.

ARIN

Scheiße, eben hielt ich es noch für eine gute Idee, einfach aufzustehen. Aber jetzt starren mich alle an und sorgen dafür, dass es mir noch schwerer fällt zu sagen: »Es tut mir leid.«

Der Satz schwebt einen Moment im Raum.

Conners Blick findet meinen. Sein Augenlid zuckt kurz, als würde ihm etwas Schmerzen bereiten. Doch er sagt nichts.

»Nicht nur, dass ich heute Abend hier bin und dass du offensichtlich dazu gedrängt wurdest, das hier überhaupt zu machen, sondern auch …«

»Lass es«, brummt Conner plötzlich, und ich wäre beinahe zusammengezuckt.

»Mir ist klar, dass du mir nicht glaubst. Und dass du nicht mal hier sein willst«, sage ich langsam. Mein Herz schlägt mir bis zum Hals, und ich bin sicher, dass sich Schweißflecken in meinem Nacken bilden, aber ich will das hier zu Ende bringen. Nicht nur für mich, sondern auch für Caren, Sophia, Chris und ja, auch für Conner. Er hat es verdient, diese Entschuldigung von mir zu hören. Er hat es verdient, zumindest zu verstehen, dass es mir leidtut und dass ich seinen Hass auf mich verstehen kann. »Und ich weiß auch, dass meine Entschuldigung nichts bewirkt. Dass sie nichts ändert.«

»Und warum tust du es dann trotzdem?«

»Nicht nur du hast jemanden verloren, Conner«, sage ich. »Carens Verschwinden war nicht nur für dich ein Trauma, sondern für uns alle. Wir haben sie alle gelieb…«

»Wage es nicht, dieses Wort auszusprechen.«

»Geliebt.«

»Das reicht.« Conner springt von seinem Stuhl auf. Alles an seiner Körperhaltung schreit danach, dass er mir am liebsten mit dem Topf voller Spaghetti eine reinhauen würde, doch stattdessen sind seine Hände zu Fäusten geballt. Er zittert so stark, dass ich keine Angst mehr fühle, sondern nur Bedauern.

»Es tut mir sehr leid, dass du Caren verloren hast«, sage ich noch einmal. »Und es tut mir leid, dass ich mich so oft wie ein Arschloch verhalten habe.«

»Sie ist deinetwegen verschwunden«, bringt Conner bebend heraus. »Weil du sie belästigt hast.«

»Ja«, antworte ich ohne Zögern, auch wenn ich weiß, dass dies nur seine Sicht der Wahrheit ist. »Und auch das tut mir leid.«

Conner schnaubt verächtlich, was Mia dazu bringt, aufzustehen und ihn tadelnd anzublicken. Aber es gibt nichts mehr, das diesen Abend noch retten könnte. »Schon gut«, meine ich. »Ich werde gehen.«

»Arin, warte …«, sagt Sophia, aber ich schüttle den Kopf und bedeute ihr, einfach sitzen zu bleiben. Sie gehört hierher, zu ihren Freunden aus Belmont Bay, aber für mich war an diesem Tisch von Anfang an kein Platz.

»Schon gut.«

Nun sehen alle Conner an, der genervt mit den Augen rollt und meint: »Warte, ich …«

»Nein, es ist okay. Du musst mir nicht verzeihen, Conner. Das kann ich selbst auch nicht. Aber auch wenn es nichts ändert, will ich, dass du weißt: Es tut mir leid. An jedem Tag in meinem Leben bedaure ich, dass sie in den Wäldern verschwunden ist. Und nicht ich.«

Und dann drehe ich den Menschen am Tisch den Rücken zu, damit sie meine Träne nicht sehen.

34

ARIN

Es ist ein trüber, verregneter Abend, der viel zu gut zu meiner Stimmung passt. Während das wenige Sonnenlicht, das die Welt bis eben noch erhellte, langsam verschwindet, zieht dichter Nebel auf und hüllt alles in sich ein. Ich kann nur noch wenige Meter weit schauen und kaum erahnen, in welche Himmelsrichtung mich meine Füße tragen.

Aber ich laufe.

Renne einfach immer weiter, ohne zu wissen, wohin. Wovor ich wegrenne, weiß ich. Vor dem Schmerz. Vor den Blicken. Vor Conner und allem, wofür er steht. Vor der Schuld, die mich von innen zerfrisst, und vor dem Drang, dieses Loch mit Pillen zu füllen, die mich nichts mehr fühlen lassen.

Das Brennen in meiner Lunge wird stärker, aber ich werde nur schneller. Jede Faser meiner Muskeln brennt, ist angespannt und verkrampft sich. Im Moment wünsche ich mir fast einen Schneesturm, damit ich mich im Schnee hin und her rollen kann, bis ich diesen Schmerz nicht mehr fühle.

Mein Zeitgefühl hat mich im Stich gelassen. Als ich wieder vor dem Haus der Bennetts stehe, erhebt sich Sophia von der Veranda. »Du warst wieder laufen«, stellt sie fest.

»Und du wohl nicht beim Karaoke«, kommentiere ich.

»Nein, irgendwie hatte ich keine Lust darauf, Taylor-Swift-Songs zu schmettern«, meint sie und bemüht sich um ein halbes Lächeln, auch wenn wir beide wissen, dass das hier das Gegenteil von einer fröhlichen Zusammenführung war.

»Tut mir leid, dass es nicht so gelaufen ist, wie ihr es euch gewünscht habt.«

»Na ja, daran hattest du keine Schuld«, sagt sie gelassen und kommt näher.

Ich bleibe einfach stehen. Ein Teil von mir wünscht sich, dass sie mich einfach in die Arme nimmt, während ein anderer noch nicht sicher ist, ob ich diese Nähe auch wirklich ertragen könnte.

»Doch, ich hätte wissen müssen, wie Conner reagiert«, hauche ich.

»Und trotzdem hast du dich dem Ganzen gestellt, und darauf kannst du verdammt stolz sein«, meint Sophia und macht noch einen Schritt auf mich zu. »Denn ich bin es.«

Sie ist mir so nahe, dass ich die Wärme ihres Körpers in der Kühle des Abends deutlich fühlen kann, als sei sie ein Feuer, an dem sich meine Seele wärmen könnte, wenn ich es nur geschehen lassen würde. »Du bist stolz darauf, dass ich allen anderen den Abend vermasselt habe?«

»Nein, darauf, dass du das ausgesprochen hast, was schon längst jemand hätte sagen sollen«, antwortet sie und sieht mich direkt an. Lässt nicht zu, dass ich ihren Sturmaugen entkomme.

»Und was war das?«

»Wir alle haben Caren verloren, und wir alle werden diese Narbe niemals loswerden.«

»Ihr anderen hattet aber keine Schuld daran«, gebe ich zu bedenken.

»Ach nein?« Sophia schüttelt den Kopf, und das kurze blonde Haar fliegt dabei hin und her. »Das sehe ich anders.«

»Am wenigsten hattest du daran Schuld, Sophia.«

»Da muss ich dir widersprechen«, stellt sie klar, und ihr Gesichtsausdruck wird härter, als würde sie sich an etwas erinnern, das sie lieber vergessen würde.

»Was meinst du?«, will ich wissen, denn plötzlich klopft mein Herz nicht mehr wegen des Laufens oder ihrer Nähe wieder schneller, sondern weil ich spüre, dass da etwas ist. Etwas Unausgesprochenes.

»Ich meine, dass ich genauso Schuld daran habe, dass sie in den Wald gelaufen ist und sich verirrt hat. Vielleicht sogar mehr als alle anderen in dieser Stadt.«

»Sophia, was …«

»Ich war die Letzte, Arin«, gesteht sie leise. »Die Letzte, die Caren lebend gesehen hat.«

SOPHIA

Damals

Ein gleißendes Licht zerreißt die Luft und lässt die Dunkelheit des Waldes für einen Moment verschwinden.

Die Regentropfen prasseln immer weiter auf den Waldboden und suchen sich Wege durch die schmalen Ritzen des kleinen Häuschens, das mir Unterschlupf bietet. Es war eine schlechte Idee, doch noch zu dieser verdammten Party gehen zu wollen, und nun stecke ich hier fest, nass bis auf die Knochen, und kann nicht leugnen, dass mir die Heftigkeit des Sturms Angst macht.

Warum nur habe ich mein Zimmer überhaupt verlassen?

Ich spähe aus dem kleinen Unterschlupf und erkenne eine dunkle Gestalt, die im Eilschritt auf die Hütte am Waldesrand zugelaufen kommt. Es scheint, als ob der Regen von der Seite kommen würde, weil der Wind so stark ist.

»Scheiße, was willst du denn hier?«

»Ich …«, sagt Caren, aber ich kann sie kaum hören, so stark ist das Prasseln des Wolkenbruchs. Auch sie ist komplett nass. Wasser rinnt ihr über das Gesicht.

»Was tust du hier?«, schnaube ich, ohne mir die Mühe zu machen, meine Wut überhaupt zu verbergen.

»Ich war auf der Party«, gesteht Caren und wirft mir einen Blick zu, der mich einen Moment schwanken lässt, weil ich ihr ansehe, wie stark das schlechte Gewissen ist. »Conner und ich haben uns gestritten.«

»Und das erzählst du mir, weil?«, zische ich und verschränke die Arme vor der Brust, während ein erneuter Blitz den Himmel spaltet.

»Sophia, ich …«, sagt sie, stockt aber gleich darauf. »Ich weiß, dass ich Scheiße gebaut habe.«

»Ich hab echt keine Lust, jetzt mit dir darüber zu reden«, herrsche ich sie an und zucke zusammen, als das Donnern den gesamten Wald erschüttert.

Wir sollten wirklich nicht hier draußen sein, aber zurück zur Stadt ist es noch ein ganzes Stück, und diese kleine Baracke ist der einzige Unterschlupf in der Umgebung.

»Es tut mir leid.«

»Tatsächlich?«

»Wir waren einfach nur etwas high und wollten Spaß, und dann …«

»… dann hast du dir gedacht, es ist eine super Idee, mit dem Jungen rumzumachen, in den deine beste Freundin verliebt ist?«, beende ich ihren Satz und schüttle den Kopf.

»Ich war auch mal in ihn verliebt, und das weißt du genau, Sophia«, wehrt sie ab. »Und im Gegensatz zu dir habe ich da nie ein Geheimnis draus gemacht.«

»Im Gegensatz zu mir bist du auch mit Conner zusammen«, fahre ich sie an.

Caren blickt zu Boden. Ihre blonden Locken sehen in der Dunkelheit fast aus wie das Holz, das uns umgibt. »Wie ich schon sagte, es tut mir leid.«

»Ich kann mir das echt nicht länger anhören«, brumme ich und schiebe mich an ihr vorbei. Meine Kurzschlussreaktion bereue ich allerdings schon in dem Moment, als ich den Unterschlupf verlassen habe. Der Regen donnert mit so einer Wucht auf mich ein, dass sich die Tropfen anfühlen wie kleine Steine.

»Sophia, warte, es tut mir leid!«, schreit Caren hinter mir und packt mich am Arm, um mich wieder in die Baracke zu ziehen. Aber ich reiße mich mit solcher Wucht los, dass ich fast auf dem schlammigen Untergrund des Bodens ausrutsche. »Ja, mir auch.«

»Bitte, lass es mich erklären«, fleht sie und blinzelt so stark, dass ich nicht erkennen kann, ob es wegen des Regens ist oder weil auch ihr Tränen in die Augen schießen.

»Hör auf, ich will es nicht hören!«, schreie ich ihr entgegen, doch meiner Stimme fehlt die Kraft. Als würde der tosende Himmel in dieser Nacht jede Wut für sich selbst beanspruchen.

»Aber wir sind Freundinnen und …«

»Ach, jetzt sind wir wieder Freundinnen?«, schnaube ich.

Caren stockt. Ein erneuter Blitz lässt ihr Gesicht aufleuchten. »Ich hab nie aufgehört, deine Freundin zu sein, und das werde ich auch nie.«

Höhnisch lache ich auf und kann nur den Kopf schütteln. »Das sehe ich anders, du hast vor langer Zeit damit aufgehört«, murmle ich. »Hör auf, dich selbst zu belügen, Caren. Du hast nur beschleunigt, was du eh schon wusstest. Dass das hier eine Freundschaft auf Zeit ist. Sobald du aufs College gehst und eine berühmte Schauspielerin wirst, wäre ich doch eh abgeschrieben gewesen.«

»Das ist nicht wahr«, hält sie dagegen und ballt ihre Hände zu Fäusten, während sie einen Schritt auf mich zukommt.

Wir starren einander in der Dunkelheit an. Blitz und Donner folgen kurz nacheinander und sorgen dafür, dass meine Wut sich langsam in etwas anderes verwandelt. Trauer. Trauer um eine Freundschaft, von der ich so sehr gehofft hatte, dass sie für immer hält. »Doch, und wir wissen es beide«, sage ich und wende mich von ihr ab.

»Sophia, nein.«

Noch einmal bleibe ich stehen und blicke über die Schulter.

Caren steht verloren in der Dunkelheit vor der Baracke. Sie zittert am ganzen Körper, weil das eisige Wasser sie genauso durchnässt hat wie mich. Der Kajal zeichnet schwarze Tränen in ihr Gesicht, von denen ich mir nicht sicher bin, weswegen sie vergossen wurden.

»Komm schon, Caren. Wir sind beide froh, wenn wir uns nie wiedersehen müssen«, bringe ich tonlos hervor.

Und dann gehe ich. Lasse meine beste Freundin im Regen stehen und allein, mit der Dunkelheit, die mich für immer verfolgen wird.

35

ARIN

Ich mag es, wenn alte Dinge zu neuen Dingen werden, die es geschafft haben, eine Zeitreise in die Gegenwart zu machen.

Der Ford Galaxie wurde zur Mitte des Jahres 1959 eingeführt und nun, gute dreiundvierzig Jahre später, sitze ich in dem zweitürigen Cabriolet und bete zu den Autogöttern, dass ich es geschafft habe, ihn wiederzubeleben.

Bennett streicht über die charakteristische zweifarbige Lackierung in Senfgelb und Schwarz und die zahlreichen Chromzierelemente, die die Designsprache der 1950er-Jahre noch unterstreichen. Ich kann die Augen des Mannes blitzen sehen, als würde er sich an eine Zeit erinnern, in der auch er sich gefühlt hat wie frisch lackiert und poliert, bereit, in die Welt hinauszufahren und all die Träume zu erleben, die man sich nicht einmal vorstellen kann.

»Und du meinst, er wird anspringen?«, will er wissen und sieht mich an. Sein Tonfall passt nicht ganz zu dem Blitzen der Hoffnung, klingt fast schon sorgenvoll.

»Ich weiß, dass er anspringt«, verspreche ich und öffne die Fahrertür, damit Bennett einsteigen kann.

Der alte Mann folgt dieser Aufforderung. »Ist das so?«, fragt er, während er andächtig die Hände um das Lenkrad schließt und mich ansieht, während ich auf dem Beifahrersitz Platz nehme.

»Jetzt lass ihn schon an. Wir drehen eine kleine Runde, du sagst mir, ob dir etwas auffällt, und dann parken wir ihn wieder im Schuppen, wo niemand deinen Schatz sieht.«

Bennett verzieht das Gesicht. »Mach dich nicht lustig über mich, Junge.«

»Würde mir nicht im Traum einfallen.«

»Dieses Auto hat schon mehr Geschichte als du.«

»Bitte erzähl mir nichts darüber, was schon alles auf der Rückbank passiert ist.«

»Oh, da hätte ich tatsächlich einiges zu sagen.«

»Bennett!«

»Schon gut, schon gut«, sagt er und schnallt sich endlich an. Die Türen des Schuppens stehen bereits offen. In der warmen Frühlingsluft schimmert das Licht, als würde es nur darauf warten, diesem Wagen seinen großen Auftritt zu bescheren.

Langsam streckt Bennett seine Hand nach dem Zündschlüssel aus und dreht ihn mit geschlossenen Augen um, als hätte er Angst hinzusehen. Doch der Motor beginnt zu schnurren.

Sein Lächeln ist so breit, dass ich mein eigenes spüren kann. »Er läuft!«

»Das hab ich doch gesagt«, erwidere ich lachend.

»Schon, aber du sagst auch viel, wenn der Tag lang ist.«

Irgendwie habe ich langsam Gefallen an diesen Sticheleien gefunden. Bennett ist vielleicht nicht der freundlichste Mensch auf der Welt, aber das bin ich auch nicht. Und irgendwie ist er zu dem Mann geworden, den ich auch gern als Großvater gehabt hätte. »Willst du nicht losfahren?«, frage ich und deute nach vorn.

Nun wird das Grinsen des alten Mannes noch breiter. »Doch.«

Wir fahren nicht in die Stadt, sondern in die entgegengesetzte Richtung. Der Naturschönheit Idahos hinterher, als könnten wir sie einholen, wenn wir nur schnell genug fahren.

Bennett jubelt, als der Fahrtwind sein Hemd flattern lässt, und ich kann nicht anders, als zu lachen. Auf der Straße sind wir nahezu allein, neben uns nur die Wälder und der Snake River, der sich mit solcher Hartnäckigkeit durch das Gebirge gegraben hat. Ich rutsche auf meinem Sitz weiter nach vorn.

Der Wagen fährt, Bennett ist so glücklich, wie ich ihn noch nie gesehen habe, und die gigantischen Berge ragen in den Himmel, viel atemberaubender, als ich es seit Jahren realisiert habe.

»Wo willst du hin?«, frage ich nach einer Weile und reiche ihm eine

Sonnenbrille, damit er die Augen nicht mehr so stark zusammenkneifen muss.

»Das wirst du schon sehen.«

Wir fahren vorbei an Feldern, die allmählich zu Grundstücken werden, zu einzelnen Häusern, an denen Flaggen im leichten Wind flattern.

Die von der Sonne gegerbte Haut lässt Bennetts blassgraue Augen nahezu leuchten. Für einen Mann in den Siebzigern ist er erstaunlich fit und dreht sogar die Musik noch etwas lauter, als sei dieser Moment einer der wenigen, in denen auch er sich nicht mehr fühlt wie ein alter Mann.

Dann biegen wir in eine schlechtere Straße ab, die direkt ins Grüne führt. Bennett macht die Musik wieder leiser, und ich frage mich, ob Caren auch ihm einmal von den Babyvögeln und der Nistzeit erzählt hat.

Im Schatten der Bäume ist es deutlich kühler, doch das stört mich nicht. Erst recht nicht, als ich sehe, wo Bennett hinwill. Wir halten an einem Felsen, hinter dem sich einer der tausend kleinen Seen verbirgt. Viel kleiner als der Belmont-Bay-See, aber nicht weniger schön.

Wir steigen aus.

Im klaren Wasser spiegelt sich das Grün des Waldes, das den See umringt. Das Zwitschern der Vögel wird von dem sanften Rauschen der kleinen Wellen begleitet, während die Sonne goldene Reflexionen in das dunkle Wasser malt.

»Es ist schön hier«, sage ich, weil ich das Gefühl habe, dass ich etwas sagen müsste.

»Hier hab ich meiner Frau den Antrag gemacht«, sagt er. »Und nach einigen Jahren, als ich es die ersten Male versaut hatte, kamen wir wieder her.«

»Warum erzählst du mir das?«, frage ich, auch wenn ich das Ende der Geschichte hören möchte.

»Dieser Ort hat mich damals daran erinnert, wofür es sich zu kämpfen lohnt«, gesteht er und sieht mich an. »Und dass es in all der Dunkelheit auch immer etwas Schönes gibt.«

»Ich wusste gar nicht, dass du so ein Romantiker bist.«

»Bin ich auch nicht«, brummt er. »Aber ich bin dankbar für die guten Dinge, ebenso wie für die schlechten.«

Nickend folge ich seinem Blick, sauge den Wald und die Natur und die Ruhe in mich auf. Wir lehnen uns gegen das Auto, einvernehmlich schweigend, bis die Sonne sich hinter einer Wolke versteckt und die Wärme langsam verschwindet. Erst dann fahren wir wieder zurück.

»Danke, Arin«, sagt Bennett, als er den Wagen wieder im Schuppen abgestellt hat.

»Ich hab nur meinen Job gemacht.«

»Ja, aber ich glaube, du weißt nicht, wie viel mir dieser Wagen bedeutet.«

»Ich sehe dich zum ersten Mal, seit ich dich kenne, wirklich lachen, also habe ich eine ungefähre Ahnung«, gebe ich ebenfalls lächelnd zu.

Bennett nickt. »Darum: danke.«

»Hab ich gern gemacht.«

Der alte Mann öffnet die Tür und will gerade aus dem Wagen steigen, da verändert sich plötzlich sein Gesichtsausdruck. Sämtliche Farbe weicht aus seinem Gesicht, ehe ein Stöhnen über seine Lippen kommt, das mich dazu bringt, selbst aus dem Wagen zu springen und zur Fahrerseite herumzusprinten. Ich packe Bennett an den Schultern und blicke ihm fest in die Augen. »Bennett! Bennett, was ist los?«

Er atmet ein paarmal abgehackt ein und drückt sich die Hände gegen die Brust. »Ist schon gut, Junge«, winkt er ab. »Mir ist nur etwas schwindelig geworden, das passiert in meinem Alter schon mal.«

Ganz so einfach lässt sich meine Angst allerdings nicht verscheuchen. Ich helfe ihm beim Aufstehen und betrachte das Gesicht, in das sich langsam wieder Farbe traut. »Das sah nach mehr aus als nur Schwindel«, bemerke ich.

»Es geht mir gut.«

»Soll ich dir ein Wasser holen oder so was?«

Bennett schnaubt grimmig und schiebt mich von sich weg. »Ich kann mir mein verdammtes Wasser allein holen, Junge.«

»Okay, ich bin nur …«

»Besorgt«, brummt er. »Hör sofort auf damit.«

»Würde ich ja, aber wenn Sophia …«

»Du wirst ihr nichts davon sagen, verstanden?«, herrscht er mich plötzlich an. »Nicht ein Wort.«

»Und was soll ich ihr nicht sagen, wenn das gerade doch nur ein kurzer Moment des Schwindels war?«, frage ich leise.

»Es ist alles in Ordnung mit mir«, meint er, obwohl wir beide wissen, dass es gelogen ist.

SOPHIA

Der vertraute Geruch von Desinfektionsmittel und Unruhe steigt mir in die Nase, während ich im Wartezimmer sitze und alte Zeitschriften durchblättere. Keine Ahnung, wer Gefallen an den schlechten Schlagzeilen, verfehlten Wortwitzen und unvorteilhaften Fotos von Promis findet. Allerdings warte ich seit fast einer Stunde, und so langsam tun mir die Augen weh von dem Gestarre auf mein Handy. Es ist die inzwischen dritte Blutentnahme in den letzten Wochen. Bisher ist die Viruslast in meinem Körper noch immer hoch genug, um jemanden anzustecken, und langsam beginne ich mich zu fragen, ob sich das jemals ändern wird. Die Medikamente sind gut, aber es gibt dennoch einen sehr kleinen Teil von Menschen, bei denen sie versagen. Da dieser Gedanke noch deprimierender ist, schaue ich doch wieder auf mein Telefon.

Arin hat auf meine letzte Nachricht nicht geantwortet. Mit einem leisen Seufzen lege ich die Zeitschrift zurück auf den Stapel und wische mir die Hände an der Jeans ab, als hätte ich Angst, es würde Dreck drankleben. Ich bin allein, eine Schwester flitzt an mir vorbei und lächelt mir freundlich zu. Sie ist eine von den Guten. Das Pflaster an meiner Armbeuge beweist, dass sie ihren Job versteht und nichts von dem urbanen Märchen der Rollvenen hält. Ein Stich hat ihr genügt, um mir Blut abzunehmen. Und sie wirkte in keiner Sekunde, als hätte sie Angst, sich bei mir zu infizieren. Stattdessen hat sie mich behandelt wie jede andere Patientin, und allein das hat mir für ein paar Sekunden gutgetan.

»Sophia«, sagt Chris lächelnd und ruft mich in sein Sprechzimmer. »Du siehst gut aus.«

»Danke, so fühle ich mich auch«, meine ich, reibe mir aber dennoch nervös über die Arme, als ich mich vor seinem Schreibtisch niederlasse.

Chris legt das Lächeln noch immer nicht ab, obwohl er kurz auf seinen PC schaut. »Die gute Nachricht zuerst«, meint er. »Die Medikamente schlagen an. Die Viruslast in deinem Körper ist bereits fast um die Hälfte gesunken.«

Erleichtert atme ich auf. »Und die schlechte?«

»Sie ist noch nicht so gering, dass du nicht mehr ansteckend bist. Aber ich bin zuversichtlich, dass wir es in der nächsten Runde geschafft haben. Du bist jetzt perfekt auf die Medikamente eingestellt, zumindest, was deine Blutwerte angeht.«

»Das klingt ganz gut?«

»Ist es. Ein Fortschritt.«

»Wie lange wird es dauern, bis die nächsten Ergebnisse da sind?«, platzt es aus mir heraus.

»Ein paar Tage«, antwortet er.

»Ein paar verflucht lange Tage«, gebe ich zurück.

Chris lächelt noch immer, während er aufsteht und mich ansieht. »Wie läuft es mit Arin?«

»Nicht gerade ein Thema, das meine Stimmung hebt.«

»Er wohnt bei euch, wie kommst du damit zurecht?«

»Die Kurzfassung ist, er hat mich geküsst, und ich hatte eine Panikattacke und einen Heulkrampf, weil ich dachte, dass ich ihn womöglich angesteckt haben könnte«, stoße ich verbittert aus.

»Damit hab ich nicht gerechnet.«

»Ich auch nicht.«

»Du kannst ihn durch Küsse nicht anstecken, mit den Medikamenten ist es jetzt schon ein gut kalkulierbares Risiko. Du bist nicht gefährlich, Sophia. Du hast ein Virus, und wir werden es schaffen, dieses Virus einzudämmen«, sagt Chris ernst und mit solcher Überzeugung in der Stimme, dass ich fast daran glauben kann.

»Bist du dir da wirklich so sicher?«

»Das bin ich, du wirst dein Leben führen können. Fast wie vorher«, meint Chris so sanft und lieb wie immer, nur dass ich ihn gerade wirklich gern dafür boxen würde.

»Aber ohne Heilung«, murmle ich.

»Ja«, gesteht Chris leise. »Aber dein Leben ist nicht vorbei, nur weil du krank bist.«

»Und warum fühlt es sich dann so an, als sei ich eine tickende Zeitbombe?«

»Nun, ich denke, das liegt an der gesellschaftlichen Stigmatisierung von HIV und vielleicht auch an deinem Hang, dass du gern die Schuld für einfach alles auf dich nimmst.«

»Das war nicht das, was ich hören wollte.«

»Hab ich mir fast gedacht.«

»Ich ... habe einfach Angst, dass ich für jemanden eine Gefahr darstelle.«

Chris nickt verständnisvoll. »Ich verstehe, woher dieser Gedanke kommt, aber du bist keine Gefahr. Du kannst Umarmungen und Küsse ruhig zulassen, denn nichts davon wird einen anderen Menschen anstecken, und mit etwas Glück wird uns der nächste Test auch zeigen, dass selbst Sex ungefährlich ist.«

Das klingt in noch so weiter Ferne, und auch wenn ich mir wirklich wünschen würde, ich könnte diese Hoffnung zulassen, schaffe ich es nicht. »Ja, wenn die infizierten Zellen in meinem Blut wirklich runtergegangen sind.«

»Ich werde dich nicht anlügen und dir sagen, dass es definitiv so kommt. Aber deine Chancen stehen sehr gut.«

»Sehr gut, aber nicht bei hundert Prozent.«

Peinliches Schweigen.

Mein Lächeln ist nicht gespielt, aber ich verkrampfe dennoch dabei. Nervös nestle ich an meinen Fingernägeln herum und warte darauf, dass Chris das Gespräch wieder aufnimmt. »Ich weiß, es ist dein Job, mich zu beruhigen ...«

»Das siehst du falsch, Sophia«, meint er und lächelt breit. »Mein Job ist es, meinen Patienten ein langes und erfülltes Leben zu gewährleisten. Und ich bin sicher, dass es dir helfen würde, wenn du den

Mann küsst, in den du schon seit der Highschool verliebt bist, um ganz nebenher auch noch glücklich zu werden.«

»Hattest du Kitsch zum Frühstück?«, frage ich, muss aber dennoch grinsen.

Lächelnd deutet er mit einem Finger auf mich. »Eine bissige Antwort, das ist schon besser.«

»Wolltest du mir nicht eigentlich ausreden, wieder etwas mit Arin anzufangen?«, hake ich noch einmal nach, weil ich mich noch sehr gut an unser letztes Gespräch erinnere.

»Offenbar bin ich darin nicht sonderlich gut, denn er wohnt ja schon bei dir.«

»Bei meinem Großvater und nur, weil …«

»… seine Mutter wieder da ist. Ich weiß.«

»Und das hat dich zum Umdenken gebracht?«, will ich wissen.

Mein alter Freund überlegt kurz, dann schüttelt er den Kopf. »Nein. Aber ich glaube, dass ihr beide erwachsen seid und euch liebt. Ihr habt beide ziemliche Päckchen, die ihr mit euch herumtragt, aber das heißt nicht, dass ihr sie nicht zusammen tragen könnt.«

In diesen Worten schwingt so vieles mit, das ich selbst gern glauben würde, aber so richtig kann ich es nicht. Ich kann mir nicht vorstellen, dass einfach alles irgendwie gut wird. »Das bezweifle ich«, murmle ich, obwohl ich eigentlich sagen sollte: Das würde ich mir wünschen, aber ich traue mich nicht mehr, mir einfach Glück zu wünschen.

»Jetzt bloß keine Rückschritte! In Selbstmitleid zu baden, hat noch nie jemandem geholfen«, sagt Chris leicht tadelnd und lehnt sich auf seinem Stuhl zurück. »Ich würde vorschlagen, wir behalten deine Medikation vorerst bei, in sechs Wochen sehen wir uns wieder zur nächsten Blutentnahme. Zwischendurch auch gern zum nächsten Karaoke-Abend, denn wenn Megan noch einmal allein alte Bon-Jovie-Songs schmettert, weiß ich nicht, was ich tue.«

Halb grinsend schüttle ich den Kopf. Zum einen, weil ich mir sehr gut vorstellen kann, wie Megan alte Rocksongs schmettert, zum anderen, weil es mich trotzdem nicht genug von der Realität ablenkt, in der ich gerade stecke. »Wann kann ich wegen der Ergebnisse anrufen?«

»Du hast Glück, ich kann es nachher abholen lassen. Das Labor wird ungefähr vier Tage brauchen.«

»Vier Tage«, hauche ich und reibe mir die Schläfen.

»Deine Werte haben sich schon verbessert, und sie werden es weiter, aber alles dauert seine Zeit.«

»Ich weiß.«

»Gut, also?«

»Also was?«

Chris' Grinsen wird breiter. »Kann ich mich auf die Fortsetzung dieser *Second Chances Lovestory* freuen?«

36

ARIN

Ich mag den Frühling, denn auch wenn die Sonnenstrahlen zuerst noch etwas schwach sein mögen, locken sie mich doch immerzu nach draußen. Das Laufen tut mir gut, sorgt dafür, dass ich den Kopf etwas frei und die nervöse Energie irgendwie umgeleitet bekomme. Besonders jetzt, da ich das Auto fertig habe und nicht weiß, wie ich die Zeit füllen soll, solange ich noch keinen richtigen Job gefunden habe.

Auf der Veranda erwarten mich zwar noch keine sommerlichen Temperaturen, doch warm eingepackt mit Jacke und Mütze lässt es sich in der Sonne hervorragend aushalten. Besonders jetzt, da Sophia mir eine heiße Tasse Tee in die Hand drückt. »Danke«, sage ich lächelnd.

»Ich muss gestehen, ich habe diesen Ausblick vermisst«, murmelt Sophia leise. »Der Wald, die Berge und wie die Sonne alles zum Glitzern bringt.«

»Zum Glitzern?«

»Fällt dir ein besseres Wort dafür ein?«, gibt sie neckend zurück und kommt etwas näher, was sofort den Wunsch in mir weckt, sie einfach an mich zu ziehen. Ihren Körper auf meinem zu spüren. Ihre Wärme. Ihr Duft. Einfach sie, in meinen Armen. Doch dieser kleine Tagtraum wird jäh zerstört, als sich jemand hinter uns räuspert.

Schon im Umdrehen verliere ich mein Lächeln.

»Hey«, grüßt Conner und kratzt sich hinterm Ohr, als wüsste er selbst nicht so genau, was er hier eigentlich macht.

»Hey?«, gebe ich zurück. Ihn ausgerechnet hier zu sehen, bringt mich aus der Fassung.

»Ich …«, setzt Conner an und räuspert sich unbehaglich. »Ich wollte fragen, ob du morgen mit uns zur Aufführung von *König Lear* kommen willst.«

Sophia und ich wechseln einen kurzen Blick, aber sie zuckt mit den Schultern und sieht dabei genauso überrascht aus wie ich.

»Ist das dein Ernst?«, stoße ich aus. Ein paar Schritte hinter ihm entdecke ich Mia, die etwas zögernd eine Hand zum Gruß hebt.

»Komm schon, ich fühl mich schon beschissen genug«, brummt Conner, zwingt sich aber dazu, mir in die Augen zu sehen.

Ich bin nicht in der Lage, die Theatereinladung wirklich einzuordnen, darum kommt auch nur ein »Warum?« aus meinem Mund.

Conner sieht zu seiner Freundin, die eine aufmunternde Geste macht, was ihn wiederum dazu veranlasst, mit dem Kiefer zu mahlen. »Weil du recht hattest.«

Für einen winzigen Moment frage ich mich, ob Sophia mir den falschen Kräutertee gemacht hat, so absurd fühlt sich diese Situation an. »Jetzt verarschst du mich doch.«

»Alter, ich versuche gerade echt, kein Arsch zu sein, also hilf mir mal«, grummelt Conner und wischt sich eine seiner langen Strähnen aus dem Gesicht.

»Sorry, ich bin nur etwas überrascht.«

»Glaub mir, das bin ich auch.«

Wir sehen einander einen Moment an. Zwei Männer, die sich schon als Jungs gehasst haben und jede Gelegenheit nutzten, um diese Fehde weiter aufrechtzuerhalten. Aber vielleicht ist das jetzt einer dieser Momente, von denen die anderen in der Selbsthilfegruppe immer sprechen. Der Moment der Vergebung, nach dem nicht alles gut wird, aber der dafür sorgt, dass das Leben wieder etwas erträglicher wird. Einfacher. Nicht nur für mich, sondern auch für alle, die mein Handeln verletzt hat. »Wie könnte ich *König Lear* verpassen wollen«, sage ich also.

»Cool, dann …« Hilfe suchend sieht er zu Mia.

»Wir holen euch dann ab«, ruft sie uns zu.

»Alles klar«, ruft Sophia hinter mir und klatscht begeistert in die Hände.

Conner scheint das ebenso unangenehm zu sein wie mir, was mir auf seltsame Art das Gefühl gibt, dass wir vielleicht sogar das eine oder andere gemeinsam haben könnten. »Wir sehen uns«, nuschelt er noch, ehe er wieder zu Mia geht und sie in die Arme schließt, bevor sie den Weg zurück zu seinem Haus antreten.

Sophia sieht mich strahlend an.

»Wusstest du was davon?«, will ich wissen.

»Wer, ich?«

»Sophia …«

»Ja, es ist möglich, dass wir eine freundschaftliche Intervention mit Conner hatten und er durchaus einsieht, dass er dir gegenüber nicht immer fair war. Dass er allerdings jetzt und hier auftauchen würde und es tatsächlich in die Tat umsetzt, das wusste ich nicht.«

Ich kneife mir mit Daumen und Zeigefinger in die Nasenwurzel. »Also habt ihr ihn dazu gezwungen, wunderbar.«

»Nein, das mit dem Theater war seine Idee. Um ihn zu zitieren: Dann müssen wir wenigstens nicht miteinander reden.«

»Das klingt schon eher nach Conner.«

»Sag ich ja.«

»Und du hältst das für eine gute Idee?«, murmle ich, den Blick wieder zum Wald gerichtet.

»Du etwa nicht?«

»Keine Ahnung.«

»Ihr tut euch wirklich die Aufführung an?«, brummt der alte Bennett und kommt aus dem Haus getrottet. Bo ist an seiner Seite. Er setzt sich, sobald sein Herrchen stehen bleibt und uns über den Rand seiner Teetasse ansieht.

»Wie geht's dir heute?«, frage ich schnell und mustere ihn eindringlich, allerdings sieht er aus wie immer. Keine Spur von Schwäche auf dem von der Sonne gegerbten Gesicht.

»Alles bestens«, grummelt Bennett, denn er weiß genau, worauf ich anspiele. Nur will er dieses Thema offensichtlich nicht vor seiner Enkelin vertiefen, und ich habe nicht das Recht, ihm dieses Gespräch aufzudrücken. Mit diesem moralischen Kompass bin ich in Belmont Bay wohl eher allein.

»So schlimm ist *König Lear* nicht«, meint Sophia.

»Da haben wir andere Ansichten.«

»Kommst du nicht?«, fragt sie.

»Nein, ich denke, ich werde passen und mir lieber mit Bo etwas im Fernsehen anschauen.« Bennett sieht mich streng an. »Bist du fertig?«

Verdutzt sehe ich von ihm zu Sophia. »Fertig, wofür?«

»Es ist Freitag, Junge.«

Vor Schreck klappt mir der Mund auf, denn bisher hatte ich gedacht, dass ich auch diesen Freitag um das Treffen herumkomme. »Oh, ich ...«

»Gut, dann lass uns gehen«, entscheidet Bennett.

SOPHIA

Das schummerige Licht der Treppen kann mich nicht davon abhalten zu lächeln.

Es hat lange gedauert, doch jetzt fühle ich mich wieder wie ich selbst. Dass die Viruslast in meinem Körper immer weiter abnimmt, fühlt sich fast so an, als könnte man HIV heilen. Natürlich ist mir bewusst, dass es so nicht stimmt, aber immerhin werde ich wieder normal leben können. Sicher, immer mit Medikamenten, aber nicht mehr als potenzielle Gefahr für andere. Und allein das sorgt dafür, dass ich mich unendlich viel besser fühle. »Du kommst spät«, sage ich, als Grandpa durch die Tür kommt.

»Musste noch was erledigen.«

»Und wo ist Arin?«

»Hat noch einen Termin mit der Sozialarbeiterin.«

»Ah, okay«, murmle ich und versuche, mir nicht zu sehr anmerken zu lassen, dass ich enttäuscht bin, ihn nicht zu sehen. Grandpa scheint das nicht zu entgehen, zumindest deute ich so den besorgten Zug um seinen Mund, während er sich auf seinem Sessel niederlässt.

Seine Augen suchen meine, ehe er sagt: »Sophia, ich denke, wir müssen uns unterhalten.«

»Falls es darum geht, dass Arin noch hier auf dem Sofa schläft, dann …«

»Das meine ich nicht«, unterbricht er mich.

Für einen Moment bin ich erleichtert, dass er offenbar nichts dagegen hat, wenn Arin noch eine Weile bei uns bleibt, auf der anderen Seite schleicht sich das Gefühl ein, dass ich dennoch nicht gut finden werde, was er mir zu sagen hat. »Sondern?«

Grandpa atmet tief durch. »Deine Mutter wird kommen.«

Ich schlucke schwer. »Was genau willst du mir sagen?« Das Lächeln ist mir vom Gesicht gefallen. Stattdessen macht sich Verunsicherung in mir breit. Ich verschränke die Arme schützend vor mir. Angespannt mustert mein Grandpa mich, als würde er versuchen, nur anhand meiner Körperhaltung zu sehen, was in mir vorgeht.

»Ich will damit sagen, dass sie hierherkommt und erwartet, dass sie das Sofa nehmen kann«, meint er leise, ohne Vorwurf in der Stimme, doch mit umso mehr Sorgen.

In meinem Kopf rattert es einen Moment. »Oh.«

»Und auch wenn ich Arin inzwischen ganz gut leiden kann, bin ich mir ziemlich sicher, dass es eurer Beziehung nicht hilft, wenn sie weiß, dass du wieder mit ihm zusammen bist.«

»Sind wir nicht«, sage ich etwas zu schnell.

Er verdreht die Augen. »Fast wieder zusammen seid.«

»Ich fürchte, da hast du recht?«, kommt es seltsam fragend und lang gezogen aus meinem Mund.

Mein Grandpa kommt etwas näher. Der Geruch seines würzigen Aftershaves vermischt sich mit dem des Tees in meiner Hand. Aber keins von beidem kann verhindern, dass mein Herz plötzlich wie wild zu hämmern beginnt. Ich fühle mich schuldig und verstehe nicht, warum. »Wir müssen ihm sagen, dass er für ein paar Nächte woanders unterkommen muss.«

»Er kann nicht zurück in den Trailer – nicht solange seine Mutter da ist«, zische ich, und die blanke Abscheu, die sich in mir aufstaut, ließe mich taumeln, wenn ich nicht auf dem Sofa sitzen würde.

»Nein, aber vielleicht müssen wir dafür sorgen, dass seine Mutter bis dahin verschwunden ist«, sagt Grandpa.

»Und wie sollen wir das anstellen?«

Er zuckt mit den Schultern. »Gibt schon ein paar Möglichkeiten.«

Wir sehen einander an, und ich ahne, was er damit sagen will. »Wir können nicht die Polizei rufen.«

»Und warum nicht?«

»Weil Arin uns das nicht verzeihen würde.«

»Scheiße, Sophia«, flucht mein Großvater und reibt sich über die Stirn. »Es gibt Tausende von Gründen, warum wir schon viel eher hätten den Sheriff alarmieren sollen. Die Frau ist nicht gut zu Arin, und sie hat Dreck am Stecken.«

Alles, was er sagt, stimmt. Aber es ist, wie Arin gesagt hat: Familien sind kompliziert. »Kann schon sein, aber es ist nicht unsere Aufgabe«, sage ich etwas leiser, auch wenn es sich schrecklich falsch anfühlt.

»Und wessen sonst?«

Ich starre in meine Teetasse. »Mir ist klar, was du sagen willst. Aber hier geht es um Arins Familie. Keiner von uns beiden kann nachvollziehen, wie es für ihn ist.«

»Ihm ging's besser, als sie noch im Gefängnis saß.«

»Schon möglich, aber wenn wir ihm keine Wahl lassen, sind wir nicht besser als sie«, gebe ich zu bedenken. »Wir sollten mit Arin reden, statt Pläne hinter seinem Rücken zu schmieden.«

Mein Grandpa zieht eine Augenbraue nach oben, während er mich betrachtet. »Verdammt, du bist wirklich erwachsen geworden in den letzten Jahren.«

»Denk an diesen Satz, wenn ich mich unter deinem Bett vor Mom verstecke«, grummle ich.

»Was ist hier los?«, fragt Arin im Hereinkommen und stolpert fast über Bo, der bereits vor der Tür gewartet hat, dass sein Rudel wieder vollständig ist.

Grandpa und ich wechseln kurze Blicke, dann sagt er: »Setz dich, Junge.«

»Hab ich schon wieder Scheiße gebaut?«

»Nein«, meine ich schnell. »Nein, gar nicht. Es geht eigentlich weniger um dich und mehr um die Umstände.«

In Arins Blick spiegelt sich nackte Angst, und ich kann nichts tun, um sie ihm zu nehmen, was mein Herz für einen Moment aussetzen lässt.

»Die Umstände?«, fragt er leise.

Ich hebe die Hände. »Meine Mutter kommt in ein paar Tagen.«

»Das ist doch gut, oder?«, gibt er zurück, sieht aber für einen Moment so aus, als würde er das fehlende Puzzleteil für das Gesamtbild noch suchen.

»Ja«, grummelt mein Großvater.

»Würde ich so nicht sagen«, murmle ich.

»Dann könnt ihr die Sache zwischen euch klären, über die du nicht reden willst«, sagt Arin, noch immer verwirrt.

»Möglicherweise, aber wie du weißt, sind ihre Ansichten etwas strenger als die von Grandpa.«

»Oh«, macht Arin. Die Verwirrung weicht der Erkenntnis, und die wird zu einer Mischung aus Resignation und dem Hauch von Angst. »Alles klar, ich such mir einfach was Neues.«

»Oder du sorgst dafür, dass du wieder in dein eigenes Zuhause kannst«, schlägt mein Großvater so sensibel wie eine Kettensäge vor.

»Ich …«, setzt Arin an, scheint aber nicht so recht zu wissen, wie er den Satz zu Ende führen soll.

»Es ist dein verdammter Trailer, Junge.«

»Darum geht es aber nicht.«

»Und worum dann?«, herrscht mein Grandpa, wird aber sofort etwas sanfter, als er sieht, wie Arins Schultern nach unten sacken und er murmelt: »Ich kann es einfach nicht.«

»Dann lass es uns tun«, biete ich an.

Arin reißt die Augen auf. »Was?«

»Ich kann verstehen, dass du nichts gegen deine Mutter unternehmen willst. Familien sind eine komplizierte Sache, aber lass uns mit dem Sheriff reden, dann …«

»Auf keinen Fall.«

»Sie verstößt gegen ihre Bewährungsauflagen. Sie konsumiert wieder Drogen, in deinem Trailer. Was glaubst du, was passiert, wenn jemand anderes sie dabei erwischt?«, brummt Grandpa. »Oder besser gesagt: Wem glaubst du, wird ein Strick daraus gedreht, dass in deinem Trailer Drogen sind?«

Er schluckt. »Nein.«

»Das war keine Ja-oder-nein-Frage, Arin«, sagt Grandpa unermüdlich.

»Doch, war es«, behauptet er. »Weil es hier um meine Mom geht.«

Grandpa macht einen Schritt auf Arin zu und umfasst seine Schulter, während er den Kopf schüttelt. Nicht wütend oder abwertend – sondern auf die gleiche Art, wie er es bei mir tun würde. Mit Sorge und Liebe hinter der brummigen Fassade. »Es geht hier um dich, Junge.«

»Wir machen uns nur Sorgen«, versuche ich es noch einmal, auch wenn ich weiß, dass wir diese Diskussion bereits verloren haben. Ich kann es Arin ansehen, an der Art, wie er unseren Blicken ausweicht und immer wieder über seine Jeans streicht.

»Ich hab nicht darum gebeten, dass ihr euch sorgt.«

»Stimmt, das gab's gratis zum Sofaschlafplatz dazu«, kommentiert Grandpa.

»Ich werde meine Mom nicht ans Messer liefern, und ihr werdet das auch nicht tun.«

»Deine Entscheidung«, meint Grandpa. »Aber schlaf noch mal drüber und mach dir bewusst, was es für dich bedeuten könnte. Denn ich bin ziemlich sicher, deine Mutter würde nicht zögern, dich …«

»Ich hab's verstanden«, unterbricht ihn Arin. Zu meiner Überraschung ist auch er nicht wütend. Zu einer anderen Zeit wäre dieses Gespräch zu einem handfesten Streit mutiert, doch keinem in diesem Haus scheint der Sinn danach zu stehen.

Grandpa und sein Hund trotten die Stufen ins obere Geschoss hinauf, während ich Arin ansehe. »Arin, tut mir leid, so war das nicht geplant.«

»Lass uns das Thema einfach für heute lassen«, bittet er und setzt sich neben mich auf das Sofa. Seine Hand greift vorsichtig nach meiner. Ich lasse es geschehen, weil ich die Berührung seiner Haut schon zu lange vermisse. Die Nähe und seinen Duft und einfach alles, was er in mir auslöst, wenn er nur neben mir sitzt.

Ich ringe mir ein Lächeln ab. »Okay. Aber eine Frage muss ich dir noch stellen.«

»Welche?«

»Welchen Film wollen wir uns ansehen?«

ARIN

»Gibst du mir was von dem Popcorn?«, fragt Sophia und greift an mir vorbei. Dabei streift meine Hand wie zufällig ihr Knie, doch sie zuckt nicht zurück, und auch wenn diese Berührung nicht mehr als ein Hauch von Nähe war, weiß ich es dennoch zu schätzen, dass ich langsam, aber sicher einen Weg durch ihre Mauern finde.

»Aus irgendeinem Grund finde ich Geister sehr viel gruseliger als Monster«, meint sie und schüttelt den Kopf, als sie meinen empörten Gesichtsausdruck sieht.

»Geister sind nur rauchige Dinger, die einem einen Schreck einjagen können, Monster zerfetzen dich in der Luft.«

»Ja, aber Monster können bluten. Was bluten kann, kann auch sterben, und das finde ich irgendwie beruhigend. Geister kannst du nicht töten, weil sie ja schon tot sind«, erklärt sie und steckt sich wieder Popcorn zwischen die Lippen, an denen bereits etwas Zucker hängt.

»Dann treibst du die Geister eben aus, und schon hat sich dein Problem erledigt«, gebe ich zu bedenken, ohne den Blick von ihr lösen zu können. Sophia war für mich schon immer das schönste Mädchen, das ich je sehen durfte – doch nun, da sie eine Frau ist, ist es viel mehr als nur Schönheit. Es ist die Art, wie der Sturm in ihren Augen leuchtet, wie sich ihre Nase kräuselt und die Lippen sich zu diesem halben Lächeln verziehen, mit dem sie mich nun betrachtet, und das Grübchen in ihre Wangen zeichnet.

»Hast du bei den Gruselfilmen nicht aufgepasst? Das funktioniert nie.«

»Der Punkt geht an dich«, gebe ich mich geschlagen.

»Wie, einfach so? Ich hab die Monster-oder-Geister-Diskussion gewonnen?«

»Deine Argumentationskette war schlüssig.«

»Willst du jetzt von mir hören, wie sexy deine neu gewonnene Diplomatie ist?«, will sie wissen und hebt die Augenbrauen, als wollte sie diese Aufforderung noch einmal unterstreichen.

»Ja, das wäre wirklich schön«, gebe ich zu – und mein Herzschlag verdoppelt sich. Mein Versprechen ist mir noch immer bewusst. Ich werde sie nicht küssen, wenn sie mich nicht küsst. Egal, wie sehr ich mich zusammenreißen muss. Egal, wie gern ich sie jetzt einfach in meine Arme ziehen würde. Jede Faser meines Körpers schreit nach Sophia, aber ich muss leise sein und warten, ob ein kleiner Funke in ihr auch nach mir ruft.

»Ich glaube, ich habe noch nie jemanden gesehen, bei dem Diplomatie so sexy ist«, sagt sie leise, und ihre Wangen verfärben sich. Das Grübchen leuchtet mir entgegen, und mein Herzschlag wird zu einem Donnern.

»Du glaubst?« Der Film ist längst zu einem Hintergrundrauschen geworden, das ich kaum noch wahrnehme. Dafür spüre ich ihren warmen Körper neben mir genau, sehe, wie ihre Brust sich hebt und senkt und wie sich ihre Lippen leicht öffnen.

»Fordere dein Glück lieber nicht heraus«, entgegnet sie und streicht mit einer Hand über mein Gesicht, ohne zu ahnen, dass tausend kleine Feuer gleichzeitig in mir entbrennen. Ihr Daumen zeichnet die Konturen meines Kinns nach, ehe er auf meinen Lippen verweilt. Nur für den Bruchteil eines Wimpernschlags, doch so überdeutlich, dass ich schlucke.

»Was machst du, Phee?«, frage ich, obwohl ich lieber schweigen sollte. Sie richtet sich etwas auf, kommt noch näher, zieht die Hand nicht zurück. Jede ihrer Bewegungen ist angespannt, doch nicht verkrampft. Fast so, als habe sie diese Szene in ihrem Kopf schon Dutzende Male durchgespielt und stünde jetzt vor einem großen Auftritt. Mein Herzschlag kann es ihr nachfühlen.

»Ich glaube, ich würde dich gern küssen«, haucht sie so leise, dass ich sie kaum verstehe.

Mein Mund klappt unwillkürlich auf. Einen Herzschlag lang bin ich nicht sicher, ob ich sie richtig verstanden habe. »Du glaubst?«

Mein Verstand ist völlig benebelt, verfängt sich in den stürmischen Böen ihrer Augen und wünscht sich nichts mehr, als für immer in diesem wirbelnden Sturm gefangen zu sein.

»Wäre es okay für dich, wenn ich dich küsse?«, haucht sie an meine Lippen.

»Wenn es für dich okay ist?«

Sophia antwortet nicht, sondern presst ihre Lippen auf meine. Ich erstarre zur Salzsäule, und mein Herz weigert sich, weiter zu schlagen.

Sie hält inne und sieht mich an, als würde sie erwarten, dass ich mich wehre. Eine Hand legt sich auf meine Wange, und ich betrachte ihre vollen, weichen Lippen, deren Geschmack mich jetzt schon um den Verstand bringt. Dann küsst sie mich wieder, und dieses Mal reagiert mein Körper sofort. Ich öffne den Mund, warte, bis sie so weit ist, und zwinge mich dazu, mich nicht von dem unbändigen Verlangen in meinem Inneren steuern zu lassen. Ihre Zunge sucht nach meiner, und ihr Geschmack explodiert in meinem Mund. Sternschnuppen tanzen vor meinen geschlossenen Augen, und ich spüre den sanften Druck ihres Körpers an meinem.

Es gibt nur noch Sophia und mich. Mich und Sophia. Und dieser Kuss, von dem ich mir wünschte, er würde nie enden.

Erst als sie sich atemlos von mir löst, weiß mein Herz wieder, wie es in mir schlagen muss. Ich lächle sie an und widerspreche nicht, als sie ihren Kopf an meine Brust bettet und sich wieder dem Fernseher zuwendet.

37

SOPHIA

Seid ihr bereit für *König Lear?*«, fragt Mia strahlend.

»Spielst du gar nicht mit?«, will ich wissen und blicke Conner an, der nur kurz nickt. Arins Anspannung neben mir ist fast greifbar, aber ich gebe mir Mühe, ihm zu zeigen, dass ich nicht von seiner Seite weiche.

»Nein, dieses Mal darf ich das Schauspiel einfach nur genießen.«

»Und dafür suchst du dir ausgerechnet die Tragödie von Shakespeare aus, die als die grausamste gilt?«, murmelt Arin, während wir zu dem Paar ins Auto steigen. Mia zuckt mit den Schultern.

»*König Lear* ist ein halber Horrorfilm?«, frage ich grinsend.

Mia nickt und wirkt auf absurde Art davon begeistert. »Das Original ist so entsetzlich, dass das Stück mehr als hundertfünfzig Jahre lang lediglich in Softversionen gespielt wurde. Nicht nur, dass jemandem die Augen ausgedrückt werden: Shakespeare gewährt dem Publikum auch keine Pause in all der Grausamkeit. Keine einfühlsame Erklärung, damit die Zuschauenden zumindest nachvollziehen können, wie es zu diesem Ausbruch an Gewalt kam. Es gibt keinerlei Trost in der sprachgewaltigen Darstellung des übermächtigen Schmerzes, der König Lear erst den Verstand und schließlich das Leben kostet«, führt Mia mit solcher Leidenschaft aus, dass ich lächeln muss.

»Wow«, mache ich. »Ich bin gerade nicht sicher, ob ich Angst vor dir habe oder dich bewundere.«

»Und es ist das einzige Stück, das Megan mag«, gibt Conner zu, und seine Mundwinkel zucken kurz nach oben.

»Das auch«, stimmt seine Freundin zu, winkt aber ab, als sei die Tatsache, dass ihre Schwester das Stück mag, eher ein negativer Faktor.

Als wir auf den Parkplatz einbiegen, springt Megan bereits zum Auto und reißt die Autotür auf. »Seid ihr bereit für ein Blutbad?«, fragt sie und zieht das letzte Wort dabei so sehr in die Länge, dass wir alle lachen müssen.

»Sag ich doch«, kommentiert Conner.

»Was sagst du?«

»Wir haben uns darüber ausgetauscht, dass *König Lear* dein Lieblingsstück von Shakespeare ist«, erklärt ihre Schwester, während wir aussteigen.

»So würde ich das nicht ausdrücken, aber zumindest gibt es Action.«

Mia schüttelt den Kopf, wobei ihr schwarzes Haar hin und her schwingt. »Es geht nicht um Action, sondern vielmehr um das Böse als Urgewalt.«

»Und um die tiefen Einblicke ins menschliche Dasein, fernab der Vernunft«, meint Arin, was dafür sorgt, dass alle anderen ihn ansehen. »Was denn? Ich bin auch in dieser Stadt aufgewachsen. Ihr seid nicht die Einzigen, die sich mit Shakespeare auskennen.«

»Wollt ihr mir jetzt sagen, das Motiv des Stücks ist nicht die 1605-Version eines Actionthrillers?«, grummelt Megan mit dem Hauch von Enttäuschung in der Stimme.

»Nur wenn du die Doppeldeutigkeit des Verlusts des eigenen Verstands und den Schmerz dessen, nicht mehr zu wissen, was real ist und was nicht, mit *Die Hard* gleichsetzen willst«, meint Arin.

»Ich finde, das ist ziemlich nah dran.«

»Bruce Willis würde sicher auch den König Lear gut spielen.«

Wir laufen die schmalen Treppen vor dem Theater hinauf und durch die offenen dunklen Türen.

»Ihr seid Kulturbanausen«, sagt Mia lachend, ehe sie unsere Karten am Einlass zeigt. Hinter der Fassade des Theaters liegt eine ganz eigene Welt, die sich seit meinem letzten Besuch hier nicht viel verändert hat. Gegenüber der großen Bühne und dem absenkbaren Orchestergraben verlaufen die drei durch Säulengänge gestützten Ränge des hufeisenförmigen Zuschauerraums.

Die meisten sind bereits auf ihren Plätzen, doch außerhalb der

Touristensaison bleiben die hinteren Ränge eher leer, was dem schimmernden Traum aus Rot und Gold allerdings keinen Abbruch tut.

In all dem Rot der Vorhänge, Sitze und Teppiche fallen die mit den schwarzen Hoodies bekleideten Teenies besonders auf. Die Platzanweisenden lassen sich von Mia unsere Karten zeigen und deuten auf den Gang, in dem sich unsere Plätze befinden. Die Tatsache, dass wir diese auch ohne sie gefunden hätten, scheint sie nicht zu stören.

»Immerhin nicht *Romeo und Julia*«, sagt Megan und verzieht das Gesicht, als sei sie geradewegs in einen Hundehaufen gestolpert, statt sich in ihren Sitz fallen zu lassen.

»Jetzt tu nicht so knallhart, du hast auch eine romantische Seite«, wehrt Leo ab und zieht sie in seine Arme, bevor er sich beherzt eine Handvoll M&Ms in den Mund wirft.

»Von jemandem, der Artischocken auf der Pizza mag, lasse ich mich nicht belehren!«

»Artischocken sind großartig.«

»Dir ist schon klar, dass du quasi eine Distel isst?«, frage ich und kann nicht anders, als lachend den Kopf zu schütteln. Doch mitten in meinem Grinsen muss ich plötzlich innehalten.

Irgendwo tief in meinem Inneren klingelt etwas. Der Nachhall eines Gedankens, der sich schon einmal in meinen Kopf geschlichen hatte. Disteln.

Ich erinnere mich, wie ich als Kind über die Wiesen bei Grandpa gelaufen bin. Die Disteln hatten sich an meine Strumpfhosen geheftet und sie zerrissen, als Mom versucht hat, sie zu entfernen. Sie war furchtbar wütend auf mich, aber als sie gesehen hat, dass ich anfing zu weinen, da nahm sie mich in den Arm.

Einer der anderen sagt etwas zu mir, doch die Stimmen haben sich in ein monotones Murmeln verwandelt, das nicht mehr zu meinem Bewusstsein durchdringt.

»Ist alles okay?«, haucht Arin in mein Ohr.

Ich reiße mich von der alten Erinnerung los. »Ja, alles gut. Bei dir auch?«

»Conner hat mich noch nicht umgebracht, also ja.«

»Die kleinen Dinge im Leben, nicht wahr?«, meine ich und lege meinen Kopf auf seine Schulter, als die Musik beginnt.

Wir betrachten das Schauspiel der Tragödie. Keiner von uns spricht, wir alle sind wie gebannt. Selbst Arin scheint von der Geschichte des Königs, der sein Reich an die falschen Töchter abgegeben hat und sich dadurch in einen Strudel der Intrigen und des Verrats begibt, fasziniert zu sein.

Die Zeit scheint während der Darbietung stillzustehen, und zugleich überrascht es mich selbst, dass ich im letzten Akt die Tränen fortblinzeln muss. Als Kent den Leichnam seines Königs in den Armen hält und die letzten Worte des Stücks erklingen:

Dem Ältsten war das schwerste Los gegeben, wir Jüngern werden nie so viel erleben.

Wir springen alle zeitgleich von unseren Plätzen und klatschen. Noch während die Darstellenden alle zurück auf die Bühne kommen, um sich den Jubel ihres Publikums abzuholen, nehme ich eine Bewegung hinter uns wahr. Doch als ich mich umdrehe, entdecke ich niemanden.

Nachdem auch Caroline sich verbeugt hat, kommt Bewegung in die Gäste. Die meisten strömen zum Ausgang. Nur wir bleiben noch einen Moment stehen.

»Ich weiß nicht, wie es euch geht, aber ich könnte eine große Portion Chili-Cheese-Fritten und einen Milchshake vertragen«, meint Conner und sieht dann Arin an. »Kommt ihr mit ins Diner?«

Arins Mund öffnet sich, aber ehe er dazu kommt, etwas zu sagen, hören wir, wie jemand seinen Namen ruft.

»Arin!«

Er dreht sich halb zur Seite und erstarrt. »Mom, was tust du hier?«

Wir anderen sind ebenso verdutzt. Mia und Conner sehen sich an, während Megan einen Schritt nach vorn macht, als sei sie bereit, sich jederzeit schützend vor Arin zu werfen, wenn das nötig ist.

Arins Mutter achtet jedoch auf keinen von uns, sondern fixiert ihren Sohn. »Bennett hat gesagt, ihr seid hier.«

Arin und ich sehen einander an, wissen aber nicht, was wir jetzt tun sollen.

»Du musst mitkommen«, schnaubt sie.

Arin schiebt sich zwischen uns hindurch zum Gang. »Was, wohin?«

Seine Mutter sieht für den Bruchteil einer Sekunde zu mir, dann verschränkt sie die Arme vor der Brust und hebt das Kinn. »Die Miete für den Trailer ist fällig. Mrs Parker wartet bereits.«

Unwillkürlich ballen sich meine Hände zu Fäusten, während ich mich schweigend neben Arin stelle. Vielleicht habe ich nicht das Recht, mich jetzt einzumischen, aber ich bin bereit, es zu tun, sobald er mir ein Zeichen gibt.

»Und das ist mein Problem, weil?«, gibt er zurück, weicht aber unwillkürlich einen Schritt vor ihr zurück.

»Es dein verschissener Trailer ist?«

»In dem du lebst und dich weigerst zu gehen«, kontert er. »Ich kann nichts verlieren, was mir gar nicht mehr gehört.«

»Es ist *unser* Trailer, und du bist mein Sohn.«

»Ihr Sohn ist nicht Ihr Eigentum«, schnaube ich wütend, weil ich sonst wahrscheinlich platzen würde.

»Halt dich da raus, Kleines.«

»Sie sollten wirklich gehen«, kommt es von Chris.

»Ja, und das, bevor jemand den Sheriff ruft«, sagt Conner, was dafür sorgt, dass Arin auch noch der Rest von Farbe aus dem Gesicht weicht.

»Wir halten uns sicher nicht raus«, zische ich zurück. »Und ich bin kein *Kleines.*«

Seine Mutter scheint überrascht zu sein, dass ausgerechnet ich ihr Widerworte gebe.

»Ist schon okay«, meint Arin und schiebt sich etwas vor mich, was mich allerdings nur noch wütender macht. »Mom, ich werde dir kein Geld geben«, sagt er fest.

»Du sollst es ja auch nicht mir geben, sondern deiner Vermieterin«, schnaubt sie und wirft das blonde Haar zurück.

Arin schluckt. Ich kann ihm deutlich ansehen, wie schwer es ihm fällt, ruhig zu bleiben. Wie sehr ihm die Blicke der anderen Menschen im Theater bewusst sind. Wie groß die Angst ist, die seinen Körper zittern lässt. »Das mache ich, wenn du meinen Trailer verlässt«, sagt er ungewohnt gefasst.

»Einen Scheiß werde ich …«, setzt sie an.

»Sie sollten lieber gehen«, kommt es von Caroline, die mit einer überraschend eleganten Bewegung von der Bühne springt und auf uns zukommt.

»Ach ja? Hast du mir was zu sagen, Caroline?«

»Ja, du solltest gehen.«

»Das mache ich nur zu gern«, schnaubt Arins Mutter. »Los, Arin. Komm.«

»Nein.«

Sie verharrt mitten in der Bewegung. »Was?«

Ich sehe es. Dass er kurz davor ist, doch zu tun, was sie sagt. Aber ich kann es nicht zulassen, darum bin nun ich es, die sich vor ihn stellt.

»Er sagte: Nein.«

»Ganz schön große Klappe für so ein kleines Ding«, zischt seine Mutter.

»Bitte, gehen Sie. Sonst sehen wir uns gezwungen, die Polizei zu rufen«, sage ich mit fester Stimme und gebe ihr nicht die Genugtuung, ihrem bohrenden Blick auszuweichen.

Ihr fester Stoß trifft mich völlig unvorbereitet. Ein scharfer Schmerz lässt Sterne vor meinen Augen tanzen, und der Boden ist plötzlich ganz nahe an meinem Gesicht. Ich höre jemanden rufen, doch es dauert, bis ich die Stimme einordnen kann.

Conner hilft mir wieder auf, und Mia ist sofort zur Stelle, um meinen Kopf zu untersuchen. »Alles okay«, sagt sie beruhigend. »Das wird nur eine Beule.«

Beruhigt drehe ich mich um, gerade rechtzeitig, damit ich sehe, wie seine Mutter auch ihn angeht. Zum Glück ist Conner bei ihm und schiebt sich dazwischen.

»Dass ausgerechnet du ihn schützt«, schnaubt Arins Mom. »Nach allem, was er deiner armen Caren angetan hat!«

»Er hat ihr gar nichts getan«, fluche ich und funkle sie an.

»Seinetwegen ist sie in den Wald gerannt«, behauptet sie und schüttelt den Kopf, als sei ihr Sohn eine Blamage und nicht sie, die mitten in einem Theaterstück eine solche Szene macht.

»Nein, nicht seinetwegen«, halte ich dagegen. »Sondern wegen mir.«

ARIN

Die Stimmung ist seltsam angespannt, was wahrscheinlich normal ist, wenn man bedenkt, dass meine Mutter eine Aufführung gestört hat und Sophia vor der halben Stadt gestanden hat, dass sie es war, die Caren zum letzten Mal lebend gesehen hat.

Das Wohnzimmer des alten Bennett erscheint plötzlich winzig. All die losen Gedanken fliegen durch den Raum, machen die Luft schwer wie Teer und schwelen unter der Oberfläche. Ich wage es nicht, etwas zu sagen, starre nur auf meine viel zu großen Hände und frage mich, wie ich es habe übersehen können.

»Warum hast du nie etwas gesagt?«, fragt Megan, und selbst ihre Stimme klingt brüchig, obwohl sie selbst Caren nie gekannt hat. Sie kennt nur die Geschichten, die wir von ihr erzählen und in denen wir die Dinge auslassen, die wir nur für uns selbst wollen.

»Ich hatte wohl Angst«, gesteht Sophia. »Meine Grandma starb kurz danach, dann noch die Sache mit Arin. Das rechtfertigt es nicht, aber ich wusste einfach nicht, wie ich es sagen soll.« Sophia weicht konsequent allen Blicken aus. Immer wieder nestelt sie an ihren Fingernägeln, wischt sich über die Wange und zieht die Ärmel ihres Pullovers weiter über ihre Hände.

»Das sind ihre Worte«, murmelt Conner und streicht über das Papier, auf dem kaum etwas zu sehen ist außer verblasster Tinte auf gewelltem Grund. Der Regen hat Carens letzte Worte mit sich genommen, so wie die Dunkelheit sie verschluckt hat. Es gibt keine neuen Antworten, nur die alten Fragen.

Nur vereinzelte Worte sind noch lesbar, aber sie reichen aus, um zu verstehen, dass es Caren leidtat und dass sie gar nicht gefunden werden wollte. Sosehr diese Erkenntnis auch schmerzt, scheint sie ein kleines Puzzleteil zu ergänzen. »Ich hab so lange nach ihr gesucht, obwohl sie gar nicht wollte«, murmelt Conner und wischt sich Tränen aus den Augenwinkeln, während Mia seine Hand drückt.

Ich stehe im Türrahmen, betrachte, wie Sophia auf dem Sofa hockt. Die Beine eng an ihren Körper gezogen, als habe sie Angst, ihre Gliedmaßen würden auseinanderfallen.

Meine Gefühle sind auf einem Looping der Achterbahn festgefahren, stehen kurz vor dem Abgrund und wissen nicht, wann der Absturz kommt und ob sie ihn ertragen können. Keiner von uns scheint es zu wissen.

Conner reicht das Papier an Chris weiter. Dieser lächelt auf eine Art, die ich nicht ganz verstehe. »Irgendwie ist das typisch Caren, oder?«

»Was meinst du?«

»Sie schafft es selbst jetzt noch, ein Geheimnis aus allem zu machen, und wir sitzen hier und zerbrechen uns den Kopf«, sagt er, aber es klingt nicht wie ein Vorwurf, sondern eher wie eine liebevolle Erinnerung.

»Es tut mir so leid«, sage ich leise.

Alle Augen richten sich auf mich. »Was denn?«, fragt Megan.

»Wenn meine Mutter nicht aufgetaucht wäre, hättet ihr keine falschen Hoffnungen bekommen …«

»Du kannst nichts dafür«, sagt ausgerechnet Conner. »Es war nicht dein Geheimnis, und es war auch nicht deine Entscheidung, es zu offenbaren.«

»Da hat er recht«, sagt Sophia und lächelt mich halbherzig an. »Dieses Mal muss ich mich entschuldigen.«

»Könnten wir uns darauf einigen, dass sich niemand mehr entschuldigen muss?«, kommt es von Mia. »Caren hatte die Entscheidung getroffen zu gehen, und niemand von euch hätte sie davon abhalten können.«

»Aber …«

»Kein Aber«, kommt es von Conner.

»Caren ist schon lange fort«, sagt Chris und faltet das Papier zusammen. »Aber wir alle, wir sind hier.«

»Weil Freunde dazu da sind«, stimmt Megan zu.

»Wir alle«, setzt Conner nach, und unsere Blicke treffen sich kurz, als könnten wir jetzt wiedergutmachen, was wir in den letzten Jahren alles versaut haben.

»Wo wir gerade bei Geheimnissen und Geständnissen sind«, murmelt sie, scheint jedoch nicht die Kraft zu haben, einen von uns anzusehen. »Ich habe HIV.«

Selbst mir klappt der Mund auf, obwohl ich es bereits wusste. Chris und ich sehen einander irritiert an, aber Sophia antwortet auf die unausgesprochene Frage direkt mit: »Ich hab all die Geheimnisse einfach satt.«

Mia steht von ihrem Platz auf und gesellt sich zu mir, um Sophia anzusehen. »Danke, dass du uns genug vertraust, um das mit uns zu teilen.«

»Und nur fürs Protokoll«, sagt Megan, die ebenfalls näher kommt. »Das ändert gar nichts.«

»Ihr seid wirklich schräg«, haucht Sophia, und ich ergreife ihre Hände. Ich sehe sie an, blicke in den Sturm ihrer Augen.

Kalt wie der erste Frost im Herbst.

Schön wie das gefrorene Meer.

Unnahbar wie die eisigen Gipfel eines Bergs.

Sie ist immer noch Sophia. Noch immer die Frau, deren Blick mich so unendlich in den Bann zieht. Die Frau, die mich von der ersten Sekunde an angezogen hat. Der Mensch, ohne den ich mir ein Leben nicht einmal mehr vorstellen kann.

»Stimmt, das ändert nichts«, meine ich.

Jetzt fließen die Tränen wieder, doch ihre Abwehr weicht langsam auf. Ich setze mich zu ihr, ziehe sie in meine Arme. Mia rückt näher und schlingt ebenfalls die Arme um Sophias zitternden Körper. Ihr Schluchzen klingt erstickt an meiner Brust. Conner schnaubt leise und nuschelt etwas, das klingt wie: »Es gab noch nie einen besseren Grund für Gruppenkuscheln.«

Dann setzt er sich ebenfalls auf das Sofa und schlingt, so gut es eben geht, die langen Arme um uns.

38

SOPHIA

Ich werde von einer feuchten Hundenase geweckt, die sich in mein Gesicht drückt. Gefolgt von einer sehr nassen Zunge. »Bo!«, rufe ich aus und springe auf, wobei ich begreife, dass ich auf dem Sofa gelegen habe.

Der große schwarze Hund scheint meine Verwirrung als Einladung zu sehen, denn er springt halb auf meinen Schoß. Ich stöhne, muss aber gleichzeitig lachen, weil Bo ungefähr so groß ist wie zwölf Dackel, aber trotzdem versucht, Schoßhund zu spielen.

»Tut mir leid, dass er dich geweckt hat«, meint mein Großvater und sieht mich lächelnd an, während er mir einen Kaffee reicht. »Arin macht gerade seine Laufrunde.«

»Wie lange habe ich geschlafen?«

»Ich wollte euch nicht wecken, nach dem … sagen wir mal eher unschönen Ausgang des Abends«, antwortet Grandpa ausweichend. »Dein Handy hat geklingelt, ich glaube, es war dein Wecker.«

»Shit!«, rufe ich aus und springe so plötzlich auf, dass Bo vom Sofa rutscht. Sofort sprinte ich zu meiner Handtasche und wühle nach meinen Medikamenten. Die Sonne steht schon hoch am Himmel, offenbar habe ich das Frühstück direkt übersprungen und diesen Tag erst zum Mittag begonnen. Ich spüle die Tabletten mit Kaffee hinunter.

Grandpa macht ein besorgtes Gesicht. »Ist es schlimm, wenn du die Medikamente nicht immer zur gleichen Zeit nimmst?«

»Zumindest ist es nicht optimal«, gebe ich zu. »Und ich will wirklich nicht, dass etwas schiefgeht, nur weil ich lieber länger schlafe.«

Die Falten um seine Augen werden tiefer. »Tut mir leid, ich hätte dich doch wecken sollen.«

»Nein, nein. Es war gut, dass ich etwas Schlaf bekommen habe«, wehre ich schnell ab, weil ich wirklich nicht will, dass er sich meinetwegen schlecht fühlt. Seine große Hand tätschelt kurz meine Schulter, ehe er sich an den Esstisch sinken lässt.

»Fühlst du dich erleichtert?«, fragt er sanft.

Erleichterung ist nicht das Wort, das ich gewählt hätte. Durch die negativen Erfahrungen, die Stigmatisierung, die ich durch meine HIV-Infektion erlebt habe, habe ich dieses Verhalten irgendwie adaptiert und auf mich selbst angewendet. Mich selbst stigmatisiert und abgewertet, auch wenn ich es jetzt erst im Rückblick erkennen kann. Dass mein Geheimnis nun keines mehr ist, macht es leichter, es zu akzeptieren, auch wenn längst noch nicht alles wieder gut ist. »Ein bisschen«, gebe ich zu.

»Jemand hat mal gesagt: Geheimnisse verlieren ihre Macht, wenn man anfängt, sie mit den Menschen, die man liebt, zu teilen.«

»Das sind sehr weise Worte«, meine ich lachend.

Grandpa grinst schief und kratzt sich an der Glatze. »In meinem Alter bleibt mir nicht mehr viel anderes.«

Er sagt das in einem seltsamen Ton, den ich bisher nicht von ihm kenne und der nicht so ganz zu dem Bild passt, das ich von ihm habe. Besonders nicht, wenn ich betrachte, wie sich das Holzfällerhemd über seine Brust spannt und seine muskulösen Hände die Tasse umfassen. »Ich finde, für einen Großvater bist du noch ziemlich gut in Schuss.«

»Sag das meinem Körper«, meint er und verzieht den Mund.

»Was meinst du?«

»Nicht so wichtig.«

»Grandpa?«, frage ich, obwohl ich nicht deuten kann, wie sich innerhalb weniger Sekunden verschoben hat, wer sich hier um wen sorgt. Nur ist mein Grandpa genau wie ich ein Bennett, und wir mögen es nicht, wenn andere sich um uns sorgen.

»Nichts, das dich belasten soll, Phee«, wehrt er ab. »Nur die Probleme, die das Alter eben mit sich bringt. Was habt ihr heute vor?«

Zögernd blicke ich nach draußen. Auf die Wiese vor dem Haus, die voller Blumen ist. Die Sonne scheint, der Himmel ist blau, und irgendwie fühlt sich heute alles leichter an als noch gestern.

»Arin und ich wollen in den Trailerpark«, murmle ich und erinnere mich damit daran, dass vielleicht ein kleiner Teil meines Problems gelöst ist, aber noch längst nicht alles. Das Leben ist keine einfache Gleichung, die man nur einmal lösen muss. Stattdessen kommt es mir eher vor, als sei es eine endlose Klausur voller unterschiedlicher Aufgaben, die es einem nahezu unmöglich machen, in der vorgegebenen Zeit alle Punkte zu erreichen.

»Allein?«, reißt Grandpa mich aus meinen Gedanken.

»Wir haben Chris und Megan als Back-up, sie kommen mit.«

»Gut. Soll ich auch dabei sein?«

»Nein, ist schon okay. Wir wollen erst mal nur reden«, sage ich und merke selbst, wie naiv das klingt. Nach der Begegnung gestern steht mir nicht gerade der Sinn danach, mich freundlich mit Arins Mom zu unterhalten.

»Und du meinst, das wird funktionieren?«

»Keine Ahnung, aber ich will es zumindest versuchen.«

»Dein großes Herz in allen Ehren, aber hast du auch einen Notfallplan?«, brummt Grandpa.

»Zur Not kann Arin im Gästezimmer von Chris schlafen«, erkläre ich und setze mich zu ihm. Es war nicht einfach, Arin davon zu überzeugen, dass wir überhaupt einen Notfallplan brauchen könnten.

»Gut.«

Mein Großvater blickt nach draußen. In seinen Augen spiegelt sich fast schon Bedauern darüber, dass unser unfreiwilliger Gast uns bald wieder verlassen wird. »Warum habe ich das Gefühl, dass du Arin vermissen wirst?«, frage ich neckend.

»Weil es so ist. Bo und ich waren ziemlich lange allein in diesem Haus«, gesteht Grandpa mit einem schmalen Lächeln. »Euch beide um mich herum zu haben, tut gut.«

Seine Worte klingen einen Moment in mir nach, mit all dem, was zwischen ihnen steht. All der Einsamkeit und den Gefühlen, die so lange verborgen geblieben sind. Und wieder einmal bricht es mir fast das Herz. Nur kann ich die Vergangenheit nicht mehr ändern, nur noch dafür sorgen, dass wir im Jetzt so viele Momente wie möglich sammeln. Ich umarme Grandpa fest. »Nicht nur dir.«

»Bring einen alten Mann nicht zum Weinen, ihr seid jung und müsst an eure Zukunft denken. Ich hatte meine Zeit schon.«

»Und jetzt hast du auch wieder den perfekten Wagen, um dir eine neue Zukunft zu suchen«, sage ich grinsend.

ARIN

Wir laufen über den sandigen Weg. Von irgendwo hinter mir höre ich, wie jemand lautstark nach einem Schnaps verlangt. Nach der kleinen Auszeit von meinem Leben, nach der Zeit, die ich in einem Haus mitten in der Natur verbracht habe, kommt mir der Trailerpark plötzlich noch trostloser vor als vorher.

Die ramponierten Trailer und abgestellten Wohnwagen beherbergen Menschen wie mich, die versuchen, sich selbst wieder aus der Scheiße zu ziehen, während der Geruch nach Bier, verbrannten Reifen und Hilflosigkeit sie verfolgt. Das Einzige, was gerade dafür sorgt, dass ich nicht einfach wieder umdrehe und wegrenne, ist Sophias Hand in meiner.

»Du bekommst das hin«, verspricht sie mir wieder. Das Pflaster auf ihrer Nase wirkt durch den dunklen blauen Fleck noch heller, aber ihre Augen schimmern im Licht des Frühlings wie ein Funke der Hoffnung, den ich jetzt brauche, um immer einen Fuß vor den anderen zu setzen.

Megan und Chris sind hinter uns, geben uns aber genügend Raum, damit ich mich nicht fühle, als würden sie mich kontrollieren wollen. Vor meinem Trailer bleiben wir stehen. Vor der Tür stapeln sich bereits Bierdosen und Müllsäcke, als hätte meine Mutter angefangen, ihre Dekoration für meine Rückkehr zu verteilen.

»Soll ich vorgehen?«, fragt Sophia und bringt mich damit fast zum Lächeln.

»Ist schon okay.«

Chris nickt mir aufmunternd zu, und ich lasse Sophias Hand los, um in meinen Trailer zu gehen. »Mom?«, rufe ich und klopfe.

Keine Antwort. Nicht weiter ungewöhnlich, vielleicht schläft sie noch oder ist zugedröhnt. Trotzdem regt sich in meinem Inneren eine leise Sorge. »Mom, bist du da?«, rufe ich noch einmal.

Nichts.

Ich stoße die Tür zum Trailer auf – und mir stockt der Atem.

Von meiner Einrichtung ist kaum noch etwas übrig. Die Schränke liegen auf dem Boden, der Inhalt auch. Teller, Tassen und Gläser liegen in Scherben herum, die im eindringenden Sonnenlicht funkeln.

»Fuck«, stößt Sophia hinter mir aus. Aber ich höre sie kaum, während ich einen Schritt ins Innere mache. Der Fernseher wurde mit einer Wodka-Flasche eingeworfen, mein Bett ist zerwühlt und schmutzig. Von allem, was ich hatte, gibt es nur noch Fetzen, Scherben und Dreck.

Aber das ist nicht alles.

Hier sind nur meine Sachen.

Von meiner Mutter ist nichts zu sehen. Weder ihre Tasche noch ihre Kleidung oder etwas anderes, das mir einen Hinweis auf sie geben könnte. Offenbar hat meine Mutter beschlossen, uns zuvorzukommen. Ich weiß nicht, ob ich erleichtert oder besorgt sein soll.

Sie ist abgehauen.

Nicht zum ersten Mal, aber es fühlt sich trotzdem anders an. Endgültiger.

Und ich kann nicht sagen, ob es daran liegt, dass sie nicht mehr wiederkommt oder ich beim nächsten Mal stark genug bin, sie nicht mehr in mein Leben zu lassen. Doch wie ich hier stehe, zwischen den wortwörtlichen Trümmern meines Zuhauses, stirbt der letzte Funke Hoffnung in mir, dass sie sich je ändern wird.

Ich schiebe mich wieder nach draußen, gerade rechtzeitig, um zu sehen, dass Megan und Chris mit Gorgina reden. »Hey«, grüße ich sie, und sie schiebt sich fast schüchtern eine Strähne des blonden Haares hinter das Ohr.

»Hast du gesehen, wie meine Mom abgehauen ist?«, frage ich, während ich meine Hände in den Hosentaschen meiner Jeans vergrabe.

Sie nickt und sieht dabei so betroffen aus, als habe sie selbst meinen Trailer zerstört. »Ja, sie kam gegen zehn Uhr am Abend zurück und war … sehr wütend.«

Diese Wut kenne ich nur zu gut. »Hat sie jemandem was getan?«

Gorgina schüttelt den Kopf. »Nur dem Trailer. Dann hat sie ihre Sachen gepackt und wurde von jemandem abgeholt.«

Wahrscheinlich einem neuen Freund oder jemandem, der Drogen hat. Oder beides. Es war schon oft genug beides.

»Tut mir leid, Arin«, murmelt Sophia, aber ich schüttle den Kopf.

Megan sieht ähnlich betreten aus. »Schon okay, sie wird wieder auftauchen.«

»Darüber mach ich mir keine Gedanken«, gebe ich zu. Und zu meiner eigenen Überraschung ist es die Wahrheit. Was auch immer gerade im Trailer in mir gestorben ist, hat auch die Angst mitgenommen, die ich bisher vor meiner Mutter hatte. Vielleicht hätte ich doch den Sheriff rufen sollen, als ich noch die Chance dazu hatte.

»Sondern?«, will Chris wissen. In seinen klugen blauen Augen schimmert ein Verständnis, das ich noch nicht deuten kann.

In meinen eigenen geheimen Gedanken war ich schon oft an diesem Punkt. An dem Augenblick, in dem ich nach Hause komme und meine Mom irgendwo liegt. Leblos und fahl und endgültig verloren. »Für einen Moment hatte ich Angst, dass sie …«

»… dass ihr etwas passiert ist?«, hilft Sophia mir aus, als meine Worte wieder versiegen.

Ich nicke.

»Verständlich.«

»Ist es das?«

»Sicher, sie ist deine Mom. Auch wenn sie nicht gerade die Mutter des Jahres ist«, kommentiert Megan und bedankt sich bei Gorgina, die mir noch einmal ein bedauerndes Lächeln zuwirft, ehe sie wieder zu ihrem eigenen Trailer geht.

»Manchmal denke ich, es sollte mir einfach egal sein, was mit ihr passiert«, brumme ich erschöpft.

Sophia ergreift erneut meine Hand und sorgt so dafür, dass ich sie wieder ansehe. »Das würde es vielleicht einfacher machen, aber nur, weil du sie liebst, solltest du dir keinen Vorwurf machen.«

»Aus deinem Mund klingt das so einfach.«

»Ich hab da so meine Erfahrungen mit schwierigen Müttern.«

»Keine Ahnung, ob ich erleichtert sein soll, dass sie nicht hier ist, oder ob ich mir jetzt noch größere Sorgen mache.«

»Du darfst auch beides gleichzeitig fühlen«, sagt Chris.

»Ich wäre aber schon mit einer Sache davon überfordert.«

»Stimmt, Gefühle überfordern dich schnell«, stimmt Sophia zu.

»Hey!«

»Stimmt doch«, bekräftigt Megan.

»Müsst ihr mir das denn so unter die Nase reiben?«, brumme ich und fahre mir durch die Haare.

»Ja«, schallt es im Chor zurück.

»Dir ist aber schon klar, dass du kein Stück besser bist?«, frage ich an Sophia gewandt.

Sie schenkt mir eines ihrer Grübchen-Lächeln. »Vollkommen, aber ich kann es ganz gut verdrängen.«

»Und was machen wir jetzt?«, will Chris wissen.

»Aufräumen«, sage ich. »Und reparieren, was noch zu reparieren geht.«

»Gut, dann helfen wir dir«, sagt Megan, ohne auch nur zu fragen, ob das für die anderen in Ordnung ist. »Ich hab Müllbeutel im Auto und bestimmt auch noch ein Duftbäumchen gegen den Geruch.«

39

SOPHIA

Der Anhalter durch die Galaxis liegt vor mir, während ich mich auf dem Bett entspanne und die Sonnenstrahlen mein Gesicht kitzeln. Bo befindet sich neben mir und schnarcht selig, wobei seine Lefzen wackeln und etwas Speichel auf meine Tagesdecke tropft. Eigentlich sollte mich das stören, aber der Anblick ist so niedlich, dass ich ihn dennoch nicht wecke. Die Ruhe des Tages wird allerdings unterbrochen, als Grandpa die Tür zu meinem Zimmer aufreißt. Schon der Tatsache, dass er nicht klopft, entnehme ich, dass es ernst ist. »Deine Mom ist da …«

Ich springe auf, Bo springt auf – sichtlich verwirrt –, und ich starre ihn an. »Was, jetzt? Ich dachte, sie kommt erst morgen …?«

Grandpa verengt die Augen und nickt.

Ich bin mir nicht sicher, ob er genauso große Angst hat wie ich oder nur nervös ist.

»Sie sitzt im Wohnzimmer.«

»Was, jetzt?«, frage ich noch einmal, weil mein Verstand sich weigert zu begreifen, dass ich nun das Gespräch führen muss, vor dem ich mich gern in eine andere Dimension gerettet hätte.

Schweigend sehen wir uns an, nur Bo scheint sich über neuen Besuch zu freuen, denn er läuft schwanzwedelnd aus dem Zimmer, während Grandpa und ich uns noch immer ansehen. »Ich geh nicht ohne dich wieder runter«, stellt er klar.

»Weil du auch Angst hast?«

»Ein bisschen.«

»Das ist nicht sehr beruhigend«, murmle ich.

»Vielleicht beruhigt es dich, dass ich bei dir bin?«, bietet Grandpa an, und auch wenn es sich albern anfühlt, allein der Satz sorgt dafür, dass ich es schaffe, mich wieder zu bewegen. Nickend gehe ich an ihm vorbei, durch den kleinen Flur des oberen Geschosses, dessen Wände voller Familienfotos aus vergangenen Zeiten hängen, die Treppe hinunter in das Wohnzimmer, in dem meine Mutter auf mich wartet.

»Hallo, Sophia.«

»Hallo, Mom«, gebe ich zurück und verschränke die Arme vor der Brust. Optisch bin ich ihr sehr ähnlich. Das gleiche blonde Haar, die gleichen grauen Augen und die Grübchen. Wenn unsere Seelen doch nur so viel Ähnlichkeit hätten.

Meine Mom streicht sich eine lange Strähne hinter das Ohr, während sie von dem Sofa aufsteht. »Ich … ich bin mir nicht sicher, wie ich dieses Gespräch beginnen soll«, sagt sie und weicht meinem Blick aus. »Aber ich bin froh, dass es dir gut geht.«

»Grandpa hat mich aufgenommen«, sage ich, obwohl es offensichtlich ist, aber ich habe keine Ahnung, wie ich sonst reagieren soll. Oder was ich denken soll. Er ist direkt hinter mir, ruhig, aber da. Schweigsam, aber trotzdem so präsent, dass es sich anfühlt, als würde er mich in seine starken Arme ziehen und mich vor all den Vorurteilen und Schmerzen beschützen wollen.

»Ich weiß …«

Wir schweigen. Tausend Worte in meinem Kopf schwirren wie Insekten herum, ohne den Weg nach draußen zu finden. »Mom, ich …«

»Es tut mir leid«, kommt sie mir zuvor. »Ich habe nicht gerade sehr gut darauf reagiert, dass du dich entschieden hast, vor der Ehe Sex zu haben, und dann auch noch mit jemandem, der …«

»Der was, Mom? Eine Krankheit hat?«, platzt es aus mir heraus, weil es aus ihrem Mund klingt, als sei nicht die Tatsache, dass ich nicht verhütet habe, mein Problem, sondern mein Umgang.

Immerhin scheint sie zu bemerken, dass ihr Tonfall all diese Gedanken und Gefühle in mir auslöst, denn sie sagt: »So meinte ich es nicht.«

Das kann meine Wut allerdings kaum besänftigen, und auch die Wunde in meinem Inneren, die wieder angefangen hat zu bluten. »Ich glaube, du meintest es genau so.«

Sie macht einen Schritt auf mich zu. »Was ich sagen wollte, ist, dass ich diese Entscheidung nicht gutheißen kann, aber trotzdem war meine Reaktion darauf, dass du Aids hast, nicht angemessen.«

Ich sehe sie an. »HIV.«

»Was?«, fragt meine Mutter verdutzt zurück.

»Ich habe kein Aids, ich habe das HI-Virus im Blut. Aids ist die Spätfolge dieser Infektion«, erkläre ich und versuche, nicht verletzt davon zu sein, dass sie es nicht einmal für nötig gehalten hat, es bei Google einzugeben. So ganz gelingt mir das allerdings nicht. Obwohl ich es besser wissen müsste, obwohl ich wissen müsste, dass sie so eben nicht tickt.

»Musst du so herablassend sein, Sophia. Ich versuche hier, mich zu entschuldigen«, gibt sie zurück und verzieht den Mund, als müsste auch sie sich zurückhalten. Und genau das ist es, was dafür sorgt, dass ich diesen Gedanken ausspreche.

»Ja, aber andere Mütter hätten sich über die tödliche Krankheit ihrer Tochter informiert.«

Sie schnaubt. »Du weißt genau, was ich von Schulmedizin halte.«

»Oh, ich habe vergessen, dass du Wissenschaft für eine Meinung hältst.«

Unsere Blicke bohren sich ineinander.

»Deine Großmutter konnte es jedenfalls nicht retten.«

»Das reicht«, donnert Grandpa dazwischen und macht einen Schritt nach vorn. »Setzt euch hin und redet. Und das, ohne zu streiten.«

Wir sehen erst einander an und dann ihn. Ich bin wütend und verletzt, Mom ist wütend und verletzt, aber der Anblick meines Großvaters bricht mir fast das Herz. So hat er sich die Familienzusammenführung sicherlich nicht vorgestellt.

Seine Schultern sind eingesunken, sein Gesicht ist blass, trotz der Sonnenbräune, die seine Haut oftmals ledern erscheinen lässt, und in seinen Augen glänzen Tränen, die er nicht zulassen will.

Ich räuspere mich und lasse mich an den Esstisch sinken. Meine Mutter sieht zögernd ihren Vater an, dann tut sie es mir gleich, während er eine Kanne Tee aufsetzt.

»Es tut mir leid, dass ich so reagiert habe«, murmelt meine Mom. »Ich war einfach schockiert und nicht bereit. Und ich hatte Angst, schreckliche Angst davor, dich zu verlieren.«

»Mir tut es leid, dass ich dich enttäuscht habe«, gestehe ich ein.

»Du bist also in Behandlung?«

Ich nicke. »Ja, ich nehme Medikamente.«

»Und die sorgen dafür, dass das HIV nicht zum Aids wird?«

»Das ist nicht ganz so einfach zu erklären«, murmle ich und versuche, meine Gedanken gut genug zu ordnen, damit ich nicht klinge, als habe ich ein Lehrbuch verschlungen. »Es gibt ganz verschiedene HIV-Medikamente. Einige verhindern die Vermehrung des Virus im Körper, andere lassen gar nicht erst zu, dass das Virus in die Zelle eindringt, einige schützen das Erbgut, und dann gibt es noch solche, die verhindern, dass HIV-infizierte Körperzellen neue Viren herstellen. Man macht eine Kombinationstherapie.«

»Und das heißt, du bist nicht mehr ansteckend?«

Wieder nicke ich und bin dankbar, als Grandpa mir und Mom eine volle Tasse vor die Nase stellt. Er selbst bleibt weiter im Hintergrund.

»Das klingt gut«, nuschelt Mom in ihre Tasse, auch wenn ich ihr anmerke, dass sie trotzdem nicht viel Vertrauen in das medizinische Fachwissen hat.

»Ja, das ist es auch.«

»Und …« Ich sehe ihr an, dass sie nach den richtigen Worten ringt. »Und kommst du wieder nach Hause?«

Auf diese Frage hätte ich vorbereitet sein müssen, doch die Wahrheit ist: Ich bin es nicht. Trotzdem fällt mir die Antwort überraschend leicht. »Nein, ich denke nicht.«

»Aber was ist mit deinem Studium?«

»Ich glaube, das ist einfach nicht das Richtige für mich«, gestehe ich ihr und damit irgendwie auch mir selbst, auch wenn ich das längst wusste.

»Und was willst du dann tun?«

»Sophia kann alles Mögliche tun«, mischt sich Grandpa ein. »Sie kann Mathelehrerin werden oder Fluglotsin.«

»Fluglotsin?«, frage ich mit der Andeutung eines Grinsens.

Grandpa zuckt mit den breiten Schultern. »Warum nicht, du magst es doch, Sachen zu berechnen.«

»Stimmt«, gestehe ich und fühle zum ersten Mal, wenn jemand mir einen Beruf vorschlägt, keine sofortige Abneigung.

»Mathelehrerin wäre mir lieber«, murmelt Mom in ihre Tasse, aber ich ignoriere sie.

»Fürs Erste würde ich gern hierbleiben«, fahre ich fort.

»Und dein Großvater hat nichts dagegen?«, will meine Mutter wissen, sieht dabei aber nicht mich an, sondern Grandpa.

»Dieses Haus steht Sophia immer offen«, antwortet er.

»Immerhin einer von uns«, nuschelt meine Mom, aber ich habe sie gehört, und Grandpa auch.

»Ich will mich nicht streiten«, sagt er. »Dazu ist meine Zeit auf dieser Welt zu begrenzt.«

»Wärst du ein besserer Christ gewesen, müsstest du dich nicht darum sorgen, was danach passiert«, gibt meine Mutter bissig zurück.

Mein Mund klappt auf, aber Grandpas Blick hält mich zurück. »Ich weiß, dass ich dir auch eine Entschuldigung schulde, Madleen. Es tut mir leid, dass ich ein schlechter Vater war, und es tut mir leid, dass ich deiner Mutter nicht mehr helfen konnte.«

Meine Mutter hebt den Kopf. »Danke«, sagt sie schlicht, aber es klingt so ehrlich, dass ich nicht böse sein kann.

»Dann … «, beginne ich, gerate aber ins Stocken, weil alles irgendwie viel einfacher war, als ich es mir in meinem Kopf zurechtgelegt hatte. »… dann war's das? Wir haben uns wieder vertragen?«

Grandpa lacht auf. »So machen Familien das doch, oder? Erst streiten sie sich, dann vertragen sie sich. Hat jemand Lust auf einen Milchshake im Diner?«

Meine Mutter steht auf. »Das klingt gut.«

Er grinst und nimmt seine Jacke, aber plötzlich ist etwas falsch. Schwankend beugt er sich nach vorne, fasst sich an die Brust. Erst jetzt bemerke ich den dünnen Schweißfilm auf seiner Stirn, die fahle Gesichtsfarbe, die offenbar nichts mit unserem Streit zu tun hat. »Grandpa«, rufe ich aus und laufe an seine Seite, um ihn zu stützen.

»Geht schon wieder«, brummt er und ringt sich ein Grinsen ab. »Bin nur zu schnell aufgestanden.«

»Bist du sicher?«, fragt Mom, offenbar ebenfalls besorgt.

Aber Grandpa winkt ab. »Alles gut, wirklich«, beteuert er. »Aber jemand von euch sollte fahren.«

ARIN

»Arin?«, höre ich Jimmys Stimme.

»Ich bin hier«, rufe ich zurück und wische mir den Schweiß von der Stirn. Die Sonne ist gerade dabei unterzugehen, aber das soll mir recht sein. Die meiste Arbeit ist geschafft.

»Oh«, macht er, als er mich vor dem Haufen Müll sieht, den ich gerade aus meinem Trailer geschleppt habe. »Tut mir leid, Mann.«

»Warum sollte dir das leidtun?«, frage ich, während ich die kaputten Schranktüren so staple, dass sie möglichst wenig Platz einnehmen.

Jimmy macht ein bedrücktes Gesicht. Er kratzt sich an dem Dreitagebart seines Kinns, während er mich ansieht. »Weil ich deiner Mom was verkauft habe, und wenn ich mir das hier so angucke, muss ich gestehen, dass ich mich etwas verantwortlich dafür fühle.«

Ich werfe das Stück Holz, das ich gerade noch in den Händen hatte, achtlos zur Seite. »Du hast ihr was verkauft?«, zische ich unsicher, ob ich jetzt wütend, enttäuscht oder resigniert sein sollte. Eigentlich liegt es auf der Hand, immerhin weiß ich, dass Jimmy ab und an etwas vertickt. Ich hab oft genug selbst etwas von ihm gekauft.

Er zuckt mit den Schultern. »Na ja, sie hatte Geld, ich hatte Stoff. Du weißt doch, wie das läuft.«

Ja, das weiß ich. Aber deshalb muss es mir trotzdem nicht gefallen. Allerdings gibt es auch keine Dealerehre, die besagt, dass man der Mutter eines Freundes, der versucht, clean zu bleiben, nichts verkaufen sollte. Also kann ich mich auf nichts berufen. Trotzdem fahre ich mir durch die Haare und murmle: »Das hättest du nicht tun sollen.«

Tatsächlich scheint sich in Jimmy so etwas wie ein schlechtes Gewissen zu regen. »Sorry, Mann.«

»Schon gut.«

Er betrachtet erst mich, dann meinen Müllhaufen und dann wieder mich. »Kommst du klar?«

Verdammt gute Frage, auf die ich aktuell noch keine tatsächliche Antwort habe. »Sicher«, meine ich trotzdem, denn wenn wir ehrlich sind, will er nichts anderes hören. Früher waren wir Freunde, aber jetzt gibt es keine Partys mehr, die uns verbinden, und damit ist es schwierig geworden, noch etwas von unserer Freundschaft zu erhalten. Darum sehe ich auch nicht kommen, was jetzt passiert.

»Hör mal, ich weiß, du versuchst, clean zu bleiben und so«, fährt Jimmy fort. »Und du suchst 'nen Job, oder?«

Ein halbes Grinsen erscheint auf meinem Gesicht. »Ja, und zwar einen legalen.«

»Ich weiß, Mann.«

»Was wolltest du sagen?«

Jimmy leckt sich über die Lippen. »Kenn da wen, in Salt Lake City. Sucht noch ein paar Leute für seine Werkstatt, es wäre erst mal nur eine Hilfsstelle. Aber wenn du dich gut anstellst, könnte er dich zum Mechaniker ausbilden. Und du magst es ja, Sachen zu reparieren.«

»Salt Lake City?«

»Nicht schlimmer als Belmont Bay, oder?«, fragt er zurück.

»Ich überleg's mir«, verspreche ich, auch wenn ich mir nicht vorstellen kann, tatsächlich einfach ein neues Leben anzufangen. Aber mir ist auch bewusst, dass ich diesen Gedanken gar nicht erst zulasse, weil ich an Sophia denke.

»Alles klar, Mann. Gib mir einfach Bescheid.«

»Mach ich.« Ich gehe an ihm vorbei, aber dann bleibe ich noch einmal stehen. »Hey, Jimmy?«

»Ja?«

»Danke.«

Das Grinsen in seinem Gesicht wird größer. »Klar, Mann.«

Ich gehe wieder in den Trailer und bin zumindest vorerst zufrieden mit dem Ergebnis. Megan und Chris haben mir eine neue Matratze besorgt und eine Duftkerze von Conner, die den schlimmsten Geruch zumindest etwas eindämmt. Ansonsten gibt es hier nicht mehr viel, aber immerhin bin ich allein. Zum ersten Mal seit langer Zeit.

Erschöpft lasse ich mich auf mein Bett sinken.

Der Gedanke, mit Sophia zu verschwinden, kommt mir gerade gar nicht mehr so seltsam vor. Einfach abhauen, alles hinter uns lassen und neu anfangen. Dieses Mal wirklich. Nur weiß ich leider, dass die Realität nicht ganz so einfach ist.

Ich starre an die Decke, die ich so gut kenne, aber irgendwas ist anders. Ich brauche einen Moment, bis ich es erkenne. Jemand hat sich an meiner Decke zu schaffen gemacht. Und wenn ich *jemand* denke, meine ich eigentlich meine Mom, auch wenn ich das gerade nicht wirklich wahrhaben will.

Ich stehe auf und fahre mit den Händen über die Stelle, die aussieht, als sei etwas falsch – und tatsächlich. Der Bezug der Decke fällt halb nach unten, jemand muss ihn mit einem Messer zerschnitten und nur provisorisch verklebt haben. Dahinter erscheint eine kleine Ausbuchtung. Gerade groß genug für eine metallische Dose, die ich sofort wiedererkenne. Das Geburtstagsgeschenk meiner Mom.

Das Pin-up-Girl scheint mich zu verhöhnen, während ich die Box in der Hand halte. Mit klopfendem Herzen öffne ich die Schachtel, nur um gleich darauf zu fluchen. In ihr befindet sich eine Handvoll Pillen, die ich überall erkennen würde. Tilidin.

Und ein einzelner Zettel in der Handschrift meiner Mom, auf dem steht:

Nur für den Notfall.

Das ist dann wohl ihre ganz eigene Art, mir Lebewohl zu sagen.

40

SOPHIA

Auf unserem Streifzug durch die Stadt blinzeln kleine Sonnenstrahlen in jedem Fenster, an dem ich vorbeilaufe. Ich atme tief ein und aus, während die Strahlen von einem Fenster zum anderen gleiten und kleine Sternchen über die Fensterscheiben tänzeln lassen.

Die ersten Wolken am Himmel verfärben sich bereits rosa und kündigen an, dass der warme Frühlingstag in Belmont Bay sich bald dem Ende neigen wird. Doch ich lasse mich davon nicht abhalten und umfasse Arins Hand noch fester, ehe ich ihn zum Trampelpfad in Richtung See ziehe.

»Dann ist zwischen deiner Mom und dir alles wieder gut?«

»Das kommt ganz darauf an, wie man es sieht, aber zumindest ist sie am Abend wieder gefahren, und ich habe versprochen, sie anzurufen«, entgegne ich und grinse Arin an. Meine Nase zeigt noch immer deutliche Spuren, und mit Pech wird eine kleine Narbe an der Nasenwurzel ein fortwährendes Andenken an mein unfreiwilliges Outing bleiben.

»Okay, ich …«, er unterbricht sich kurz, »… ich hab einiges online nachgelesen, aber ich bin mir nicht sicher, ob ich alles verstanden habe.«

»Du kannst auch fragen, es ist nicht so, dass ich nicht darüber reden kann. Das Schlimmste für mich war, dass ich Angst hatte, dass ihr mich danach anders behandelt – und das ist nicht passiert.«

»Chris hat gesagt, dass du bald nicht mehr ansteckend sein wirst«, meint Arin nachdenklich.

»Wenn ich richtig eingestellt bin, irgendwann nicht mehr«, sage ich seufzend. »Wenn die Therapie erfolgreich ist, bin ich keine Gefahr mehr. Nicht mal beim … Sex.«

Das Wort ist raus, und ich bereue es fast, so sehr brennen meine Gedanken. Arin macht es mit seinem verschmitzten Grinsen auch nicht gerade besser. Lässig streicht er wieder seine Haare nach hinten. »Und wann weißt du das?«, fragt er feixend und zieht mich näher an sich. Er bettet seinen Kopf auf meine Schulter und schlingt von hinten die Arme um mich.

»Chris hofft, dass die nächsten Ergebnisse keine Viren mehr nachweisen«, sage ich langsam und klammere mich an diese Hoffnung wie an eine Rettungsleine.

»Das ist doch gut, oder?«

»Erst wenn ich keine Gefahr mehr für andere bin«, gebe ich zurück. Seine Nähe ist betörend und beruhigend zugleich. Liebevoll verschränkt er seine großen Hände mit meinen, während wir in Richtung des Belmont-Bay-Sees schlendern.

»Okay, was noch? Musst du auf irgendwas achten?«

»Du meinst, außer darauf, andere Leute nicht anzustecken?«

Mein schlechter Versuch eines Scherzes schlägt fehl. Arin verzieht das Gesicht.

»Nein, nur die Medikamente immer nehmen und keinen Grapefruitsaft trinken«, setze ich schnell hinterher. In der warmen Sonne laufen wir über den Asphalt der nahezu ausgestorbenen Hauptstraße, als der moosgrüne Kiosk in Sicht kommt.

»Na, da verpasst du wenigstens nicht viel«, meint Arin. »Niemand mag Grapefruitsaft.«

»Und möglichst wenig Alkohol.«

»Gut, keine Rumtorte zum Geburtstag.«

Wir schweigen einen Moment.

Grüne Büsche säumen unseren Weg zum See, der sich in seiner vollen Schönheit vor uns ausbreitet. Im klaren Wasser spiegelt sich der nahe Wald, und die kleinen Wellen rauschen sanft. Die Sonne zeichnet goldene Reflexionen in die Bucht vor uns, als wollte diese Stadt uns an all die Dinge erinnern, die schön sind. Selbst dann, wenn wir über ein Thema wie dieses sprechen.

Innerlich wappne ich mich gegen die Frage, die mir von allen am schwersten fällt. Das Virus an sich kann ich biologisch erklären. Die Wissenschaft schützt mich in gewisser Weise vor all den Gefühlen, die in meinem Inneren toben.

Arin sieht mich an. »Wie ist es passiert?«

Da ist sie, die Frage, die für die meisten Menschen den großen Unterschied macht. »Ich hatte Sex ohne Kondom«, sage ich knapp und atme aus, weil nun auch diese Wahrheit ausgesprochen ist und ich sie nicht mehr zurücknehmen kann. »Er war mein erster Freund nach dir, und … ich nahm die Pille, also hab ich mich dazu überreden lassen. Er hat immer wieder gesagt, dass ich ihm vertrauen könne und dass es vor mir niemanden gab. Ich war einfach leichtsinnig. Jeder kennt das Risiko, aber keiner glaubt, dass es ihn treffen wird.«

Wir schweigen wieder. Arin entlässt mich aus seiner Umarmung und dreht mich zu sich um, doch er sagt kein Wort. Sieht mir nur in die Augen und scheint eine Antwort zu suchen, die ich ihm noch nicht gegeben habe.

»Er wusste nicht, dass er das HI-Virus hat«, sage ich, obwohl meine Lust, ihn in Schutz zu nehmen, nicht sonderlich groß ist. »Und es war genauso meine Entscheidung, auf das Kondom zu verzichten. Mehr als einmal.«

Arin schüttelt den Kopf. »Es war nicht deine Schuld«, sagt er, als würde das irgendwas ändern.

»Doch, das war es«, murmle ich und lasse den Blickkontakt zwischen uns abbrechen, schaue stattdessen über den See.

»Nein«, brummt er leise und hebt mein Kinn mit dem Zeigefinger an, damit ich ihn doch wieder anblicke. In dem warmen Braun sehe ich nichts, das auf Verachtung, Mitleid und Hass hindeutet. Nur unendliche Wärme, die mich näher an ihn herantreibt. »Nur noch eine Frage, dann schwöre ich …«

»Sag es einfach«, unterbreche ich ihn.

»Wie kam raus, dass du … dich infiziert hast?«

»Es gab eine große Blutspendeaktion an der Uni«, murmle ich und muss fast lachen, so absurd erscheint mir die Erinnerung. Wie ein Leben, das eine vollkommen andere Sophia geführt hat. »Als Erstspenderin wird alles noch mal gecheckt, und ich hatte Glück im Unglück. Immerhin habe ich niemanden sonst angesteckt.«

»Fuck.«

»Ja, fuck.«

»Und deine Mom … hat sie dich deswegen rausgeworfen?«

Ich nicke und spüre, wie mein Herz wieder schwerer wird.

»Du musst nicht darüber reden, wenn du nicht willst«, murmelt er sanft an meinem Ohr. Aber ich will es. Ich will ihm alles sagen, damit dieses Thema nicht mehr zwischen uns steht. Damit nichts mehr zwischen uns steht. Damit er alles weiß und dann entscheiden kann, ob er dieser Sache zwischen uns wirklich eine Chance geben will. Ob er wirklich bereit dazu ist, all diese Risiken und all meine zerbrochenen Teile anzunehmen.

»Ich hab die Nase voll von all den Geheimnissen«, sage ich leise. »Mom hat nicht gut reagiert. Sie hat die ganze Palette an homophoben Vorurteilen aufgetischt und mich *geslutshamed.*«

»Fuck.«

»Ja, das war wirklich scheiße von ihr, aber immerhin hat sie sich entschuldigt, das ist doch was, oder?«, meine ich und lache leise. Wir blicken einander an. Sein Lächeln ist voller Wärme. Ich stelle mich vor ihn, lasse all die Gefühle zu, die so lange in mir eingeschlossen waren. Das Flattern, die Hitze, dieses bittersüße Sehnen, das ich versucht habe zu ignorieren.

Arin ist meine persönliche Versuchung, und ich bin bereit, mich mit einem Kopfsprung in all das zu stürzen, was noch vor uns liegt. All das, was ich vermisst habe, ohne es zu wissen. Doch hier in Belmont Bay, in meinem Zuhause, entscheidet mein Herz, noch bevor mein Kopf die Antwort formen kann. Ich beuge mich vor und küsse ihn. Der Moment ist so unglaublich perfekt, dass ich mich frage, ob ich träume. Seine Lippen berühren meine sanft, und meine Knie schlottern. Mit einer Hand zieht er mein Gesicht näher zu seinem, presst sich enger an mich und lässt unsere Münder miteinander verschmelzen. Das Feuer in unseren Augen brennt noch immer.

ARIN

Die Tür fällt hinter uns ins Schloss.

Ich bin weit über den Zustand der einfachen Verliebtheit hinaus. Das Kribbeln im Bauch hat sich über meinen gesamten Körper ausgebreitet. Mein Herz klopft mir bis zum Hals, und ich ertrage es keine Sekunde, mich von ihr zu lösen. Der einsetzende Regen trommelt gegen das Fenster des Hauses, und die Flammen der Kerzen flackern, als würden sie dieselbe Energie im Raum spüren. In meinem Inneren herrscht der Ausnahmezustand. Das Dopamin küsst das Adrenalin, so wie ich Sophia küsse, und die rauschenden Hormone lassen Funken der Erregung durch jeden Zentimeter meines Bewusstseins schießen.

»Sophia«, stoße ich zwischen zwei Küssen hervor und schiebe sie sachte von meinem Schoß herunter. Mit bebendem Herzen erlaube ich es mir, für eine Sekunde in dem Sturm ihrer Augen unterzugehen, in Gedanken meine Finger in ihrem Haar zu vergraben und sie an mich zu ziehen, bis ich die letzten Reste meines Verstands mit ihr ertränkt habe. Doch stattdessen sehe ich sie. »Ich will dich nur ungern von etwas abhalten, aber wenn du so weitermachst, kann ich mich bald nicht mehr beherrschen.«

Sophia grinst schief. »Zu meiner Verteidigung, du machst es mir auch nicht einfach«, sagt sie und lächelt. Ihre Grübchen reichen aus, damit mein Pulsschlag noch etwas schneller wird. Sie treibt mich mit all diesen kleinen Gesten genauso in den Wahnsinn wie mit ihrem Geschmack und ihrem Duft. Ich habe keine Ahnung, womit ich dieses Glück verdient habe.

»Wie wäre es mit etwas zu trinken?«

»Klar«, sagt sie, doch statt aufzustehen, drängt sie sich wieder an mich, küsst mich, bis mir schwindelig wird, und sorgt dafür, dass sämtliches Blut aus meinem Kopf verschwindet.

»Verdammt, Sophia«, knurre ich leise und ziehe sie auf meinen Schoß. »Ich will dich so sehr.«

Sie stoppt mitten im Kuss, als hätten meine Worte eine unsichtbare Grenze überschritten. Ich schlucke einen Kloß hinunter, von dem ich bis eben nicht einmal wusste, dass es ihn gibt. »Scheiße«, fluche ich. »Ich hab es versaut.«

Sophia schüttelt den Kopf, nickt dann und zuckt mit den Schultern, bevor sie aufsteht. Ich kann sehen, wie es hinter ihrer Stirn arbeitet. »Nein«, sagt sie schließlich, und die Röte ihrer Wangen wird noch intensiver. »Du hast recht, wir können nicht …«

Sie stoppt und macht kreisende Handbewegungen, als würde sie es nicht über sich bringen, die Worte auszusprechen. »Wir müssen keinen Sex haben«, helfe ich ihr aus und kann nicht verhindern, dass ich lächeln muss. Vorsichtig beuge ich mich vor und versuche, die eindeutige Beule in meiner Hose dezent zu kaschieren. Allerdings bin ich nicht gerade gut darin, in irgendetwas dezent zu sein.

Sophias Lächeln wird eine Spur hämisch, und sie leckt sich über die Lippen, was sofort dafür sorgt, dass ich wieder härter werde. »Du verstehst nicht«, spricht sie so leise, dass ich mich auf ihre Stimme konzentrieren muss. »Wir können keinen Sex haben, aber wir können andere Dinge tun …«

Ich sehe sie nur an, weil ich keine Ahnung habe, was zur Hölle hier gerade passiert. Doch was auch immer es ist, ich will, dass es passiert. Sophia greift nach meinen Händen und zieht mich in ihr Schlafzimmer. Ohne etwas zu sagen, lasse ich mich von ihr auf das Bett drücken. Das Verlangen tost durch meine Adern, während Sophia sich den Pullover über den Kopf zieht.

Der schwarze BH bildet einen deutlichen Kontrast zu der hellen Haut, und mein Blick gleitet über den flachen Bauch, bevor er an einem kleinen Muttermal neben ihrem Bauchnabel hängen bleibt. Am liebsten hätte ich meine Lippen auf ihre Haut gesenkt, doch ich wage es nicht, mich zu bewegen, denn Sophia ist bereits dabei, die Jeans von ihren schlanken Beinen zu streifen.

Nur in Unterwäsche steht sie vor mir, das Licht der Kerzen tanzt über ihren Körper, und ich fühle mich, als sei ich geradewegs in meinem persönlichen Himmel gelandet. Der Drang, sie zu berühren, ist so stark, dass ich zittere. Ihre Augen, ihre Einsamkeit, ihre sachte Berührung, als sie die Hand nach mir ausstreckt. Der Reiz ihres Körpers, ihres Dufts und der Geschmack ihrer Lippen. Ich kann nicht mehr denken, kaum noch atmen, kaum noch den Drang unterdrücken, sie wieder an mich zu drücken. »Zieh dich aus«, sagt sie mit einem leisen Grinsen, und ich mache nichts lieber, als ihrem Befehl zu folgen. Hose und Shirt landen auf dem Boden, aber meine Augen gehören weiterhin ihr. Es fühlt sich an, als hielte sie mich in ihrem Sturm gefangen. Mein Herz rast, als stünde es kurz vor einer Explosion, und doch bin ich so ruhig wie schon lange nicht mehr. Sie presst mich weiter auf das Bett, und ich bin viel zu sehr auf sie fixiert, um Widerstand zu leisten.

Die Leidenschaft entbrennt vollends, als sie sich neben mich legt und eine Hand unter ihren Slip schiebt.

Ihr Mund öffnet sich leicht. Die Bewegungen ihrer Hand sind zart, fast schon vorsichtig, als würde sie auf mich warten – und ich bin mehr als bereit, es ihr gleichzutun.

Ich lege mich neben sie, lasse meine eigenen Hände in meine Boxershorts gleiten und sehe Sophia an, wie sie sich selbst berührt.

Mit jedem ihrer leisen Laute wächst auch meine eigene Erregung, mein Wunsch, sie zu berühren. Aber nicht heute. Heute darf ich ihr nur dabei zusehen, und das allein ist mehr, als ich je dachte zu verdienen.

41

ARIN

Mit nackten Füßen laufe ich die Treppen hinunter, nur um mitten in der Bewegung zu erstarren. »Oh, ich wusste nicht …«

»Dass ihr nicht allein im Haus seid, schon klar«, brummt der alte Bennett, aber zu meiner Überraschung wirkt er dabei nicht wütend. »Ich wünschte auch, ich wäre allein gewesen.«

Unsicher, ob ich mich ihm nähern sollte oder lieber mit hochrotem Kopf im Erdboden versinken möchte, nehme ich die letzten Stufen. »Es … tut … mir … leid?«

Bennett beobachtet, wie ich mich auf das Sofa setze und meine Schuhe anziehe, nur um mich dann peinlich berührt nach meinem Hoodie umzusehen.

»Du bist ein schrecklicher Lügner«, kommentiert er.

Da ich meinen Hoodie gefunden habe, streife ich ihn über und richte mir im Anschluss die Haare – nur wird davon das Brennen in meinen Wangen noch immer nicht weniger. Ich bin nicht prüde, aber dass ich ihm gerade nach dem wohl besten Moment meines aktuellen Lebens über den Weg laufe, ist trotzdem unangenehm. »Gerade bin ich wirklich überfordert, darum sollte ich besser gehen.«

Er lacht in seine Teetasse, als sei ich eine erstklassige Abendunterhaltung. Doch ehe ich einfach verschwinden kann, sagt er: »Vergiss dein Geld nicht.«

»Mein Geld?«

Bennett zieht eine Augenbraue nach oben. »Für deine Arbeit?«

Verdutzt sehe ich ihn an. »Aber …«

»Liegt auf der Kommode«, unterbricht mich Bennett, ehe ich auch nur den Satz zu Ende führen kann. Ich folge seinem ausgestreckten

Zeigefinger und greife nach einem kleinen Umschlag auf der Kommode neben den Schlüsseln.

Mit klopfenden Herzen blicke ich hinein. »Ich weiß nicht, was ich sagen soll.«

»Wie wäre es mit danke?«

»Danke, Bennett, auch dafür, dass du mir nichts mit der Teekanne überziehst und mich im Garten vergräbst.«

Er zuckt mit den Schultern. »Das mach ich erst, wenn du Sophia noch mal das Herz brichst.«

Irgendwie muss ich nun doch grinsen. »Keine Angst, das mach ich dann selbst.«

»Sehr vorbildlich.«

»Ich hab ziemliches Glück, oder?«, frage ich leise.

»Meinst du, weil du mit meiner Enkelin zusammen bist oder weil du gerade dabei bist, dein Leben auf die Reihe zu bekommen?«, schießt er zurück.

Ich blicke ihm in die Augen. »Beides.«

»Ja, du hast verdammtes Glück. Aber du hast dieses Glück auch verdient, nachdem du verdammt viel Pech hattest«, meint er mit einem väterlichen Ton, der dafür sorgt, dass mir noch einmal klarer wird, wie stark sich mein Leben in den letzten Monaten geändert hat. Nicht auf die einfache, aber auf eine wirklich gute Art.

»Danke.«

Bennett winkt ab. »Jetzt werd ja nicht zu sentimental.«

»Ich versuch es.«

»Ach, verdammt«, schnaubt Bennett und zieht mich in seine Arme. »Kannst stolz auf dich sein, Junge. Und untersteh dich, jetzt noch einmal Danke zu sagen.«

Lachend drücke ich ihn an mich. »Okay.«

»Sehen wir uns morgen beim Abendessen?«

»Gern.«

SOPHIA

Keine Panik.

Dieser unscheinbare kleine Satz kommt in *Per Anhalter durch die Galaxis* häufiger vor, und seit ich das Buch wieder lese, versuche ich, mich daran zu halten. Selbst dann, wenn es um meine Zukunft geht und die simple Tatsache, dass sich zum ersten Mal so etwas wie ein Plan vor mir abzeichnet.

Mias Finger gleiten über die Tastatur ihres Laptops. »Das klingt doch gut.«

»Flugzeuge zu navigieren, Gewitterwolken zu lesen und dem Airbus Startgenehmigungen zu erteilen?«, fragt Conner. »Mir wäre das zu viel Verantwortung.«

»Kannst du dir etwa nicht vorstellen, wie ich in einer Kontrollzentrale sitze?«, gebe ich grinsend zurück. Die Idee, eine Ausbildung als Fluglotsin zu beginnen, will mir einfach nicht mehr aus dem Kopf gehen, seit mein Großvater es in den Raum geworfen hat. Und je länger ich darüber nachdenke, desto mehr Gefallen finde ich daran.

Conner mustert mich. »Doch, um ehrlich zu sein schon.«

»Der Salt Lake City Airport bildet aus«, fügt Megan hinzu, als sie ihrer Schwester über die Schulter schaut. »Wenn du willst, mach ich ein Bild von dir für die Bewerbung.«

»Und ich kann dir beim Lebenslauf und dem Anschreiben helfen«, setzt Mia hinzu.

»Ich weiß nicht«, murmle ich, obwohl ich dabei lächeln muss. Es ist eine Sache, Tagträumen nachzuhängen, und eine ganz andere, sie in die Tat umzusetzen.

»Was hast du zu verlieren?«

»Nichts, denke ich.«

Mia sieht ihre Schwester an. »Das war eine Bestätigung, dass wir helfen sollen, oder?«

Megan grinst. »Definitiv war es das.«

»Da ich hier offenbar überflüssig bin, mach ich uns was zu essen«, brummt Conner.

»Für mich bitte nicht«, sage ich schnell. »Arin kommt gleich zum Abendessen zu uns.«

Conner grummelt etwas, aber es klingt friedlicher als sonst. Obwohl den ganzen Tag die Sonne schien und wir bereits einen Vorgeschmack auf den nahenden Sommer bekommen haben, wird es mit jeder Stunde deutlich kühler.

»Ich bin sicher, du würdest eine großartige Fluglotsin abgeben«, meint Mia und dreht den Laptop zu mir, damit ich sehen kann, was sie bisher in meinen Lebenslauf getippt hat.

Verblüfft starre ich sie an. »Hast du das gerade innerhalb von ein paar Minuten zusammengeschustert?«

»Na ja, wenn ich eins aus meinem Medizinstudium gelernt habe, dann, schnell zu sein«, meint sie gelassen und zieht die Wolldecke über ihre schmalen Schultern.

»Wie gut, dass ich jetzt davon profitiere.«

»Und das Foto können wir morgen machen«, wirft Megan ein. »Leo öffnet die *Red Lady* erst am Nachmittag, wir haben also Zeit.«

Ich sehe die Rain-Schwestern an, die beide so völlig unvermittelt in mein Leben geraten sind und von denen ich nicht weiß, wie ich je wieder ohne sie sein könnte. Es ist ein ähnliches Gefühl wie damals mit Caren. Ich denke, Liebe auf den ersten Blick gibt es nicht nur für romantische Beziehungen, sondern auch für Freundschaften. Und ich bin froh, dass ich sie noch einmal erleben durfte.

»Ich kann mich nicht mehr davor drücken, oder?«, will ich wissen.

»Auf keinen Fall.«

»Aber …«, setze ich an und merke, dass ich den Satz nicht aussprechen kann.

Megans Blick entgeht jedoch keine meiner Gefühlsregungen. »Na ja, es ist nicht so, dass Arin etwas hätte, das ihn hier hält, oder?«, gibt sie zu bedenken und nippt an ihrem Bier.

»Woher wusstest du, was ich sagen will?«

»Das ist eine Gabe.«

Mein Blick streift über Conners kleinen Garten mit den Tomaten, die bereits jetzt verkümmert aussehen, obwohl sie gerade erst anfangen zu wachsen. Über die Hügel voller wilder Blumen und Gräser, in denen das Zirpen der Grillen bereits zu hören ist. »Ich will ihn nicht zu sehr unter Druck setzen«, gestehe ich nicht nur den Schwestern, sondern auch mir selbst. Gerade läuft alles so gut, dass ich Angst davor habe, was passiert, wenn ich etwas ändere.

»Verstehe.«

»Tatsächlich?«

»Klar, immerhin habt ihr beide eure Päckchen zu tragen. Und ein Neuanfang ist nicht wie im Film, es ist auch immer ein kleiner Kampf«, antwortet Mia statt Megan.

»Wirklich sehr aufbauend, Mia«, kommentiert ihre Schwester.

»Dafür kennt man mich.«

Ich mag die Art, wie die beiden miteinander umgehen. Aber was ich nicht mag, sind die leisen Zweifel in meinem Inneren, die Ängste und das Gefühl, dass ich niemals alles kontrollieren kann. Weil das Leben eben nicht so läuft. Weil es keine Formel gibt, die ich auswendig kennen könnte, um das Ergebnis herauszufinden. »Was, wenn ich ihn überfordere?«

»Na ja, was ist die Alternative dazu, es nicht zu tun?«, gibt Megan zu bedenken.

»Das Argument sitzt.«

»Am Ende gibt es da kein Falsch oder Richtig«, sagt Mia. »Und noch sprechen wir hier von einem Vielleicht. Die Bewerbung ist noch nicht einmal abgeschickt, also zerdenke es nicht jetzt schon.«

»Weniger denken, mehr machen?«, frage ich mit einem Grinsen.

42

SOPHIA

Der abendliche Nebel hat seinen grauen Schleier über das Feld gelegt, wabert wie ein Kleid um die knorrigen Bäume, an deren Ästen die ersten kleinen Knospen aus dieser Entfernung kaum auszumachen sind. Jede Farbe des Frühlings wurde verschluckt in dieser nassen, grauen Dämmerung.

»Grandpa, ich bin wieder da«, rufe ich ins Haus, bekomme aber keine Antwort. Verwirrt wickle ich den Schal von meinem Hals und streife die Jacke ab. Es ist nichts zu hören. »Grandpa?«

Bo kommt winselnd auf mich zugelaufen. »Hey, Großer«, murmle ich, aber etwas ist anders. Er hat den Schwanz zwischen die Beine geklemmt und zittert am ganzen Körper. Kein freudiges Springen, kein Hochhüpfen an mir. Er sieht fast aus, als hätte er … Angst? »Hey, was ist denn los?«, frage ich nicht nur ihn, sondern die unheimliche Stille im Haus.

Er bellt einmal, dann läuft er die Treppen hoch. Und plötzlich wird mir eiskalt.

Ich weiß nicht, wann ich angefangen habe zu laufen, aber ich tue es. Die Treppen hinauf, durch den Flur. Bo steht vor dem Schlafzimmer meines Grandpas, bellt noch einmal und rennt dann hinein.

Ohne zu wissen, warum, stehen mir Tränen in den Augen, als hätte die Gewissheit mich schon jetzt in einen Abgrund gerissen. »Grandpa?«, hauche ich.

Und dann sehe ich ihn. Er liegt auf dem Boden seines Schlafzimmers.

Für ein paar Herzschläge bin ich wie erstarrt. »Grandpa?«

Er rührt sich nicht.

Keine Bewegung.

Kein Heben und Senken in seiner Brust.

Nur Bo läuft immer wieder um ihn herum, winselt aufgelöst, als würde er nicht verstehen, was hier passiert. Und ich, ich verstehe es auch nicht.

Dann reiße ich mich aus der Starre.

Mit zwei Schritten bin ich bei Grandpa. Mir bleibt keine Zeit, darüber nachzudenken, aber irgendwo tief in meinem Kopf vergraben, weiß ich, was man in solchen Situationen tun sollte.

Ich drücke mein Ohr an seine Brust.

Nichts. Kein Herzschlag, nur mein eigener Puls, der in meinen Ohren rauscht, als würde gleich ein Ozean über mir zusammenbrechen. Aber gerade kann ich nicht zusammenbrechen, ich kann es nicht.

Ich platziere meinen Handballen in der Mitte seines Brustkorbs und lege die andere Hand auf die erste. Dann strecke ich die Arme durch und drücke, so fest ich kann, auf den Brustkorb. Dabei versuche ich zu zählen.

»Eins, zwei, drei …«

Bo läuft neben mir hin und her, bellt immer wieder, als würde er genauso sehr wie ich hoffen, dass Grandpa die Augen öffnet.

»… sieben, acht, neun …«

Die Tränen laufen mir über die Wangen, tropfen auf das Hemd meines Grandpas und hinterlassen dunkle Flecken.

»… dreizehn, vierzehn, fünfzehn …«

Wie oft sollte man das wiederholen? Waren es hundertmal?

Ein plötzliches Knacken lässt mich erneut erstarren. Mit aufgerissenem Mund hocke ich über meinem Grandpa. Aber nicht einmal die Tatsache, dass ich ihm gerade etwas gebrochen habe, sorgt dafür, dass er die Augen öffnet.

Ich bin vollkommen unfähig, etwas zu tun.

»Sophia?«, höre ich Arin von unten rufen.

Bo reagiert viel schneller als ich, rennt nach unten und sorgt mit seinem aufgeregten Bellen dafür, dass Arin nach oben gelaufen kommt. Er kommt schlitternd am Türrahmen zum Stehen. Seine Augen sind weit aufgerissen, als er mich sieht. Mit einem Fluch zieht er das Handy hervor und ruft den Notarzt an.

Aber ich weiß, dass er zu spät kommt.

Dass wir zu spät sind.

Denn der Körper meines Grandpas ist kalt.

ARIN

Es ist anders als in Filmen.

Viel langsamer. Viel länger. Viel ruhiger.

Am schlimmsten waren die quälenden Minuten, bis Chris da war. Ich weiß selbst nicht, warum meine erste Reaktion seine Nummer war und nicht die des Notrufs. Aber er war deutlich schneller da als der Krankenwagen, der niemanden mehr retten konnte.

Wir waren völlig verstört, Sophia und ich, wie wir neben Bennett hockten, als würden wir glauben, dass er jeden Moment die Augen öffnen und uns dafür auslachen würde, dass wir dachten, er könnte sterben.

Bisher habe ich noch nie jemanden gesehen, der gestorben ist. Und ich wünschte, es wäre nicht ausgerechnet Bennett gewesen.

Sie haben seine Leiche aus dem Haus getragen, und seitdem fühlt es sich an, als sei der Winter wieder da und habe jede Wärme aus diesen vier Wänden an sich genommen.

»Willst du etwas essen?«

Sophia schüttelt den Kopf.

»Soll ich einen Tee machen?«

Wieder ein Kopfschütteln.

Apathisch sitzt sie auf dem Sofa, eine Decke um die Beine gewickelt und Bo auf dem Schoß, der ihr nicht mehr von der Seite weicht, egal, wo sie hingeht. Ich kann es ihm nicht verdenken. Der Hund ist der Einzige, der dabei war, als Bennett seinen letzten Atemzug tat.

»Ich lass dir etwas zur Beruhigung da«, sagt Chris sanft und legt ihr zwei Tabletten auf den Tisch. »Nimm eine, bevor du ins Bett gehst, dann kannst du etwas schlafen.«

»Ich brauche nichts«, wehrt sie ab, ohne ihn auch nur anzusehen.

Sie sieht so blass aus. So klein. So unendlich traurig, wie sie zusammengesunken auf dem Sofa sitzt.

Hoffnungslos.

Hilfe suchend sieht Chris mich an, aber ich weiß auch nicht, was wir tun sollen. Gerade weiß ich gar nichts mehr. Tröstende Worte für Hinterbliebene zu finden, ist gar nicht so einfach, und es wird noch schwerer, wenn die Trauer einen selbst auch lähmt wie Gift, das mit jedem Herzschlag nur noch mehr im Körper verteilt wird.

Wir schweigen. Die Uhr an der Wand tickt.

Alles ist real und zugleich schrecklich irreal. Als würde die Zeit immer wieder Sprünge machen, uns mit sich reißen und in einer neuen Realität zurücklassen, in der so viel Gutes nur noch zu einem Teil der Erinnerung wird.

»Ich muss jemanden anrufen«, sagt Sophia plötzlich, sie macht Anstalten aufzustehen, aber Chris drückt sie sachte wieder zurück auf das Sofa. »Meine Mom und das Beerdigungsinstitut und …«

»Das musst du nicht mehr heute machen«, wehrt Chris ab.

Draußen ist es bereits dunkel. Die Nacht hat uns verschluckt, so plötzlich, dass ich gerade nicht weiß, ob die Sonne wirklich wieder aufgehen wird.

»Aber …« Sophia bricht wieder in Tränen aus. Und ich stehe nur da, während Chris sie in die Arme nimmt.

Früher dachte ich immer, dass ich irgendwann meine Mutter so finden würde. Tot in unserer Wohnung oder im Trailer, aber Bennett? Ausgerechnet der alte Bennett? Die Tränen brennen in meinen Augen, aber ich erlaube mir nicht, zu weinen.

Gerade sollte ich für Sophia da sein.

Gerade geht es nicht um meine Trauer.

Nur kann ich sie auch nicht einfach ausschalten.

»Und was ist mit dir?«, fragt Chris sanft, nachdem Sophia den Kopf im Fell des Hundes vergraben hat.

Der Arzt der Kleinstadt macht ein paar Schritte auf mich zu. Sein blondes Haar ist zerzaust, das Hemd zerknittert. Auch er hat es nicht erwartet, es nicht kommen sehen. Nicht jetzt. Nicht so.

Eilig wische ich mir über das Gesicht. »Es geht schon.«

Chris legt mir eine Hand auf die Schulter. »Ich kann auch hierbleiben, wenn ihr ...«

Ich weiche von ihm zurück, weil jede nett gemeinte Berührung, jeder Trost gerade viel zu viel für mich ist. »Nein, ist schon okay.«

Er sieht einmal zwischen uns hin und her, als würde er versuchen abzuschätzen, ob wir es allein schaffen. Ich kann ihm bei dieser Frage nicht helfen, denn gerade fühlt es sich nicht so an, als könnten wir irgendetwas schaffen. Als würde irgendwas je wieder gut oder auch nur okay werden.

»Gut, ich sorge dafür, dass Bennett ins Beerdigungsinstitut kommt, und ...«

»Wie ist er gestorben?«, fragt Sophia aus dem Nichts. Sie dreht sich auf dem Sofa halb herum. Ihre Augen sind gerötet, noch immer voller Tränen. Aber in dem stürmischen Grau liegt weit mehr als Trauer.

Chris sieht sie betreten an. »Sein Herz wollte schon eine Weile nicht mehr so wie er«, gesteht er leise.

»Davon hat er nie etwas gesagt.«

»Du weißt, dein Grandpa war nicht gerade jemand, der gern über seine Probleme spricht.«

»Er hätte es mir sagen müssen«, sagt sie weinend. »Und du, du hättest es mir sagen müssen.«

»Sophia, ich weiß, dass es schwer ist, aber ...«

»Aber was?«, herrscht sie ihn an und steht auf, während Bo ihr keinen Zentimeter von der Seite weicht. »Aber was, Chris? Grandpa ist tot, und es war niemand da.« Tränen laufen in endlosen Bächen über ihr Gesicht. »Er war ganz allein.« Bo bellt, als wollte er uns daran erinnern, dass er da war. Dass er seinem Herrchen beigestanden hat, als niemand von uns es konnte – und vielleicht ist es dieser Gedanke, der dafür sorgt, dass ich mich abwenden muss, damit niemand sieht, wie ich die Tränen von meinen Wangen wische.

Sie sackt wieder in sich zusammen. »Ich hätte da sein müssen.«

»Das hätte wahrscheinlich nichts geändert«, versucht Chris es noch einmal. »Wahrscheinlich ging es sehr schnell.«

»Wahrscheinlich«, schnaubt sie. »Wirklich sehr beruhigend.«

»Es ist okay, wütend zu sein«, sagt Chris sanft.

»Hast du noch mehr sinnvolle Ratschläge?«, brummt sie und zieht die Beine an ihre Brust. Sie rollt sich auf dem Sofa zusammen. Wickelt sich in all die Gefühle, die drohen, sie zu überwältigen.

Chris sieht mich an. »Sorg dafür, dass sie genug trinkt. Gegen die Kopfschmerzen lasse ich ihr was da.«

»Alles klar«, murmle ich, weil ich nicht weiß, was ich sonst tun soll.

»Und Arin …«

»Ich nehme nichts«, verspreche ich.

Dann nickt Chris und lässt uns allein, in dem Haus, das einst dem alten Bennett gehörte und das nun, ohne ihn, plötzlich schrecklich leer ist.

43

SOPHIA

Alles riecht nach Rosen.

Die Luft ist erfüllt davon, und ihr Duft zieht die Bienen und Schmetterlinge an, als wollten sie uns daran erinnern, dass es mehr gibt als die Trauer.

»Als ich zurück nach Belmont Bay kam, da hatte ich Angst«, sage ich und blicke auf die Reihen voller Trauergäste. »Schreckliche Angst davor, dass ich es nicht schaffe, der Vergangenheit in die Augen zu blicken. Aber mein Grandpa war einfach da.«

Ich mache eine Pause, weil die Tränen schon wieder in meine Augen treten. Mom nickt mir in der ersten Reihe aufmunternd zu, und dieser kleine Zuspruch hilft, damit ich die Kraft finde, weiterzusprechen. »Und wie ihr vielleicht wisst, war er kein Mann vieler Worte«, sage ich, was dafür sorgt, dass einige kurz auflachen. »Aber wenn er etwas sagte, dann war es, als würde er eine warme Decke um mich legen.«

Mein Kopf dreht sich zur Seite, zu dem Bild, das Megan nur Tage vor dem Tod meines Großvaters gemacht hat. Es zeigt ihn lächelnd mit Bo. Seine Hände sind um den Kopf des Hundes geschlungen, und die kleinen Falten um seine Augen zeigen, wie tief das Glück in diesem Moment für ihn war. So tief und doch vergänglich.

Wie die Rosen um uns herum.

Wie wir alle.

Nur die Liebe nicht.

»Ich werde dich furchtbar vermissen, Grandpa«, sage ich tränenerstickt und zwinge mich zu einem Lächeln. »Und ich weiß, du hättest es gehasst, wie viele Menschen hier sitzen und um dich trauern.«

Wieder lachen einige aus Belmont Bay auf, dann klatschen sie. Als ich zurück zu meinem Platz gehe, an dem Arin auf mich wartet, zittere ich am ganzen Körper, aber auch wenn es absurd klingt, fühle ich mich besser.

Arin greift nach meiner Hand. »Gute Rede.«

»Du bist ein schrecklicher Lügner.«

»Meine wird schlechter.«

»Beweis es.«

Arin steht auf. Der Anzug ist ihm einen Tick zu groß, aber er sieht trotzdem gut darin aus. So erwachsen. Gar nicht mehr wie der Arin, den ich einmal kannte.

»Bennett und ich hatten keinen sehr guten Start«, beginnt er und schluckt sichtlich. »Was wohl hauptsächlich an mir lag. Aber er ist mir trotzdem immer mit Respekt begegnet. Selbst dann, als ich es nicht verdient hatte.«

Ich tupfe mir die Tränen von den Wangen und muss gleichzeitig lächeln.

»Als ich neu in die Gruppe kam«, fährt Arin fort, »war es Bennett, der mich begrüßt hat. Und ich werde das nie vergessen, denn er sagte: Verdammt, wenn du noch eine Woche länger gewartet hättest, hätte ich dich an den Ohren hier reingezogen.«

Lachen platzt aus mir heraus, obwohl die Tränen noch immer fließen. Ich habe ihn genau vor Augen, meinen Großvater, wie er sich vor Arin aufbaut und ihm diese Worte zubrummt.

»Und als ich dann ein paar Monate clean war, war er es, der mir einen Job gegeben hat. Ein Dach über dem Kopf, als ich nicht wusste, wohin.« Arin macht eine kurze Pause, wischt sich über den Mund. Im Licht der strahlenden Sonne dieses Tages schimmern seine Tränen wie kleine Diamanten. »Bennett war ein teuflischer Mistkerl, aber er war auch einer der besten Menschen, die ich je kennengelernt habe. Und ich bin froh, dass ich das Privileg hatte, ihn zu kennen.«

Klatschen.

Tränen.

Beileidsbekundungen.

Das alles rauscht an mir vorbei, während ich mich an Arin festhalte.

Ich weiß nicht, wie ich es überstehe, aber irgendwie schaffe ich es.

Als der Sarg in die Erde gelassen wird, habe ich keine Tränen mehr übrig.

44

ARIN

Damals

Das hier ist eine schlechte Idee – und das weiß ich, aber ich muss es dennoch tun. Auf dem Friedhof ist es so still, dass ich eine Gänsehaut bekomme. Stille und ich sind keine Freunde, und gerade jetzt habe ich das Gefühl, ich müsste gegen diese Stille anschreien.

Ein Stück vor mir steht Sophia mit ihrer Mutter und dem alten Bennett am Grab ihrer Großmutter. Die Pastorin ist die Einzige, die ein paar Worte sagt, doch ich kann sie nicht hören. Der Rest von Belmont Bay ist in den Wäldern, auf der Suche nach Caren – und die Familie Bennett ist allein in ihrem Schmerz.

Ungeduldig verlagere ich mein Gewicht von einem Fuß auf den anderen, bis Sophia sich endlich umdreht. Ihr Blick landet beinahe sofort auf mir. Tränen haben ihr Gesicht gezeichnet, Spuren des Verlusts hinterlassen, aber der Sturm ist ungebrochen. Für einen Moment starrt sie mich nur an, dann marschiert sie auf mich zu. »Was willst du hier, Arin?«, schnaubt sie.

Ich weiß nicht, was ich erwartet habe. »Geht's dir okay?«

»Ist das dein verfluchter Ernst?«

»Tut mir leid wegen deiner Grandma«, bringe ich mühevoll hervor, und plötzlich habe ich das Gefühl, dass es doch keine sonderlich gute Idee war, herzukommen.

»Dein geheucheltes Mitleid kannst du dir sparen.«

»Sturmauge, ich …«

»Nein«, schnaubt sie und unterbricht mich so. Die Tränen schimmern in ihren Augen. »Ich will nichts von dir hören, und ich bin verdammt froh, dass ich dich bald nie wieder sehen muss.«

Vor Entsetzen bleibt mir der Mund offen stehen. »Was soll das heißen?«

»Sophia?« Der alte Bennett tritt hinter seine Enkelin und mustert mich mit einem Blick, der irgendwo zwischen Verachtung und Wut steckt.

»Wir können gehen«, antwortet sie mit einer Härte, die mich taumeln lässt.

»Sophia«, versuche ich es noch einmal, will ihr hinterher, aber Bennett schiebt sich mir in den Weg.

»Lass es, Junge«, brummt er.

Und das tue ich, ich lasse zu, dass sie geht, suche nach einer Pille in meiner Tasche und bleibe am Grab ihrer Großmutter zurück.

Jetzt

Mein Blick schweift zum Fenster. Eigentlich ein schöner Tag. Eigentlich habe ich allen Grund, mich gut zu fühlen. Oder zumindest besser. Oder irgendwas.

Doch stattdessen fühle ich rein gar nichts, und das bedeutet in den seltensten Fällen etwas Gutes. Hoffentlich ist es nur eine dieser Phasen, in denen einem alles über den Kopf wächst und man von all seinen Sorgen wie gelähmt ist. Hoffentlich kann ich wieder dafür sorgen, dass sich die dunklen Gemütswolken auflösen. Doch im Moment ist in meinem Inneren ein großes, dunkles Nichts. Es fordert nicht, es lässt sich nicht erhellen, und alles, wonach es schreit, ist eine Tilidin.

Und es wäre so einfach, in die Tasche zu greifen und die Schachtel herauszunehmen. Nur ein einziges Mal noch.

Ein Klopfen lässt mich zusammenzucken.

»Ich komme gleich«, rufe ich Sophia auf der anderen Seite der Tür zu.

Es ist jetzt zwei Wochen her, und ich habe keine Ahnung, wie sie das schafft. Die Beerdigung, die Trauerfeier, all die Dinge, die man erledigen muss, wenn ein Mensch, den man liebt, gestorben ist.

Ich hätte nichts davon gekonnt. Gerade weiß ich nicht einmal, wie ich es packen soll, nach unten zu den anderen zu gehen, damit wir das Testament des alten Bennett lesen können. Wie zum Teufel soll ich das schaffen? Oder irgendjemand auf dieser Welt?

Wie soll ich diese unbändige Trauer überwinden und einfach weitermachen?

Ich drehe den Wasserhahn voll auf und betrachte, wie das kühle Nass im Ausguss verschwindet. Sekundenlang stehe ich einfach nur da. Das Taubheitsgefühl ist inzwischen so stark, dass ich kaum noch daran glauben kann, jemals etwas anderes zu fühlen. Mein Zeitgefühl versickert genauso im Ausfluss wie der letzte Rest meines Seins.

»Arin?«

Dieses Mal ist es nicht Sophia, sondern Megan, und die wartet nicht, bis ich etwas sage, sondern macht die Tür des Badezimmers einfach auf.

»Wie schlimm ist es?«

Heftig zucke ich zusammen und stelle den Wasserhahn wieder ab.

»Wie schlimm ist was?«

»Einfach alles?«

»Verdammt schlimm«, gestehe ich.

Sie zögert keine Sekunde. Mit einem Schritt ist sie bei mir, zieht mich in ihre Arme und drückt mich fest an sich.

Und ich bin zu schwach und stecke zu tief im gleichen Sumpf, um etwas davon zu erwidern.

»Es wird einfacher mit der Zeit«, verspricht sie.

Ohne zu ahnen, dass mich allein dieser Gedanke noch tiefer in das Nichts zieht.

SOPHIA

Wir haben uns alle im Wohnzimmer versammelt.

Megan sitzt auf dem Sessel, in dem früher immer Grandpa gesessen hat, und Leo steht neben ihr. Conner sitzt auf einem Stuhl, den er sich vom Esstisch geborgt hat. Mia, Arin und ich sitzen auf dem Sofa, während Chris vor uns steht. Das Blatt in seiner Hand sieht so unscheinbar aus, als sei es nur das: ein Blatt. Nicht der Letzte Wille meines Grandpas. Nicht das, was er uns noch sagen wollte, weil er der Einzige war, den sein Tod nicht überrascht hat.

»Bereit?«, fragt Chris.

Ich schüttle den Kopf. »Es fühlt sich irgendwie falsch an, sein Testament zu lesen.«

»Na ja, für solche Fälle ist es gedacht«, gibt Megan zu bedenken und wirkt dabei so tough, obwohl ich auch ihr ansehen kann, wie sehr ihr der Verlust meines Grandpas an die Nieren geht.

»Ich weiß, es ist trotzdem schräg.«

»Wie ein Geist«, haucht Mia.

Die Geister von Belmont Bay, die erst unser Herz gewinnen und dann einfach verschwinden. Erst Caren, dann meine Grandma und jetzt Grandpa. Und auch wenn ich weiß, dass der Tod zum Leben gehört, weiß ich nicht, wie ich ihn akzeptieren soll. Gerade war da noch jemand, den ich geliebt habe, und nun ist da nur noch ein Blatt Papier und ein Letzter Wille.

»Soll ich anfangen?«, fragt Chris.

Ich nicke, weil es nichts bringt, das Ganze noch mehr zu verzögern.

»Wenn ihr das hier lest, bin ich offenbar nicht mehr da, und das tut mir leid«, beginnt er und räuspert sich. »Aber ich will auch nicht lange schwafeln, denn es gibt nur eine Sache, die ich euch sagen will: Ich habe euch geliebt. Auf meine Art, nicht immer auf die richtige, aber aufrichtig.«

»Verdammt«, murmelt Megan und lässt sich von ihrer Schwester die Taschentücher reichen, weil sie ihre coole Fassade nicht mehr länger aufrechterhalten kann. Leo schlingt von hinten die Arme um sie.

Gibt ihr Halt und Trost, was mich dazu bringt, kurz zu Arin zu blicken.

Er hat den Kopf gesenkt, sieht niemanden an. Auch mich nicht.

»Ich mache es kurz. Megan bekommt meine DVD-Sammlung. Bitte sieh dir *Herr der Ringe* an, das ist viel besser als der Kram, zu dem du mich gezwungen hast.«

Neben mir bricht Megan endgültig in Tränen aus.

»Conner, du bekommst das Stück Land neben deinem. Mach damit, was du willst, aber such dir Hilfe. Ich kann dir jetzt nicht mehr dabei helfen, irgendwelche Stützbalken zu tragen.«

Conner lächelt, als würde er sich an etwas erinnern, aber ich komme jetzt nicht dazu, ihn zu fragen, an welches Erlebnis mit Grandpa er denken muss.

»Mia, ich hab da auf dem Dachboden ein paar alte Ausgaben von Shakespeare, bedien dich einfach.«

»Leo, du hast die *Red Lady* gerettet. Und damit viele meiner einsamen Abende. Ich kann dir nicht viel bieten, aber im Flur hängt ein Bild meiner geliebten Frau. Es würde mich freuen, wenn es seinen Platz an der Wand der *Red Lady* bekommt.« Megan und Leo blicken sich an, lächeln auf eine so traurige Art, dass ich das Gefühl habe, mein Herz würde gleich wieder entzweibrechen.

»Arin.«

Überrascht blickt er auf, als habe er nicht erwartet, dass auch sein Name fallen würde. Chris nickt ihm kurz zu. »Ich weiß, dass du kein Fan davon bist, Hilfe anzunehmen. Aber ich würde mich freuen, wenn du mein Baby annimmst.«

»Mein Baby?«, frage ich verdutzt.

Arin sieht mit offenem Mund zu Chris. »Was?«

»Du hast den Ford wieder zum Laufen gebracht, darum solltest du auch dafür sorgen, dass er noch etwas von der Welt sieht«, führt Chris den Satz zu Ende.

»Das kann er nicht ernst meinen.«

»Ich denke doch«, meine ich.

»Das kann ich nicht annehmen.«

»Na ja, du kannst nicht wirklich widersprechen, oder?«

»Aber …«

Chris räuspert sich. »Phee. Es tut mir leid. Einfach alles. Und darum kommt es mir nur fair vor, dass du zumindest alles bekommst, was ich besitze. Bitte pass auf Bo auf, ich hoffe, er wird dir ein ebenso treuer Begleiter sein, wie er es für mich all die Jahre war.«

»Verflucht«, schniefe ich und lasse mir von Mia ebenfalls die Taschentücher reichen. »Ich hatte mir fest vorgenommen, nicht schon wieder zu weinen.«

»Lass es ruhig raus«, meint Mia sanft. »Gefühle sind zum Fühlen da.«

An diesem Satz ist so viel Wahres, nur ist die Umsetzung nicht immer so einfach, wie die Worte es einem glauben machen. Ich drehe mich zu Arin um. Sein Knie beginnt zu wippen, als würde über ihn plötzlich eine schreckliche Angst hereinbrechen.

»Arin?«, frage ich alarmiert, aber er sieht mich nicht mal an.

»Ich kann das nicht«, zischt er.

»Was kannst du nicht?«

Er springt auf. Ich springe auf.

Er rennt zur Tür. Ich laufe ihm nach.

»Was kannst du nicht?«, frage ich noch einmal und greife nach seiner Schulter, damit er mich ansieht.

»Das alles hier«, ruft er mir entgegen. In seinem Blick spiegeln sich tausend Gefühle wie tosende Wellen der Dunkelheit, die bereit sind, alles unter sich zu begraben.

»Was meinst du?«

»Ich ertrage es nicht«, schnaubt er und rennt aus der Tür.

»Arin«, rufe ich ihm nach, aber er dreht sich nicht einmal um.

In all der Trauer habe ich die Wellen seiner Dunkelheit nicht kommen sehen, die dabei sind, sein Feuer zum Erlöschen zu bringen.

45

SOPHIA

Ich blicke auf die dunkle Straße, ohne wirklich etwas zu sehen. Ich weine nicht, ich schreie nur innerlich.

Das Schweigen flirrt im Auto herum, ohne zu wissen, ob es bleiben soll. Selbst das Radio bleibt still.

Die Zeit hat sich in einen reißenden Strudel verwandelt. Ich bekomme nur Bruchstücke zu sehen, als sei ein Schiff in ihr versunken. Die rote Ampel. Das Hupen, weil ich jemandem die Vorfahrt genommen habe. Das Schild, das mir sagt, dass ich hier nicht parken darf, das ich aber ignoriere.

Der Trailerpark ist voller Leben. Überall Menschen. Überall Musik.

Ich kann Arin nicht entdecken. Nicht unter den feiernden Menschen, nicht in seinem Trailer.

Mrs Parker winkt mich zu sich. »Haben Sie Arin gesehen?«

»Hast ihn knapp verpasst«, sagt sie. »Sah nicht aus, als sei er in guter Verfassung.«

»Was meinen Sie damit?«, frage ich, obwohl ich die Antwort schon kenne. Das ist einer der Momente, vor dem mein Grandpa mich gewarnt hat. Arin leidet unter einer Sucht. Und gerade hat er einen schrecklichen Verlust erlitten, und ich habe nicht kommen sehen, wie sehr ihn das aus der Bahn wirft.

»Er hat was aus dem Trailer geholt«, meint Mrs Parker mit einem bedauernden, aber wissenden Ausdruck in den Augen.

»In welche Richtung ist er gegangen?«

Sie deutet auf das Loch im Zaun, und ich zögere keine Sekunde.

Vielleicht ist er rückfällig geworden. Vielleicht ist es schon zu spät. Nur ändert das nichts. Nichts an meinen Gefühlen, nichts an seinen, und auch nichts daran, dass ich für ihn da sein will, wie er es in den letzten Tagen für mich war – und das, obwohl es ihm selbst schlecht ging. Obwohl er so wenig auf seine eigenen Grenzen geachtet hat, dass er wieder dabei ist, in einen Abgrund zu fallen.

Grandpa hatte recht.

Liebe kann nichts heilen.

Wir können uns nicht gegenseitig heilen.

Aber wir können füreinander da sein.

Und wie auch immer ich ihn finden werde, ich werde da sein.

»Arin«, rufe ich in die Dunkelheit des Waldes. Keine Antwort. »Arin!«

Absolute Stille. Nur das Knistern des Waldbodens unter mir, das Knacken von Unterholz und der verwirrte Ruf einer Eule, die mein Geschrei aufgeweckt hat. Meine Augen suchen zwischen den Bäumen nach einer Bewegung, nach Licht. Nach irgendwas, das mir einen Hinweis darauf geben kann, wo Arin entlanggegangen ist.

»Arin!«

Gerade versuche ich, den Gedanken zuzulassen, dass er vielleicht nicht hier ist, als ich das Klingeln seines Handys höre. Der Ton verklingt, doch es ist eindeutig. Ich renne in die Richtung, aus der ich das Klingeln höre, und finde Arin zusammengekauert auf dem nassen Waldboden. Er lehnt an einem Baum, hält etwas in den Händen – und ich schreie seinen Namen.

»Arin. Stopp!«

ARIN

Ich ertrage es nicht mehr. Mein Wille hat sich aufgelöst. Meine Kraft ist versiegt. Meine Hoffnung ertrunken. Drogen nehmen ist wie Fahrrad fahren. Man kann es einfach nicht wieder vergessen.

Die kleine Kiste liegt vor mir. Dutzende kleine Pillen, die mir das geben können, was ich so dringend will: eine Pause von dem Schmerz.

Es ist so einfach. Als wäre es das Richtige, die einzige Wahl, die ich habe.

Irgendwo außerhalb meines Bewusstseins klingelt mein Handy, doch es gibt nur noch mich und das Tilidin. Das Ende dieser Geschichte, meiner Geschichte. Ich habe es versucht. Habe versucht, mich zu ändern, versucht, wieder ein Leben ohne den goldenen Schein der Drogen zu führen. Doch ich habe verloren.

Mein Handy wird wieder still.

Der Drang nicht.

Ich kann fast hören, wie die Pillen meinen Namen rufen. Nein, da ruft tatsächlich jemand nach mir. Verwirrt halte ich inne und blicke über meine Schulter.

»Arin. Stopp!«

Sophia steht atemlos zwischen den Bäumen. »Du musst das nicht tun«, ihre Stimme dringt kaum zu mir durch. Vielleicht ist sie nur ein Traum, ein Abbild von all dem, was ich verloren habe. Sie kann unmöglich vor mir stehen, nicht jetzt. Nicht hier. Nicht, wenn ich kurz davor bin, endlich den Schmerz zu vergessen.

»Aber ich will es tun …«, sage ich und blicke auf die Pillen. Sie sind bereit, warten auf mich.

»Arin, bitte.«

Sophia hat die Hände erhoben, als würde ich sie mit einer Waffe bedrohen. Ganz langsam rutscht sie auf ihre Knie und robbt zu mir. Ihre schlanken Finger tasten nach meinen. »Arin, sieh mich an.«

Ich gehorche, doch ihre Konturen sind verschwommen. Blinzelnd sehe ich wieder auf die Pillen. Das ist kein Traum. Sophia ist real, so real wie die Pillen und der Schnaps, mit dem ich sie hinunterspülen wollte.

»Ich kann nicht«, stoße ich hervor. Die Angst ist wieder da, die Panik, die Hoffnung, dass ich mehr bin als nur ein Junkie.

»Doch, du kannst«, sagt sie so fest und eindringlich, dass sich etwas in mir regt. »Und du wirst. Arin, ich bin da.«

Ihre Augen.

Ich sehe sie an. Der Sturm. Die Ruhe. Die Hoffnung. Sophia bewegt sich nicht, als hätte sie Angst, eine unbedachte Bewegung würde mir die Pillen von allein in den Mund werfen.

Ich will es so sehr, dass jede Faser meines Körpers schreit. »Ich kann nicht«, presse ich noch einmal hervor, spüre das Rauschen meines Pulses, höre das Klingeln meines Handys.

»Doch, Arin«, haucht sie, und ich sehe sie an, sehe die Träne, die einsam über ihre Wange rinnt, obwohl sie lächelt. »Du musst nur loslassen.«

Bei ihr klingt es so einfach. Immer wieder blicke ich von ihr zu den Pillen in meiner Hand. »Lass einfach los«, fleht sie und dann, dann schaffe ich es.

Meine Hand löst sich, lässt die Pillen auf den Waldboden rollen.

»Es tut mir so leid …«

Ich keuche auf, atme so schnell, als sei ich gerade gerannt, und presse eine Hand auf meine Brust. Sophia fällt mir in die Arme, drückt mein tränennasses Gesicht an ihre Brust und hält mich so fest, dass ich kaum Luft bekomme. Sie nimmt mein Gesicht in ihre Hände, zwingt mich, den Sturm aus Gefühlen in ihren Augen zu sehen. »Aber du hast es nicht getan«, haucht sie, und ein sachtes Lächeln umspielt ihre Lippen. »Du hast es nicht getan. Das ist es, was zählt. Du hast dich gegen die Pille entschieden.«

Ich schüttle den Kopf, unfähig, etwas zu sagen. Doch das hält Sophia nicht davon ab, weiterzureden. »Ich hätte es sehen müssen«, murmelt sie und streichelt mir über den Kopf. »Ich hätte sehen müssen, wie schlimm es für dich ist. Es tut mir leid, Arin.«

Ich kann nichts darauf sagen. Das Klingeln meines Telefons dringt undeutlich zu uns durch. »Das ist sicher Chris«, denkt sie laut. »Ich sage ihm kurz, dass es dir gut geht. Okay?«

Mein Kopf ist vollkommen leer. Es gibt nur mich, den Schmerz und den Nachhall von Sophia. Ich habe gekämpft und verloren.

Den Kampf um mich selbst und den Rest meiner Würde.

Aber nicht Sophia. Niemals Sophia.

46

SOPHIA

Das Licht dringt durch die Fensterscheiben und lässt die aufgewirbelten Staubkörner leuchten wie kleine Funken. Das Rauschen der Dusche und das Gluckern der Kaffeemaschine vermischen sich zu einer eigentümlichen Musik, die mir ein Lächeln ins Gesicht zaubert.

Um ehrlich zu sein, weiß ich nicht, wie wir es bis hierhin geschafft haben – aber es wird besser. Jeden Tag ein bisschen. Auch wenn wir nicht aufhören zu trauern. Grandpa hatte recht, die Trauer wird zu einem Teil von uns. Und das ist okay.

Der Schrecken des Todes ist einem Morgen gewichen, an dem ich wieder das Gefühl habe, die Welt würde mir gehören. Mir und Arin.

Obwohl ich mir bewusst darüber bin, dass jeder von uns noch immer seine Abgründe hat und fallen kann, will ich mir den Glauben daran bewahren, dass wir es schaffen können. Es gibt nur noch eine Sache, die ich tun muss, damit dieser neue Abschnitt meines Lebens beginnen kann. Ohne Geheimnisse. Ohne Kompromisse. Ohne Angst.

Trotzdem klopft mein Herz etwas schneller, als ich nach dem Handy greife und die Nummer wähle. Chris meldet sich sofort. »Bitte sag mir, dass du dieses Mal gute Nachrichten für mich hast«, spreche ich drauflos.

»Bist du extra früh aufgestanden, nur um mich als Erste anzurufen?«

»Sehr gut möglich.«

»Lass mich schnell in die Labordaten schauen.« Ich kann hören, wie er sich auf seinem Drehstuhl bewegt und seine Finger über die Tastatur klappern.

»Geht das nicht schneller?«, will ich nervös wissen und nestle an meinen Fingernägeln herum. Ich brauche gute Nachrichten. Mehr als alles andere gerade.

»Okay, ich hab's.«

»Bitte, bitte, bitte.«

»Sophia?«

Ich stocke, weiß nicht, ob ich Hoffnung oder bodenlose Angst fühlen soll.

»Ja?«

Chris atmet einmal tief durch. »Die Viruslast in deinem Körper ist kaum noch nachweisbar.«

Mir entfährt ein Kreischen, so laut, dass Bo anfängt zu bellen.

»Herzlichen Glückwunsch.«

Mit einem tiefen Atemzug lege ich auf. Einige Sekunden verstreichen, und ich warte auf den Stich der Realität. Stattdessen fühle ich mich bereit. Frei.

»Wie kannst du so früh am Morgen schon so gut gelaunt sein?«, fragt Arin und kommt in die Küche. Sein nasses Haar hängt ihm ins Gesicht, und ein Tropfen läuft von der breiten Brust hinab zu dem angedeuteten V, das von seinen engen Boxershorts zensiert wird. Ich gestatte mir, ihn länger zu betrachten. Das flammende Herz auf der linken Brust, das hässliche Pin-up-Girl auf seinem Rücken und, auch wenn er gerade verdeckt ist, den Frosch.

»Wer wäre bei diesem Anblick nicht bester Laune?«, gebe ich zurück und wackle anzüglich mit den Augenbrauen.

Er macht einen Schritt auf mich zu und beugt sich zu mir.

»Das kann ich nur zurückgeben«, knurrt er und lässt seinen Blick über meinen Körper wandern. In Ermangelung meiner eigentlichen Schlafkleidung, die bereits in Kisten und Tüten verstaut ist, trage ich eines seiner Shirts, das geradeso über meinen Hintern reicht und den schwarzen Stoff meines Höschens aufblitzen lässt.

Spielerisch drehe ich mich einmal um die eigene Achse. »Dann gefällt dir mein neuer Style?«

»Du kannst eben alles tragen«, haucht er, und der Bass seiner Stimme lässt meine Haut prickeln. »Oder nichts.«

Grinsend schlinge ich die Arme um seinen Hals und ziehe ihn zu mir. Eine Sekunde des Schweigens vergeht, seine nackte Brust hebt und senkt sich im Rhythmus seiner tiefen Atemzüge. Ich versinke in dem sanften Braun seiner Augen. In manchen Momenten raubt er mir die Luft, und in anderen gibt er mir den Raum zum Atmen. Unwillkürlich presse ich mich enger an ihn, fühle die feuchte Hitze seiner Haut und die Flammen, die in mir zu lodern beginnen. Sein Geruch nach Ingwerpfeffer und Wildlederaroma steigt mir in die Nase, und ich bin außerstande, mich nicht betören zu lassen. Ohne darauf zu warten, dass ich es mir anders überlegen kann, nehme ich seine Hand und ziehe ihn ins Schlafzimmer. Ein leises Grollen dringt an mein Ohr, doch der Rausch hat mich gepackt und weigert sich, mich gehen zu lassen. Ich will Arin. Jetzt.

Mit einer fließenden Bewegung streife ich das Shirt vom Körper und werfe es achtlos zu Boden, ehe ich betont langsam die Treppen hinaufgehe. Arin braucht einen Moment, um zu begreifen, was los ist.

»War das gerade Chris am Telefon?«, fragt er verwirrt und erregt zugleich.

»Möchtest du gerade wirklich über Chris reden?«

»Sophia …«

Ich drehe mich zu ihm um. »Die Viruslast ist kaum noch nachweisbar«, bestätige ich seinen Verdacht und lache, als er mich in seine Arme nimmt und in das zerwühlte Bett meines Zimmers trägt.

Sein hungriger Blick trifft mich, und er schüttelt leicht den Kopf, obwohl er sich zu mir beugt. Ich senke die Lippen nahe an seine. »Ich will dich, jetzt, Arin«, flüstere ich an seinem Mund, bevor ich ihn mit meinem bedecke. Meine Schenkel umschließen seine Taille, und ich spüre die vertraute Härte, nach der sich mein Körper so sehr sehnt. Ein Zittern durchläuft mich vom Becken bis zu den Knien.

Arin betrachtet prüfend mein Gesicht, als würde er darauf warten, dass ich ihn von etwas abhalte. Seine Finger berühren sanft meine Wange. Unsicherheit spiegelt sich in seinen Gesichtszügen wider, doch in seinen Augen brennt das gleiche Verlangen wie in meinen. Langsam spüre ich, wie sein Körper nachgiebiger wird, sich meinem entgegendrängt und alles, was je zwischen uns stand, zur Seite schiebt.

Meine Handflächen gleiten über die sehnigen Muskeln seines Oberkörpers. Vorsichtig schiebt er einen Finger in den Bund meines Slips und bringt mich so dazu, die Hüften zu heben und auch dieses Hindernis endlich loszuwerden. Mein Mund sucht wieder seinen.

Haut an Haut.

Feuer zu Feuer.

Brennend füreinander.

Ich will alles von ihm, spüre die Hitze seines heißen Atems im Nacken. Meine Finger vergraben sich in seinem Haar, zwingen ihn zu einem neuen Kuss. Die Wärme seines Kusses, das Feuer in meinen Adern, das Knistern in der Luft. All das vermischt sich zu einer Explosion in meinem Inneren. Arin tastet etwas unbeholfen nach dem Kondom, ehe er meine Hüften hebt und noch einmal meinen Blick sucht. Sachte nicke ich und will grinsen, doch dazu bleibt mir keine Zeit mehr.

Arin füllt mich vollständig aus, und mir entfährt ein Keuchen, während er sich langsam und vorsichtig in mir bewegt. Ich kann die Augen kaum noch offen halten, presse mich dichter an ihn. Meine Beine beginnen zu zittern. Tausende kleine Schauer bringen meinen Körper zum Beben, bis ich das Gefühl habe zu explodieren. Wimmernd drücke ich meine Hüfte vor, dränge ihn dazu, jeden Zentimeter meines Inneren für sich zu beanspruchen. Ich drücke den Rücken durch, stöhne und rufe seinen Namen. Meine Hände drücken sich an das Kopfende des Betts, suchen Halt in diesem Strudel aus Lust.

Er haucht meinen Namen.

Jede Faser seines Körpers spannt sich an, dann explodiert das Feuer in uns beiden, und es regnen Funken vor unseren Augen, bis Arin seinen Kopf auf meine Brust sinken lässt und ich ihm durch die Haare streiche. Und alles, woran ich denke, ist, dass ich kaum erwarten kann, was unsere Zukunft bringt.

ARIN

Es steht nur noch ein Name auf meinem Zettel.

Nur noch eine Person, bei der ich mich entschuldigen muss.

Unbeholfen stehe ich vor dem Apfelbaum, wohl wissend, dass alle anderen auf Conners Veranda stehen und mir zusehen.

»Ich komm mir ziemlich albern vor«, murmle ich dem Baum zu. »Was wahrscheinlich daran liegt, dass du nur ein Baum bist und nicht Caren, aber vielleicht hört Caren mich ja trotzdem.«

Der Gedanke ist absurd, aber wer kann schon sagen, wie das Leben nach dem Tod aussieht, sollte es eins geben. Vielleicht, nur vielleicht, kann Caren mich hören. Und auch wenn die Wahrscheinlichkeit nicht sehr groß ist, ist sie dennoch da, oder? Und wenn sie da ist, dann sollte sie hören, was ich fühle, denn ich hatte nie die Chance, ihr diese Dinge zu sagen, ehe sie in den Wäldern verschwand.

»Eigentlich sollte es ja darum gehen, mich zu entschuldigen und abzuschließen und all das. Aber es fällt mir schwer, das zu tun, ohne dir vorher zu sagen, wie dankbar ich bin«, sage ich leise. »Dafür, dass du mir geholfen hast, dafür, dass du mir einen Teil von dir gezeigt hast, den die anderen nicht verstanden hätten. Dafür, dass du mich dazu gebracht hast, einen Fehler zu machen.«

Ich schlucke.

»Danke, Caren. Es tut mir leid, dass du nicht mehr hier bist und was ich dir alles angetan habe. Dass ich dir auf dieser Party vor die Füße gekotzt habe, dass ich die Musik immer so laut gestellt habe, dass Babyvögel gestorben sind, und dass ich dich bedrängt habe – und du deswegen weggelaufen bist. Ich wünschte, ich könnte etwas davon ändern, aber das kann ich nicht …«

Obwohl ich nicht weiß, warum, fasse ich an den Stamm des Baumes. Fast so, als würde ich hoffen, dass ich etwas fühle. Irgendwas, das mir verrät, ob sie mich gehört hat. Ob sie mir verzeihen kann.

Nur spüre ich stattdessen Sophia hinter mir. »Und?«

»Sie antwortet mir nicht.«

»Bist du sicher?«, fragt sie leise.

»Was meinst du?«

Sophia deutet in die Krone des kleinen Apfelbaumes, auf die letzte weiße Blüte, die versteckt hinter all den grünen Blättern liegt.

»Ist das dein Ernst?«

»Ich finde, das können wir als Zeichen sehen.«

Mit einer Hand stecke ich den Zettel wieder in meine Hosentasche. Ob sie mich gehört hat oder nicht, macht vielleicht gar keinen Unterschied. Vielleicht war es nur wichtig, es auszusprechen.

Die Vergangenheit kann ich nicht mehr ändern, aber da gibt es noch die Zukunft, die mit jeder Minute näher kommt und langsam, aber sicher zu meiner neuen Gegenwart wird. »Bist du bereit?«, frage ich Sophia und nehme ihre Hand.

»Und du?«

»Es fühlt sich seltsam an, wirklich zu gehen«, gestehe ich, während ich den anderen noch einmal winke und in den voll beladenen Ford steige. Bo wartet bereits auf dem Rücksitz, als könnte er es nicht erwarten, sein neues Heim in Salt Lake City kennenzulernen.

Sophia lächelt mich breit an und startet den Wagen. »Das Schöne an einem Zuhause ist, dass man jederzeit wieder zurückkommen kann.«

NACHWORT

Kann die Liebe heilen?

Diese Frage stellen sich gerade wir Autor*innen in vielen Liebesromanen, und die einfache Antwort ist: nein. Liebe heilt nicht. Heilung muss von uns selbst kommen. Das mag kitschig klingen, aber es ist wahr.

Als wir uns dafür entschieden, die Geschichte von Arin zu erzählen, wusste ich, dass es kein perfektes Happy End geben kann. Keine spontane Wunderheilung nur durch die große, mystische Kraft der Liebe – denn so funktionieren die Dinge eben nicht. Besonders nicht, wenn es um das Thema Sucht geht.

Ungefähr 30 Prozent der erwachsenen Menschen in Deutschland haben schon einmal zu illegalen Drogen gegriffen. Keine Angst, das soll jetzt kein Absatz werden, in dem ich mit erhobenem Zeigefinger davor warne – vielmehr soll es ein Gefühl dafür vermitteln, wie oft wir etwas einfach nicht wahrnehmen, denn am problematischsten ist der Konsum von Alkohol, Opioiden und Cannabis. Nicht gerade die harten Drogen, die wir aus einschlägigen Serien und Filmen kennen. Ganze 1,6 Millionen Menschen in Deutschland sind alkoholabhängig und 2,3 Millionen Menschen von Medikamenten. Die Zahlen in den USA sind wesentlich höher. Das Thema Sucht taucht in fast jedem Leben einmal auf. Entweder durch das eigene Konsumverhalten oder das von Menschen um uns herum. Menschen, die wir oft auch lieben. Und gerade darum müssen wir mehr darüber reden.

Bei »Deutsche Hauptstelle für Suchtanfragen e.V.« findet ihr ein Verzeichnis aller aktiven Suchtberatungen in Deutschland, sowohl für Betroffene als auch für Angehörige.

Es ist okay, ein Problem zu haben und dieses zu erkennen – ebenso, wie es okay ist, einen Fehler zu machen. Was mich zu Sophia bringt.

Das Thema HIV ist noch immer stark stigmatisiert und wird nicht selten auch durch homophobe Stereotypen von der Mehrheitsgesellschaft inszeniert, dabei geht dieses Virus uns alle etwas an. Ich weiß, dass die meisten, die dies hier lesen, bereits wissen, wie wichtig Safer Sex ist – aber ich möchte euch dennoch mit auf den Weg geben: Lasst euch regelmäßig testen.

Ich selbst teste mich einmal im Jahr. Nicht, weil ich keine Kondome verwende, sondern weil es besser ist, auf Nummer sicher zu gehen, als sich und andere zu gefährden. Wir haben das Privileg, in einer Zeit zu leben, in der das HI-Virus nicht mehr den Tod bedeutet, aber wir haben auch die Verantwortung, so viel es geht gegen dessen Ausbreitung zu unternehmen.

In diesem Sinne: Habt Spaß, aber sicher.

In Liebe
Justine

DANKSAGUNG

Mein erster Dank muss auch nach diesem Band wieder an die wundervolle Nora Bendzko gehen. Danke für deine Expertise, dein großartiges Sensitivity Reading, all deine Aufklärungsarbeit und nicht zuletzt dein Epos *Die Götter müssen sterben.* Danke.

Als Nächstes danke ich K und B – dafür, dass ihr so bereitwillig eure Erfahrungen zum Thema Drogensucht und HIV geteilt habt. Für alle Gespräche und jede neue Runde Testlesen.

Womit wir auch schon beim Thema sind: Ich danke all meinen Testleser*innen, die mich schon so lange begleiten. Ich würde am liebsten allen von euch einzeln danken, aber wir haben die Seitenvorgabe ohnehin schon gesprengt. Daher muss es reichen zu sagen, dass ich mich freue, euch alle in meinem Leben zu haben.

Liebe Catherine, danke auch dieses Mal. Ohne dich würden mir andauernde Wiederholungen durchrutschen. Und danke auch dafür, dass du meinen Kitsch-Overkill zu verhindern weißt.

Liebe Sabine, danke, dass du diese Reise nach Belmont Bay ermöglicht hast. Ohne dich wäre diese Reihe niemals zu dem geworden, was sie ist, und ich weiß nicht, wie ich dir jemals dafür danken kann.

Und zu guter Letzt: Danke an dich, liebe*r Leser*in. Ohne dich wäre ich nicht hier und dürfte diese Zeilen schreiben.

QUELLENVERZEICHNIS

Kapitel 7
William Shakespeare, *Cymbeline,* übersetzt von Dorothea Tieck, 4. Akt, 3. Szene

Kapitel 19
William Shakespeare, *Macbeth,* übersetzt von Friedrich Schiller, 5. Aufzug, 6. Auftritt

William Shakespeare, *Macbeth,* übersetzt von Dorothea Tieck, 2. Akt, 2. Szene

Kapitel 37
William Shakespeare, *König Lear,* übersetzt von Wolf Graf Baudissin, 5. Akt, 3. Szene

TRIGGERWARNUNG

(Achtung, Spoiler!)

Dieses Buch enthält Elemente, die triggern können.

Diese sind:

- Drogensucht
- Alkoholsucht
- toxische Beziehungen
- Gewalt in der Familie
- Tod
- Verlust
- spurloses Verschwinden
- Krankheit
- Stigmatisierung und Diskriminierungserfahrungen

Wir haben uns sehr bemüht, sämtliche potenziellen Trigger anzuführen. Da jeder Mensch besonders und einzigartig ist, hat jede*r Lesende auch eine eigene Wahrnehmung von potenziellen Triggern. Wir bitten daher um Verständnis, dass wir nicht gewährleisten können, dass die Aufzählung vollständig ist.

Der erste Band der bezaubernden »Das St. Alex«-Reihe

ANNE LÜCK

Das St. Alex – Nachtleuchten

ROMAN

Samira hat keine Zeit für die Liebe: Neben ihrem Job auf der Kinder-Palliativstation des Berliner St.-Alex-Krankenhauses hat sie alle Hände voll damit zu tun, sich um ihre drei jüngeren Brüder zu kümmern. Ihre Mutter ist dazu offenbar nicht in der Lage. Deshalb übernimmt Sami auch so oft wie möglich Nachtschichten, um tagsüber für ihre Familie da zu sein.
Der junge Arzt Louis hingegen zieht nach einem späten Feierabend gern noch durch die Berliner Clubs. Jemand wie er passt überhaupt nicht in Samis Leben, findet sie. Aber dann kommen die beiden bei einer gemeinsamen Nachtschicht dem seltsamen Fall einer jungen Patientin auf die Spur – und einander näher …

KNAUR